二見文庫

口づけは復讐の香り

L・J・シェン／藤堂知春＝訳

The Kiss Thief
by
L.J. Shen

Japanese translation rights arranged with
BROWER LITERARY & MANAGEMENT, INC.
through Japan UNI Agency., Tokyo

「驚くべきことに、美は善であるという幻想が往々にして存在する」

――レオ・トルストイ著『クロイツェル・ソナタ』

ブリタニー・ダニエル・クリスティーナとジャッキー・チェク・マーティンに、そして、あらゆるところにいる強い女性たちに捧《ささ》ぐ。

わたしたちが彼女たちとなり、彼女たちを生き返らせ、彼女たちを支えられますように。

サウンドトラック

〈ヤング・アンド・ビューティフル〉――ラナ・デル・レイ
〈テイク・ミー・トゥ・チャーチ〉――ホージア
〈ヤング・ゴッド〉――ホールジー
〈キャント・トラス・イット〉――パブリック・エナミー
〈バック・トゥ・ブラック〉――エイミー・ワインハウス
〈ナッシング・コンペアーズ・2U〉――シネイド・オコナー
〈ルール・ザ・ワールド〉――ティアーズ・フォー・フィアーズ
〈アイム・シッピング・アップ・トゥ・ボストン〉――ドロップキック・マーフィーズ

初めてのキスは勝ち取られるべきものだと人は言う。

わたしのキスは、シカゴの夜空の下、仮面舞踏会のマスクをつけた悪魔に盗まれた。

結婚式で交わされる誓いは神聖なものだと人は言う。

わたしの誓いは、教会を出る前にすでに破られていた。

胸を高鳴らせるべき相手はただひとりだと人は言う。

わたしの胸は、苦い結末を迎えるまで闘ったふたりの男に引き裂かれて血を流した。

わたしは〈シカゴ・アウトフィット〉のなかでも有力な一家の跡継ぎであるアンジェロ・バンディーニのものになるはずだった。

ところがそのとき、上院議員のウルフ・キートンが現れて、わたしをさらっていった。彼はわたしの父が犯した罪を盾にして、強引にわたしとの結婚を決めた。

すべてのラブストーリーにはハッピーエンドが待っていると人は言う。

わたし、フランチェスカ・ロッシはハッピーエンドを書いては消し、消しては書いているうちに、とうとう最後の章になってしまった。

ひとつのキス。

ふたりの男。

三つの命。

それらが互いに絡みあう。

そして、そのふたりの男のどちらがわたしの永遠に結ばれるべき相手なのか、見極めなければならなかった。

口づけは復讐の香り

登　場　人　物　紹　介

フランチェスカ・ロッシ	ロッシ家のひとり娘
ウルフ・キートン	上院議員
アンジェロ・バンディーニ	フランチェスカの幼なじみ
アーサー・ロッシ	フランチェスカの父親
ソフィア・ロッシ	フランチェスカの母親
クリステン・リーズ	ウルフの元恋人。ジャーナリスト
ミズ・スターリング	キートン家のハウスキーパー
スミシー	キートン家のドライバー
プレストン・ビショップ	イリノイ州知事
フェリックス・ホワイト	シカゴ警察署長
ブライアン・ハッチ	エネルギー省長官
ガリア・ハッチ	ブライアンの妻
マイク・バンディーニ	アンジェロの父親
エミリー・ビアンキ	アンジェロのデート相手
アンドレア	フランチェスカのいとこ

プロローグ

何よりも最悪なのは、わたし、フランチェスカ・ロッシが、自分の未来はどうということもない古ぼけた木製の箱のなかにすべて定められていると思い込んでいたことだ。

六歳でその箱のことを知ってからずっと、わたしはそのなかにしまってあるものが自分の運命を決めると信じていた。だから昨日の明け方、太陽が空に口づけすると、運命を知ろうとわたしが箱を開ける決心をしたのも無理はない。

わたしは母がその箱の鍵をしまった場所を知らないはずだった。

わたしは父がその箱を隠しておいた場所を知らないはずだった。

けれど一日じゅう家にこもって、ただただ身なりに気を配り、両親のありえないような期待に応えることに専念するというのはどういうことか？　箱を探す時間がある、ということだ――それもたっぷりと。

「じっとして、フランチェスカ。針が刺さるわよ」ヴェロニカが不平を言った。

母の専属スタイリストが、まるでわたしが病人であるかのように世話を焼いてドレスを着付けるあいだ、わたしはもう何度となく見た黄色いメモに目を走らせた。そこに書かれた言葉を記憶に刻みつけ、誰にも手を出せない頭のなかの引き出しにしまい込んだ。

体のなかでジャズでも演奏しているかのように、興奮が血管を駆けめぐった。決意をみなぎらせたわたしの目は鏡のなかで光っていた。わたしは震える指でメモをたたみ、ゆるめられたコルセットの下の胸の谷間に突っ込んだ。

じっと立っていられず、部屋のなかを歩きまわる。母専属のヘアドレッサーとスタイリストが大声をあげながらわたしを追いかけてくるのが、なんとも滑稽だった。

わたしはまるで映画『我輩はカモである』のグルーチョ・マルクスね。さあ、できるものならわたしをつかまえてごらんなさい。

ヴェロニカがコルセットの端をつかみ、手綱を引くようにわたしを鏡の前に引き戻した。

「ちょっと、痛いわ」わたしはひるんだ。

「じっとしていてと言ったでしょう！」

両親に雇われた人たちが、わたしを血統書付きのプードルのように扱うのは珍しいことではなかった。まあ、そんなことはどうでもいい。今夜、わたしはアンジェロ・バンディーニにキスをする。もっと正確に言うと、彼に、わたしにキスをさせてあげるのだ。

両親に放り込まれたスイスの寄宿学校を出て帰ってきてからのこの一年、アンジェロとキスすることを考えたことなどなかったと言えば、それは嘘《うそ》になる。アーサーとソフィアのロッシ夫妻は十九歳のわたしをシカゴの社交界に紹介することを決め、〈アウトフィット〉の傘下に属している何百人というイタリア系アメリカ人の花婿候補から、わたしに未来の夫を選ばせようとしていた。今夜を皮切りに一連の行事や社交界の集まりが夜な夜な続くことになるが、わたしはすでに、結婚したい相手が誰なのかわかっていた。

大学への進学は選択肢にない、と両親からは言い渡されていた。ひとりっ子で、ロッシ家の家業を継ぐ唯一の跡継ぎであるわたしは、完璧な夫を見つけるという任務に全力で取り組まなければならない。わが家の女性として初めて学士号を取得するというのが夢だったけれど、わたしは両親に反抗するほど愚かではない。メイドのクララはよくこう言っていた。「夫となる人に従う必要はないんですよ、フランキー。お嬢様はただ、ご両親が期待することに従っていればいいんです」

彼女の言うとおりだ。わたしは金ぴかの檻《おり》のなかに生まれ落ちた。広大だけれど鍵がかかっていて、逃げだそうとすると死んでしまうかもしれない。わたしは囚《とら》われの身でいるのは好きではなかったけれど、死んで地中に埋められるよりはずっとましだ。それに、牢獄《ろうごく》の鉄格子の向こう側に何があるのか、のぞき見るような勇気もわたしにはない。

わたしの父、アーサー・ロッシは〈アウトフィット〉を束ねる長だった。

そんな称号を持つ無慈悲な男が、わたしの髪を三つ編みにしてくれたり、わたしにピアノの弾き方を教えてくれたり、そのピアノをわたしが何千人という聴衆を前にして弾いたロンドンでのリサイタルで感激して涙を流したりするとは想像もつかなかった。

アンジェロは、わたしの両親の目から見ても、わたしの夫として完璧だった。魅力的で、とんでもなく裕福だ。彼の一家はユニバーシティ・ビレッジのほぼ半数の建物を所有しており、その大半はわたしの父が司《つかさど》る数々の違法な仕事のために使われていた。

わたしは生まれたときからアンジェロを知っていた。つぼみが花を開かせるように、お互いが成長していくさまを観察した。わたしたちはゆっくりと、同時にぐんぐんと勢いよく育っていった。夏の休暇になるといつも、親戚やメイド・マン――マフィアの一員として正式に認められた男たち――やボディガードに見守られて過ごした。

アンジェロには四人のきょうだいと二匹の犬がいて、ジェラートもとろけそうなほどの笑顔がすてきだった。彼の父親はわたしの一家の仕事に関わる会計事務所を切り盛りしていて、わたしたちはシチリア人が毎年取る休暇をシラキュースで一緒に過ごした。

何年か経《た》つうちに、アンジェロのやわらかな金色の巻き毛はどんどん色が黒っぽくなって、父親に教わったのであろうやり方でカチカチに固められるようになった。声は深くなり、イタリア訛《なま》りがきつくなり、ほっそりした少年の体型に筋肉と背丈と自信が加わって男らしくなっていった。謎めいたところが増え、衝動的に行動することがなくなり、あまり口を開かなくなった。それでも話をするときは、彼の言葉がわたしの心をとろけさせた。

恋に落ちるというのはなんて悲劇的なのだろう。みんなが悲しむのも無理はない。めろめろになりながら、わたしがアンジェロを見ているあいだ、彼のしかめっ面に同じように心を溶かされているのはわたしだけではなかった。

わたしがカトリックの女子校に戻れば、アンジェロはシカゴに帰り、ほかの女の子たちとおしゃべりしてキスをするのかと想像すると、気分が悪くなった。けれど、彼はいつだってわたししか見ていないように思わせてくれた。花をわたしの髪に差し、誰も見ていないときには自分のワインをわたしにすすらせ、わたしの話を目に笑みを浮かべて聞いてくれた。弟たちがわたしを冷やかすと、アンジェロは彼らの耳をはじいて警告した。そして夏になるたび、隙を見てわたしとふたりきりになる時間を作り、わたしの鼻の頭にキスをした。


「フランチェスカ・ロッシ、きみは去年の夏よりもまたきれいになったな」

「あなたはいつもそう言うわ」

「いつも本気でそう思っているんだよ。ぼくには言葉を無駄にする習慣はない」

「だったら、何か大事なことをわたしに言って」

「きみはぼくの女神だ。いつの日か、きみはぼくの妻になる」


夏が来るたびに、大切な思い出が増えていった。まるで聖なる庭のように、わたしは愛情の塀をめぐらせてその庭を守り、思い出がおとぎばなしになるまで水をやって育てた。

何よりも思い出として大事にしていたのは、アンジェロがわたしの部屋や、わたしが出かけた店や、わたしが読書をしている木の下にこっそり忍んでくるのを息を詰めて待っていたことだった。時が過ぎてわたしたちが思春期を迎えると、彼はわたしたちの〝その瞬間〟を引き延ばすようになり、あからさまに面白がりながら、わたしを観察した。一方、わたしはアンジェロが男友達であるかのようにふるまおうとして、見事に失敗していた。わたしは悲しいくらい、残酷なくらい、少女だったのだ。

わたしがメモをブラジャーの奥にしまい込むと、ヴェロニカが丸々とした指をわたしの肌に食い込ませ、コルセットを両側から狭めていって、ウエストのまわりで引き絞った。

「十九歳できれいだったあの頃に戻りたいわ」彼女は芝居がかった調子でうめいた。クリーム色の紐《ひも》が締められ、わたしはあえいだ。いまだにスタイリストやメイドを使って行事の準備をするのは〈アウトフィット〉でも頂点に近い家系の者だけだが、わたしの家はまさしく王家だった。「あの頃のことを覚えてる、アルマ？」

ヘアドレッサーは鼻を鳴らし、わたしの前髪を横に流してピンで留め、シニョンを完成させた。「ハニー、偉そうなことを言うのはおよしなさい。十九歳のあなたのきれいさはグリーティングカードのイラスト並みよ。こちらにおいでのフランチェスカ様は《アダムの創造》（ミケランジェロが、ヴァチカンのシスティーナ礼拝堂に描いた名画）なの。次元が違うわ」

　わたしは恥ずかしさに肌がほてるのを感じた。わたしを見る人の目に賞賛の念が浮かぶのは感じていたが、美人だと思われるのはいたたまれなかった。そんな観念は当てにならない。きれいにラッピングされた贈り物も、いつの日か失ってしまう。その包み紙を開けて人々の賞賛に溺れたら、それを手放すのがいっそうつらくなるだけだ。

　今夜、わたしがシカゴ美術館へ行くことを知らせたい相手はただひとり、アンジェロだけだった。その催しはギリシャやローマの神話を彩る神や女神がテーマで、わたしにはたいていの女性たちがアフロディーテかヴィーナスの扮装《ふんそう》をすることがわかっていた。オリジナリティにこだわるなら、ヘラかレイアーだ。わたしは違った。ネメシス、憤りと復讐《ふくしゅう》の女神。アンジェロはいつも、わたしのことを神と呼んだ。今夜、わたしは最も強力な女神の姿になることで、その呼び名を正当なものにするつもりだった。

　二十一世紀のこの時代に、十九歳にして親が認める結婚を望むなどというのは、ばかげたことかもしれない。だが〈アウトフィット〉においては、伝統に従うことが尊ばれる。わたしたちの伝統は一八〇〇年代から始まっているのだ。

「そのメモにはなんと書いてあったんです?」ヴェロニカはドレスをわたしの体に沿わせて着付け、背中にベルベットの黒い翼を取りつけた。ストラップレスのドレスは晴れた夏の空の色で、ブルーのオーガンジーのスカラップレースに縁取られている。後ろに引きずるチュールは六十センチほども長さがあり、今はスタイリストの足元にたまって海のようになっていた。「ほら、さっき、コルセットのなかに大事にしまい込んでいたでしょう」彼女は金色の羽根のイヤリングをわたしの耳につけながら、忍び笑いをした。

「あれは」わたしは女優のように微笑《ほほえ》み、鏡のなかでヴェロニカと目を合わせると、そのメモが隠された胸の上で片手をひらひら振った。「わたしのこれからの人生の始まりよ」

1

フランチェスカ

「ヴィーナスに翼があったとは知らなかったな」

シカゴ美術館の入り口で、アンジェロはわたしの手の甲にキスをした。心が沈んだが、わたしはそのばかげた失望を脇に追いやった。彼はわたしをからかっているだけだ。それにタキシードを着た今夜のアンジェロはめまいがするほどハンサムで、わたしは彼がどんなことをしても許せると思った——冷酷な人殺し以外なら。

扮装に凝った女性たちと違い、男性たちは皆タキシードを着て顔の半分を覆うマスクをつけていた。アンジェロは、金色の葉をあしらったヴェネチアの仮面舞踏会風のマスクで顔をほとんど隠している。わたしたちが見つめあっているあいだに、双方の親が挨拶をした。わたしはアンジェロに、これはネメシスだと説明はしなかった。神話について話しあう時間はたっぷり——これからの生涯ずっと——あるだろう。わたしはただ、いつものように過ぎていく夏の思い出を今夜も楽しみたかった。ひとつだけ違うのは、彼がわたしの鼻の頭にキスするとき、わたしは顔をあげて唇を重ね、ふたりの運命を重ねあわせるということだ。

わたしはキューピッド。愛の矢をアンジェロのハートに打ち込んでみせる。

「この前会ったときよりも、きみは美しい」アンジェロは降参とばかりに、スーツの上から心臓のあたりを押さえてみせた。わたしたちのまわりにいた全員が黙り込み、わたしは両家の父親が陰謀めいた目配せを交わすのに気づいた。

権力を持った裕福なイタリア系アメリカ人のふたつの一家は、強い絆《きずな》で結ばれている。

ドン・ヴィトー・コルレオーネ（アメリカ映画『ゴッドファーザー』の主人公）も、さぞ誇りに思っているだろう。

「一週間前にジャンナの結婚式で会ったばかりよ」わたしはまっすぐ見つめてくるアンジェロの目を見ながら、唇をなめたいという衝動を必死に抑えた。

「結婚式はきみにぴったりの場所だ。でも、きみはぼくとふたりきりでいるほうがもっといい」アンジェロは淡々と言ってわたしの鼓動を乱し、それから体をひねってわたしの父を見た。「ミスター・ロッシ、お嬢さんをテーブルまでお連れしてもいいですか？」

父が後ろから肩をつかんできたが、わたしは幸せの霧に包まれていて、父がいることにほとんど気づかなかった。「両手をわたしに見えるようにしておけよ」

「いつだってそうしています、サー」

アンジェロとわたしは腕を絡めて歩いていった。金色のクロスが敷かれ、黒い陶磁器が置かれたテーブルに着くと、ウエイターのひとりがわたしたちの席を示した。アンジェロが身をかがめて耳元でささやく。

「きみが正式にぼくのものになるまでの我慢だ」

ロッシ家とバンディーニ家の席はいくつか離れており、わたしはがっかりしたけれど、驚きはしなかった。父はどのパーティーでも中心にいて、どこへ行こうとも、そこで一番いい席を手に入れるためなら金を惜しまなかった。わたしの向かいにはイリノイ州知事のプレストン・ビショップが座り、横にいる夫人はワインリストを見ながら悩んでいた。その隣は見知らぬ男で、真っ黒なマスクをつけ、生地も仕立ても非の打ちどころのない高価そうなタキシードを着ている。隣には、白いチュールのキャミソールドレスを着た陽気なブロンド女性。ほかにも山ほどいるヴィーナスの扮装だった。

男は死ぬほど退屈といった顔でグラスのなかのウイスキーをまわし、横の美女を無視している。彼女が身を寄せて話しかけようとしたとたん、男は逆を向いて携帯電話をチェックしたかと思うと、あらゆるものにすっかり関心を失ってわたしの後ろの壁を見つめた。

わたしはチクリと刺すような悲しみを感じた。もう少しちゃんと彼女の相手をしてあげればいいのに。あんなふうに目も合わせず、背筋に寒けを走らせるような冷たく不吉な空気を放つのではなくて。

この人ならアイスクリームを何日も凍らせておけるだろう。

「アンジェロとは気が合うようだな」父がさりげない調子で言い、わたしの肘のあたりに目をやった。わたしはテーブルについていた肘をすぐさま引っ込め、上品に微笑んだ。

「彼はいい人よ」本当は〝超いい人〟と言いたかったが、父は現代のスラングが嫌いだ。

「可もなく不可もなく、だ」父は言い捨てた。「来週おまえを連れだしてもいいかと尋ねてきた。わたしはイエスと答えた。マリオの監視付きでな、もちろん」

そう、もちろん。マリオは父の部下のひとりだ。体格も頭脳もれんが並み。アンジェロとわたしが少し仲がよすぎるのを知った以上、父は今夜わたしがこっそり抜けだすなどということは許さないだろう。過保護なのだ。だが、父はこうと決めたら譲らない。それが、わたしの年頃の娘のほとんどが遅れている、もしくは野蛮だと思うようなやり方だとしても。わたしはばかじゃない。教育を受けたい、給料をもらって働きたいと主張して闘うことをしなければ、ただ虚《むな》しく死んでいくだけだというのはわかっている。誰と結婚したいかを決めるのは、わたし自身であるべきだというのもわかっている。

けれども同時に、それが父のやり方だというのも知っている。自由になるためには、家族を捨てなければならない――わたしにとって家族は世界のすべてだ。

伝統は別として、〈シカゴ・アウトフィット〉は映画に出てくるようなマフィアとはまったく違う。薄汚い路地や正体を失ったドラッグ依存症者とは無縁だし、警察との決闘で血まみれになるようなこともない。ここ最近は資金洗浄《マネーロンダリング》、買収、リサイクル業がすべてだ。父はあからさまに警察にすり寄り、一流政治家たちとつきあって、連邦捜査局《FBI》の容疑者逮捕への協力さえも厭《いと》わなかった。

実際、わたしたちが今夜ここにいられるのもそのおかげだった。父は高等教育を受けられずにいる若者たちを援助すべく作られた、新しい慈善団体に多額の寄付を約束していた。

まったく、皮肉な話ってあるものね。

わたしはシャンパンをすすり、テーブルの向こうにいるアンジェロを見つめた。彼が話している女の子はエミリーといって、その父親はイリノイ一大きな野球場を持っている。アンジェロは彼女に、これからノースウエスタン大学の修士課程を修めながら、父親の会計事務所でも働くつもりだと話していた。実際のところは、わたしの父のためにマネーロンダリングを覚え、一生〈アウトフィット〉に仕えて生きていくのだ。わたしが困惑していると、ビショップ知事がこちらに目を向けた。

「きみはどうなんだ、リトル・ロッシ？　大学には行くのかね？」

周囲の誰もが話したり笑ったりしているなか、向かいの男だけはまだ隣の女性を無視してひとり酒を飲み、次々にメッセージを受信して点滅する携帯電話にも知らん顔をしていた。その彼が今はわたしを見ていた。しげしげとわたしを観察している。彼は何歳だろう、とわたしはぼんやり考えていた。わたしよりは年上だけれど、父よりはずっと若い。

「わたしですか？」わたしは品よく微笑んで背筋をしゃんと伸ばし、膝の上でナプキンを撫《な》でた。マナーには自信があるし、気の乗らない会話でもうまくこなせる。学校ではラテン語に行儀作法、一般教養を学び、世界的な指導者からチンピラまで、誰が相手でも楽しませることができた。「わたし、学校は一年前に卒業したんです。今は社交界でがんばって、ここシカゴでおつきあいを広げられればと思っています」

「つまり、仕事も勉強もしていないわけだ」向かいの男がにべもなく言って酒をあおり、わたしの父に意地の悪い笑みを向けた。わたしは父に目配せして助けを求めながら、耳が熱くなるのを感じた。父には男の声が届いたはずだが、聞き流すことに決めたようだった。

「ちょっと、やめてよ」無礼な男の横でブロンド女性がうなり、顔を赤らめた。男は手を振って彼女の訴えを退けた。

「友人同士の会話だ。誰もこのことをもらしたりはしない」

このことをもらす？　いったい彼は何者なの？

わたしは頭をあげ、飲み物を口にした。「ほかにやることはありますわ、もちろん」

「聞かせてくれ」男はさも興味がありそうな、わざとらしい口調で言った。周囲は皆口をつぐんだ。身をすくめるしかない恐ろしい沈黙がその場を包んでいる。

「わたしは慈善活動が大好きで……」

「それは本当の活動とは言えない。きみが実際にやっていることはなんなんだ？」

動詞よ、フランチェスカ。動詞を考えて。

「馬に乗ったり、ガーデニングを楽しんだり。ピアノも弾きます。あとは……必要なものがあれば買い物に行ったりもするし」わたしは事態を悪化させている。それはわかっていた。けれども彼は話題を変えることを許さず、誰もわたしを助けようとはしなかった。

「それは趣味や贅沢《ぜいたく》だ。きみは社会にどう貢献している、ミス・ロッシ？　北米を埋め尽くすほどの服を買い込んで、この国の経済を支える以外にやっていることはあるのか？」

繊細な磁器の上でカトラリーがかちゃりと音を立て、どこかで女性が息をのんだ。続いていたほかの話し声が完全にやんだ。

「もういいだろう」父がうなった。その声は氷のように冷たく、目には生気がなかった。わたしはひるんだが、黒いマスクの男は相変わらず堂々と背筋を伸ばし、会話がどう進むのか面白がっているようだった。

「そうですね、アーサー。あなたの娘さんについて知るべきことは、すべてわかりました。たったの一分で」

「きみは家庭でも政治家としての、そして国民としての義務があることを忘れてしまったのかね？　それにマナーというものも」父がとことんマナーを守った態度で言った。

男の笑顔は狼《おおかみ》のようだった。「その逆ですよ、ミスター・ロッシ。きわめて明確に認識しています。あなたの未来を考えると、大いにがっかりなさるでしょうが」

プレストン・ビショップとその妻はこの悲惨な事態を救うべく、ヨーロッパでわたしがどんな教育を受けたか、リサイタルはどうだったか、何を学びたいのか（植物学だが、わたしはばかではないので大学進学が選択肢にないことは口にしなかった）など、次々に質問を重ねていった。両親はわたしの完璧な受け答えに微笑み、無礼な男の隣の女性までもがおずおずと会話に加わって、高校を卒業して大学に入るまでの一年間の遊学期間に行ったヨーロッパ旅行のことを話した。彼女はジャーナリストで、これまでに世界じゅうを旅してきたという。だが、みんながどんなによくしてくれても、わたしは彼女の連れの男の鋭い舌鋒《ぜっぽう》によって受けた辱めから立ち直ることができなかった。ちなみにその男は、新たに酒を注がれたタンブラーの底を、またしても退屈そうな顔で見つめていた。

わたしは男に、あなたには酒なんて必要ない、それよりもちゃんとしたお医者様にかかったほうがいいんじゃないかしら、と言ってやりたかった。

ディナーのあとはダンスの時間だった。参加している女性は皆カードを持っていて、そこには非公開の入札をした男たちの名前が書き込まれている。入札額はすべてチャリティに寄付されることになっていた。

わたしは女性たちの名前が書かれたカードが並ぶ長いテーブルへ、自分のカードをチェックしに行った。アンジェロの名前を見つけて鼓動が速まったが、その喜びはすぐに恐怖へと代わった。わたしのカードにはほかよりもずっと長く、端まで、いかにもイタリア系という名前が書き込まれていた。今夜はずっと、足が棒になるまで踊って過ごすことになりそうだ。アンジェロとこっそりキスするなんていうことができるのだろうか？

最初のダンスの相手は連邦裁判所の判事だった。次はニューヨークから来た鼻息荒いイタリア系アメリカ人のプレイボーイ。彼は、わたしの容貌にまつわる噂《うわさ》が本当かどうかを確かめるためだけにここへ来たと言い放った。中世の公爵のようにドレスの裾にキスをし、酔っ払ってふらふらになっている彼を友人たちが引っ張ってテーブルへと連れ戻した。どうか父にデートの申し込みをしないでくれますように、とわたしは心のなかで祈った。彼はわたしを『ゴッドファーザー』の登場人物とでも思っているのだろう。三人目はビショップ知事で、四人目がアンジェロだった。曲は比較的短いワルツだが、わたしはなんとか気分を落ち込ませないようにした。

「ここにいたんだね」次は自分の番だとばかりに、わたしと知事に近づいてきたアンジェロの顔は輝いていた。

シャンデリアが天井できらめき、大理石の床に踊り手たちのヒールの音が響いている。アンジェロは会釈をしてわたしの手を取り、もう一方の手をわたしのウエストにまわした。

「きみは美しい。二時間前よりもっと」彼はため息をつき、あたたかな空気をわたしの顔にかけた。ベルベットのようになめらかで小さな蝶《ちょう》の羽根が、わたしの胸をくすぐった。

「そう言ってもらえるならよかったわ。踊り続けて息もできない感じだもの」わたしは声をあげて笑い、アンジェロの目の奥を探った。今は彼にキスしてもらうことはできない。そう思うと胸のなかの蝶はパニックに押し流され、恐怖がわいてきた。彼と落ちあうことができなかったらどうなるの？　あのメモに書いてあったことは意味をなさなくなる。

あの木製の箱はわたしを救うか殺すかのどちらかだわ。

「きみの息が切れたら、ぼくが喜んでマウス・トゥ・マウスの蘇生《そせい》術を施そう」アン

くっつける。

ジェロはわたしの顔をさっと見た。喉がごくりと動く。「でも、まずは来週のごく普通のデートが先だな。もしきみも興味があればの話だが」

「興味はあるわ」わたしの返事は早かった。アンジェロが笑い、額をわたしの額にくっつける。

「いつか知りたい?」

「デートがいつかってこと?」小声で尋ねた。

「それもある。ちなみに金曜日だ。だがぼくが言ったのは、きみがぼくの妻になるということを、ぼくがいつ知ったのかということだよ」

アンジェロが落ち着いた口調で言う。わたしはうなずくのがやっとだった。本当は声をあげて泣きたかった。ウエストにまわされた彼の手に力がこもるのを感じ、わたしは自分がバランスを失いかけているのを知った。

「きみが十六になった年の夏だ。ぼくは二十歳だった。年下好きだな」彼は笑った。「ぼくの家族はシチリアの別荘に遅れて到着したんだ。スーツケースを転がして川沿いを歩き、別荘に向かっているとき、きみが桟橋の上で花を王冠に編んでいるのが見えた。きみは花に向かって微笑み、それがとてもかわいくて儚《はかな》げだった。ぼくは言葉をかけてその空気を壊したくないと思った。それから風が吹き、花をまき散らした。

きみはためらいもしなかった。頭から川に飛び込んで、王冠から巻きあげられた花をひとつ残らず取り戻した。それがまた使えるかどうかもわからないのに。どうしてあんなことを？」

「母の誕生日だったの」わたしは打ち明けた。「失敗は選択肢になかったわ。ちなみに誕生日プレゼントの王冠は、とてもきれいに仕上がったのよ」

わたしはふたりの胸のあいだに無駄に空いているスペースに視線を漂わせた。

「失敗は選択肢になかった」アンジェロが繰り返す。

「あの日、レストランの化粧室で、あなたはわたしの鼻にキスしたわ」わたしは指摘した。

「覚えているよ」

「今夜も鼻へのキスを盗むつもり？」

「きみからは何も盗まない、フランキー。ありったけの金を払って、きみのキスを買う」彼は愛敬《あいきょう》たっぷりに言ってウインクした。「でも、きみのカードにはぎょっとするほどたくさんの名前が書かれていたし、ぼくはここへの招待状を手に入れた幸運なメイド・マンたちに挨拶してまわらないといけないから、支払いはまた後日ということになるかもしれないな。心配はいらない。マリオにはもう言ってあるんだ、金曜日に車の番をしてもらうためのチップははずむから、と」

パニックが今や嵐のようにわたしを襲っていた。もしアンジェロが今夜キスしてくれなかったら、メモに書かれた予言は果たされないことになる。

「ねえ、お願い」わたしは恐怖を押し隠すために、できるだけ明るく微笑もうとした。「脚がもう休憩って言ってるわ」

彼はこぶしを噛《か》むしぐさをして笑った。「それは性的な含みのある発言だな、フランチェスカ」

わたしは絶望で泣きたいのか、いらだちで叫びたいのかわからなかった。たぶん両方だ。曲はまだ途中で、わたしたちはお互いの腕のなかで体を揺らしていた。と、そのとき、大きく開いた背中の上のほうに、しっかりとした強い手が押し当てられるのを感じた。

「ぼくの番だと思うが」わたしの後ろから低い声がとどろいた。顔をしかめて振り向くと、そこに黒いマスクをつけたあの無礼な男が立ち、こちらを見返していた。

彼は背が高く――百九十センチかそれ以上はある――漆黒の髪はきっちりと後ろへ撫でつけられていた。体は細身だが筋骨たくましく、肩幅は広い。シルバーグレーの目は脅すようにすがめられ、完璧な形をした唇を縁取る顎はがっちりとして、そうでなければハンサムすぎて作りものめいて見える顔に個性を加えていた。唇には軽蔑するような、人間味のない笑みが浮かび、わたしはその顔をはたいてやりたくなった。彼は明らかに、ディナーの席でのわたしの発言を今もばかにしているのだ。でも、ここには観衆がいた。部屋の半分があからさまに興味を持ってこちらを見ている。女性たちは金魚鉢に飛び込んだ飢えたサメのような目で彼を見つめ、男性たちは半ばゆがんだ笑いを顔に浮かべていた。

「手を離せ」アンジェロは歯をむいたが、音楽はもう次の曲になっていた。

「おまえこそ」男が無表情で言う。

「本当にあなたがわたしのカードに名前を？」わたしは礼儀正しく他人行儀な笑顔で男に向き直った。アンジェロとのやりとりでまだ動揺しているというのに、見知らぬ男はわたしを引っ張って自分の硬い体へ押しつけた。自分のものだと言いたげに背中に当てた手をさげ、もう少しでヒップをまさぐりそうな勢いだ。

「答えてちょうだい」わたしはいきり立った。

「きみのカードに最高の値をつけたのはぼくだ」男がそっけなく答えた。

「入札額は非公開よ。ほかの人がいくら払ったかなんて知らないでしょう」叫びだしてしまわないように唇を引き結ぶ。

「このダンスの価値からすれば到底見合わないほどの額なのは知っている」

まったくもって信じられないわ。

わたしたちはワルツに合わせて部屋をまわり始めた。よそのカップルは皆、うらやましそうな目でこちらを盗み見ている。女性たちがあからさまに色目を使ってくるのを見ると、彼がここに連れてきたブロンド女性は妻ではないらしい。わたしは〈アウトフィット〉の男たちの渇望の的だったかもしれないけれど、この無礼な男もまた羨望のまなざしを集めていた。

わたしは彼の腕のなかで体をこわばらせていたが、彼は気づいていないようだった。気にしていなかっただけかもしれない。彼はたいていの男よりもワルツを踊るのが上手だったものの、技術ばかりで、アンジェロのようなあたたかさや愉快さはかけらもなかった。

「ネメシスか」彼の声にわたしはぎょっとした。彼は視線でレイプするかのように、わたしをなめまわしている。「喜びを与え、みじめさを分配する。テーブルでビショップと彼の馬面の妻をもてなしていた従順な少女にしては意外だな」

わたしは自分のつばでむせそうになった。この人、知事夫人のことを馬面って言った？　そしてわたしが従順ですって？　わたしは目をそらし、癖になりそうな彼のコロンの香りや、大理石みたいに硬い体の感触を無視しようとした。

「ネメシスはわたしの精神《スピリット・アニマル》を象徴する存在なの。彼女はナルキッソスを池へと誘い、わたしは自分の姿に見とれて虚栄のせいで死んだ。プライドは恐ろしい病気だわ」わたしは澄ました笑顔を彼に向けた。

「その病気にかかったほうがいい人間が、ここには何人かいそうだな」彼はまっすぐな白い歯を見せて笑った。

「傲慢さは病気。その治療法は哀れみ。多くの神々と違って、ネメシスには気骨があるわ」

「きみは?」彼が黒い眉をあげる。

「わたし……?」わたしは目をぱちくりさせた。礼儀正しく笑っていられたのはそこまでだった。この人はふたりきりになるといっそう無礼だ。

「気骨があるのか?」彼がなおも言った。あまりにも大胆に目を見つめてくるので、まるでわたしの魂に火を注ぎ込もうとしているかに思える。わたしは彼の手から逃れて氷の池に飛び込みたくなった。

「もちろんあるわ」そう言い返して背筋を伸ばす。「あなた、礼儀作法をご存じないの? 野生のコヨーテにでも育てられたの?」

「たとえばどんな?」彼は皮肉を無視して、離れようとするわたしを自分の腕のなかに引き戻した。飾り立てられた舞踏室はぼやけ、わたしはマスクの奥の彼の顔が驚くほど美しいことに気づきかけていたにもかかわらず、目につくのはそのふるまいの醜さだけだった。

わたしは戦士で、レディよ……そして正気の人間として、この忌まわしい男に対処しなければ。

「わたしはアンジェロ・バンディーニが大好き」

わたしは声を落とし、視線を先ほどアンジェロの一家が座っていたテーブルのほうに向けた。わたしの父はそこから何席か離れたところに座り、冷たい目でこちらを見つめている。そのまわりをメイド・マンたちが取り巻き、話に花を咲かせていた。

「わが家には十世代も前から続く伝統があるの。結婚式の前に、ロッシ家の花嫁は木製の箱を開ける——先祖が住んでいたイタリアの村で魔女が彫った木箱よ。そして三つのメモを読む。その前に結婚したロッシの女性が書いたメモ。それはお守りと占いがまじったような、幸運の魔法なの。わたしは今夜その箱をこっそり開けて、メモの一枚を見たわ。そこには、今夜わたしは運命の人にキスされると書かれていた。そして……」わたしは唇を嚙み、アンジェロが座っていた椅子に目を向けた。男はまるで外国語の映画でも観《み》ているかのように、冷ややかにわたしを見ている。「わたしは今夜、彼とキスするの」

「それがきみの気骨なのか？」

「野望があれば、それに向かって突進するのがわたしよ」

マスクがゆがみ、その奥で、どこまで間抜けなのかと言いたげに顔がしかめられる。わたしは彼の目をまっすぐに見た。彼のような男への最善の対処法は、逃げだすのではなく対決することだと父から教えられていた。たとえ逃げても、この男はどこまでも追ってくるだろう。

ええ、わたしはあの伝統を信じています。

いいえ、わたしはあなたがどう思おうとかまいません。

そのとき、わたしは彼の名前を尋ねてさえいなかったことに思い当たった。今夜はずっと彼に自分の人生について語っていたのに。別に知りたくもないけれど、少なくとも作法としては知りたいふりをするのが筋だろう。

「あなたがどなたなのか、おききするのを忘れていたわ」

「それはきみが気にしていなかったからだ」彼がぴしゃりと言う。

先ほどまでと同じく、彼は黙ってわたしを見つめた。退屈しきっているというそぶりとは裏腹に視線には熱がこもっていたが、わたしは何も言わなかった。彼が言ったことは当たっていた。

「ウルフ・キートン上院議員だ」鋭い口調で、彼はそう言った。

「上院議員？　そんなにお若いのに？」わたしはおべっかを使って、彼が自分のまわりに張りめぐらせた傲慢さの厚い壁をどうにか崩そうとした。こういうろくでなしには、首根っこをきつく引っ張ってやらないとわからないこともある。いいえ、本当に首を絞めるということではないわよ。そうしたいのはやまやまだけれど。

「三十歳だ。九月が誕生日だった。選出されたのは、この十一月だ」

「おめでとうございます」わたしには関係ないけれど。「お喜びになったでしょうね」

「それはもう狂喜乱舞したものさ」ウルフはわたしの体をさらに近くへ引き寄せた。

「個人的なことをお尋ねしてもいいかしら？」わたしは咳払《せきばら》いをした。

「ぼくの質問にも答えてくれるのなら」彼が言い返す。

その提案をじっくり考えてみた。

「いいわ」

ウルフはうなずき、わたしに言葉を続けさせた。

「あなたがわたしにダンスを申し込んだのはどうして？　しかも楽しめるかどうかも

わからないのに、多額のお金を払ってまで。あなたは明らかに、わたしは浅薄で不愉快な女だと思ってらっしゃるんでしょう？」

今宵《こよい》初めて、微笑みに似たものが彼の顔をよぎった。それは不自然で、幻のようだった。この人には笑うという習慣がほとんどないのだろう。あるいは皆無なのだ。

「自分の目で見たかったんだ、きみが美しいという噂が真実かどうか」

またたわ。わたしはウルフの足を踏んでやりたいという衝動をこらえた。男というのは本当に単純な生き物だ。でも、とわたしは思い出した。アンジェロはわたしが前よりもきれいだと思ってくれている。歯の矯正をして、鼻も頰もそばかすだらけで、グレーがかったブラウンの髪をどうやったら落ち着かせられるのかわからなかった、あの頃よりも。

「ぼくの番だ」ウルフが言った。わたしの見た目についての評価は口にしなかった。

「きみのバンジーニとは、もう子どもたちの名前を決めたのか？」

それは奇妙な質問だった。間違いなく、わたしをばかにしているのだ。わたしはすぐさま背を向けて歩み去りたかったが、演奏の音量は小さくなりかけていた。じきに終わる決闘で、今タオルを投げるのはばからしい。それにわたしが何を言おうと、彼をいらだたせることができるのだ。完璧な一撃を決めるチャンスを逃す手はない。

「バンディーニよ。そして、ええ、実はわたし、もう子どもたちの名前も決めたの。クリスチャンにジョシュア、エマリーヌ」

そう、性別までも決めてある。ひとりで過ごす時間が長すぎるとこうなるのだ。黒いマスクをつけた見知らぬ男は、今や大笑いしていた。怒りが沸騰して血管を駆けめぐる毒を忘れさせてくれたのだとすれば、わたしはコマーシャルに出てきそうな彼の真っ白な歯に感謝すべきかもしれない。舞踏会の手引きには、ダンスの終わりに男性は頭をかがめて女性の手にキスすること、と書かれていたけれど、彼は一歩さがってわたしに敬礼のようなポーズを取ってみせた。「ありがとう、フランチェスカ・ロッシ」

「それはダンスに対して？」

「洞察が深まったことに対して」

キートン上院議員との呪われたダンスのあとも、状況は悪くなる一方だった。アンジェロは男たちとテーブルに陣取り、議論を白熱させていた。わたしは腕から腕へと放りだされ、笑顔で言葉を交わし、一曲終わるごとに希望と正気を失っていった。自分の愚かさが信じられなかった。わたしは母の木箱を盗んだ――盗みを働いたのはあとにも先にもこれっきりだ――そしてメモを読み、アンジェロに自分の気持ちを伝えようと勇気を奮い立たせた。もし彼が今夜わたしにキスをしなければ——もし今夜わたしに誰もキスをしなければ——それはつまり、わたしは愛のない人生を送ることになるの？

舞踏会の開始から三時間後、わたしはなんとか美術館の入り口から抜けだして幅広のコンクリートの階段に立ち、春の夜のさわやかな空気を吸い込んでいた。最後のダンス相手は、ありがたいことに妻が産気づいたということで、予定を早めに切りあげて去っていった。

わたしは自分で自分を抱きしめ、シカゴの風に立ち向かった。何に対してということもなく、悲しく笑った。一台のタクシーが背の高いビル群を縫って走っている。ひと組のカップルが自分たちの行き先に向かって、浮かれた様子で歩いていた。

ガタン。

それはまるで、誰かが世界を停止させたかのようだった。ふいに通りの街灯が消え、視界からすべての明かりが失われた。

それは陰鬱なほどに美しい光景だった。目に見える明かりは頭上で寂しく光る三日月だけ。わたしは後ろから一本の腕がウエストにまわされるのを感じた。自信に満ちて力強いその腕は、わたしの体にぴたりと合わさった。まるで慣れ親しんだものであるかのように。

もう何年も。

わたしは振り返った。アンジェロの金色と黒のマスクがわたしを見返した。肺からすべての空気が抜け、わたしはほっとして彼の腕のなかへ身を預けた。

「来てくれたのね」そっとささやく。

彼の親指がわたしの頬を撫でた。やさしい、言葉にならない答え。

イエス。

彼はかがみ込んで、唇をわたしの唇に重ねた。わたしの心臓が歓喜の声をあげた。

黙ってて。いよいよこのときが来たわ。

わたしはタキシードの端をつかんで彼を引き寄せた。ふたりのキスはこれまでに数えきれないほど想像したけれど、こんな感じだとは思ってもみなかった。ここがあるべき場所。酸素。永遠に続くもの。彼のふっくらした唇がわたしの唇の上で震え、わたしの口のなかに熱い空気を送り込んだ。彼は口を探索し、下唇を噛み、わたしの口は自分のものだと主張した。頭を横に傾けて、熱烈な愛撫《あいぶ》を始め、開けた口から伸びてきた舌がわたしの舌をさらった。わたしも同じようにした。彼はわたしを抱き寄せ、ゆっくりと、情熱的に、わたしをむさぼった。砂漠で泉を見つけたかのように、わたしの口のなかでうなり声をあげた。わたしは彼の唇に向かってうめき、彼の口の隅々までなめた。恥ずかしさと興奮と、何よりも自由を感じていた。

自由。彼の腕のなかにいても、わたしは解放されている。愛されていると感じること以上に、人を自由だと思わせてくれるものがあるだろうか？

わたしは彼の腕のなかで揺れ、たっぷり三分間はキスしていた。それから、霧のかかった脳みそに感覚が戻ってきた。彼はウイスキーの味がした。アンジェロはずっとワインを飲んでいたのに。彼はわたしよりもずっと——アンジェロよりも——背が高かった。コロンの香りが鼻をくすぐり、わたしはあの冷たいシルバーグレーの目を、生々しいパワーを、腹のなかで燃える怒りの炎にちらりとまじった淫靡《いんび》な官能を思い出した。ゆっくりと息を吸い、あの炎がふたたび燃えるのを感じた。

まさか、そんな。

わたしは彼から唇を離してあとずさりし、階段を踏み外した。彼は転落しかけたわたしの手首をつかんで引き戻したが、もうキスしようとはしなかった。

「あなたなの！」声が震えた。完璧なタイミングで街灯に明かりが戻り、彼の顔の輪郭を照らしだした。

アンジェロは顎はがっちりしているけれど、ほかはやわらかな丸みがある。この男はどこもかしこも鋭くて、ごつごつしていた。マスクをつけていても、これがわたしの恋しい相手でないことはわかった。

なぜこんな真似《まね》を？　涙が目にあふれたが、こぼれないようにこらえた。打ちのめされる様子を見せて、この見知らぬ男を満足させたくはない。

「よくもこんなことを。いったいどうやって……」わたしは静かに言い、叫びださないように頰の内側を嚙んだ。口のなかにあたたかな血の味が広がった。

彼は一歩さがり、アンジェロのマスク——どのように手に入れたのか——を外すと、汚いごみであるかのように階段へ放り投げた。マスクを取った顔は、ベールを取り去った芸術作品にも負けず美しかった。獰猛《どうもう》に脅すような目がわたしの視線をとらえる。わたしは一歩横にずれ、ふたりのあいだにさらに距離を空けた。

「どうやって？　簡単だった」彼はあからさまに侮蔑の表情を浮かべた。「だが、ここはちょっと頭が働くのなら、〝なぜ〟と尋ねるところだろうな」

「なぜ、ですって？」わたしはあざけった。この五分間はなかったことにしたかった。違う人にキスされていたなんて。アンジェロは——わが家の伝統によれば——わたしの運命の人ではなかったということになってしまう。しかも、よりによってこの……。

今度は彼が横に一歩ずれた。それまでは広い背中にさえぎられていた美術館の入り口に、肩を落とし、口を開け、マスクをつけていない顔でこちらをじっと見ている人がいた。

アンジェロは腫れあがったわたしの唇を見ると向きを変え、彼を追って走ってきたエミリーとともに美術館のなかへ戻っていった。

ウルフという名の狼は、もはや羊の皮をかぶっていなかった。わたしに背を向けて階段をあがり、入り口に到着すると、合図されたかのように連れのブロンド女性が現れた。ウルフは彼女の手を取って階段をおりていき、途中の段の上でしおれているわたしには目もくれなかった。ブロンド女性が何やら言うのが聞こえ、彼がそっけなく返事をすると、彼女の笑い声が鈴のように空中に響いた。

彼らのリムジンのドアが音を立てて閉まった。わたしは唇があまりに痛くて、彼に火をつけられたのではないと確認するために手を触れずにはいられなかった。停電は偶然ではない。彼がやったのだ。

彼は電力を奪った。わたしの力も。

わたしはコルセットの奥からメモを引っ張りだし、階段に投げ捨てて、かんしゃくを起こした子どものようにそれを踏みつけた。

ウルフ・キートンはキス泥棒だ。

2

フランチェスカ

その晩、わたしの心のなかでは闘いが巻き起こっていた。わたしは煙草《たばこ》をふかしながら寝室の天井を見あげ、クモの巣やタイルの欠けを観察していた。

あんなのはただのばかげた伝統よ。科学的裏付けなど何もない。そう、メモに書かれた予言がすべて現実になったわけでもないわ。わたしはウルフには二度と会わないですむかもしれない。

けれどもアンジェロには、じき会うことになっている。たとえ彼が来週金曜日のデートをキャンセルしても、結婚式や内輪の催しなど、ふたりとも出席する行事は多い。

アンジェロに直接すべてを説明してもいい。愚かなキスひとつで、何年も重ねてきた言葉の前戯が消え去ったりはしない。キートン上院議員とキスしたのは相手がアンジェロだと思い込んでいたからだとわからせれば、彼もきっと自責の念に駆られるだろう。

わたしは煙草を消し、また次の一本に火をつけた。アンジェロにひたすら謝り倒すメッセージを送りたいという衝動をこらえ、携帯電話には手も触れなかった。これについては、いとこのアンドレアと話さなければ。街の向こうに住んでいて二十代初めの彼女は、気は進まないながら、恋愛相談ができる唯一の相手だった。

ピンクと黄色のカーテンが空におり、朝が訪れた。鳥たちが窓の桟でさえずっている。

わたしは日差しをさえぎろうと目の上に腕をかざして顔をしかめた。口のなかは灰と失望の味がした。今日は土曜日で、母が何か思いつく前に出かける用事を作らなければならない。母がわたしを買い物に連れだして高価なドレスを買おうとか、アンジェロ・バンディーニについて質問攻めにしようとか、よけいなことを思いつく前に。ワードローブには悪趣味な服や靴がぎっしり並んでいたが、わたし自身はイタリア系アメリカ人の帝王一族にしてはずいぶんと質素だった。やむをえず役割を演じているものの、病弱で頭の軽いプリンセスのように扱われるのは大嫌いだ。メイクもほとんどしないし、髪はワイルドにはねているときが一番好き。馬に乗ったり、庭をいじったりするほうが、買い物やネイルに出かけるよりも好きだった。ピアノを弾くのはお気に入りの気晴らしだ。何時間も試着室のなかに突っ立って、母や母の友人たちに見定められるのは地獄以外の何物でもなかった。

わたしは顔を洗って黒い半ズボンをはき、乗馬用ブーツを履いて、白いプルオーバーのジャケットを着た。キッチンにおりていくと、煙草の箱を取りだして一本に火をつけ、一杯のカプチーノと鎮痛剤二錠をのんだ。口から青い煙が立ちのぼる。わたしは嚙みすぎて深爪になった指でダイニングテーブルをとんとんと叩《たた》き、心のなかでまたキートン上院議員を呪った。昨日のディナーの席で、彼はわたしがこの生き方を選んだだけでなく、大いに気に入っていると思い込んでいた。負けが決まっているのに勝とうと無謀な闘いを始めるのではなく、和睦を結んだだけなのかもしれないとは露ほども考えていないだろう。

わたしは自分が仕事に就くことなど許されないのを知っている。心が折れるような現実と折りあいをつけてきたのだ。それなのに、なぜ自分が望むたったひとつのものさえ手に入れられないの？〈アウトフィット〉のなかで唯一好きだと思える人、アンジェロとの人生さえあればよかったのに。

ヒールの音がして、二階で母が歩きまわっているのがわかった。父のオフィスの古いドアがきしみながら押し開けられ、父がイタリア語で電話の相手に怒鳴るのが聞こえる。母がわっと泣きだした。母は泣き虫ではないし、父が声を荒らげることはめったにない。ふたりの行動がわたしの関心を引いた。

オープン型のキッチンと広いリビングルームから出られるバルコニーまで、一階をざっと見まわしていると、マリオとステファノが声をひそめてイタリア語で言い争っているのが目に入った。ふたりはわたしが見ていることに気づくと口をつぐんだ。

頭上の時計を見た。まだ十一時にもなっていない。

今にも悲惨なことが起こる、あの感覚。最初に足元の地面が揺れて、テーブルの上のマグカップが音を立て、猛烈な嵐が襲ってきそうな。今この瞬間はまさにそれだった。

「フランキー！」母が甲高い声で叫んだ。「お客様がいらっしゃるわ。出かけないで」わたしが今にも外出しようとしていたのを見透かしたようだった。これは警告だ。わたしの肌が粟立《あわだ》った。

「お客様って、どなた？」わたしは叫び返した。

その答えはすぐには返ってこなかった。二階にあがって両親に詰め寄ろうとしたところに、ドアベルが鳴った。

ドアを開けたわたしの前には新しい宿敵、ウルフ・キートンが意地の悪い笑みを浮かべて立っていた。昨夜ほとんどつけていたマスクがなくても、それが彼だとわかった。憎むべき男だけれど、彼は忘れられない顔をしている。

決然として、よそよそしい態度で、身のこなしはむかつくほどエレガント。仕立てのいい摂政時代風の格子縞《じま》のスーツを着ている。彼はローファーから朝露を振り落とし、そのあとからボディガードたちがついてきた。

「ネメシス」ウルフが吐き捨てるように言った。まるでわたしが彼に悪いことをしたみたいに。「今朝の気分はいかがかな?」

最悪よ、あなたのおかげでね。もちろん、ウルフにわたしの気分を左右するような力があるなんて教えてやる必要もないけれど。アンジェロとのファーストキスをわたしから奪っただけでも充分に最悪だ。

わたしはウルフと目を合わせず、彼の後ろで玄関のドアを閉めた。相手が死神でも、もう少し歓迎したかもしれない。

「上々です、キートン上院議員。実際、昨日のお礼を言いたくて」わたしは異様なほど礼儀正しい微笑みを顔に張りつけた。

「そうなのか?」彼は疑わしげに片方の眉をあげ、ジャケットを脱ぐと、わたしが受け取ろうとしないのでそれをボディガードのひとりに渡した。

「ええ。本物の男性にあるまじきふるまいを見せていただいて、アンジェロ・バンディーニこそがわたしのために存在する男性だと証明されました」ボディガードはわたしを無視して、ジャケットをわが家のハンガーにかけた。父のボディガードとは違い、ウルフのまわりにいる者たちは制服を着ていて、ほとんどは軍隊出身のようだった。

「紳士としては、あなたは落第。でも、敵としてはAプラスの評価を差しあげます。とても感銘を受けましたもの」わたしは彼に両の親指を立ててみせた。

「きみは面白いな」ウルフは唇を真一文字に引き結んだ。

「で、あなたは――」言いかけたわたしを、彼が鋭くさえぎる。

「弁護士だ。だから無意味なおしゃべりには耐えられない。ここできみとくだらない話を続けたいのはやまやまだがね、フランチェスカ、ぼくには仕事がある。それがすむまで待っていただきたいものだな。今日のちょっとした冗談は予告編にすぎないのだから」

「かなりひどい予告編ね。その映画がお蔵入りになっても驚かないわ」

ウルフは前かがみになってこちらの個人空間《パーソナルスペース》に踏み込むと、わたしの顎の下を指先で軽く叩いた。シルバーグレーの目がクリスマスの朝のように輝く。

「皮肉を言うなんて、育ちのいいお嬢さんにしては不作法だぞ、ミス・ロッシ」

「キスを盗むのは紳士がやるべきことのリストには入らないわ」

「きみはあんなに喜んでキスしていたじゃないか、ネメシス」

「相手があなただとは知らなかったからよ、悪党《ヴィラン》」

「キスはあれだけで終わらないし、こちらから求めなくても、きみからしてくるようになる。ぼくは破られるに決まっている約束をしてまわる気はない」

頭がどうかしているんじゃないの、とわたしが言う前に、ウルフはもう階段をのぼり始めていた。階段の下に残されたわたしは目をしばたたいてショックを追い払おうとした。彼はどうして自分がどこへ行くべきか知っているの？　でも、その答えは明白だった。

彼は前にもここに来ているのだ。

わたしの父を知っている。

そして父のことがまったく好きではない。

それから二時間、わたしはキッチンで立て続けに煙草を吸い、うろうろと歩きまわって過ごした。自分でカプチーノをいれたものの、ひと口すすっただけで捨ててしまった。喫煙はわたしに許された唯一の悪癖だ。母は食欲減退に役立つと言い、父は煙草を吸うのが洗練されていて世慣れた行為だと考える世代だった。煙草はわたしを大人の気分にさせてくれた。それ以外のときは自分が赤ちゃん扱いされ、守られているのを知っていた。

ウルフが階段をあがってから十分後には、父の弁護士がふたり、そしてもうふたり、これも弁護士らしく見える男たちが家に入ってきた。

母の行動は奇妙だった。

わたしは生まれて初めて、ミーティング中の父のオフィスに母が入っていくのを見た。母は二度出てきた。最初は飲み物をさげるためで、そんなのはいつもならメイドのクララがやることだ。二度目はヒステリックにぶつぶつとつぶやきながら二階の廊下を歩きまわり、うっかり花瓶を落としていた。

もう何日も経ったかと思えるほど時間が過ぎて、ようやくオフィスのドアが開き、ウルフだけが階下におりてきた。わたしはまるで余命宣告を待つ患者のように立ちあがった。先ほどの彼の最後の言葉が、わたしの体内に蛇をのたくらせていた。嚙まれれば命に関わる猛毒の蛇だ。ウルフは、わたしがまた彼にキスをすると思っている。けれど、もしわたしの父を通じてデートを申し込んだとしても、失望を味わうことになるだろう。彼はイタリア系ではないし、〈アウトフィット〉のファミリーの一員でもない。それにわたしはまったく彼が好きではない。その三つの要素を父は考えるはずだ。

ウルフが階段の最後の段で足を止めた。自分がどれほど背が高く、堂々としているかを見せつけ、わたしがどれほど小さくて取るに足りない存在かを知らしめるように。

「評決を聞く覚悟はできているか、ネム？」彼の唇が罪深いカーブを描いた。

腕の毛が逆立ち、わたしはジェットコースターに乗っているみたいな感じがした。震える息を吸い込んで、みぞおちを襲う恐怖の波に耐えなければならなかった。

「待ち遠しくてたまらないわ」くるりと両目をまわしてみせる。

「ぼくについてこい」ウルフは命じた。

「いいえ、けっこうよ」

「これはお願いじゃない」彼がぶっきらぼうに言う。

「よかったわ、受け入れるつもりもないから」口にしてみると、ずいぶんと乱暴な物言いに感じられた。誰に対してもこんなに無礼になったことはない。でも、ウルフ・キートンには怒りを浴びせてやるのが当然だ。

「スーツケースに荷造りしろ、フランチェスカ」

「なんですって？」

「荷造りだ。スーツケースを用意しろ」ウルフはゆっくりと繰り返した。わたしが彼の言葉の意味を図りかねているのではなく、聞き取れなかっただけだと思っているようだった。「十五分前、きみは正式にこのぼくと婚約した。結婚式は今月末だ。つまり、きみのあのばかげた箱の伝統は——話を聞かせてくれてありがとう、あれはぼくのプロポーズのいいアクセントになった——守られたということだ」彼が冷たく言い放つ。わたしは足元の床が崩れたような感覚に襲われ、怒りとショックの渦にのまれて呆然《ぼうぜん》となった。

「父がそんなことをするはずないわ」足が床にくっついたみたいで、自分の言葉が正しいと証明するために二階へ駆けあがることもできない。「最高の値をつけたからって、そんな人にわたしを売るはずがない」

ウルフの顔にゆっくりと笑みが広がった。彼は明らかにわたしの怒りを楽しんでいる。

「ぼくが一番の高値をつけたと誰が言った？」

わたしは全力で彼に殴りかかった。

これまで人を殴ったことなど一度もない。女性として、暴れるのは低級な人間のやることだと教えられて育ったのだ。だから、頬への平手打ちにはわたしが願ったほどの力はなかった。ほとんどじゃれるように当たって、ウルフのがっしりした顎を撫でただけだった。彼は身じろぎもしなかった。哀れみと無関心が、彼の底知れぬ鋼鉄のような目に渦巻く。

「二時間やるから荷物をまとめろ。間に合わなくて残ったものはそれきりだ。ぼくがどれほど時間に厳しいかを試そうと思うなよ、ミス・ロッシ」ウルフはわたしのパーソナルスペースに侵入してきて、金色の腕時計をわたしの手首にはめた。

「どうしてこんなことができるの?」わたしは反抗をやめ、彼の胸に手を押し当ててすすり泣いた。考えることができない。自分が息をしているかどうかも定かではなかった。「どうやって両親を説得して承認を取りつけたの?」

わたしはひとりっ子だ。流産しがちだった母は、わたしのことを値のつけられない宝石と呼んだ――けれども今ここで、わたしは手首にグッチの腕時計をはめられて、見知らぬ男のものにされようとしている。わたしが持たされることになっていた多額の持参金の、ほんの一部でしかないような腕時計で。両親は公の場でわたしに近づいてくるすべての求婚者を選別し、過保護なまでに友人を限定した。実際、わたしにはロッシの名を持つ女の子以外に、自分で選んだ友人はひとりもいなかった。

わたしが同じ年頃の女の子たちと出かけるたびに、両親は彼女たちが挑発的すぎるとか、充分に洗練されていないとか言って交際を禁じた。非現実的にも思えるが、どういうわけか、わたしは本当にそうなのだと信じて疑わなかった。

ここで初めて、父は神ではないのだ、とわたしは思った。父にも弱みがある。ウルフ・キートンはそれを見つけだし、自分の役に立つよう利用したに違いない。

彼はジャケットを着込み、ゆったりとドアへ向かった。すぐ後ろから、忠実なラブラドールの子犬のようにボディガードたちがつき従った。

わたしは二階へ駆けあがった。脚が燃えるようだった。

「よくもこんなことを！」怒りをぶつけた最初の相手は母だった。結婚のことに関しては味方になってくれると約束していたのに。わたしが駆け寄ろうとすると、父が腕をつかんで止めた。もう一方の腕をマリオがつかんだ。父の部下たちが直接わたしの体に触れたのは初めてだ。父がわたしに乱暴な行為をしたのも、これが初めてだった。

わたしは足を蹴りあげ、悲鳴をあげた。彼らがわたしをオフィスから引っ張りだそうとするあいだ、母は目に涙をためて立っていた。弁護士たちは部屋の隅に固まり、何もおかしなことは起きていないと言いたげに書類を見つめている。わたしは叫び声で家を破壊し、その残骸で全員を埋めてやりたかった。彼らと闘いたかった。

わたしはもう十九歳よ。逃げだすことだってできるわ。でも、どこに逃げる？　わたしは完全に孤立している。両親のほかに頼れる人などひとりもいない。それに資産もない。

「フランチェスカ」父が固い決意のみなぎる声で言った。「まあ、どうでもいいが、これはお母さんのせいではないぞ。わたしがウルフ・キートンを選んだ。彼のほうがいい選択だからだ。アンジェロはいいやつだが、しょせんは庶民だ。あいつの父親は、ただの肉屋だった。キートンはシカゴで最も結婚相手に望ましい独身男だし、将来は大統領になるかもしれない。裕福だし、年も上だし、長い目で見れば〈アウトフィット〉にとって有益だ」

「わたしは〈アウトフィット〉じゃないわ！」わたしは声を震わせた。「ひとりの人間よ」

「どちらも正しい」父が言い返す。「〈シカゴ・アウトフィット〉をゼロから再建した男の娘として、おまえは犠牲を払わねばならん。望むと望まざるとにかかわらず」

男たちは廊下の端のわたしの部屋へと、わたしを運んでいった。後ろからついてきた母は謝罪の言葉をつぶやいていたが、興奮していたわたしには聞き取れなかった。父がわたしにひと言の相談もなくウルフを選んだというのが何よりも信じられない。

けれども同時に、プライドの高い父がそれを認めることなどできないのもわかってい
た。ここで一番強い権力を持っているのはウルフだ。わたしにはその理由がわからな
かった。
「シカゴで最も結婚相手に望ましい独身男だろうと、アメリカ合衆国の大統領だろう
と、バチカンのローマ教皇だろうと関係ない。わたしはアンジェロと結婚したい
の！」わたしは吠《ほ》えたが、誰も聞いてはいなかった。
わたしは空気。目に見えず、取るに足りないもの。と同時に、生命を維持するには
なくてはならない存在だ。
彼らは部屋の前で足を止め、わたしの手首をつかむ手に力をこめた。もうどこにも
行けないとわかって、体から力が抜けた。なかをのぞくと、クララが涙をぬぐいなが
らベッドの上に開かれたスーツケースにわたしの服や靴を詰め込んでいる。母がわた
しの両肩をつかみ、向きを変えさせて顔を突きあわせた。
「メモに書いてあったでしょう、誰だろうとあなたにキスした人が、あなたの運命の
人だと」母の赤く充血した目が泳いだ。母も必死なのだ。「彼があなたにキスしたの
よ、フランキー」
「彼はわたしをだましたのよ！」

「あなたはアンジェロのことを本当はよく知らないわ、わたしの大事な子《ヴィタ・ミア》」

「キートン上院議員のことはもっと知らないわ」それに、知っている限りの彼は大嫌いだ。

「彼はお金持ちだし、見た目もいいし、輝かしい未来を手にしてる」母が言った。「お互いのことを知らなくても、これから知ればいいの。わたしは結婚したとき、あなたのお父様のことをよく知らなかったわ。ヴィタ・ミア、リスクもなしに手に入る愛があると思う？」

それでも慰めは得られるわ。わたしはそう思い、それから悟った。ウルフ・キートンはわたしの人生を、なんの慰めも得られないものにする気なのだと。


二時間後、わたしは黒いキャデラックに乗って、ウルフの所有地の黒い錬鉄製の門をくぐっていた。

そこまで来るあいだ、わたしはずっと安物のスーツを着た若いにきび面の運転手に警察署へ連れていってくれるよう懇願していたが、彼は耳を貸そうともしなかった。バッグのなかをかきまわして携帯電話を探してみても、どこにも見つからなかった。

「もう！」わたしはため息をついた。

助手席から男の冷笑が聞こえ、そこで初めてわたしはこの車に監視役もひとり乗っていたことに気づいた。

両親の住むリトルイタリーにはカトリック教会がたくさんあり、趣のあるレストランや子どもたちでにぎわう公園がある。ウルフ・キートンが住んでいるのは、落ち着いた高級住宅街のバーリング・ストリートだ。彼の家は白い巨大な邸宅で、ほかの家々と比べても笑えるほど大きかった。おそらく隣接する私有地もぶち抜いて建てたのだろう。自分のやりたいようにやるために他人を踏みつぶすのが、彼のお決まりのやり方らしい。

手入れの行き届いた芝生と凝った中世スタイルの窓がわたしを出迎えた。建物の壁には、男の体を自分のものと主張する女の指のように、蔦《つた》や羊歯《しだ》の葉が這《は》いまわっている。

ウルフ・キートンは上院議員かもしれないが、政治でこんなに儲《もう》かるわけがない。

玄関を過ぎて車が止まると、ふたりの使用人がトランクを開けて多数のスーツケースを引っ張りだした。クララを年寄りにして、もっと骨張った感じにした女性が戸口に現れた。

真っ黒なワンピースを着た彼女は顎をあげ、冷笑を浮かべてわたしを検分した。

「ミス・ロッシ？」

車からおりたわたしはバッグを胸に抱きしめた。あの最低男は出迎えにも来ていない。

女性が大股でわたしに近づいてきた。背筋を伸ばし、背中で組んでいた両手から片方のてのひらをわたしに向けてぱっと開く。

「わたしはミズ・スターリングです」

わたしはその手を取らずにまじまじと見つめた。彼女はウルフ・キートンの手先となってわたしを誘拐し、結婚させようとしている。クリスチャンルブタンのバッグで彼女に殴りかかっていないのは、わたしの礼儀正しさの賜物《たまもの》だ。

「あなたの棟にご案内します」

「わたしの棟？」わたしはつい彼女のあとについて歩きだし、自分に言い聞かせた
――いえ、約束した――これは一時的なことだ、と。ともかく今は考えをまとめて、計画を立てなければならない。今は二十一世紀なのだから、携帯電話かパソコンがあれば助けを呼べる。警察署にだって駆け込める。この悪夢は始まる前に終わっているはずだ。

そして、それからどうするの？　父に反抗して死の危険を冒す？

「ええ、そう、あなたの棟です。ミスター・キートンときたら、花嫁に関してはまるで古風で驚きましたよ。結婚するまでベッドをともにしないなんてね」ミズ・スターリングの唇をかすかな笑みがよぎった。彼女はその考え方を気に入っているらしい。わたしも同感。あの悪魔とベッドをともにするくらいなら、自分で自分の目玉をくり抜いたほうがましだ。

大理石の白い床からふたつに分かれた階段が左右に延びていた。歴代大統領の肖像画が飾られたミントグリーンの壁、凝った装飾の施された高い天井、暖炉、背の高い窓の向こうにある贅沢な中庭。今はすべてがぼやけて見える。

二重扉を通り抜けると、そこにはスタインウェイのピアノが置かれ、床から天井まである本棚には何千冊という本が所蔵されていた。わたしは思わず息をのんだ。

「あなたはお若く見えますすね」

「それは感想で、質問ではないわね。何が言いたいの？」わたしは不愛想に言った。

「あの方はもっと年上の女性を好まれるのだと思っていました」

「それよりもまず、自分から喜んでついてくる女性を好んでほしいわ」

信じられない。このわたしがそんなことを言うなんて。片手を口に当てた。

「ミスター・キートンは努力などなさらずとも、女性を魅了してしまうんですよ」ミズ・スターリングは屋敷の東側へ歩いていきながら語った。「あまりに多くの、あまりにいろいろな女性たちがいらっしゃるので、旦那様がお疲れになるのではと、わたしは心配しかけていました」彼女は頭を振り、薄い唇に思い出し笑いを浮かべた。

つまりウルフはプレイボーイということね。わたしは肩をすくめた。アンジェロは苛酷な人生経験をしてきているし、苦労なく育ったとは言えないけれど、本物の紳士だ。うぶだとは言わないが――それはわたしも知っている――女性を追いかけまわすタイプでもない。

「それなら、今度はわたしが心配される側になるということかしら。いずれは彼とベッドをともにするわけだから」わたしは吐き捨てるように言った。明らかに、玄関でマナーを捨ててきたようだ。自由と一緒に。

部屋に着くと、天蓋付きの四柱式ベッドや深い紫色のベルベットのカーテン、広大なウォークインクローゼットに大きな化粧台、手彫りのオーク材の机に庭を見晴らす革張りの椅子といったものに、いちいち足を止めて感嘆したりはしなかった。窓際に置かれた椅子から見える光景はきっとすばらしいのだろうと確信していたものの、わたしはシカゴで一番の眺めなど欲しくない。子どもの頃から過ごした家に戻りたかった。そしてアンジェロとの結婚式を夢見ていたかった。

「どうぞおくつろぎを。ミスター・キートンはスプリングフィールドへ飛んでいかれました。じきにお戻りになります」ミズ・スターリングはワンピースのへりを撫でつけた。そう、ウルフはアメリカの上院議員なのだ。尋ねるまでもなく、彼が政治家になる前にプライベートジェットを購入していたことがわたしにはわかっていた。代議士報酬のことならよく知っている。父が規則について、たびたび話していたからだ。父は、ルールを破るにはまずそのルールを熟知しなければならないと言った。父はこれまでも政治家に多額の献金をしてきていた。

どういうわけか、ウルフがプライベートジェットを持っていると考えるとつらさが増した。仕事に行くだけで大量の二酸化炭素を吐きだし、それを打ち消すには中規模の森ぐらいの植林が必要だ。スプリングフィールドだか、ワシントンＤＣだかにジェット機でひとっ飛びという生活をしながら、彼は自分の子どもや孫にどんな世界を残したいのだろう？

わたしはふと、ミズ・スターリングに協力を求めようとしてこなかったことに気づいた。実際、彼女はわたしが困っていることも知らないかもしれない。わたしは相手の冷たくてほっそりした手を自分の手で包み、ドアに向かおうとしたミズ・スターリングを引き止めた。

「お願い」切羽詰まった調子で言う。「こんなことを言ったら頭がどうかしていると思われるのはわかってるわ。でも、あなたのボスは両親からわたしをお金で買ったの。わたし、ここから逃げなきゃならないのよ」

ミズ・スターリングはわたしを見つめ、まばたきをした。

「ああ、そういえば、オーブンの中身をひっくり返すのを忘れていた気がします」彼女は足早に部屋を出ると、ドアを後ろ手に閉めた。

そのあとを追いかけてドアの取っ手をつかんだときにはもう、ミズ・スターリングはわたしを閉じ込めて鍵をかけていた。まったく！

わたしは部屋じゅうを歩きまわり、カーテンをつかんでレールから引きちぎった。なぜそうしたのかは自分でもわからない。ウルフの家のものを、なんでもいいから壊したかったのだ、彼がわたしを壊したみたいに。わたしはベッドの上に身を投げだし、全身全霊で叫び声をあげた。

その日は泣きながら眠りについた。夢のなかで、アンジェロが両親のもとを訪れ、ウルフとのあいだに何が起きたかを知って、わたしを探しまわっていた。夢のなかで、アンジェロは自分ではない男とわたしが一緒になるというのに耐えきれず、車でここへ乗り込んでウルフと対決した。夢のなかで、アンジェロはどこか遠い南国のような場所へわたしをさらっていった。どこか安全な場所へ。これは幻想にすぎないのだと、わたしにはわかっていた——父がウルフ・キートンを止められないのなら、ほかにそれができる人間はいない。

身じろぎして目覚めると、太陽の光がカーテンのない窓から流れ込んでいた。喉が渇き、目は開けられないくらい腫れている。死ぬほどグラス一杯の水が欲しかったが、それをお願いするぐらいなら死んだほうがましだった。

ベッドは片方の側に傾いていた。やっとのことで目を開けると、その理由がわかった。

ウルフがクイーンサイズのマットレスの端に座っていた。彼は皮膚も骨も心臓も貫いて燃やすような目で、わたしを見つめている。すべてを灰にしてしまうような目だった。

わたしは目を細め、何か言ってやろうと口を開けた。

「何か言う前に」彼が糊《のり》のきいた白いシャツの袖をまくりながら警告した。血管の浮きでた、日に焼けた筋肉質の腕が現れる。「まずは謝罪するのが筋だと思うが」

「謝罪ひとつですべてが丸くおさまると思うの？」わたしは辛辣に言い放ち、ブランケットをひったくって体を隠そうとした。もっとも、服はしっかり着ていたけれど。

ウルフがにやりとした。どうやらこのやりとりを気に入ったらしい。

「そのほうがいいスタートを切れる。きみはぼくが紳士ではないと言ったな。悪いが、ぼくの考えは違う。ぼくはきみの伝統を重んじ、きみにキスをしたあとで結婚を申し込んだ」

信じられない。

すっかり目が覚めて、わたしは背中をヘッドボードに押しつけた。

「わたしに、あなたに対して謝れというの？」

彼はアイロンがかかったリネンのやわらかな生地を手で伸ばし、じっくり時間をかけて答えた。

「きみのご両親が、きみが従順な妻になることばかり願っているというのは残念だな。きみには生まれつき、物事をすばやく把握する能力があるというのに」

「わたしがあなたを夫として受け入れると思っているなら、あなたはばかよ」わたしは胸の前で腕を組んだ。

ウルフはいかめしい顔でその言葉を考えているようだった。彼の指がわたしの足首の近くまで伸びてきたが、触れようとはしない。わたしが怒れば怒るほど相手が喜ぶとわかっていなかったら、きっと彼を蹴り飛ばしていただろう。

「きみはぼくに、あるいはなんでもいいがぼくのものに触れることができると考えると愉快だな。もっとも、ぼくのペニスをくわえさせてやるのはそれぐらい寛大な気分になっているときでないといけないが。今夜はディナーを食べながら、お互いへの理解を深めあってはどうだろう？　きみがこれ以上守れない宣言をしてしまう前に。この家には、きみに従ってもらわなければならないルールもいくつかあるのでね」

わたしは彼を殴りつけたくて、指先が熱く燃えるようだった。

「なぜ？　わたしはあなたと食事をするくらいなら、腐った果物を食べて下水を飲んだほうがましだわ」わたしは歯をむいてうなった。

「いいだろう」ウルフが背後から何かを取りだした。シンプルな白いカレンダーだ。彼はそれをナイトテーブルに置いた。贈り物というより手錠のように思えたあの腕時計のあとでは、それは気の利いたプレゼントに思えた。

彼はわたしではなく、カレンダーを見ながら口を開いた。

「習慣を形作るには二十一日かかる。きみにはぼくの行動様式を把握することを勧めるよ。なぜなら八月の二十二日には」そう言いながらベッドから立ちあがる。「きみは祭壇の前に立ち、ぼくに人生を捧げると約束するんだからね。その約束をぼくは真摯に受け止めるつもりだ。きみは借用書みたいなものであり、報復であり、正直なところ、連れて歩くにもなかなか様子がいい。おやすみ、ミス・ロッシ」ウルフは振り向いてドアのほうに向かい、ゆったりと歩いていく途中でカーテンを脇に蹴飛ばした。

少し経って現れたミズ・スターリングは、つぶれて腐っているように見える果物と、灰色に濁った水の入ったグラスがのった銀のトレーを捧げ持っていた。彼女は痛切な哀れみをこめた目でわたしを見つめた。しわの多い顔がいっそう老けて見える。ミズ・スターリングの目は詫びているようだった。

わたしはその謝罪も食べ物も受け取らなかった。

3

ウルフ

くそ。

あほ。

ボケナス。

間抜け。

ゲス野郎。

こんちくしょう。

これらは人前であろうとそうでなかろうと、イリノイ州を代表する上院議員としてもう決して吐かないと決めている言葉だった。州に——国に——仕えるというのが、唯一ぼくが情熱を傾けていることだ。問題は、ぼくの本当の育ちはメディアで書かれていることとはずいぶん違うという点だった。心のなかでは悪態をついていた。

しょっちゅう。

そして花嫁に激怒させられた今は特に、悪態をつきまくりたかった。

つぶれた野生の花の色をした目と、つややかでやわらかなブラウンの髪は、ぼくに手でやさしく包んでくれと誘っているかのようだ。

フランチェスカ・ロッシが一年前にシカゴへ戻ってきたときから、彼女の美貌にシカゴじゅうのエリートたちがひれ伏した。そして珍しいことに、フランチェスカに限っては、彼らが流す噂は完全な誇大広告とは言えないものだった。

残念ながら、ぼくからすれば未来の花嫁は甘やかされて育っただけの何もわかっていないお嬢様で、コネチカット州ほどに肥大したエゴを持ち、やりたいことといえば乗馬と拗《す》ねること——これはなかなか大胆な推測だが根拠はある——と、きれいな目をして自分と同じように特権階級を享受する子どもを産むことぐらいしかない。

フランチェスカにとって幸いなのは、結婚しても両親が敷いてくれたレールの上をそのまま進み、同じように贅沢な暮らしができるというところだ。結婚式が終わったら、ぼくは街の反対側に豪勢な屋敷を買って彼女をそこに住まわせ、クレジットカードと現金の詰まった財布を持たせてやるつもりだった。ぼくが彼女と顔を合わせるのは夫婦同席が求められる公式行事か、彼女の父親の手綱を引く必要があるときだけでいい。子作りなど問題外だが、フランチェスカの協力の度合いによっては、科学が進歩したこんな時代なのだから、精子提供を受けて彼女が子どもを産むのはかまわない。ぼくの子どもでなければ。

スターリングの報告では、フランチェスカは下水と腐った果物には手もつけず、今朝彼女の部屋に運ばせた朝食も、いっさい口にしようとしなかったという。もっとも、心配はしていなかった。わがままなお嬢ちゃんも、空腹に耐えられなくなれば食べるだろう。

ぼくは書斎で英国から運ばせたセオドア・アレクサンダー作のアンティーク・デスクにもたれ、両手をポケットに深く突っ込んで、ビショップ知事とシカゴ警察署長のフェリックス・ホワイトが口角泡を飛ばしてやりあっているのを、もう二十分も眺めている。

ぼくがフランチェスカ・ロッシと婚約したこの週末には、シカゴの通りでも八〇年代半ば以来という最悪の事態になっていた。ぼくの結婚が、この街で生き残るために必要な手段となるもうひとつの理由がこれだ。ビショップもホワイトも、金曜から日曜にかけて二十三件も起きた殺人事件のすべてに、直接的あるいは間接的にアーサー・ロッシが関わっているという話を繰り返していた。もっとも、ふたりともその名前は口に出さないが。

「一ペニー出しますから、お考えを聞かせてください、上院議員」ホワイトが革張りの椅子に座り直し、親指と人差し指で挟んだコインをぼくのほうへ投げた。ぼくはそれが床に落ちるのもかまわず、彼の顔を見つめていた。

「金を出すとおっしゃったのは面白い。犯罪率の上昇を止めるには、まさにそれが必要なんですよ」

「というと？」

「アーサー・ロッシです」

ビショップとホワイトが落ち着かない様子で目を見交わした。ふたりとも、顔がずいぶんと青ざめている。ぼくは含み笑いをした。アーサー・ロッシの面倒はいずれぼくが見ることになるが、それには物事を段階的に進めなければならない。今は彼が一番大事にしているものを手に入れたばかりだ。長い時間をかけて叩きつぶすには、あの男を新しい状況になじませる必要がある。

フランチェスカ・ロッシとの結婚を決めたのは――彼女の父親を破滅させることを十三歳のときから計画してきたのと違って――その場の思いつきだった。最初に、彼女がネメシスの姿で現れた。その皮肉な展開に、ぼくは笑みをもらさずにはいられなかった。次に、仮面舞踏会で娘の姿を追うアーサーの目が輝いているのに気づいた。彼の誇らしげな表情が、ぼくの神経を逆撫でした。彼女は明らかにアーサーの弱点だ。それからフランチェスカが騒ぎを巻き起こした。その美しさと品のよさを見逃す者はいなかった。そこから推測して、彼女と結婚すれば、それを脅しとしてアーサーの目の前にちらつかせることもできるし、ぼくの女たらしという評判も一掃できると考えたのだ。

そこにおまけがついてきた。彼女とぼくはロッシ帝国の唯一の跡継ぎだ。アーサー・ロッシは望むと望まざるとにかかわらず、自分の事業をぼくに譲り渡すことになる。

「父親の犯した罪を子どもに着せてはならない」アーサーの唇は震えていた。仮面舞踏会の翌朝、ぼくが彼の家を訪れたときのことだ。前の晩、連れの女がリムジンのなかでぼくのズボンのファスナーをおろし、フェラチオをする体勢を整えるまでの時間でアーサーにはメッセージを送り、早起きをしろと伝えてあった。その翌朝、彼は今にも心臓発作でも起こしそうな青白い顔をしているはずだ。だが、それはこちらの希望的観測だった。この畜生はまだちゃんと立って、まっすぐぼくを見つめ返している。

「聖書からの引用か」ぼくは挑発するようにあくびをした。「そこに書かれた戒律をあんたはかつて、というより何千回も破ってきたはずだ」

「娘を巻き込むな、キートン」

「彼女のために懇願するがいい、アーサー。ひざまずけ。つらい目になど遭ったこともない幸運な育ちの娘のために、あんたがプライドと威厳をかなぐり捨てるところがぜひ見たい。目のなかに入れても痛くない、シカゴじゅうの噂の的になるほど美人の娘だ。そして、率直に言って、ぼくは彼女を法律上の妻にしようと思っている」

アーサーはぼくが何を求めているのか――そしてその理由も、正確に理解していた。

「あの子は十九歳だぞ。きみは三十歳だ」彼はぼくを説得しようとした。大きな間違いだ。その昔、ぼくがアーサーを説得しようとしたとき、彼は耳を貸さなかった。いっさい。

「法律的に問題はない。健康で上品な美女を連れて歩けば、かなり汚れたイメージのあるぼくの噂も一掃されること間違いなしだ」

「あの子は見世物じゃない。きみが上院議員として再選を望むのであれば……」

アーサーはこぶしをきつく握りしめた。てのひらの皮が破れて血が出そうなほど力が入っていた。ぼくは彼の言葉を途中でさえぎった。

「あんたにぼくのキャリアの邪魔はさせない。ぼくがあんたに関して何を握っているか、あんたもわかってるだろう？　ひざまずけよ、アーサー。あんたが充分ぼくを説得できれば、彼女をあんたのもとに残しておいてやってもいいぞ」

「何が欲しいか言え」

「あんたの娘。次の質問」

「三百万ドル」彼の顎が胸の鼓動に合わせてわなないた。

「おやおや、アーサー」ぼくは頭を傾けてくすくす笑った。

「五百万だ」彼は口を引き結んだ。歯ぎしりの音が聞こえるほどだった。この男は権力者だ。あまりに権力がありすぎて、人に頭をさげることができない。だが人生で初めて、彼はそれをしなければならなくなっている。ぼくが握っているのは、アーサーを残りの人生ずっと刑務所にぶち込んで、〈アウトフィット〉全体を滅ぼすだけでなく、彼の大事な妻と娘を路頭に迷わせることができるほどのものだからだ。

ぼくはくるりと目をまわしてみせた。「愛というのは値のつけられないものだと思っていたんだがな。ぼくが本当に欲しいものをよこしたらどうだ、ロッシ? あんたのプライドだよ」

目の前にいる男——ぼくが猛烈に憎んでいる薄汚いマフィアの親分——はゆっくりと両膝をつき、顔に冷たい憎悪の表情を浮かべた。彼の妻、彼とぼく双方の弁護士たちは、それぞれ自分の足元に目を落とした。息詰まるような沈黙が、逆にやかましく思えた。

彼は今、ぼくの足元にいる。途方に暮れ、尊厳をかなぐり捨てて。

嚙みしめた歯のあいだから、アーサーが言った。「どうか頼むから娘の命は助けてくれ。わたしのことは好きにしてくれてかまわない。法廷に引きずりだし、財産をはぎ取ればいい。戦争を起こしたいのか? それなら真っ向から受けて立つ。だが、フランチェスカにだけは触れてくれるな」

ぼくは口のなかでミントガムを転がした。アーサーの頭上に振りかざしてきた秘密を暴露して、ここですべてを終わらせることもできる。しかし彼がぼくに味わわせた苦痛は、今この口のなかにあるもののように長く引き伸ばされていた。何年もかけてゆっくりと引き伸ばされたガム。目には目を、とか言うじゃないか。

そうだろう?

「要求は却下する。書類にサインしろ、ロッシ」ぼくは秘密保持契約書を彼のほうに押しやった。「娘は連れていく」


時を現在に戻すと、ビショップとホワイトは先ほどからずっと大声を張りあげて口論していた。まるで、プロム用にファストファッションの店で買ったドレスが同じだったとわかり、どちらが譲るかでもめている女子学生のようだ。

「……だから何カ月も前に警報を出しておくべきだったんだ!」

「こっちだって、そこに割ける人員がもっといれば……」

「おふたりとも、お静かに」ぼくは指を鳴らし、ふたりのやりとりを止めた。「問題が起こりやすい地域にもっと警察官を投入する。必要なのはそれだけです」

「だが、予算は? どこから資金を持ってくる?」ホワイトは無精ひげの生えた顎に浮かんだ汗を手でぬぐった。顔はあばただらけで、頭のてっぺんは光り、グレーの髪はこめかみのあたりにまばらに生えているだけだ。

ぼくがひとにらみすると、ホワイトの顔からたちまちにやにや笑いが消えた。彼には裏金があり、それがどこから出たものかは、ぼくも知っている。

「あなたには、こういうときのための一時金があるでしょう」ぼくは冷たく言った。「すばらしい」ビショップは椅子のヘッドレストに頭を預けた。「ここにおいでの道徳の神様が窮地を救ってくださったぞ」

「そもそもは、あなた方を窮地に陥れるつもりだったんですが。それで思い出しました——あなたにも一時金がありますよね」ぼくがくすりとも笑わずに言ったそのとき、書斎のドアが勢いよく開かれた。

クリステンが駆け込んできた。仮面舞踏会に連れていった、フェラチオの技術は一級品だが面倒くさいことこのうえない女だ。目は血走り、髪も乱れている。つきあう女には修羅場を演じないような相手を慎重に選んできたので、彼女はこの部屋にいる男たちもまだ知らない情報を見つけたのだと見当がついた。ほかのことなら、クリステンがこれほど取り乱すはずはない。結局のところ、重要な情報を探り当てるのが彼女の仕事なのだ。

「本当なの、ウルフ?」クリステンは額にかかった金髪を払いのけた。そのひどい身なりを見れば、スターリングが詫びの言葉をつぶやきながらあわてて走り込んできたのも納得だ。ぼくは家政婦を退け、クリステンに向き直った。

「外で話さないか、きみの動脈が破裂して大理石の床が血まみれになる前に」ぼくは誠意をこめて提案した。

「この話を終えたときに血を流しているのがわたしだとは限らないわよ」クリステンは震える指をぼくに突きつけた。なんという情けない格好だろう。カンザスの小さな町から大都市に出てきてキャリアを積み、成功をおさめた女性にはこういうところがある。カンザス育ちの小さな女の子は、いつだって彼女のなかに生きているのだ。

オフィスは屋敷の西の棟にあり、その横にぼくの寝室といくつかの客室が並んでいた。ぼくはクリステンを自分の寝室に連れていったが、万が一にも彼女が話をする以外のモードにならないよう、ドアは開けたままにしておいた。彼女は両手を腰に当てて部屋じゅうを歩きまわった。そこにあるキングサイズのベッドには、一度も彼女を招いたことがない。ぼくは不自由な場所で女性をファックするのが好きで、誰かとベッドを共有するなどというのは真剣に考えたこともなかったのだ。他人は自分の人生に現れては消えていくものだと思っていた。孤独は人生の選択をするまでもなく存在していた。それは美徳だ。誓いのようなものだった。

「仮面舞踏会の晩にわたしと寝たくせに、翌日には婚約ですって？　ふざけてるの？」クリステンはとうとう爆発し、ぼくの胸を思いきり突いた。フランチェスカよりはましだったが、それでも彼女の怒りに感銘を受けるまでには至らなかった。もっと重要なことに、ぼくの心はちっとも動かされなかった。

ぼくは哀れみに満ちた目でクリステンを見つめた。彼女も同じくらいよくわかっているはずだ。ぼくらはたったひとりの相手で満足できるような人間ではない。ぼくは彼女に何も約束しなかった。オーガズムさえも。女性にオーガズムを与えるには、こちらがやらなければならない細かい仕事が増える。それは恐ろしく時間の無駄だ。

「何が言いたいんだ、ミス・リーズ？」ぼくはきいた。

「なぜ彼女なの？」

「なぜ彼女ではいけない？」

「彼女はまだ十九歳よ！」クリステンはまた叫び、ベッドの脚を蹴った。ひるんだところを見ると、それが鋼鉄製だとわかったらしい。ぼくが意外にも家具に金を注ぎ込む趣味があることは、彼女が一度でもこの家に招かれたことがあれば知っていただろうが。

「ぼくの個人的なことをきみがどうやって知ったのか、聞かせてもらってもいいかな？」ぼくはドレスシャツに飛んできた彼女のつばを拭き取りながら尋ねた。基本的に、人間はぼくの好きなもののベストテンには入らない。ヒステリーを起こしている女性となれば、千位まで枠を広げても無理だ。総合的に判断すると、クリステンは感情的になりがちで、ぼくがこの国に仕え、大統領を目指すうえではマイナスの存在だった。

「うちの通信社が、若い花嫁があなたの家に引っ越しをしている写真を手に入れたのよ。スタッフがいくつものスーツケースを運ぶのを、彼女がまるでプリンセスみたいに眺めている写真もあったわ。彼女なら、トロフィー・ワイフとして連れ歩くにはぴったりよね。五カ国語が話せて、見た目は天使だもの。きっとセイレーンみたいにファックして男をとりこにするんだわ」クリステンはスーツの袖をまくりあげながら、なおも歩きまわっていた。

　フランチェスカには欠点も数多くあるものの、見ていて不快になることはなかった。それに厳格な父親から遠く離れたヨーロッパ大陸で青春時代を好き勝手に過ごせたのだから、幅広い性的経験を積んでいるかもしれない。それで思い出したが、彼女にはドラッグと性病の検査を受けさせなければ。こんなところで過ちを犯すわけにはいかない。公衆の面前で名誉を汚されるようなことがあれば、フランチェスカにはとても快適とは言えない場所に行ってもらうことになるだろう。彼女の父親も認める、むさ苦しいところに。

「きみは自問自答するためにわざわざ来たのか？」クリステンの肩を軽く突くと、彼女は下にあった布張りのクリーム色の椅子にすとんと腰をおろした。かと思えば、またすぐにうなり声を発しながら立ちあがろうとする。彼女をなだめるのはひと苦労だ。

「わたしはビショップの独占取材がしたいのよ。それができなきゃ、みんなに言いふらしてやるわ、あなたの若い花嫁はシカゴ一のマフィアの娘だって。それを明日の朝刊の見出しにはしたくないけれど、ゴシップは売れる。それはあなたも知ってるでしょう？」

ぼくは顎をこすった。

「きみのやりたいようにやればいいさ、ミス・リーズ」

「本気で言ってるの？」

「ああ。きみが上院議員を脅迫しないよう、禁止命令を出せと裁判所に直訴する気はないくらいには本気だ。さあ、玄関まで送ろう」

クリステンもなかなか大した女だ――彼女はわれわれの関係が突然終わったことを嘆きに来たのではない。仕事のことしか考えていないのだ。ぼくが保身のために知事を説得し、スクープを取らせてくれれば、明日にはCNNから――あるいはインターネットニュースのサイトからかもしれないが――声がかかると期待している。クリステンにとって残念だったのは、ぼくが交渉をしないということだ。テロリストとはもちろん、さらにたちの悪いジャーナリストとも。実際、相手が大統領だとしても、ぼくは交渉しないだろう。フランチェスカが仮面舞踏会のときに言っていたとおり、ネメシスはナルキッソスに傲慢さについての教訓を与え、彼を殺した。フランチェスカは、未来の夫のプライドを踏みつけにすることは誰にもできないとじきに思い知るだろう。

皮肉なのは、その教訓をぼくに与えたのは彼女の父親だということだ。

「ちょっと、どうするの？」クリステンが唇をとがらせた。

「世界にぶちまければいい。ぼくはその話を、婚約者を悪い狼から救ったという話に変えてみせよう」

このぼくこそが悪い狼だが、それはフランチェスカとぼくだけが知っていればいい。

「あの舞踏会ではあなたたち、お互いのことが好きじゃなかったくせに」クリステンは両腕を宙に投げだした。別の戦術に切り替えたようだ。ぼくは彼女の背中に慎重に手を押し当て、玄関へと促した。

「愛情といい結婚はなんの関係もない。ぼくらはここで終わりだ」

玄関への角を曲がったところで、廊下にちらりとブラウンの巻き毛が揺れたのが見えた。フランチェスカがうろついていたのだ。今の会話も聞いていたに違いない。特に心配はしていなかった。さっきも言ったとおり、彼女は爪を抜かれた子猫のように無害だ。フランチェスカにかまって喉を鳴らさせてやるかどうかは完全に本人次第。ぼくは彼女の愛情を求めてはいないし、それを埋めあわせる場所はほかにいくらでもある。

「じゃあ、はっきりさせておくけど、これでおしまいなのね?」クリステンはとうとう家を出て、ぼくの横で言葉を詰まらせた。

「ああ、これっきりだ」ぼくは愛人を持つことに反対はしないが、この関係を続けるのはリスクでしかない。クリステンは野心あふれるジャーナリストで、彼女に関わっているとすべてをスキャンダルにされてしまう。

「いいこと、ウルフ、あなたは自分には誰も手出しをしないと思ってる。でもそれは、あなたが幸運だったからよ。わたしはこの業界に長くいるから、あなたがあまりに思いあがっていて、これ以上もっと上に行くことはできないってわかるの。あなたって本当にいやな人。なのに、自分はこのまま逃げきれると思っているのね」クリステンは玄関の前で足を止めた。ふたりとも、彼女がここに来るのはこれが最後だとわかっていた。

ぼくはにやりと笑い、片手を振って彼女を追い払った。

「記事を書け、スウィートハート」

「まずい宣伝になるわよ、キートン」

「若くて有望なふたりが挙げる、すてきなカトリックの結婚式が？　なるようになるさ」

「あなたはそう若くもないわ」

「きみはそう賢くもないな、クリステン。さようなら」

ミス・リーズを追い払ってから、ぼくは書斎に戻ってビショップとホワイトを帰らせ、フランチェスカの様子を見に屋敷の東の棟まで行ってみた。

彼女の母親が門のところまで来たのは今朝早くのことだった。いくつかの持ち物を差しだし、娘の無事をこの目で確認するまでは帰らないとわめいていた。フランチェスカには、時間切れで荷造りできなかったものはそのまま残していくよう言ってあったが、人生についての大事な教訓を与えることよりも、彼女の両親をなだめることのほうが先決だ。こんな状況になったことに母親の責任はない。それはフランチェスカも同じだった。

花嫁の寝室のドアを開けると、彼女はまだ戻っていなかった。ぼくは細身のパンツのポケットに手を突っ込み、ぶらぶら窓辺まで歩いていった。そこからフランチェスカカが庭にいるのが見えた。黄色いサマードレスを着てしゃがみ込み、植木鉢にスコップを突き刺しながらひとりでぶつぶつ言っている。彼女の小さな手には、グリーンのガーデニング用手袋は大きすぎるようだった。ぼくはフランチェスカがどんな戯言《たわごと》をつぶやいているのか少しだけ興味を覚え、窓をかちりと開けた。その隙間から彼女の声が流れてきた。かすれていて女性らしい声だ。こんな状況に置かれていればそうなっても当然だろうと思っていたが、ヒステリックなところや子どもっぽさはどこにもなかった。

「あの人、自分を何様だと思ってるの？　彼はこの報いをきっと受けるわ。わたしは人質じゃないのよ。彼が思っているようなばかでもない。彼が折れるか、わたしが死ぬかするまで、もう何も食べないわ。愉快な見出しがついた記事が出るんじゃない？」ふうっと息を吐いて頭を振る。「でも、彼はどうするかしら——無理やり食べさせる？　わたし、きっとここから逃げだすわ。ああ、そうそう、追伸、キートン上院議員——あなたの見た目はそんなによくもないわ。ただ背が高いだけ。アンジェロ？　彼はゴージャスのお手本みたいな人よ。内面も外見もそう。彼はきっとわたしを許してくれるわ、あんな愚かなキスをしたことを。ええ、そうよ、もちろん。わたしはきっと彼に……」

ぼくは窓を閉めた。フランチェスカはハンガーストライキをしようというのだ。彼女が最初に与えられる教訓は、ぼくの冷淡さについてのものになるだろう。アンジェロ・バンディーニについての戯言はどうでもいい。子犬への愛情は狼に対する脅威には決してならない。部屋の入り口に向かう途中で、手彫りの木製の箱がナイトテーブルに置かれているのが注意を引いた。頭のなかに、仮面舞踏会で聞いた彼女の声が響く。箱には鍵がかかっていたが、本能的にフランチェスカが別のメモを取りだしたことがわかった。彼女は運命を変えたくて必死になっているはずだ。枕を探ると、下にメモがあった。美しくて、先が読める、愚かな花嫁だ。

ぼくはメモを開いた。

〝次にあなたにチョコレートをくれる人が、あなたの運命の人〟

口元に嘲笑が浮かぶのを感じて、ほんの一瞬、最後に心から微笑んだのはいつだっただろうかと考えた。フランチェスカの父親の鼻をへし折って彼女をぼくのものにしたとき、あの家の階段の下で彼女と交わしたくだらない会話が関係しているのは確かだ。

「スターリング！」ぼくは花嫁のベッドのそばから怒鳴った。年老いた家政婦がすっ飛んできた。尋常ではない速さで泳ぐ目が、彼女が最悪の事態を予想していることを物語っていた。

「フランチェスカに一番大きなゴディバのチョコレートのバスケットを贈ってくれ、ぼくからの手紙をつけて。ただし記名はなしだ」

「それはすばらしい考えです」スターリングが甲高い声で言い、両膝をぴしゃりと叩いた。「彼女はもう二十四時間近く、何も口にしていません。さっそくそのようにします」彼女は階段を駆けおりて、自分の体格よりも大きな電話帳が置いてあるキッチンへと突進した。

ぼくはメモをもとあった場所に戻し、枕ももとどおりに山積みにした。

今やぼくは、フランチェスカ・ロッシの体よりも頭をめちゃくちゃにしてやることに興味を覚えていた。

それがぼくの考える前戯だった。

4

フランチェスカ

二日間は何も起きないまま過ぎていった。

わたしは誰とも話をしなかった。手をかけてあげるべき庭さえも、ほったらかしにウルフ・キートンに連れ去られた翌日に母が訪ねてきてくれたあと、植木鉢に植え替えた花や野菜もそのままだ。母はベゴニアの種を木製の箱に入れて、こっそり差し入れてくれた――〝何よりも強い花なのよ、フランチェスカ。あなたみたいにね〟。それからわたしの趣味に気づいたミズ・スターリングがラディッシュやニンジン、チェリートマトの種を持ってきてくれた。水しか飲まないわたしの気分を盛りあげて励まそうとしたのかもしれない。

眠りは浅く、悪夢に悩まされた。モンスターが寝室のドアの向こうから部屋に入ってきて、わたしがそっちを見るたびに歯をむきだして狼のように笑う。目は魅惑的だけれど、その微笑みはぞっとする恐ろしさだった。そしてその夢から逃げて起きあがろうとすると、体はしびれていてマットレスから動けないのだ。

死ぬほど望んでいることがふたつあった——わたしたちは結婚できないとウルフに納得してもらうこと。それから、あのキスは誤解なのだとアンジェロにわかってもらうこと。

ミズ・スターリングは食べ物と水、それからコーヒーを何時間かおきに運んできて、あれこれのせた銀のトレーをナイトテーブルに置いていった。わたしは意識を失わないようにするために水だけは飲んでいたが、ほかのものには手をつけなかった。

なかでも、未来の夫が送ってきたチョコレートの巨大なバスケットは頑として無視し続けていた。それは埃《ほこり》の積もった部屋の隅の机に置かれていた。低血糖のせいで急に動くたびに視界に白い点がまじるようになっていてもなお、その高価なチョコレートは降伏の味がすると思うと手が出なかった。香りさえも苦く、どんなに砂糖を加えても、それを甘くすることは不可能だった。

しかも、そこには手紙がついていた。いまいましい、怒りを呼び起こす手紙が。

わたしは三つのメモのうち、ふたつをすでに開けていた。そのどちらも、わたしの運命の人はウルフであることを示していた。

これはただの偶然よ、とわたしは自分に言い聞かせた。ウルフの心境に変化があったのかもしれない。姑息《こそく》にも、贈り物でわたしに好意を持たせようというのか。もっとも、あの男は生まれ落ちたそのときから、一度も計算外の動きなどしたことがないように思える。

ウルフは毎日ディナーの席にわたしを呼びに来た。彼が直接呼ぶのではなく、ミズ・スターリングを通じて。わたしはその都度拒否した。彼がボディガードをよこしたときは、トイレに閉じこもり、ミズ・スターリングが屈強な男を文字どおり蹴飛ばしてドアの前からどかすまで出ていかなかった。ウルフが食事を運ばせるのをやめたときは——ミズ・スターリングはキッチンで耳をつんざくほどの大声を出して抗議したが、それでも彼は譲らなかった——わたしは気がふれたのかと思われる勢いで笑い転げた。いずれにしても食事をしておらず、意味のない作戦なのだから。三日目にはとうとう、ウルフが自ら部屋の入り口に姿を現し、細めた目で冷たくにらみつけてきた。

彼はわたしが記憶していたよりも背が高く、不愛想に見えた。明るいネイビーのスーツを着て、あざけりの笑みを顔に張りつけている。面白がっているように、暗い目には光が躍っていた。ウルフを責めることはできない。わたしは彼にとってはどうでもいいことを証明しようと躍起になって、ここで飢え死にしようとしているのだから。けれど、ほかに選択肢はなかった。携帯電話も持っていないのだ。母はわたしの無事を確認するため、家の電話に毎日かけてきてくれていた。浅く規則正しい息遣いが聞こえるのは、ミズ・スターリングがわたしたちの通話を聞いているからだろう。わたしの体調も気にしてくれているのだろうけれど、それでもやはり、わたしからすると彼女は〝チーム・ウルフ〟の一員だった。

両親から求められれば、嘆願でも、将来の計画でも、シカゴで一番いい娘になるという約束でもなんでも口にするつもりだったが、その言葉は舌の先にとどまっていた。アンジェロのことや、父がわたしの奪還に動いてくれているのかどうかもききたかったものの、結局は母の心配そうな問いかけにイエスかノーで答えることしかできなかった。

わたしはブランケットを撫でつけるふりをして自分の脚を見つめ、ウルフを無視した。

「ネメシス」彼は物憂げな調子に皮肉をこめて言った。その言葉がどういうわけか、わたしの体のどこか奥深くに突き刺さった。「パジャマよりましなものを着ようとは思わないのか？　われわれは今夜、出かけることになっているんだぞ」

「出かけるのはあなたよ。両親のもとに帰らせるのでなければ、わたしは外に出ないわ。ここにいる」

「きみに選択の余地があると思うのか？」ウルフは両腕を伸ばして、入り口の木枠の上部に突っ張らせた。ドレスシャツの裾があがり、腹筋と黒い毛が見える。

彼の男らしさを見せつけられると、わたしはどうしていいかわからなくなった。大人の女性とティーンエイジャーの狭間《はざま》で揺れ動いていて、どちらでもないという時期なのだ。彼が及ぼしてくる影響のすべてが、わたしはいやでたまらなかった。

「わたしは逃げだしてみせるわ」それは虚しい宣言だった。そもそも、どこに行けるというの？父はすぐにウルフのもとへわたしを送り返すだろう。彼もそれを知っている。ここは飾り立てられた牢獄だ。シルクのシーツに包まれ、上院議員が未来の夫としてそばにいる牢獄。きれいな嘘と胸のつぶれるような真実がここにはあった。

「そんな体力がどこにある？　今は這うのもやっとだろう。走って逃げるなんてとんでもない。いいから、あのダークグリーンのドレスを着ろ。スリットの入ったやつだ」

「それで年老いた変態の政治家たちの目を引こうというの？」わたしはむっとしながら髪を肩の後ろに払った。

「それできみのぱっとしない未来の夫に、劇的に注目を集めることができるんだぞ」

「興味ないわ、悪いけど」

「きみの両親もその場に来る」

それを聞いて、たちまち元気がわいてきた――それもいやでたまらなかった。ウルフはすべての力を握っている。すべての情報も。より広い世界を見通しているのだ。

「あなたはどこに行くの？」

「ビショップ知事の息子が結婚するんだ。脚の長い、子馬みたいな顔をした男だよ」

ウルフは木枠から手を離し、ベッドの足元のほうへと歩いてきた。

わたしは彼がビショップの妻を馬面と称したのを思い出した。この人は思いあがっていて、無礼で、傲慢で、信じられないほど俗悪だが、それは家のなかだけのことだ。仮面舞踏会での彼は違っていた。わたしと父に対しては冷淡で無礼だったのは確かだけれど、ほかの人たちの前では非の打ちどころのない紳士としてふるまっていた。

「きみを未来のミセス・キートンとして紹介するいい機会だ。それで思い出したが……」ウルフは胸ポケットから取りだしたものを投げてよこした。四角くて黒い、ベルベットのような箱だ。両手でキャッチして開けてみると、それはハリー・ウィンストンのブルーダイヤモンドの婚約指輪だった。わたしの頭ほどもあろうかという巨大な宝石が、むきだしの窓から差し込む太陽の光を受けてきらきら輝いている。この家のなかでは刻一刻とウルフ・キートンとの結婚式が迫ってきていて、脱出など不可能だというのがわたしにもわかっていた。未来の夫からわたしを救いだせる人はただひとり、わたしの未来の夫になる人だ。ウルフにわたしをあきらめてくれるよう懇願するというのは選択肢になかった。もしかしたら、わたしと結婚したくないと彼に思わせるよう仕向けることが、わたしの取るべき戦術なのかもしれない。

「わたしたちは何時に出かけるの?」わたしは尋ねた。〝あなた〟が〝わたしたち〟に変わっても、彼は喜んでいるようには見えなかった。

これからもっと、あなたを困らせてやるわ。

「二時間後だ。きみはずいぶんと甘やかされて育ってきたようだから、スターリングに出かける準備を手伝わせてやる」

あなたはきっと、テーブル越しにわたしと目を合わせたあの日のことを後悔するようになるわよ。

「そういうのはやめて」わたしは言った。

「なんだって?」

「その当てこすりよ。わたしの育ちをいちいち持ちだすのはやめてちょうだい」

ウルフはにやりとすると、向きを変えて出ていこうとした。

「わたしは行かないわ」そう言って、わたしは婚約指輪をドアのほうに向かって投げた。彼はそれを受け止められたはずだが、あえて手を出さず、箱は床に落ちた。わたしに対してはもちろん、何かに対して必死になるということを、ウルフは決してしないのだ。

「電話を使えなくなってもよければそれでもいい。電話線を切ってやろうか。言うまでもないが、きみに管をつないで栄養を注入しなければならなくなるような事態はごめんだぞ」ウルフはゆったり歩いて部屋を出ると、入り口のところで足を止めた。わたしに背中を向けたまま、小さな笑い声をあげて背中を震わせる。

「それと、その婚約指輪はいつでもつけておけ」

「つけていなかったら？」挑むように問い返したわたしの声も震えた。

「きみをラスベガスに連れていって、駆け落ち結婚する。ついでに妊娠の噂も流せば、きみのご両親は困ったことになるだろうな」

わたしは息を吸い込んだ。初めて、わたしたちがどういう関係なのかを悟ったのだ。

ネメシスとヴィランの物語がハッピーエンドを迎えるわけがない。

王子様はプリンセスを助けない。

彼女を痛めつける。

そして美女は眠らない。

彼女は閉じ込められている。

悪夢のなかに。


三時間後、わたしたちはシカゴ有数の豪華なホテルのひとつ〈マディソン〉のなかにある舞踏室に歩いて入っていった。ひんやりした風を浴びながら、マグニフィセントマイルやミシガンアベニュー橋の夜景を見ていると、自分がまだ大好きな街にいるのだと思い出され、体のなかに希望が芽生える気がした。

わたしは目の色を際立たせる青いオフショルダーのアルマーニのドレスを着て、髪はダッチブレイドに編み込んでいた。

ミズ・スターリングがわたしのへアメイクをするのに苦労してきいきい叫んだので、わたしはクララがここにいてくれたらいいのにと思わずにいられなかった。家は同じ街のなかにあるのに、海を隔てた先にあるように感じた。愛するもの——両親、庭、乗馬——には手を触れることもできない。一日経つごとに思い出は少しずつ遠のいていく。

黒いスーツを着こなしたわたしの婚約者は、自分のものだと言いたげにわたしの背中に手を当て、レセプションエリアの入り口へとわたしを押していった。クリスタルのシャンデリアとカーブを描く階段が、わたしたちを出迎えた。部屋はミルクと蜂蜜の色にまとめられ、大理石の床は白と黒の格子模様になっている。ビショップ知事の地元の教会での式にはわたしたちは招待されておらず、ここまで来る車のなかは沈黙に満ちていて、わたしの神経はずたずたになりそうだった。ウルフはもちろん、そんなことは思ってもいないだろうけれど。彼は携帯電話でメッセージを打ち、若い運転手のスミシーに大声で命令を出して、まるでわたしがそこにいないかのようにふるまっていた。

彼がわたしに目を向けたのは、あることに気づいたときだけだった。「そのドレスはぼくが着ろと言ったものとは違うな」

「わたしにも自分で考える頭があると言ったら、あなたは驚くの？」シカゴのダウンタウンの渋滞に巻き込まれて車がスピードを落とし、わたしは窓の外を見つめた。

「結局、わたしは過保護に育ったティーンエイジャーでしかないのね」

「しかも言うことを聞かないわがまま娘だ」ウルフが言う。

「ひどい花嫁」わたしは締めくくった。

「きみを手なずけることなど朝飯前だよ」

大きく開かれたドアを抜けて歩いていくと、ウルフ・キートンこそが今夜の主役だというように、人々が彼のまわりに集まってきた。彼はウエストをつかんでわたしを近くに引き寄せ、わたしのお腹《なか》の奥に熱い波を起こさせながら、支持者たちに笑顔で応えた。外向けの顔は家や車のなかで見せるものとはまったく違い、彼の魅力が全開だった。後ろにボディガードをふたり従えて、ウルフはさわやかな笑顔を見せ、話しかけてくる人々に丁寧に言葉を返した。わたしがともに暮らしている恐ろしい男とは、まるで別人のようだ。

最初に人込みから離れてわたしたちふたりと差し向かいで話したのは、ワシントンDCから来た五十絡みの政治家の夫婦だった。ウルフはわたしを未来の花嫁と紹介し、ほがらかに笑ってたしなめた。「恥ずかしがることはないよ。指輪をお目にかければいい」

心臓が喉元にせりあがるような気がして、わたしは立ち尽くしていた。ウルフはわたしの手を取り、彼らに巨大な石のついた婚約指輪を見せた。妻のほうがわたしの手をつかんで指輪に見入り、それからぴしゃりと自分の胸を叩いた。

「まあ、完璧ね。プロポーズはどのように？」彼女はまつげをはためかせ、わくわくして答えを待っていた。ウルフの努力を台なしにするなら今だ。わたしはにっこり笑うと、ゆっくりと片手をあげてダイヤモンドに光を集め、周囲の人の目をくらませた。

「美術館の階段です。彼、大変だったんですよ。片膝をついた拍子にズボンの後ろが破けてしまって、お尻が丸見えに」わたしはウルフのほうを見ないようにして、ため息をついた。

「まさか！」夫のほうが爆笑し、ウルフの肩を叩く。妻は鼻を鳴らして、賞賛と肉欲をあからさまに浮かべた微笑みをウルフに向けた。ちらりと彼を見ると、その唇は不満げに引き結ばれていた。彼はこの夫婦ほど、わたしの話を面白がってはいないようだ。


けれども夫婦の反応に気をよくしたわたしは、この話をする次のチャンスが待ちきれなかった。一瞬、ウルフがそんな話は嘘だと彼らに言うのではないかと思ったが、それは彼のスタイルではない。そう言うほうが楽な逃げ道だろうけれど、ウルフは長く曲がりくねった道を越えて勝利を目指すタイプに見える。

「大変な思いをした甲斐《かい》はありましたよ」彼はにやりとして、わたしをいっそう近くに抱き寄せた。彼の体にのみ込まれると思ったほどだった。「ただし」ウルフがわたしにだけ聞こえる声でささやいた。ミントが香るあたたかな息が、わたしのうなじをくすぐる。「花嫁が少しでもぼくのことを知っていれば、ぼくは決してひざまずいたりしないとわかっただろうに」

しばらくのあいだ、わたしたちは主役の新婚夫婦そっちのけで、次から次へとやってくる人たちに婚約を伝えては祝福を受け続けた。ビショップ・ジュニアとその花嫁は、自分たちに注目が集まらないことを気にしてはいないようだった。ふたりは幸せそうに愛情のこもった目で見つめあっている。それを見るとなおさら、わたしが本当に愛する人と結ばれることを阻んだウルフへの怒りが増した。ウルフ・キートン上院議員は王家の馬を披露するようにわたしを連れて歩き、わたしを財産のように見せびらかした。空っぽの胃が泣き声をあげ、彼の横で風に吹かれた葉のごとく震えないようにするだけで体力を使い果たしそうだった。さらに悪いことに、ウルフにつつかれれば微笑まなければならず、気づけばわたしは今後数カ月のうちに三つある慈善イベントに参加させられることになっていた。

魅力的な女性たちがくすくす笑いながら寄ってきて、お祝いの言葉を口にしつつ彼の手に電話番号を書いた紙を押し込んでいくのは、わたしなら気にしないと思っているのだろう。そのうちのひとりは国連大使で、二年前にブリュッセルでともに過ごしたときのことを彼に思い出させ、しばらくはこの街に滞在しているとほのめかした。

「一杯飲みましょうよ。連絡して」赤褐色の髪をしたその美女は、甘ったるいフランス語訛りで言った。ウルフはアンジェロが見せるような笑顔を彼女に向けた。空中の分子を分解して心臓をどきどきさせるような笑顔だ。

「明朝、秘書からご連絡させますよ」

ゲス野郎。

人々はわたしたちの婚約を褒め称《たた》え、年の差も気にしていないようだった。実際、仮面舞踏会の夜にウルフ・キートンがわたしに仕掛けてきた舌戦を目撃していたビショップ知事以外は、誰ひとり突然の婚約に異議を唱える者はいなかった。ビショップさえも、ただ片方の眉をあげてみせた程度だった。

「これはうれしい驚きだな」知事は言った。

「ええ、そうでしょう?」ウルフが応える。「人生は驚きに満ちているようです」

その口調はさりげなかったが、わたしにはわからない深い意味が含まれていた。

ウルフの仕事仲間に紹介されるたび、わたしは違う婚約の物語をでっちあげた。

「彼、プロポーズの言葉を忘れて舌がまわらなくなってしまって。書いておいたものがあったんですけど、そこにも文法の間違いがあったんです。そこがまたかわいくて」

「プロポーズはとてもロマンティックでした。わたしの父に、わたしとの結婚を申し込んだんです。古風なやり方でしょう？　わたしがイエスと言ったら、彼が泣きだして、その姿にわたしは感動しました。彼、叫びまくっていたんです。そうでしょ、ウルフィー？　向精神薬とピニャコラーダぐらいじゃ落ち着かなかったわよね。もちろん、それが未来の夫のお気に入りのカクテルだなんて、わたしは夢にも思いませんでしたけれど」

「上院議員と結婚できるなんて、わたし、とてもわくわくしてるんです。ワシントンDCにはずっと行ってみたいと思ってましたから。ニルヴァーナがワシントン出身のバンドだって、ご存じでした？　あら、ちょっと待って。ワシントン州だったかしら？」

わたしは容赦しなかった。ウルフの表情が困惑から明らかな怒りへと変わっても、ふたりきりになったら殴ってやると言わんばかりに顎をこわばらせるのを見ても、わたしは彼に恥ずかしい思いをさせるとわかっている嘘をつき続けた。そして彼は——人前では完璧な紳士なので——穏やかに笑ってわたしの言葉を受け、話題を仕事や来る選挙のほうへ持っていくことに腐心していた。

シカゴの社交界の約半数に紹介されるというのは時間のかかる仕事だった。両親を探す暇もない。何時間も経ったように思えた頃になって、ウルフとわたしは自分たちのテーブルに案内された。わたしは椅子に座り込んで荒い息をつき、空腹のあまり気絶しないようにするのがやっとだった。ウルフがわたしの椅子の背に腕をまわし、むきだしの背中を指で撫でた。新婚夫婦は中央のテーブルで乾杯している。わたしたちの横には別の上院議員と外交官がふたり、そして前アメリカ国務長官が並んでいた。わたしはほかのテーブルに目を向け、家族を探した。デザートが終わってダンスの時間になれば見つけられるだろうとわかってはいたけれど、早くひと目だけでも母の姿を見たかった。

両親は部屋の奥のテーブルに座っていた。尊大で迫力あふれる父の顔はいつもと同じだ。ただひとつ、目の下のくまに疲れが見える。母もいつものように落ち着いた様子だったが、向かいの女性と話すときの顎のわななき、ワイングラスをつかもうとしたときの手の震えといった、ほかの誰も気づかない小さなことがわたしの目に留まった。彼らの隣はアンジェロの両親で、その隣は……。

心臓が止まった。肋骨《ろっこつ》の下で風船のように大きく膨らみ、今にも爆発しそうだった。

アンジェロは女性を連れていた。ただの女性ではない、デート相手だ。彼もいずれはそういう女性を連れてくるだろうとみんなが期待していた。

彼女の名前はエミリー・ビアンキ。父親のエマニュエル・ビアンキは著名な実業家で、公にはされていないものの〈アウトフィット〉のメンバーだ。エミリーは二十三歳でシルクのようなブロンドをなびかせ、秀でた頬骨が目立っていた。背が高くて胸が大きく、スレンダーで小柄なわたしの体などは彼女のてのひらにすっぽりおさまってしまいそうだった。イタリア系アメリカ人の家柄としては、わたしの次に王家に近い血筋と言えるが、エミリーはアンジェロと同い年なので、〈アウトフィット〉に属するファミリーは皆、ふたりが結ばれることをほとんど祈りをこめて期待していた。

わたしは何度もエミリーに会ったことがあるけれど、彼女はいつも退屈そうに、また面倒くさそうにわたしの相手をした。不作法とは言わないまでも、わたしが注目を浴びているのが気に入らないことをわからせる程度には失礼だった。アンジェロと同じ学校に通っていたエミリーは、わたしが夏休みを彼と過ごしていることにもむかついていたのだろう。

彼女は右腿に深くスリットの入ったタイトな黒のマキシドレスを着て、首元と耳に金のアクセサリーを質屋でも開けそうなほどジャラジャラとつけていた。周囲の人たちとの会話に興じながら、片手をアンジェロの手に絡めている。自分のものだと言いたげなそのしぐさを、彼は拒否しなかった。アンジェロの視線が部屋をさまよい、わたしと目が合って、どちらが勝つということもない奇妙な闘いの火花を散らしたときも、その手はつながれたままだった。

空気。わたしは椅子のなかで体をこわばらせ、心臓は早鐘を打っていた。もっと空気が欲しい。もっと空間が。もっと希望が。アンジェロの目の奥に見えたものは、未来の夫よりもなお恐ろしく、わたしを震えあがらせた。それはこの状況を完全に受け入れているという目だった。

彼らはふたりとも二十代だ。

ふたりとも美しく、独身で、同じ社会的グループの出身。

ふたりとも、いつでも結婚できる状況にある。わたしはゲームオーバーだ。

「フランチェスカ？」外交官のひとりがわたしに声をかけ、こちらのテーブルでの会話に注意を引き戻そうとした。ナプキンで口を押さえながら名乗ったために聞き取れなかった彼の名前はわからないままだ。わたしはアンジェロの目から視線を引きはがし、まばたきをして、横の老人と未来の夫を交互に見た。ウルフが顎をこわばらせているのを見ると、彼はわたしが子どもの頃からの友人と視線を交わしていたのを見逃さなかったらしい。

わたしは詫びるように微笑み、ドレスのしわを伸ばした。

「ごめんなさい、もう一度言っていただけます?」

「キートン上院議員がどのようにその問いを発したのか、語っていただけるかな? わたしは彼がロマンティックな人間だという印象を受けたことがなかったのでね」外交官は声高に笑い、ハリー・ポッターの映画に出てくるキャラクターのように顎ひげを撫でた。わたしにはもう、ウルフをあざける気力が残っていなかった。自分の人生が終わったという事実に打ちのめされていた。アンジェロはエミリーと結婚し、わたしの悪夢はいつまでも続く。

「ええ、もちろんです。彼は……彼がわたしにプロポーズしたのは……」

「美術館の階段の上でした」ウルフが代わって言い、愛情たっぷりにわたしの顎をつつく演技でわたしに鳥肌を立てさせた。「彼女の情熱的なキスに、どう応えたらいいかわからなくてね。きみはぼくの息を奪った」彼はわたしに向き直り、シルバーグレーの瞳でわたしのブルーの目をのぞき込んだ。美しい嘘にあふれた、ふたつの池を。周囲の人々は息をのみ、真に迫ったウルフの表情に魅了されている。彼がわたしを見つめて言った。「ぼくはきみのハートを奪った」

あなたが奪ったのはわたしのファーストキスよ。

それから、わたしの幸せも。

　そして最後には、わたしの人生までも。

「そ、そうよ」わたしはナプキンで首筋をはたいた。急に吐き気がして、彼に言い返す気力がない。何日も食事をしなかったせいで、体はとうとう限界に近づいていた。

「あの夜のことは決して忘れないわ」わたしは言った。

「ぼくもだ」

「本当に美しいカップル」誰かが言った。わたしはめまいがしていて、それが男性か女性かさえも区別がつかなかった。

　ウルフがにやりとして、ウイスキーのタンブラーを口元に持っていく。

　わざと彼に反抗したくなり――間違いなく愚かだとわかっているけれど――わたしはふたたび、本当なら自分が座っていたかった席に目を向けた。エミリーはフレンチネイルを施した爪でアンジェロのジャケットの袖を撫でていた。アンジェロは彼女の顔を見ながら、声を立てて笑っている。エミリーが彼の心を溶かしたのだ。一度に少しずつ、会うごとに、アンジェロのガードをさげさせていったのだろう。

　エミリーがアンジェロのほうに体を寄せ、何か耳にささやいてくすくす笑うと、彼の目がさっと動いてふたたびわたしを見た。わたしのことを話してるの？　こんなにまじまじと彼らを見つめているせいで、わたしは完全に笑い物にされてるんじゃない？　わたしはシャンパンのグラスを取り、一気に飲み干そうとした。

ウルフがわたしの手首をつかみ、グラスが口につく前に止めた。やさしくて、しっかりとした感触だった。ごつごつして、毛が生えていて、男らしい手だ。

「スウィートハート、前にも話したろう。これは本物のシャンパンだ。大人の飲むものだよ」彼は声にいらだちと哀れみを含ませ、テーブルじゅうにどっと笑い声をわかせた。

「若い子と結婚するときの難点だな」別の上院議員が鼻を鳴らして言う。

ウルフはわざとらしく太い眉をあげた。「結婚は油断のならないビジネスですよ。それで思い出しましたが……」彼は上体をかがめ、さも同情しているようなしかめっ面になった。「エドナとの離婚話はどうなりました？」

顔が怒りで熱くなり、わたしはこれ以上耐えられそうになかった。ウルフを殺してやりたい。こんなばかげた茶番をさせられていることに、彼と結婚させられることに、代わりにアンジェロをエミリーの腕に押しつけたことに、腹が立って仕方がなかった。

わたしはグラスをテーブルに戻し、よけいなことを言わないように舌を嚙んだ。美術館でも、わたしは酒を飲んでいた。そのときは何も気にしていなかったくせに。そうよ、わたしがほろ酔いなのをいいことに、ウルフはわたしをだまして自分とキスをさせたんだわ。

「ちょっと失礼していいかしら？」わたしは咳払いすると答えを待たずに立ちあがり、化粧室へ向かった。ウルフだけでなく、アンジェロやわたしの両親がわたしの背中を見ているのがわかり、その視線が銃口のように感じられた。

化粧室は舞踏室の奥にあって、巨大な錬鉄製の階段の下で紳士用と婦人用が向かいあっていた。わたしはなかに入るとぐったりして壁に寄りかかり、目を閉じて、コルセットで締められた体で可能な限り深く息を吸い込んだ。

息をするのよ。

ただ息をすればいいの。

誰かに肩をつかまれた。小さな、あたたかな手が鎖骨をなぞる。わたしは目をこじ開けて悲鳴をあげ、後ろに飛びすさった拍子にタイルに頭をぶつけた。

「まあ、大丈夫？」

それは母だった。間近で見るその顔は心配そうで、年老いて、見慣れない顔に映った。ひと晩で十年も老け込んだように見え、この三日間にわたしが母に向けていた怒りはあっという間に消え去った。目は泣きはらして充血し、いつもは自慢にしていたブラウンの髪には白い筋がまじっている。

「調子はどうなの、ヴィタ・ミア？」

それには答えず、わたしは母に抱きついてすすり泣いた。今夜ウルフに黒いキャデラックに押し込まれてから、ずっとこらえていた涙だった。どうして母を許せなかったのだろう？　こんなにも、わたしと同じくらいみじめな思いをしてくれているのに。

「あそこは大嫌い。わたし、食事をしてないの。ろくに眠れないし、そのうえ……」

わたしははなをすすって母から離れ、強調するためにしっかりと目を見つめた。「アンジェロはエミリーとつきあってる」力むあまり、目が眼球から飛びだしそうだった。

「初めてのデートというだけのことよ」母は安心させるようにわたしの背中を叩き、改めて抱きしめた。わたしは母の肩のなかで頭を振った。

「どうしてそれがこんなに気になるのかもわからないわ。わたしは結婚するっていうのにね。もう終わったのよ」

「スウィーティー……」

「どうしてなの、ママ？」わたしは母の抱擁から離れ、洗面台に向かうとティッシュペーパーを何枚かつまんで、メイクが完全に落ちてしまう前に顔を押さえた。「パパはいったい何に取りつかれてこんなことをしたの？」

わたしは背後の母と鏡越しに目を合わせた。少しぶかぶかな黒いドレスのなかで、その肩はがっくりと落ちていた。母もろくに食事をしていないようだ。

「あなたのお父様は、あまりわたしにいろいろなことを話してくれないのよ。でも、これは信じて。お父様にとっても簡単な決断ではなかったわ。こんなことになってしまって、わたしたちも本当に動揺しているの。ただ、あなたにはキートン上院議員にチャンスを与えてあげてほしい。彼はハンサムで、裕福で、すばらしい仕事もしている。決してあなたにふさわしくない結婚相手ではないわ」

「彼はモンスターよ」わたしはのろのろと言った。

「あなたなら幸せになれるはずよ、愛する子《アモーレ》」

わたしはかぶりを振り、それからさっと頭をあげて笑い声を発した。母に言われるまでもない。父には怒りも抱いているけれど、それをいつまで考えていても開いた傷口に毒薬を注ぎ込むようなものだし、ましてやその思いを口に出すなど論外だ。母は化粧室のドアとわたしをちらちら見ていたので、わたしには母が何を考えているかわかった。ここにあまり長居はできない。人が来たら、あれこれ詮索されてしまう。特に、わたしが泣いていたとわかれば放っておかないだろう。〈アウトフィット〉においては、自分の姿を常に人に見せておくことが重要なのだ。特に、父が最近現れたばかりの若くて野心的な上院議員に弱みを握られているなどという噂がささやかれたりしたら、父の評判は地に落ちてしまう。

母がバッグを開けて何かを取りだし、わたしの手に押しつけた。

「あなたの部屋の汚れた洗濯物の山から見つけたの。それを使いなさい、ヴィタ・ミア。新しい生活に慣れることを考えて。きっと悪い暮らしではないわ。そして、お願いだから、ちゃんと食事をしてちょうだい！」

母はあわてて出ていき、残されたわたしは手を開いて渡されたものを調べた。それは携帯電話だった。わたしの大切な携帯電話。フル充電されて、未読のメッセージや不在着信の記録がたまっている。時間ができたら、そのすべてをこっそり見てみなくては。ウルフがわたしの電話を取りあげたというのは、少々行きすぎた思い込みだったようだ。もっとも、父を脅迫して娘のわたしを自分と結婚させるような人なのだから、わたしが間違った結論に飛びついたとしても責められるいわれはない。

使用済みのティッシュをごみ箱に投げ捨て、階段下の薄暗いアルコーブに出ていくと、大理石の床の上でクリスチャンルブタンの十三センチヒールがカツカツと音を立てた。二歩進んだところで、長身で華奢な体つきの誰かに階段裏を映す鏡まで突き飛ばされ、わたしはうめいた。鏡に衝突した背中の痛みから立ち直りながら、ゆっくりと目を開ける。

アンジェロがわたしの頭の両脇に手をついて、わたしを囲っていた。体と体が触れあい、ふたりの心臓の音が重なる。息がまじりあった。

彼はわたしを探していた。わたしを追ってきたのだ。彼は今もわたしを求めている。

「ぼくの女神」アンジェロがささやき、わたしの頬を手で包むと、額を合わせた。

その声には感情があふれていて、わたしも震えながら両手をあげ、初めて彼の頬を包んだ。彼が親指をわたしの唇の真ん中に押しつける。

わたしはアンジェロのジャケットの襟をつかんだ。自分が何を求めているのかはわかっている。正しいことをしなければならないという思いより、彼に抱きしめられたいという欲求が勝った。彼の口から、エミリーとはなんでもないと言ってほしい。それは彼女に対して、いえ、アンジェロに対しても、わたし自身に対しても、フェアではないとわかっているけれど。

「ずっと死ぬほど心配していたんだ」彼は鼻の頭をわたしの鼻にすりつけた。ここまで肉体的に接触したのは生まれて初めてだった。そして、それが――ハンガーストライキと相まって――わたしにめまいを起こさせ、頭がぐらぐら揺れた。

わたしはうなずいたものの、何も言わなかった。

「ずっと電話にも出てくれなかった」アンジェロが携帯電話を持ったわたしの手をつ

かみ、強調するようにその手を強く握った。

「仮面舞踏会のあと、ずっと手元になくて、今やっと返ってきたところなの」

「なぜあんなことを?」アンジェロは体をこすりつけんばかりだ。パニックが良心に襲いかかった。これまでにない感じで触れてくるのは、彼がもう失うものはないから? 行きすぎた行動に父が眉をひそめることはもはやない――アンジェロがアーサー・ロッシの前に立って、娘との結婚の許しを乞うようなことは決してないのだから。

わたしは突然の婚約について洗いざらい説明したかった。けれど、父に何もできなかった以上、アンジェロがわたしを救えるはずもない。人目を盗んでこっそりキスを交わし、禁断の愛に溺れる薄幸の恋人同士にはなりたくなかった。未来の夫のことはよく知らないが、これだけは確かにわかる――わたしがスキャンダルを起こしたりしたら、ウルフはわたしの愛する人全員に報復し、傷つけるだろう。彼の怒りがわたしに向くのはかまわないけれど、その罰をアンジェロに受けさせるようなことになってはならない。

「アンジェロ」わたしは両手で彼の胸を掻《か》きむしった。こんなふうに男性に触れるのは初めてだ。指の下で筋肉がぴくりと動いた。スーツの生地越しでもなお、彼は熱く感じられた。

「話してくれ」アンジェロが探るようにわたしを見る。

わたしは首を横に振った。「わたしたちはお似合いね」

「ああ、ぼくたちは」アンジェロが言い返した。「彼は最低だ」

わたしは喉の奥にたまった涙をこらえて笑った。

「きみにキスしたくてたまらないよ、ぼくの女神」アンジェロはわたしのうなじをつかみ——もうやさしさも思いやりも消えていた——頭をさげた。彼は自分が本気だと証明しようとしている。わたしはすでに、その本気を信じているけれど。

「だったら今すぐそうすることをお勧めしよう。でないと、十八日後には彼女は既婚者になるんだからな。そして、ぼくには彼女に触れたきみの指をへし折る権利があるというわけだ」脅すような声がアンジェロの背後から響いた。

呆然として、わたしの手はアンジェロの胸から滑り落ち、脚から力が抜けた。アンジェロがわたしのウエストをつかまえ、まっすぐに立たせる。その目から暗い欲望を消し去り、彼は体をひねってウルフを見た。わたしの未来の夫は目の前で繰り広げられたシーンにまったく動じる様子も見せずに、紳士用化粧室に向かって堂々と歩いていた。ウルフはアンジェロよりずっと背が高く、肩幅も広い。十歳近く年上なのだから当然とはいえ、彼が放つ権力者の空気にはかなうはずもなかった。わたしはウルフの前で見苦しいところを見せてしまったとうっかり謝罪などしないように、頬の内側を噛んでいた。敗北を宣言したくなくて、うつむく代わりにしっかりと頭をあげる。

アンジェロもまっすぐにウルフを見た。

「キートン上院議員」吐き捨てるように言う。

ウルフが化粧室の前で足を止めた。彼がふたりに交互に目をやって冷ややかなまなざしで状況を査定するあいだ、わたしはのしかかってくるようなその存在を感じていた。

「さっきの言葉は本気で言ったんだぞ、バンディーニ」ウルフがかすれた声で言った。「ぼくの婚約者に別れのキスをしたいのなら、今夜がラストチャンスだ。人目につかないところでな。次にきみに会うときは、ぼくはこんなに寛大じゃない」

そう言うと、ウルフは指先で婚約指輪に触れた。自分が誰のものなのか思い出せ、というあけすけなメッセージに、わたしは全身を衝撃が駆け抜けるのを感じた。まともに息ができるようになったのは、彼が化粧室のドアの向こうに姿を消してからだった。ウルフが背中を見せたとたんにアンジェロは逃げだすだろうと思ったが、彼はそうしなかった。

その代わり、ふたたびわたしを鏡に押しつけて両腕で囲い、頭を振った。

「なぜなんだ？」アンジェロが尋ねる。

「なぜエミリーなの？」わたしは言い返し、顎をあげた。

「今ここでエミリーの話を持ちだされるとは思わなかったよ」彼はこぶしを握り、わたしの側頭部を殴りつけた。わたしは息をのんだ。

「ビアンキと来たのは、きみが婚約したからだ」アンジェロは感情を抑えようとするかのように唇をなめた。「それに、きみのせいでぼくが間抜けだと思われることになったからだよ。みんな、ぼくらの婚約発表を今か今かと期待していたんだぞ。〈アウトフィット〉の全員、ひとり残らずだ。ところが今、きみは従順な婚約者の顔をしてウルフ・キートンの腕に抱かれ、部屋の向こうの前国務長官のテーブルに座っている。ぼくは体面を保つ必要があった。きみがその誘惑的なヒールでさんざん踏みつけにしてくれたからな。最悪だよ、フランチェスカ。そしてきみは、どうしてこんなことになったのか理由も話してくれない」

父が弱みを握られて脅迫されているからよ。

だが、それを明かすわけにはいかない。そんなことをしたら、わたしの家は破滅だ。今は父のことが大嫌いだけれど、それでも父を裏切ることはできない。

自分でも気づかないうちに、わたしは両手でアンジェロの頬を包み、次々に頬を流れる涙も気にせず微笑んでいた。

「あなたはこれからもずっとわたしの初恋の人よ、アンジェロ。いつだって」

彼の荒い息がわたしの顔にかかった。あたたかくて、甘いワインの香りがした。

「ちゃんとキスして」そう要求するわたしの声は震えていた。最後にされたキスは――最初で最後だったけれど――あんなのは本当のキスとは言えない。

「ぼくの心を与えることなく、きみにしてあげられる唯一のキスをするよ、フランチェスカ・ロッシ。きみが受け取るに値する唯一のやり方で」

アンジェロが頭をさげ、唇をわたしの鼻の頭に押しつけた。わたしは彼の体がすすり泣くように震えるのを感じた。何年ものあいだに、涙に暮れた夜、期待で眠れない夜が幾度あったことか。また会える夏の日を指折り数えた。川で戯れあった日々。レストランのテーブルの下で指を絡めたこと。そういったすべての瞬間が、その罪のないキスで心のなかに封じ込められた。わたしはあの仮面舞踏会でするつもりだったことを実行に移したかった。顔をあげて、アンジェロの唇に唇を重ねたい。けれど、エミリーとここへ来た彼の思いを台なしにするようなことをすれば、自分を許せなくなるのもわかっている。わたしの運命が終わったからといって、彼らの関係の始まりを汚してはならない。

「アンジェロ」

彼が額を合わせた。ふたりとも目を閉じ、ほろ苦い瞬間を味わっていた。一緒にいて同じ空気が吸える最後の瞬間を。このあとは永遠に別れるしかないのだ。

「次に生まれ変わったら、きっと」わたしは言った。

「いや、ぼくの女神、生まれ変わりはなしだ」

そう言うと、アンジェロは向きを変えて暗い廊下を戻っていった。わたしは何度か深呼吸したあと、アルコーブを出て音楽が流れる舞踏室に入った。震えがおさまってから、咳払いをして自分のテーブルへと向かう。

一歩進むごとに自信を取り戻そうとした。微笑みを少しずつ大きくして、背中を少しずつまっすぐにした。テーブルに着いてみると、ウルフの姿がなかった。あたりを見まわしながら、いらだちと不安で胃がねじれるのを感じる。きまりの悪い状況で中座したものだから、わたしはこの先どうなるのか見当もつかなかった。心のなかで願っていたのは――というより祈っていたのは――彼がとうとうわたしに愛想を尽かし、父からも手を引いてくれないだろうか、ということだった。

ウルフの姿を探せば探すほど、鼓動は速まっていった。

そしてついに彼を見つけた。

未来の夫、ウルフ・キートン上院議員はテーブルとテーブルのあいだを縫うように優雅に動いていた。一メートルほど後ろを、エミリー・ビアンキがゆっくりと歩いていた。禁じられた果実のように、ヒップが挑発的に揺れている。金色の髪が輝いた――彼が仮面舞踏会で連れていた女性と同じように。エミリーの頬がピンクに染まっていることに気づく者は誰もいない。距離は空けているものの、ふたりは間違いなく同じ方向に向かっている。

先に黒いカーテンの向こうに姿を消したのはエミリーだった。

ウルフは足を止め、年老いていかにも裕福そうな男性と握手をすると十分ほど会話を続け、それからまた歩きだして舞踏室の奥へ向かった。

わたしの視線に気づいたかのようにウルフが振り向き、何百人という人がいるにもかかわらず、わたしと目を合わせた。彼はウインクをすると、唇を引き結んだまま目的地に向かって進んでいった。

血管のなかで血が沸騰した。わたしはエミリーのデート相手だと思ってアンジェロへの思いを抑え込もうと躍起になっていたのに、彼女はわたしの未来の夫と火遊びに興じていたなんて。

その場に立ち尽くし、腿の横でこぶしを握りしめる。心臓が大きな音を立てて打ち、今にも爆発するのではないかと思うほどだった。

ウルフとエミリーはわたしたちを裏切っていた。

不義には味がある。

それは苦い。

酸っぱい。

ほんの少し甘かったりもする。

何より、それはわたしに大事な教訓を与えてくれた――わたしたち四人が手にしているものがなんであれ、それはもはや神聖ではない。わたしたちの心は汚された。傷つけられた。罪の意識がある。

わたしたちの心はまったく予測できない。

そしていつかは壊れてしまう運命にある。

5

フランチェスカ

翌朝、わたしはゴディバのチョコレートをキッチンのごみ箱に投げ捨てた。それがウルフの目に留まればいいと思ったのだ。空腹の体をベッドから起きあがらせたのは、飢えによる復讐の痛みよりも、もっと強い痛みだった。

携帯電話で確認したメッセージも、わたしを動かす力となった。それらのメッセージは仮面舞踏会の夜、アンジェロに許しを乞うて笑い物にされるのが怖くて、携帯電話をバッグから出さずにいたあの夜に届いたものだ。

アンジェロ：あのキスはどういうことだ？

アンジェロ：きみの家に向かってる。

アンジェロ：きみのお父さんが、きみは近々婚約するからここにはもう来るなって。
アンジェロ：婚約。
アンジェロ：ぼくとじゃなく。
アンジェロ：おい、どういうことだよ、フランチェスカ。
アンジェロ：なぜだ？
アンジェロ：ぼくが一年待ったから？　きみのお父さんにそうしろと言われたんだ。ぼくは毎週きみとのデートを申し込みに行っていた。
アンジェロ：いつだってきみのことを考えていたんだ、ぼくの女神。

それ以降、彼からのメッセージはなかった。
わたしは相変わらず食事を拒否していた。そのことをミズ・スターリングが電話でウルフに訴えているのを、わたしはたまたま通りがかったときに耳にした。胃はすっかりあきらめて、音を立てることさえなくなっていた。昨日はウルフがエミリーとよろしくやっているあいだに無理やりパンを数口かじったが、縮んでいく一方の胃をなだめる役には立たなかった。心のどこかで、わたしは気絶するか何かして病院に担ぎ込まれ、そこで父がこの悪夢にきっぱり終止符を打ってくれることを願っていた。ああ、奇跡を願うことは危険であるだけでなく、こんなにも打ちのめされることだったとは。わたしが家で過ごす時間が長ければ長いほど、噂は真実味を増してきた――ウルフ・キートンは偉大な存在になる運命にある、と。わたしはファーストレディになるかもしれない。それも三十歳になる前に。ウルフは今日は早朝に起きて空港へ向かった。ワシントンDCに飛んで、この週末には大事な会議があるらしい。

ウルフの予定にわたしは含まれていなかった。わたしが死んでも、彼は気にしないかもしれない。もっとも、それが新聞の見出しになることは望まないだろうけれど。

蔦に縁取られた窓の下で、わたしは新しい植物や野菜の世話にいそしんだ。二日間水やりもしていなかったのに、これほど元気に生き延びているのは驚きだ。この夏の暑さはいつものシカゴの八月よりも苛酷だった。まあ、この二週間のあいだに起きたことは、何もかもが常軌を逸していたけれど。天気はこれから下り坂という予報で、わたしの人生を暗示しているかのようだった。それでも、わたしの庭はまだまだ元気だ。しゃがみ込んでトマトの畝から雑草を抜きながら、自分もまだまだ生き延びてみせると決意した。

わたしは窓の真下まで肥料の袋をふたつ運び、庭の隅に置かれた小さな物置のなかで古い種や空いた植木鉢を探した。ここの世話を任されていた人物は明らかに、手入れをきっちりすると同時に、庭に手を加えるのは最小限にするよう命じられていたのだろう。緑豊かな庭だが、どこかよそよそしい。美しいけれども、耐えがたいほど寂しい庭だった。ここの持ち主にはお似合いかもしれない。でも持ち主とは違い、わたしは自分の才能を生かして、この庭をもっとすてきな空間に仕上げたくてたまらなかった。わたしにはやりたいことも、やれることもたくさんある。誰にもそれを譲る気はない。

すべての道具をきれいに並べると、わたしは植木ばさみを手に取った。それは物置から取ってきたもので、肥料の袋を開けるのに必要だとミズ・スターリングに説明すると、彼女は納得したらしく家のなかに戻っていった。彼女はディナーに出す魚を間違えて買ってきた気の毒な料理人を叱りつけていて（今夜こそはわたしもディナーの席に現れることを願っているのは間違いない）、しばらくはキッチンにいるだろう。ついに好機到来だ。

わたしはこっそり家に戻り、階段をあがって西の棟に行くと、ウルフの寝室を目指した。そこには一度行ったことがある。屋敷を探検していて、彼とあの美人ジャーナリストが話しているのを立ち聞きしてしまったのだ。わたしはウルフの寝室へ急いだ。彼が帰ってくるまでに少なくとも一時間はあるだろう。たとえ彼がジェット機で飛びまわっていても、シカゴの交通渋滞を逃れることはできない。

わたしの部屋はハリウッド映画で見る摂政時代風の豪華な内装が施されているのに対し、ウルフの部屋は優美だが控えめで飾り気がなかった。幅広の窓にはモノトーンのカーテンがかけられ、ベッドのヘッドボードは黒のキルテッドレザー、ベッドの両脇に置かれたナイトテーブルは炭の色だ。壁は彼の目の色を思わせる濃いグレーで、天井の中央からつりさげられたクリスタルのシャンデリアは部屋の主を称えているかのようだった。

テレビはなく、戸棚も鏡もない。バーキャビネットがあることに驚きはしなかった。ウルフはイリノイ州が合法と認めていれば酒と結婚しただろう。

わたしは彼のウォークイン・クローゼットへと歩いていき、植木ばさみの刃をチョキチョキ言わせて新たな力が体にみなぎるのを感じながらドアを開けた。床の白い大理石に棚のオーク材の黒が映えている。何ダースもあろうかというスーツは色とデザインで仕分けられてつるされ、どれも完璧にアイロンがかけられて、いつでも着られる状態になっていた。

スカーフは何百枚もあり、靴もボッテガ・ヴェネタのショップが開けそうなほどある。ジャケットやピーコートもたくさんあった。わたしは何から始めるべきかわかっていた。ネクタイが百本以上もラックにかかっている。それを見つけると、わたしは次々に手に取ってはさみで半分に切っていった。足元に生地が落ちていくのは、まるで秋に落ち葉が舞うようで、奇妙に心をくすぐられた。

チョキ、チョキ、チョキ、チョキ。

その音を聞いていると心が安らいだ。空腹なのも忘れるほどだった。ウルフ・キートンはアンジェロのデート相手と寝た。そんな不謹慎な行動に、自分も浮気に走って復讐するなんていうことはわたしにはできない。するつもりもない。でも明日の朝、彼が着るものが何もないことに気づいて間抜け面になるのはぜひ見てみたかった。

ネクタイを全部切り刻むと、続いてドレスシャツに取りかかった。わたしがそのちウルフに触れたい気分になると思っているなら、彼はずうずうしいにもほどがあるわ。苦々しくそう思いながら、わたしはクリーム色や白や淡いブルーの上等な生地にはさみを入れていった。結婚は初夜を迎えることで完了する。けれど、いくらウルフの見た目がよくても、わたしは彼のプレイボーイとしての生き方が受け入れられなかった。恐ろしい噂も聞くし、彼が大勢の女性と寝てきたのは事実だ。わたしは恥ずかしながら経験がないというのに。

それはつまり、わたしは処女ということだ。

処女でいることは罪ではない。だが、わたしはそんなふうに感じていた。ウルフはきっとこの情報を手に入れれば、わたしをうぶだと言ってばかにするだろう。処女でなくなるというのは、わたしが生きている世界では選択肢になかった。両親は結婚式を挙げるまで操を守ることを望んでいたし、わたしはその希望をかなえるのになんの苦労もなかった。愛してもいない人とセックスをすることなど、ほとんど考えもしなかったのだ。

わたしはそのときが来たら自分が処女だという問題をどうにかしようと決めた。もしも、そんなときが来ればの話だが。

わたしは服やネクタイを切り刻み、何万ドルもするワードローブをごみにするミッションに集中しすぎて、部屋に向かっているウルフのローファーの足音も聞こえていなかった。彼が戻ってきたことに気づいたのは、寝室のドアの外で彼が立ち止まり、かかってきた電話に出たからだった。

「キートンだ」

沈黙。

「彼が何をやったって？」

沈黙。

「大丈夫だ、彼がこの街で一ミリでも動けば、シカゴ警察の手入れがある」

それからウルフは電話を切った。

しまった。わたしは心のなかで悪態をつき、はさみを床に放りだして駆けだした。開いていた引き出しに体がぶつかり、何かが床に落ちるのもかまわずウォークインクローゼットから走りでて、寝室の二重扉をぱっと開けたところに、ちょうどウルフが入ってきた。彼はまだ携帯電話を見つめ、眉をひそめている。

ウルフと顔を合わせるのは昨日の結婚披露パーティー以来だった。彼はエミリーと消えたかと思うと、二十分ほどして戻ってきて、帰るぞとわたしに告げた。家に向かう車のなかは静かだった。わたしはウルフの目の前で携帯電話を取りだして、いとこのアンドレアにメッセージを送ったが、彼は気にしていないようだった。家に着くと(あなたの家ではないけれどね、フランキー)、わたしはまっすぐ自分の部屋へ向かい、力任せにドアを閉めて鍵をかけた。エミリーのことを尋ねて、彼を楽しませるつもりはなかった。実際、気にしているそぶりも見せなかった。

今、ウルフはわたしの前に立っている。彼がエミリーと浮気したことにわたしがどう反応しようと、彼には痛くもかゆくもないのだと悟った。すべての切り札を握っているのは彼だ。わたしは本能的に一歩さがり、ごくりとつばをのみ込んだ。

恐竜のような冷たい目が、わたしの体をなめまわした。まるでわたしが裸で、彼にこの身を差しだすためにここへ来たかのようだった。ウルフの唇は、やはりまっすぐ引き結ばれている。彼はグレーのドレスパンツをはき、上着はなしで白いシャツの袖を肘までまくっていた。

「ぼくが恋しいのか?」ウルフはそう言い放ち、わたしの横をかすめて部屋の奥へ歩いていった。わたしの口から恐怖の笑いがもれた。さっきぶつかって床に落とした写真立てや、切り刻んだ服の残骸がすぐに彼の目に留まるだろう。彼がわたしに背を向けた瞬間、わたしはそっと忍び足で部屋を出ていこうとした。

「逃げようなどと考えるなよ」ウルフが警告し、まだ背を向けたまま、メインストリートを見晴らす窓辺のバーカウンターでグラスになみなみと酒を注いだ。「スコッチでいいか?」

「わたしはお酒を飲んではいけないって、あなたに言われた気がするんだけど」そう口にして、わたしは自分の声がひどくシニカルなことに驚いた。この家はわたしを変えてしまう。中身も外見も、ギスギスするばかりだ。やわらかな肌は骨にくっつき、明るい性格はシニカルになり、心はすっかり凍りついてしまった。

「ああ、この家から一歩外に出たら飲むな。きみは上院議員と結婚するのだし、まだ二十一歳になっていない。そんなことで捕まったら、世間はぼくをどう見ると思う？」

「十八歳で結婚できるのに、お酒は二十一歳になるまでだめって、おかしくない？どの人生の選択がほかよりも大事かなんて、わかるわけないのに」わたしは足に根が生えたように動けず、ウルフの広い背中を見ながら言った。彼は毎日ワークアウトをしており、その成果は現れている。毎朝五時に家へやってくるパーソナルトレーナーが玄関を通りながら八〇年代の歌を口ずさんでいるのが、わたしの耳にも聞こえていた。ウルフは地下で毎日一時間体を動かし、時間が許せばディナーの前にランニングに出かけることもあった。

彼は片手にふたつのグラスを持って、わたしのほうに体をひねった。そしてひとつを差しだしたが、わたしは和平の申し出を無視して腕組みをした。

「アルコールが飲める法的な年齢について議論をしに来たのか、ネム？」

またそのばかげた呼び名。ウルフがわたしをネメシスと呼ぶなんて、皮肉なものだ。ナルキッソスよろしく虚栄に満ちている彼を、一刻も早く永遠の眠りにつかせること以上に、わたしの望むことは何もない。

「あら、いけない？」わたしは彼の気をそらし、ウォークインクローゼットに行って切り刻まれたネクタイや服の山を見るのを引き延ばそうと話し続けた。「あなたなら、事態をどうにかできるでしょう？」

「きみが人前で酒を飲めるように法律を変えろというのか？」

「昨日のことがあってから、わたしはあなたがいるところなら、どこでもお酒が飲める権利を得たんだと思っているけど」

ウルフの目のなかに何かがきらりと光ったが、彼はすぐにそれを完全に消し去った。楽しいという感情の表れにも思えたけれど、わたしにはその感情を突き止めることはできなかった。彼はわたしに差しだしたグラスを背後のバーカウンターに置き、そこにもたれてわたしをしげしげと眺めた。グラスのなかで琥珀色《こはくいろ》の液体をまわしながら、長い脚を足首のところで交差させる。

「あれできみは満足したのか？」ウルフがしわがれた声を出した。

「なんのこと？」

「ぼくのウォークインクローゼットだ」

わたしは顔が赤くなるのを感じ、抑えきれない体の反応を恥じた。ウルフは昨日、ほかの誰かと寝たのだ。しかもそれをわたしに気づかせて楽しんでいた。彼を怒鳴りつけ、引っぱたき、何か投げつけてやってもいいくらいだ。でもわたしは食べていないせいで体力がなかったし、自分の婚約発表で精神的にも打ちのめされていたので、けんかをふっかけるようなエネルギーはどこにもなかった。

わたしは肩をすくめた。「もっとすてきで、もっと大きなウォークインクローゼットを見たことなら何度もあるわ」

「きみに関心がないならけっこうだ。結婚式のあとも、きみがこの寝室に移ってくることはないんだからな」

「でも、あなたはわたしにベッドをあたためておいてほしいんじゃないの？　あなたが家のなかで快楽を得たいと思ったときには」わたしは考え込むように顎をさすり、ウルフにぶつけられたのと同じくらいの皮肉をこめて言い返した。彼の目がわたしの指を探るのを見て、勝利の喜びを嚙みしめる。いくら見ても、婚約指輪はそこにはない。

「前言撤回だ。きみには確かに気骨がある。まあ、そんなものはすぐにへし折ってやるが」ウルフは誇らしげに微笑んだ。「とはいえ、それがあるというのはわかった」

「まあ、気づいてくださってありがとう。ご承知のとおり、あなたがわたしをどう思うかが、わたしにとっては一番大事なことだもの。爪のあいだに詰まった土の次にね」

「フランチェスカ」彼の口から出たわたしの名前は、まるでもう何万回もそれを言い慣れているみたいになめらかに聞こえた。本当にそうなのかもしれない。わたしがシカゴに戻ってくるよりも前から、わたしは彼の計画に組み込まれていたのかも。

「ウォークインクローゼットに行って、ぼくが酒を飲み終えるまでそこで待っていろ。話しあわなければならないことがいろいろある」

「あなたの指図は受けないわ」頭をあげて言う。

「きみに提案することがある。それを受け入れないようなら、きみはばかだ。そしてぼくは交渉は受けつけない。ぼくからきみに申してる提案はそれが最初で最後だ」

頭が回転し始めた。わたしを解放してくれるというの？　ウルフはほかの誰かと寝た。わたしが子どもの頃からの想《おも》い人といい感じになっているところを目撃した。それにクローゼットの惨状を見た以上、わたしへの気持ちは大きく目減りしているだろう。そもそも、そんなものがあればの話だけれど。わたしはクローゼットに歩いていき、しゃがみ込んではさみを取りあげた。いざというときの護身用だ。それから引き出しが並ぶ棚に背中をつけてもたれ、呼吸を落ち着かせようとした。

ウルフのグラスがカウンターに置かれる音がした。続いて、近づいてくる足音。鼓動が跳ねあがった。彼は入り口のところで足を止め、無感情な目でわたしを見つめた。

顎はこわばり、目は鋼鉄のようだ。わたしの足元には、腿の下ぐらいにまで服の残骸が積みあがっている。わたしが午後の時間をどう過ごしていたかは誤解しようもなかった。

「きみは自分がどれだけの金を無駄にしたかわかっているのか?」ウルフがきいた。低い声は落ち着いていて、いつものようによそよそしい。彼はわたしが服を切り刻んでも、特に気にしていないのだ。そう思うとわたしは絶望を感じ、途方に暮れた。彼はどうやっても手の届かない空の星。この手で報復したいわたしからは銀河系ほどに離れている。

「わたしが犠牲にしたプライドに比べれば安いものだわ」わたしは空中をはさみでチョキンと切ってみせ、鼻孔が膨らむのを感じた。

ウルフはポケットに両手を突っ込み、戸枠に片方の肩をもたせかけた。

「きみを悩ませていることはなんだ、ネメシス? きみのボーイフレンドが昨日デート相手を連れてきたという事実か? それとも、ぼくがそのデート相手とやらをファックしたことか?」

さあ、自白したわよ。どういうわけかわたしのなかでは、ウルフが見えないところでエミリーと何をしていたかについては、疑わしきは罰せずというふうに思いたいところもあった。だが、いざ本当だったとわかると、傷は深かった。どうしてこんなに傷つくのかわからないほどに。まるで空っぽのお腹を殴られたようだった。相手が誰であろうと、裏切られたという思いは心を深く傷つける。そしてこれからは、砕けた心のかけらを抱えたまま生きていかなければならないのだ。

ウルフ・キートンにとって、わたしはなんの意味もない存在だった。

いえ、違う。そうではない。

彼はわたしの身に降りかかった災いのすべてだ。

「アンジェロのことよ、もちろん」わたしは信じられないというように息を吐き、はさみを強く握りしめた。ウルフが武器を握ったわたしの手に白く浮きでた関節に目をやる。にやりとしたのは、そんな武器は一瞬で取りあげることができると言いたかったのだろう。

「嘘つきめ」彼は抑揚のない口調で言った。「しかもひどい嘘つきだ」

「あなたがエミリーと一緒にいたからって、なぜわたしが嫉妬しなくちゃいけないの？　あなただって、アンジェロとわたしに嫉妬なんかしなかったくせに」わたしは喉元にこみあげてきた涙をのみ込んだ。

「彼女をファックしたのは、セックスの相手として極上の女だったからだ。あの口で楽しませてもらえるアンジェロはラッキーなやつだな」

ウルフはあざけり、シャツの一番上のボタンを外した。わたしの体がかっと熱くなった。彼はこれまでわたしの前で性的なことを口にしたことはなく、今の今まで、わたしたちの結婚は現実の出来事というよりも懲罰のような気がしていた。ふたつ目のボタンが外されると、黒い胸毛がちらりと見えた。

「それに、きみがほとんど愛情を示そうとしないことにぼくは不満を感じていた。きみにはちゃんと別れを告げる機会を与えてやったんだ。ぼくが化粧室から出たときにきみたちが抱きあっていた感じからすると、ふたりともその気だったんだろう。楽しんだか？」

わたしは目をしばたたいた。ウルフの言葉の意味がわからなかった。彼はアンジェロとわたしが事に及んだと……？　ええ、そう思っている。さっき目の奥に見えた感情が顔に表れているのを、彼は隠そうともしていない。ウルフはわたしが結婚披露パーティーのあの場所でアンジェロと関係を持ったと思っていて、わたしに確かめることもせず、その罪に報復しているのだ。

怒りが体じゅうに渦巻いた。今日この部屋へ入ってきたときは、これほどまでにウルフを憎むことになるとは思ってもみなかった。でも、それは誤りだった。

そう、これなのね。これこそが、本物の憎しみなんだわ。

わたしはウルフの思い込みを訂正しなかった。浮気されたという屈辱で彼が感じた痛みを軽くしてやる必要はない。わたしたちの罪は同等だ。わたしは肩を怒らせ、なんとしても自分が受けたのと同じ心の傷をウルフに与えたいという思いを新たにした。

「あら、アンジェロとはもう何度も寝たわ」わたしは嘘をついた。「彼は〈アウトフィット〉のなかでも一番の恋人だった。もちろん自分で確かめた結果よ」さらに嘘を重ねた。尻軽女とばかげた契約をしたと思えば、彼はわたしと縁を切ろうとするだろう。

ウルフは頭を傾け、わたしのなかにかろうじて残っている自信まではぎ取るような目で見つめた。

「妙だな。仮面舞踏会では、きみは彼とキスしたいとしか言ってなかったはずだが」

わたしはつばをのみ込み、すばやく頭をめぐらせた。これまでの人生で嘘をついた回数は、片手で数えられるほどしかなかった。

「メモに従って、そう言ったのよ。伝統を守ろうとしただけ。前にキスしたことなんて何千回もあるわ」わたしは言い放った。「でも、あの晩のキスは運命だった」

「運命に導かれて、きみはぼくのもとへ来た」

「あなたがわたしの運命を盗んだのよ」

「そうかもしれない。だが、だからぼくとは関係ないということにはならない。昨日のことは、あの場限りだと思ってくれ。このぼくからの婚約の贈り物だと言ってもいい。これからは、ぼくがきみの唯一の選択肢だ。ほかに道はない」

「そのルールはあなたには適用されないんでしょうね」わたしは片方の眉をつりあげ、またはさみをチョキンと鳴らした。ウルフが退屈そうな顔ではさみを見やる。

「けっこう頭が切れるな、ミス・ロッシ」

「だとしたら、キートン上院議員、言っておきますけど、そんなルールは無効よ。わたしは誰だって好きな人と、好きなときに寝るわ。あなたがそういうことを続ける限りは」

わたしは誰と寝るのも自由だと主張している。実際は修道女よりも純潔を守ってきた身なのに。わたしはウルフとしかキスをしたことがない。もっとも、別にシカゴじゅうの男と寝る権利を主張しているわけではないけれど。基本的な権利の問題だ。平等であることが、わたしにとっては重要だった。それを手に入れられるのは、これが初めてかもしれない。

「はっきりさせておこう」ウルフはウォークインクローゼットに足を踏み入れ、わたしとの距離を縮めた。手が届くほどではないが、彼がこんなに近くにいると思うと、興奮と恐怖が背筋を駆け抜けた。

「きみは食事をしようとしないし、ぼくも婚約破棄する気はない。たとえ、ついにきみの体がもたなくなって、きみを墓に埋めることになっても。だが、ぼくはきみの人生を楽にしてやることができる。きみの父親とのあいだに問題があるだけで、きみに恨みはないからな。だからきみも賢くなって、このままでどうにかする方法を考えるんだ。というわけで、ネメシス――両親が与えてくれなかったもので、ぼくからきみに与えられるものはなんだ？」

「わたしを買収しようというの？」わたしは鼻で笑った。

ウルフが肩をすくめる。「ぼくはすでにきみを買った。人生を生きやすくするチャンスを、きみにあげようとしているだけさ。よく考えろ」

喉元にヒステリックな笑いがこみあげた。自分の正気が汗のように体から流れて消えていく気がした。この人は本当に信じられないことを言っている。

「わたしは自由を取り戻したいだけよ」

「そもそも、きみは両親から自由になることができなかった。ごまかしても無駄だ。きみもぼくも、それはわかっている」淡々とした声が鞭《むち》のように飛んできた。ウルフがさらに歩を進め、わたしは棚に背中を押しつけた。引き出しの取っ手が背中に食い込む。

「考えろ」彼はそのひと言をはっきりと発音した。「きみの両親が決して与えてくれないものを、ぼくがきみにやる。それはなんだ？」

「わたしはドレスも車もいらない。新しい馬だって欲しくないわ」わたしは叫び、はさみを持った手をめちゃくちゃに振りまわした。父は、おまえの結婚相手は誠意を示すために馬の一頭もおまえに買ってくれるようなやつでなければいけない、と言っていた。そして、そうなったらおまえはその男のものになったと考える、と。

「物欲の話をしているわけじゃないのはわかってるだろう」ウルフがぴしゃりと言う。わたしはあたりを手探りし、彼がこれ以上近づいてこないように靴を投げつけた。だが、彼はひらりと身をかわして笑い声をあげた。

「よく考えろ」

「欲しいものなんてないわ！」

「誰にだって望みはある」

「あなたの望みは？」時間を稼ごうとして尋ねた。

「この国に仕えることだ。正義を求め、法廷に引きずりだされてしかるべき連中には罰を与えること。きみにも望みがあるだろう。仮面舞踏会に戻ったつもりで考えろ」

「大学よ！」わたしは叫んだ。「大学に行きたい。両親はわたしが高等教育を受けて自分で身を立てることを許してくれなかった」舞踏会でビショップ知事が大学のことをきいてきて、恥ずかしさと失望を隠して取り繕わなければならなかったあのときのことをウルフが覚えていたとは驚きだ。わたしは成績優秀で、大学進学適性試験《SAT》も高得点を誇っていたが、両親は勉強など労力の無駄だと考えていた。早く結婚相手を見つけて式を挙げ、跡継ぎを産むことでロッシ家の財産を継いでくれればいい、と。

ウルフが足を止めた。

「望みをかなえてやる」

その言葉に驚いて、わたしは黙り込んだ。その沈黙が気になったらしく、彼はまたわたしに向かって歩いてくると、にやりとした。悔しいけれど、認めざるをえない――ウルフはいつだって美しい。折り紙で折ったみたいにあちこちが鋭角で彫りの深い顔は実に端整で、とりわけアドニスのように笑ったときに唇がゆがむのがたまらなかった。満面の笑みを見せると、どういう顔になるのだろう？　それを目にするまで、ずっと彼と一緒にいたいとは決して思わないけれど。

「きみの父親ははっきりと、結婚後もきみを大学には行かせないでくれと言った。女性に関する〈アウトフィット〉の秩序を維持するためだそうだ。だが、きみの父親のことなど知るものか」ウルフの言葉がナイフのようにわたしの胸を刺した。話しぶりも人前にいるときとは違っている。まるで外国語を話している別人だ。普段の彼は四文字言葉など発しないように見えた。「きみは大学に行けばいい。馬にも乗ればいいし、友人を訪ねたり、パリへ買い物に行ったりしたければそれもいい。ぼくとは別々に暮らして、きみの役割を演じてくれ。そして充分に年月が経てば、人目につかない形で愛人を持ってもかまわない」

いったいこの人は何者なの？　どうしてこんなに冷淡でいられるの？　生まれてこのかた、それに〈アウトフィット〉の無情な男たちと過ごしてきたなかでも、これほどシニカルな人は見たことがない。どんなに恐ろしい男たちも愛を求め、義理を大事にし、結婚を望んだ。彼らでさえも、子どもを欲しがった。

「わたしはお返しに何をすればいいの？」わたしは顎をあげ、唇を引き結んだ。

「食事をしろ」ウルフが吐き捨てるように言う。

それならやってあげてもいい。わたしは苦い思いを嚙みしめた。

「きみには従順な妻の役を演じてもらう」彼がまた一歩前に出た。わたしは本能的にあとずさりしようとしたが、どこにも逃げ道はなかった。もう二歩も進めば、ウルフは昨夜アンジェロがそうしたのと同じように、わたしの体に触れることになる。わたしはウルフの体にたぎる炎と目に宿る冷たさを受け止めなければならない。

彼は落ちていたネクタイの切れ端をつまみあげ、わざと大股に一歩だけでふたりのあいだの距離をゼロにした。「ワシントンDCに飛ぶ予定だったが、きみの父親がいろいろと面倒を起こしてくれたので、街に残ることにしたんだ。金曜日にはDCからの客を迎えることになる。きみには充分に着飾ってもらうぞ。婚約のホラ話はまともに聞こえるように編集しておけ。客を完璧にもてなしてくれなきゃ困る。ディナーが終わったらピアノを弾いてくれ。そのあとは、ぼくと一緒に西の棟に引っ込む。東の棟には客を泊めることになるからな」

「あなたのベッドで眠れというの？」わたしは思わず笑った。それは困ったことになる。

「きみが眠るのは隣の部屋だ」ウルフの体は、今やわたしに覆いかぶさるようだった。本当には触れていないのに、触れられているような気がする。彼はわたしの体に熱を注ぎ込み、体はその熱を喜んで受け入れた。彼のことなど大嫌いなのに、今は離れてほしくない。

口を開いたものの、言葉は出てこなかった。拒否したかったが、ウルフの申し出に同意すればまともな生活が送れるようになるというのもわかっていた。ただ、自ら進んで全面降伏するのは早すぎる。彼は勝手にルールを決め、希望を述べて、わたしの自由をめちゃくちゃにした分の代償を払うと言っているのだ。わたしたちは口頭で契約を交わそうとしているけれど、ここはひとつ、わたしからも条項を付け加えておかなければならない。

「ひとつ条件があるわ」わたしは言った。

ウルフが片方の眉をあげ、ネクタイの先端をわたしの首筋へと滑らせた。わたしは反射的にはさみを振りあげ、不適切な場所に彼が触れてきたら心臓をひと突きしてやろうと身構えた。けれどもウルフはひるむどころか、わたしが見てみたいと思っていた満面の笑みを返してきた。その笑顔にはえくぼがあった。ふたつ。右のほうが左のよりも深い。ひらひら揺れるネクタイの先が肩甲骨に触れ、ブラジャーのなかで乳首が硬くなるのを感じて、それが彼にばれないくらい厚いパッドがブラジャーに入っていることを神に祈った。体の内側をぎゅっとつかまれたように感じ、胃がねじれて、甘美なうずきが子宮に広がっていく。

「早く言え。でなければ永遠に黙っていろ、ネメシス」ウルフの唇は今にもわたしの唇にくっつきそうなほど近く、キスをされても抵抗できる気がしなかった。

ああ、なんてこと。わたしの体はどうなってしまったの？　彼を憎んでいるのに、同時にこんなにも求めているなんて。

わたしは視線をあげ、顎をこわばらせた。「わたしをばかにしないで。わたしに誠実であることを求めるのなら、わたしもあなたに同じことを求めるわ」

彼はネクタイを動かして先端を胸の谷間にもぐらせたかと思うと、またそれを首筋に戻した。わたしは震え、目を閉じたくなるのをなんとかこらえた。コットンの下着に官能の潤いがたまっていく。ウルフが真剣な目をしてきいた。「それがきみの条件か？」

「それとメモよ」思いついて付け加える。「なんのことかわかっているわよね。あなたはアンジェロとわたしのキスを横取りしたんだから。わたしのメモを読まないで。あの箱はわたしの心の準備ができたときに開けて、メモを読み、実行するものなの」

あまりにもウルフが無反応なので、わたしは彼が本当に箱を開けたのかどうか確信が持てなくなった。それに、わたしの未来の夫が自ら進んで情報を渡してくれる人ではないことは、もう充分にわかっている。

わたしの未来の夫。本当にそうなってしまうのだ。

「口頭の契約でも、ぼくはきわめて真剣に受け止める」ウルフはネクタイの先端でわたしの頬に触れた。まだ微笑んでいる。

「わたしもよ」彼の手に指がこじ開けられるのを感じ、わたしは息をのんだ。はさみが床に落ちた。ウルフがてのひらをぎゅっと絞るように握る。それが彼なりの握手だった。

ふたりの心臓が一緒にはずんでいた。ゆうべ暗いアルコーブでアンジェロと感じたのとはまるで違っていて、あれはぎこちなくファーストキスをしようとするティーンエイジャーのようだった。今はもっと危険で野性的に感じられる。どこか高揚感もあった。何本のはさみで武装していようとも、ウルフには簡単に引き裂かれてバラバラにされそうな気がする。わたしと婚約していながらエミリーと寝た人なのよ、それを思い出しなさい。シカゴ社交界に婚約指輪を見せびらかしたその夜にわたしがアンジェロと寝たと思っている、彼の冷酷な言葉を忘れてはいけない。

ウルフは遊び仲間ではない。モンスターだ。

彼は握りあった手をわたしの顎の高さにまで持ちあげた。褐色の大きな手がわたしの真っ白で小さな手を包んでいるのを、どきどきしながら見つめる。彼の指にはまばらに黒い毛が生えていて、日焼けした太い腕には血管が浮きでていた。ふたりの手はまったく大きさが違うのに、なぜかちぐはぐには見えなかった。

胸のなかで心臓が暴れている。ウルフが頭をかがめ、わたしの耳に唇を近づけた。

「自分の出したごみは自分で片づけろ。夕方までに無線LANが使えるパソコンを用意して、ノースウエスタン大学の入学手続きをしておいてやる。夜にはディナーと夜食をとれ。そして明日は朝食のあとでピアノを練習して、それからドレスを買いに行け。客が呆然と見とれて口から泡を吹くようなやつを買うんだ。わかったか？」

ウルフの言ったことには誤解の余地もなかった。けれどもわたしは体を引き、まつげをぱちぱちさせて、彼が気に入っているあざけるような微笑みで答えることにした。この状況において、わたしにはなんの力もないけれど、皮肉を言うだけなら力はいらない。

わたしは大股で歩いてウルフの横を通り過ぎ、彼をひとり残してウォークインクローゼットから出ていった。

「交渉はしないと言ったくせに、ずいぶんいろいろと条件を出したものね」

ウルフは頭を振りながらくすくす笑い、わたしの背中に向かって言った。

「きみはぼくが墓に埋めてやるからな、ネメシス」

6

ウルフ

真新しい黄色のネクタイを当ててみたが、すぐに床へ放り投げた。

おとなしすぎる。

次にラックからグリーンのネクタイを手に取り、首に巻いてから考えた。

これは明るすぎる。

今度は黒のなめらかなベルベットのやつを引き抜き、白いシャツに合わせてみた。

完璧だ。

性的なフラストレーションがたまっていて、もうどうにかなりそうだ。手近な穴に一物を突っ込むことしか考えられない。濡《ぬ》れた女性の体の奥に突き入れたのはもう何日も前だし、最後のセックスはお世辞にもいいとは言えないものだった。

エミリーはファックしても面白くもなんともない女だった。死体よりはわずかに反応があると言えるぐらいで、魅力という点でも同様だ。もっとも、一応彼女を弁護すると、あれはお互いに楽しめるものにするというより、ぼくの怒りを吐きだすためのセックスだった。エミリーは絶頂に達したふりをするのも下手くそで、こちらも頭に来ていたから、その演技に気づいていないふりをしてやることもできなかった。

結婚披露パーティーでフランチェスカが彼女のお気に入りのバンディーニといるところを見たとき、ふたりが知ってか知らずか前戯に入りかけていると気づくには一瞬かかった。暗いアルコーブでもわかるくらいにフランチェスカの目は輝いていて、ぼくはふと、罰として彼女を舞踏室に引きずりだし、主役である新郎新婦のテーブルの上でファックしてやろうかと考えた。だが嫉妬深くて所有欲の強い男のようにふるまうのは、第一にぼくの性分ではないし、第二にぼくの最終目的を考えれば建設的ではない。それに、ティーンエイジャーに入れ込む趣味もない。だから、最後にもう一度だけと言って、あのふたりにロデオを楽しませてやったのだ。自分の手で彼女を汚してしまえば、ぼくはもう関心を持てなくなる。

それで、自分の代わりをバンディーニにさせてやったまでだ。

すると今度はネメシスが浮気を認めないなどと言いだして、ぼくを驚かせた。何週間も乱暴で無慈悲なファックをされ続ければ、そんな取り決めは自分のためにならないとわかり、ぼくを一刻も早く愛人のもとへ送りだそうとするだろう。もちろん、クリステンはもう選択肢にない。彼女はぼくの婚約にまつわる記事を発表しようとしたからだ。その結果、クリステンは専門記者から調査担当に降格された。ぼくが上司の編集長に電話して、十年前イエール大学を出たばかりのときに彼が雇ったすてきなブロンド娘は、いけない人種とベッドをともにしていると告げたからだ。

彼女が取材している側の人々と。

ぼくと。

今日、金曜日の夜はお待ちかねの大芝居を打つ時間だ。エネルギー省長官のブライアン・ハッチが妻を連れて来る予定になっている。今後のぼくの選挙活動を、彼に支援してもらう話をするために。上院議員の任期はまだこれから六年近くあるが、ぼくの目標ははっきりしている。大統領だ。ミス・ロッシがこの州内を探してもほかにはそう見当たらないほど高価な婚約指輪を誇らしげにつける立場になったのは、それも理由のひとつとしてあった。国じゅうの女性が黙るぐらいに女の口にペニスを突っ込んできた男というぼくのイメージを、マフィア一家のプリンセスを救ったヒーローに書き換えるのは、今まさに必要な点数稼ぎとなる。フランチェスカの高貴な育ちはファーストレディとしてもぴったりだ。言うまでもなく、その過程で、彼女の父親の事業は徹底的に叩きつぶすつもりだった。妻へのいわゆる愛情というものは示しながら。

人はぼくを受難者と呼ぶだろう。そしてフランチェスカはぼくがどんなホラを吹こうと、とやかく言うことはできなくなる。

新しく買ったばかりの黒いネクタイを首元で結び、目の前の鏡に向かって渋い顔を作った。ウォークインクローゼットはすっかり片づけられ、だめにされたものはすべて買い替えてある。引き出しの奥のほうを軽く叩き、自分がどこから出てきたのか、そしてどこへ行きたいのかを思い出したいときには必ず見る写真を入れた額を探した。

それはそこになかった。

ゆっくりと、次々に引き出しを開け、とうとう全部の引き出しを探したが、それでもやはり額は見つからなかった。フランチェスカが壊したか、持っていったかのどちらかだ。おそらく前者だろう。ぼくが彼女のボーイフレンドの最新のおもちゃとファックしたとわかったとたん、彼女は頭がどうかなった。フランチェスカはぼくに、自分が別の男のペニスにまたがっているのを観察してコンドームを手渡すことを期待しているのだろうか？　いずれにしても、彼女の行動は常軌を逸している。

ぼくは勢いよく部屋を飛びだし、東棟に向かった。ちょうどフランチェスカの部屋から出てきたスターリングが廊下でぼくと出くわして飛びあがった。彼女は両手を宙に投げあげ、幸せな雌鶏《めんどり》のような声をあげた。

「あなたの婚約者はうっとりするほどおきれいですよ、ミスター・キートン！　あなたにあの美しさを見てもらうのが待ちきれな――」スターリングが言い終わらないうちに、ぼくは無言で横を突っ切り、フランチェスカの部屋に突進した。よろめきながらついてきたスターリングにはこう怒鳴った。「そんなことは夢にも思うな、この老いぼれめ」

ノックもせずに部屋のドアを開けた。今度は本当にとんでもないことをやってくれた。服やネクタイは金でどうとでもなるし、物事全体を俯瞰《ふかん》するなかでは意味のないことだ。だが、あの写真は金では買えない。

ぼくは花嫁が化粧鏡の前に座っているのを発見した。黒いベルベット――お互いに相手を刺してやろうという思い以外にも気が合うところはあるらしい――のタイトなドレス姿で、肉感的な唇にくわえた煙草の煙をくゆらせている。彼女は植木鉢に土を入れていた。寝室でガーデニングをしているのだ。シャネルのイブニングドレスを着て。

クレイジーだ。

ぼくのクレイジーな花嫁。

ぼくは、いったいどんな地獄に飛び込んでしまったのだろう？

つかつかと近寄ると、フランチェスカの口から煙草を引き抜き、片手で半分に折った。彼女が視線をあげて目をしばたたく。フランチェスカは喫煙者だ。それもぼくが彼女について気に食わない点だった。この調子でいくと、彼女のことを知れば知るほど、完全に破壊してやりたくなりそうだ。結婚すると決めたとしても、フランチェスカのことは何も知りたくなかった――まあ、彼女のなめらかであたたかな秘部に突き入れたらどんな感じかは知ってもいいが。

「ぼくの家のなかで煙草を吸うな」うなるように言った。声に怒りがにじんでしまい、そのことがさらにむかついた。ぼくは決して怒らない、何にも影響されない人間なのだ。関心があるのはただひとつ、自分自身のことだけだった。

フランチェスカが立ちあがり、わずかに首をかしげて、面白がっているような笑みを浮かべた。

「というか、わたしたちの家でしょう」

「ぼくをからかうな、ネメシス」

「だったら、わたしをおもちゃみたいに扱わないで、ナルキッソス」

今日のフランチェスカは珍しく口答えしてくる。交渉のテーブルに着く甲斐があるというものだ。ぼくはすばやく動いて彼女を壁に押しつけ、目の前で歯をむきだした。

「写真はどこだ?」

フランチェスカの表情が一瞬で喜びから恐怖に変わり、口元から澄ました微笑みが消えた。ぼくは彼女のカールした濃いまつげを見た。目はビー玉のようだ。あまりに美しいブルーで、生き物とは思えない。彼女の頑固さに辟易《へきえき》して首を絞めてやったら、肌も同じくらい真っ青になるだろうか? 彼女がこんなにも手に負えないとわかっていたら、あの父親から奪い取るのを思いとどまったかもしれないのに。だが今はフランチェスカこそが、ぼくの片づけるべき問題だ。負けを認めるつもりはない。小娘の言いなりになるなどもってのほかだ。

フランチェスカはきっと黙りこくるだろうと思っていたが――弱い女はみんなそうする――彼女は不機嫌な顔をして、簡単には倒せない難敵という印象をさらに強めた。契約を交わしてからというもの、彼女は自制心のある大人だと信じたがっている自分がいることは否定できない。フランチェスカは馬に乗り、ノースウエスタン大学へ見学に行き、うちの運転手のスミシーと彼女のところのメイドのクララ、いとこのアンドレアとつるんでいる。彼女たちは、まるでホワイトハウスの見学に来たとでもいうようにわが家を訪れた。髪にエクステンションをつけ、日焼けしたように見せる化粧をして体にぴったりした服を着たアンドレアは、まるでお騒がせセレブのカーダシアン家の一員のようだった。彼女は言葉の最後にガムをパチッと鳴らす癖があった。それを句点の代わりにしているのだ。

「いかした花瓶ね」パチッ。

「あなたたちの関係って、法的にはどうなの？　だって彼、おじさんよね」パチッ。

「独身最後のパーティーをメキシコのサンルーカス岬でやるのはどう？　わたし、行ったことないの」パチッ。

スターリングによれば、フランチェスカは毎朝ピアノの練習をし、一日三度の食事をし、暇な時間にはガーデニングをしているという話だ。

彼女もやっと自分の立場を理解したのだろう、とぼくは思った。

それは思い違いだった。

「わたしが壊したわ」フランチェスカは傲然と顎をあげた。まったく驚かせてくれる。今日は特に、何事も平穏に過ぎるだろうと思っていたのに。「偶然よ」彼女が付け加えた。「わたしは心ない破壊行為を好む人間じゃないもの」

「ぼくはそういう人間だと言いたいのか？」餌に食いつき、にやりとした。もしかしたら清掃業者が壊れた額ごと写真を捨ててしまったのではないかと、それを心配していた。あれはぼくたちが一緒に写った写真のなかで最後に残された一枚だった。安っぽいガラスに包まれた、ぼくの世界のすべてだったのだ。ぼくがまだ法を順守していることを、この花嫁は幸運に思うべきだ。今この瞬間に彼女の美しい首を傷つけることもできたのだから。

フランチェスカはよそよそしく冷たい微笑みを浮かべた。「ええ、もちろん、そういう人よ」

「いいか、ネメシス、ぼくがきみの何を壊したというんだ?」顔をさらに近づけ、体ごと彼女の華奢な体を押しつぶしながら、噛みしめた歯のあいだから問いつめる。

「まあ、親愛なる婚約者どの、あなたはわたしの心を引き裂いて、それから魂もずたずたにしてくれたじゃない」

ぼくが何か言おうとしたそのとき、スターリングが戸枠を小さくノックして、ドアの隙間から白髪頭をのぞかせた。そのときになってようやく、ぼくは自分が片膝をフランチェスカの腿のあいだに差し入れていたことに気づいた。女性たちはふたりとも、ショックに目を丸くしてぼくの膝を見つめている。ひとりは入り口から、もうひとりは口を開け、まぶたを閉じて。ぼくは一歩、後ろにさがった。

スターリングがつばをのみ込んで言った。「旦那様、長官と奥様がお見えになりました。あの……今はお取り込み中だとお伝えしましょうか？」

ぼくは鼻を鳴らしてかぶりを振り、最後にもう一度軽蔑のこもった目でフランチェスカの顔をしげしげと見つめた。

「人生でこれほど退屈していたことはなかったよ」


ディナーはまずまずうまくいった。もっとも、フランチェスカとぼくはお互いに取り分けるのではなく、ゆでた西洋梨とハーブで味付けした子羊を自分で切って食べていたが。

向かいに座ったブライアンとは、メインの料理が出てくる前に今後の計画について話しあった。そのあいだ、ぼくの呆然とするほど魅惑的な婚約者は――これはブライアンの言葉であって、ぼくのではない――平凡な顔をした夫人に話しかけ、入院している子どもたちのための〈アドプタ・クラウン基金〉や〈ブロス《Bros》・フォー《before》・ホース《hoes》〉――ホース《hose》は文字どおり消火ホースのことだが、〝女より男友達を大切にする〟のダジャレになっている――といった慈善団体のことを聞きだしていた。妻が基金にばかげた名前をつけたことを、ブライアンは一生恥ずかしく思うだろう。ともあれ、フランチェスカはうなずいたり微笑んだりして夫人の話に耳を傾けていた。そして、彼女が泣きたくなるくらい退屈しているのもわかっている。彼女はただ、英国王室のキャサリン妃よろしく上品に相槌《あいづち》を打てばいいだけだった。ぼくは奇妙にも——そして腹立たしいことに——そんなフランチェスカに満足していた。この無駄に豪華で金のかかっている家のなかで、ぼくが唯一、心から大切にしていたもの——あの写真——を彼女に壊されたばかりだというのに。

メイン料理のロブスターの脚を切り落としながら、これが未来の花嫁の脚だったらと想像していたとき、ガリア・ハッチが皿から勢いよく顔をあげ、興奮しきった目をフランチェスカに向けた。彼女は髪を染めてスプレーをかけており、頭のてっぺんにはそのスプレーが乾いて塊ができていた。顔はプラスチックのようにつるつるで、タッパーウェアかと思うほどだ。ドレスは中世の魔女が返せと言ってきそうな代物だった。

「そうだわ、どうりで初めて会った気がしないと思っていたのよ！　あなたもチャリティを主催していたでしょう？　ヨーロッパで。フランスだったかしら？」ガリアはフォークでシャンパングラスをカチカチ叩き、ばかみたいに大げさに発表を行った。

そんなばかな、とぼくは笑いそうになった。フランチェスカが関心を持つのは馬と庭、それとアンジェロ・バンディーニだけだ。必ずしもその順番ではないが。ところがわが花嫁はたちまち耳を真っ赤にして、まだ半分も食べていない皿にフォークを置いた。

「スイスです」彼女はナプキンを持ち、口の端についてもいない食べかすをぬぐった。

ぼくは国務長官について大げさにしゃべりたてるブライアンの話を聞くのをやめ、女性たちの会話に耳をそばだてた。フランチェスカはうつむいていて、わずかに見えるその胸の谷間にふと目が行った。ミルク色の膨らみがきついブラジャーのなかで押しつぶされている。すぐには目をそらすことができなかった。

「すてきなパーティーだったわ。ガーデニングが関係していなかった？　何年か前にお庭を案内してくれたわよね。帰国して何カ月も経ってからも、わたし、ずっとその」

「ことを話していたのよ。すてきなアメリカ人のお嬢さんが庭を見せてくれた話をね」

ガリアは大げさに声をあげてはやしたてた。未来の妻の胸からやっと目をあげてみると、最小限の化粧しかしていなくても、若く潑溂《はつらつ》としたフランチェスカの顔はいっそう赤くなっていた。ぼくには知られたくないのだ。なぜその情報を隠していたのだろう？　博愛主義だと知って、ぼくが彼女に好感を持つのを恐れていたのだろうか？

何も問題ないさ、ダーリン。

「きみの奥方が慈善団体のパトロンだと、きみは知っていたのかね？」自分の話をぼくがまったく聞いていないことに気づいたブライアンが、グレーの太い眉をつりあげた。今、初めて知ったことだ。美と知性と、ガリアのような愚鈍な女性ももてなすことのできる能力があり、ファーストレディとして好ましい資質を持っているとわかったのに、ぼくは無性に腹が立っていた。フランチェスカは必要以上に魅力的な人柄であることを人前で証明してしまったのだ。そろそろ、ネメシスの黒い翼は切り取ってしまったほうがいいだろう。

「当然です」ぼくはナプキンをテーブルに置き、ダイニングルームの四隅に立っている使用人に合図して、デザートの前に皿をさげさせた。フランチェスカはぼくのいらだちを感知したらしく、目を合わせるのを避けている。彼女はぼくの心を読むのがうまくなっていた。それも延々と続く〝彼女の嫌いなところリスト〟に最近付け加えられた項目だ。テーブルの下でぼくの足を見つけたフランチェスカの足が、警告するように先のとがったヒールでぼくのローファーを蹴ってきた。ぼくはアーサー・ロッシとの取引をやり直したくなった。

彼の娘はおもちゃでも武器でもない。

負債だ。

「貧困地域で菜園を育てていたんです。主に難民や移民が働きながら苛酷な状況で暮らしている地域で」ネメシスはそう言うと椅子に深く座り直し、長く細い指を首筋に走らせて、ぼくの目を避けた。彼女のヒールはぼくの膝まであがり、さらに内腿へと進んだ。ぼくはピンヒールで睾丸《こうがん》をつぶされるなどという悲劇が起こらないうちに椅子を引いた。

このゲームはふたりいれば遊べる。

「大丈夫？」ガリアはフランチェスカがさっと唇に手を当てたのを見て、心配そうに微笑んだ。同時にぼくはテーブルの下で脚をあげ、かかとを彼女の腿のあいだに押し当てた。反射的にフランチェスカは何か言おうと口を開いたまま、それがなんだったのか忘れたという顔になり、ぼくはぼくで、彼女のしぐさに反応してペニスが硬くなった。そう、ネム、きみの口が求めているのはこれだろう。

美術館の階段でのキスは、まるでファーストキスのように思えた。だが、フランチェスカがアンジェロとは何度も寝たと自慢し、〈アウトフィット〉の男たちの約半分と経験があると言い張っている以上、彼女はとにかくこちらをその気にさせるキスをする女なのだと結論づけるしかなかった。ぼくが唇を重ねたあとでフランチェスカの顔にまたあの不快そうな表情が浮かんだら、彼女はくそったれな父親によく似た冷たい性悪女であることを思い出すだろうが。

「ちょっと煙草を」フランチェスカは申し訳なさそうに微笑み、椅子を後ろに引いて、クリトリスを刺激していたに違いないぼくのかかとから逃れた。

「こんなにすてきなお嬢さんなのに、だめな癖があるのね」ガリアが鼻にしわを寄せ、自分よりずっと若くてきれいな友人の保護者を気取ってみせた。

あいにく、ぼくは婚約者にだめな癖があるのが気に入っていましてね。そう言ってやりたかったが、もちろん口には出さずにおいた。喫煙は悪癖で、悪癖は弱みになる。自分の人生に弱みが入り込むのを許す気はなかった。酒は量と質、それと回数も厳密に把握したうえで、たしなむ程度にしている。それ以外は、ジャンクフードを食べず、賭け事をせず、煙草もドラッグもやらず、ネットゲームにも手は出していない。中毒になるほど追いかけるものは何もない。ただひとつ、アーサー・ロッシの不幸を願うことを除いては。

それだけは、どれだけ願っても足りなかった。

「ちょっと失礼していいかしら？」フランチェスカが咳払いをした。

ぼくはいらいらと手を振って、彼女を追いやった。「早く戻れよ」

デザートにはブライアンもぼくも手をつけなかったが、ガリアはぺろりと平らげただけでなくお代わりまでしていた。フランチェスカはふた口ほど食べて、とてもおいしいと言ったものの、それ以上は口にしなかった。そのあと、各々が酒を手にサロンへ移り、未来の花嫁のピアノ演奏を聴くことにした。フランチェスカはまだ十九歳で、ぼくが生きている世界では赤ん坊も同然だ。これは、彼女が育ちがよくて話し方も人当たりがよく、アメリカの頂点に立つセレブになれる人物であることを見せるのが狙いだった。われわれ三人はピアノが見える布張りのソファに陣取った。円形の部屋の壁には本がぎっしり詰まった棚が並んでいる。接待の最終仕上げにと思ってそうしたのだが、楽器を演奏できる妻がいれば、そのほうが客に強い感銘を与えられるだろう。

フランチェスカはピアノの前に座ってドレスを直し、背筋をぴんと伸ばした。ほっそりとして長い首は、傷つけてほしいと言っているかのようだ。指が鍵盤の上に置かれ、彼女はじっくりと時間をかけて、ぼくが両親から受け継いだ楽器を愛《め》でた。今は亡きキートン夫妻は大のクラシック音楽ファンだった。彼らは死ぬその日まで、ぼくがピアノを習って弾けるようになることを願っていた。

ブライアンとガリアは息を詰めてフランチェスカを見つめた。ぼくもそうするしかなかった。黒いベルベットのドレスを着た彼女はたまらないほど美しく、アンティークのピアノを一心に見据えて、魅惑的な笑みを浮かべながら指を鍵盤の上で躍らせた。

ぼくとしては不愉快でしかなかったが、彼女は金がかかっていて美しいけれども中身がなくて役に立たない象牙色のチェスの駒などではなかった。部屋のあちらとこちらで離れていてもわかるほどの脈動を感じさせる生き物であり、ぼくは父親のもとからフランチェスカをさらってきて初めて、そんなことをしてしまったのを後悔した。写真の件があったからだけではなく、彼女は簡単に手なずけられる相手ではないとわかったからだ。ぼくにとってはごく若い頃から、困難は好んで味わいたいものではない。

フランチェスカはショパンを演奏し始めた。指も優美に動いていたが、何よりもその顔に感情が表れていた。音楽が彼女にもたらしている強烈な喜びは、幻惑的でもあり、ぼくを憤激させるものでもあった。フランチェスカはまるで今にも絶頂を迎えそうに見えた。首をのけぞらせ、まぶたを閉じ、唇は音楽に合わせて無音でハミングしている。彼女はその唇で音符をなぞっていた。

ぼくはソファの上で身じろぎをし、左側にいるハッチ夫妻を見た。ドラマティックな音楽が響き渡るほどに、部屋はどんどん小さく、暑くなってきたように感じられた。ガリアは微笑んでうなずきながら聴き入っていて、横で夫が彼女の腕ほどもある男性自身を屹立《きつりつ》させていることには気づいてもいない。そのときまで、ぼくはブライアン・ハッチになんの悪感情も抱いていなかった。むしろ好人物と見ていたのだ。金魚の世話さえできず、内閣に一席を占めるに値しない無能だとは思っていたが。だが、これを目にしたとたん、彼に対する見方ががらりと変わった。

ぼくのものはぼくのものだ。

誰も見とれてはならない。

欲望を抱いてはならない。

手を触れてはならない。

突然、ぼくの若き未来の花嫁が注目を独占するこの瞬間をぶち壊したいという思いが、ふつふつとこみあげた。なかでも、何軒かの家が楽に買える額の婚約指輪を指にはめてやったその夜に別の男とファックするだけの根性がある挑発的な花嫁には、目にもの見せてやらなければならない。

冷静な顔でウイスキーのタンブラーを口元に持っていくと、ぼくは立ちあがって、ゆっくりとフランチェスカのほうへ歩いていった。真後ろにまわったので、たとえ目を開けていても彼女には見えなかっただろう。けれども彼女は目を閉じ、芸術と欲望の恍惚状態《トランス》に入っていた。誰の目にも明らかなほど欲望をしたたらせ、客たちはそのしずくを飲み干した。

一歩近づくごとに、フランチェスカの指から生まれる音楽はより大音量に、よりドラマティックになっていった。曲がピークに達したそのとき、ぼくは後ろから彼女の肩甲骨にそっとキスをした。フランチェスカがぱっと目を開け、ぎょっとして飛びあがった。指はまだ演奏を続けていたものの、それ以外はどこもかしこも震えている。ぼくは彼女のやわらかくあたたかな首筋へと唇を這わせ、耳の後ろにまた誘惑的なキスをした。

「弾き続けろ、ネメシス。ぼくのアンティーク・ピアノでこれほどの演奏を聴かせてくれるとはな。エミリーと張りあう覚悟はできたか？」フランチェスカの肌がかっと熱くなり、情熱で震えるのを感じながら、ぼくは彼女の肩へと唇を動かし、誘いかけてくるような肌に嚙みついた。客の目の前で、彼女の柔肌に歯を立て、自制心を失ったところを見せてしまったと気づいて、自分の顔面を殴りつけたいという衝動に駆られる。

フランチェスカが音を外し、鍵盤の上で指をもつれさせた。彼女を動揺させてやった喜びを嚙みしめて、ぼくは体を離した。離れれば演奏をやめるだろうと思っていたが、彼女はふたたび指をピアノの上に置き、気を落ち着かせるように大きく深呼吸をして、ホージアの〈テイク・ミー・トゥ・チャーチ〉を弾き始めた。ぼくはすぐさま、これはフランチェスカがさらなるキスを誘っているのだと理解した。

ぼくは見おろした。彼女が見あげた。ふたりの目が合う。首筋にお行儀のよいキスをしたことへの答えがこれなら、彼女はベッドではどんな反応を見せるのだろう?

ベッドでの彼女のことなど考えるな、このばかめ。

ぼくはまたかがみ込み、親指でフランチェスカの首筋を撫でながら、首のくぼみに鼻をうずめた。

「きみがぼくを思って濡れているのはバレバレだ。彼らもすっかり興奮しているぞ」

「なんてことを」彼女は閉じた唇のあいだから息をもらした。また音を外して、演奏が危なっかしくなっている。この曲は、フランチェスカの指が奏でる完璧ではないバージョンのほうがいい感じだった。ここにはぼくが求めるもの――彼女のミスがたくさんある。

「ぼくも興奮してる」

「こんなこと、しないで」フランチェスカがあえいだ。激しい息遣いで、胸をすばやく上下させている。しかし彼女はたったひとつ、それをやればすむというシンプルなことをしていない――ぼくに〝やめて〟と言えばいいだけなのだ。

「きみの官能的な姿を見たいと思えば、彼らは目をそらしたりしない。この家でこういうプレイが好きなのはきみだけじゃないんだぞ、ネム」ぼくはあざけった。

「ウルフ」フランチェスカは警告した。ぼくに向かって名前を呼んだのは、これが初めてだった。ふたりのあいだの壁がまたひとつ崩れた。ぼくはそれを立て直したかったが、それよりも、こちらの予想を超えてくる彼女を傷つけてやりたいという思いのほうが強かった。

「ぼくのピアノの上で絶頂に達するのはやめてくれよ。客にひどい印象を残してしまうことになる。もちろん、そうなったら椅子は自分でなめてきれいにしてもらうがな」

フランチェスカが指をバンと鍵盤に叩きつけ、それと同時にふたりの客がわれわれの後ろで飛びあがった。部屋じゅうの誰もがいたたまれない思いをしていた。ぼくが発したメッセージは明確だ。客たちには部屋にお引き取り願い、ぼくの婚約者を見てよだれを垂らすのをやめてもらう。下腹部を突っ張らせたエネルギー省長官と、慈善団体のネーミングセンスがなく不自然に髪を固まらせたその夫人は、おやすみの挨拶をした。

「すてきな夜でしたわ」ガリアがぼくの後ろでフガフガ言いながら、何層にも布が重ねられたドレスのなかでふくよかな体を動かした。彼女の夫には、あえて振り返ってズボン越しでもわかる勃起に目をやることで辱めを与えてやった。フランチェスカには、ぼくと彼との仕事上の関係を台なしにするほどの価値はない。

「いい夜だった」ブライアンは咳払いをしたが、その声にはまだ欲望が色濃く漂っていた。

「ダーリン、お客様におやすみのご挨拶を」ぼくは彼らに背を向けて花嫁を見おろした。

「おやすみなさい」フランチェスカは、ぼくの顔が肩にうずめられていたせいで振り返ることなくつぶやいた。夫妻が出ていってドアが閉じられるやいなや、彼女は椅子から飛びあがった。同時にぼくはドアのほうへ歩きだしていた。大言壮語するティーンエイジャーと低級な口論をすることに興味はない。

「西の棟へ来い」ぼくはフランチェスカに背を向けたまま言った。

「あなたなんか大嫌い」彼女が張りあげたその声は震えもせず、決然としていた。クリステンがそうしたように何かを蹴飛ばしたり、ぼくにつかみかかろうとしたりすることもない。フランチェスカは泣き言ひとつ言わずに、いきなりぼくの服を切り刻むのだ。

ぼくはドアを閉めて立ち去った。彼女には返事をしてやるのももったいない。

十分後、ぼくは自分の部屋でネクタイをほどいていた。今日はもう充分アルコールを摂取していたので、水をすすり、窓からメインストリートを眺めた。閉じられたドアの向こうで婚約者のヒールがこつこつと響いている。やがて、ぼくの鼻を煙草の煙の匂いがくすぐった。フランチェスカはこの家のルールを守る気はないと宣言しているのだ。だが一本の煙草に火をつけることで、彼女はもっと大きな火遊びをしている。自分がぼくと対等だと思っているのだろうか？　彼女に供されるのは巨大なまずいパイだ。さっきのデザートと違い、彼女がメッセージを理解するまで、無理やりにでも全部食べさせてやる。

ウォークインクローゼットに入って着替えようとしたところで、部屋のドアが大きな音を立てて開いた。

「よくもあんなことを！」フランチェスカは湯気を立てて怒っていた。目は細められ、あの独特の色がほとんど見えないほどだ。指のあいだに火のついた煙草が挟まれている。彼女はこちらへ早足で向かってきたが、その足取りはまるでファッションショーでキャットウォークを歩いているようだった。「あなたにはわたしに触れる権利なんてなかった。わたしにあんなことを言う権利はあなたにはなかったのよ」

ぼくはくるりと目をまわしてみせた。彼女はまるで自己を確立するために〝ノー〟

ばかり言ういやいや期の幼児のようだ。しかし、ぼくは嘘つきは相手にしない。フランチェスカは自分が純潔な聖人であるかのような口ぶりだが、ヒールでぼくの股間に触れようとしてきたのも、ぼくが肩にキスをしたら果てそうになっていたのも、彼女のほうだ。

「ぼくのペニスをくわえに来たのでないなら、この部屋から出ていってくれないか。わざわざボディガードを呼んで、きみを一時的にホテルへ移らせるようなことはしたくない」

「ウルフ！」フランチェスカに胸を突かれた。ぼくは写真のことですでに腹を立てていたので、少しも応えなかった。あの写真は、ぼくが唯一大事にしていたものだったのだ。彼女はもう一度、今度はもっと強く胸を突いてきた。

この小娘め。苦々しい思いがこみあげる。シカゴには山ほど女がいるというのに、よりによってティーンエイジャーと結婚しようとしているなんて。

ぼくはポケットから携帯電話を取りだし、ボディガードの番号にかけた。フランチェスカが目を丸くして、電話をひったくろうとする。ぼくは彼女の手首をつかみ、向こうへ押しやった。

「何するのよ！」彼女が叫んだ。

「きみをここから放りだすと言っただろう。ぼくは本気だ」

「どうして？」

「きみは混乱し、性的に興奮していて、ぼくの神経に障るからだ。きみがぼくの寝室にいる理由はただひとつ、きみがセックスをしたいと思っているからだろう。ただ、ぼくとはしたくないはずだ。ぼくは無理やり女を襲うようなことはしないし、きみが納得するまで三十分もそこで怒り狂っているのを眺める趣味もない」

フランチェスカはうなったが、何も言わなかった。いっそう顔を赤くして、また煙草を吸った。彼女の唇は大人の男をいじめるために作られたものだ。ぼくはそう確信していた。

「出ていけ」ぼくは言った。

「あれは誰の写真だったの？」彼女がふいに尋ねる。

「きみには関係ない。きみが壊した額を誰かが片づけるのを見たのか？」ここの掃除には週に三度、プロの清掃業者を雇っていた。彼らはものを勝手に捨てるようなことはしないが、あの写真は服の山に埋もれていたのかもしれない。その服もフランチェスカが切り裂いたものだった。もちろん、彼女は自分で片づけたりはしない。特権階級として育ってきているのだ。自分の出したごみを自分で片づけるというのは、彼女にはなじみのない概念だろう。

「いいえ」フランチェスカは言い、親指の爪を嚙みながらうつむいた。煙草をぼくの水のグラスに入れると（いずれ彼女を殺してやる）、彼女はまっすぐこちらの目を見た。「そして、自分がここに来た理由はよくわかってるわ」

「そうなのか？」ぼくは片方の眉をあげて、興味があるふりをした。

「わたしがここに来たのは、二度とわたしに手を触れないで、とあなたに言うためよ」

「偶然にも、きみは乳首をかろうじて覆っているだけのネグリジェを着て、脚を見せびらかしながら、それをわざわざ発表しに来てくれたというわけか」ふたたび窓の外に目をやる。突然、なぜか彼女を見ているのが耐えられなくなったからだ。

視界の隅で、フランチェスカがうつむくのが見えた。彼女がもう淡いブルーのネグリジェに着替えているという事実も驚きだった。まったく、わけがわからない。これまで出会った女にはいろいろなタイプがいたが、必死にぼくを誘惑しようとするくせに、こちらが少しでも関心を示すたびにパニックになる女というのは初めてだ。

「けっこうだ」ぼくは親指で唇をさすり、景色に視線を走らせた。

「けっこう？」

「そうだ。きみはとりわけ退屈なセックスをしそうだからな」

「退屈だと思われるほうが病んでるよりましよ」

「侮辱するのがうまいじゃないか、ネメシス。さあ、出ていけ」ぼくはそっけなく命じて、ネクタイを首から外した。

窓に映るフランチェスカがドアのほうに歩き始めるのを見ていると、彼女は取っ手に手をかけたところで止まり、またこちらを振り向いた。ぼくは向き直って目を合わせた。

「わたしたちがキスしたとき、どうしてあなたがアンジェロじゃないとわかったと思う？　身長の違いでも、香りでもないわ。あなたは灰の味がしたからよ。裏切りの味。キートン上院議員、あなたは苦くて冷たい味がする。毒のような。悪党《ヴィラン》の味よ」

もう限界だった。一気に距離を詰め、フランチェスカが後悔する暇もないくらいにすばやく動いて片手を彼女の髪に差し入れると、唇を重ねて黙らせた。もう一方の手でネクタイを彼女の首にかけ、それを引いて自分の体に引き寄せる。

それは長く、暴力的なキスだった。歯と歯がぶつかり、フランチェスカの舌がぼくの舌を追いかける。フランチェスカの小さな体をドアに押しつけ、取っ手に背中をぶつけたことにこみあげた笑いを、彼女の口のなかに注いだ。フランチェスカの唇がぼくの唇に合わせて動き、彼女が嘘つきであることは明白となった。彼女の下腹部がぼくの下腹部を突いてきて、激しくファックされたがっているのも明らかだった。フランチェスカはただ、ぼくに屈服するという考えを受け入れたくないのだ。ぼくは彼女の後頭部をしっかりとつかみ、キスを深めた。彼女が忘我の境地にあることは、両手がぼくの胸を這いあがり、頬を包み、いっそう自分のほうへ引き寄せたことにも表れている。結婚披露パーティーで、彼女がアンジェロとしていたことと同じだ。化粧室から出てきたぼくの目に入ったのは、まさにそんな光景だった。フランチェスカの両手が彼の頬を包んだ。その動きひとつで、彼女は情熱的な触れあいから、より親密な愛撫へとスイッチを切り替えたのだった。フランチェスカがふたりのあいだにあるネクタイを引き、ぼくの口のなかで力なくうめいた。ぼくは瞬間的に体を引いた。

ぼくたちのこれは、ラブストーリーではない。

「出ていけ」ぼくは吠えた。

「でも……」フランチェスカが目をしばたたく。

「出ていくんだ！」ドアを開け放ち、彼女が去るのを待った。「ぼくは言いたいことを言った。きみもそうした。ぼくが勝った。すごすごと尻尾を巻いて出ていけ、フランチェスカ」

「なぜ？」彼女は目を見開いた。胸の前にネグリジェを掻きあわせてとがった乳首を隠したところを見ると、傷つくというより恥ずかしがっているようだ。これまで拒絶されたことなどないのだろう。傷ついたのは感情ではなく、プライドなのだ。

なぜなら、きみは別の男を愛していて、ぼくを彼だと思い込もうとしているからだ。ぼくはあざけりの笑みを浮かべ、フランチェスカの尻を叩いてドアの外に押しだした。「きみは言ったな、ぼくはヴィランの味がすると。きみは犠牲者の味がする。さあ、もういいから出ていけ。自尊心を救ってやれ、まだ残っているならな」

彼女の目の前でドアを閉めた。踵《きびす》を返した。

煙草の吸い殻が浮かんでいる水のグラスをつかんだ。

そして、それを窓の外へ投げ捨てた。

7

フランチェスカ

両親には、わたしの自由を勝ち取るために闘ってくれる気などない。

じきにわかることではあったけれど、わたしは崖っぷちでその希望にしがみついていた。どうしようもなく、愚かにも、情けないことながら。

ウルフに部屋から放りだされた翌朝、わたしは母に電話して、アンジェロから送られてきていたメッセージのことと昨晩の出来事について話した。顔と首がまだらに赤くなり、ゆうべのうかつな行動を思うと、恐ろしいほどの恥ずかしさに襲われた。確かにわたしたちは婚約しているけれど、恋人同士ではない。事実だけ見れば、あれはただのキスだ。でも、そこにいたわたしにはわかる。あのキスにはもっと何かがあった。もっと心に触れる何か。もっと押しつけてくる何か。もっとむさぼるような何か。正確には言葉にできない感情、愛からは程遠いけれど愛情に近いような、そんなものが流れていた。

アンジェロのメッセージのことを聞いた母は、彼に返信しようか悩んだと言ったわたしを叱りつけた。「あなたは婚約しているのよ、フランチェスカ。どうかそのことを心に留めて行動してちょうだい」わたしが顔から火が出るくらい恥ずかしくて爆発しそうになっていると、母は父とも電話をつないだ。両親は近々行われるとある結婚式にアンジェロがエミリーと出席予定であることを告げ、さらに父は、ビショップ家の結婚披露パーティーでのふたりはとてもお似合いだったと付け加えた。その瞬間、父にはわたしを取り戻す気がないだけでなく、わたしも父にそうしてもらいたいとは思わないということがはっきりとわかった。今わたしを囚われの身にしているモンスターと、生まれてこのかたわたしを籠の鳥にしてきた父が唯一違うのは、前者は守るつもりのない約束を最初からしないが、父は娘に自分は愛されていると信じ込ませてきたという点だ。

知っている悪魔は知らない悪魔よりましだ、ということわざがあるけれど、わたしは本当に父を知っているという確信がもう持てなかった。父の愛情は明らかに状況によって変わり、わたしはその都度、父の期待に応えなければならないのだ。

昨夜かいた恥に加え、母の論調が昨日とはがらりと変わり、父にもウルフを喜ばせろと言われるようになって、わたしは無性に反抗したくなってきた。

「もちろん、あのふたりはお似合いでしょうよ、パパ。わたしもまたアンジェロに会って、エミリーとの仲について彼から直接聞けると思うとうれしいわ」わたしは両親に見られているかのように、泥だらけの爪を何気なく調べた。さっきまで庭を歩きまわって、鉢に植物を植えたり、ラディッシュに肥料をやったりして、今は休憩しているところだ。ミズ・スターリングはあずまやでわたしの隣に座り、彼女の眼鏡ほど分厚い歴史書を読みふけっているふりをしていたが、こちらに聞き耳を立てているのはわかっていた。実際、この家のなかで誰かが――清掃業者に庭師、郵便配達人に至るまで――口を開けば、彼女が耳を澄ましているように思えた。昨日のキスからけんかになってウルフにわたしが追いだされた流れも、ミズ・スターリングが何も聞いていなかったとなれば、逆にショックを受けるだろう。

昨夜のことを考えるだけで頬が熱くなった。ウルフは今朝、わたしが眠っているあいだにハッチ夫妻をプライベートジェットまで案内し、見送りから戻ってきたあとはまだ部屋から出てきていない。わたしはこの週末といわず、今月、いえ一生ずっと、彼に会えなくてもかまわなかった。

「どういう意味だ?」父が気色ばんだ。

「ねえ、パパ、最高のニュースがあるのよ。わたしの未来の夫は、わたしを大学に行かせてくれることになったの。ノースウエスタン大学よ。もう見学にも行って、今日願書を出すんだけど、彼はその決心をとても応援してくれたわ」わたしはそう語りながら、ミズ・スターリングの目がずっと同じページに注がれたまま動かず、その唇に薄い笑みが浮かぶのに気づいて満足感を覚えた。父はアンジェロもノースウエスタン大学で学位を取ろうとしていることを知っているはずだ。点と点をつないで線にするのが父は得意だった。

数日前、わたしは庭でため息をついて、植木鉢が足りないことと新しいじょうろが必要なことをひとり愚痴った。翌日、物置に真新しい植木鉢とじょうろが置いてあった。ミズ・スターリングは詮索好きかもしれないけれど、間違いなく、未来の夫ほど悪い人ではない。

「彼はわたしがキャリアを追求するのも応援してくれるって。何をしたいか、ちゃんと見極めなきゃ。弁護士か、警察官もいいかもと考えているの」最後に付け加えたのはだめ押しのようなものだった。父は子どもを虐待する親や無神論者以上に、血のなかに燃える非論理的な怒りを伴って弁護士と警察官を忌み嫌っている。

わたしはあまりに長いあいだ両親の操り人形になっていて、つるされている糸を切るのは恐ろしくもあり、禁じられたことでもあった。両親が好むからという理由で、自分では大嫌いなロングスカートやワンピースを着ていた。日曜のミサには欠かさず通ったが、教会に来るほかの女の子たちからは、わたしがみんなより上等な服を着て高価な靴を履いているという理由で嫌われているのは知っていた。厳格な両親の言いつけに従い、男の子たちとキスするのも避けた。そして今、それがわたしにどんなお返しをしてくれたというの？　父はお金でわたしを上院議員に売り飛ばした。母は、深い悲しみと失望をともに感じてくれたのは知っているけれど、結局はウルフに対して何もしてくれなかった。それだけでなく、わたしのやる気をくじいて自分と同じ道を進ませようとした。

母はわたしが学び、職を得ることを望んでいない。

自分と同じように、ひとりでは何もできない人間にしたいのだ。

「なんの冗談だ？」父が電話の向こうで飲み物にむせた。「わたしには仕事に就こうなどという娘はおらんぞ」父は言い捨てた。

「パパの未来の義理の息子は、そうは思っていないみたいよ」今この一瞬だけはウルフに対する憎しみを忘れ、歌うように言った。

「フランチェスカ、あなたには育ちのよさも、美しさも、財産もある。働くために生まれてきてはいないのよ、ヴィタ・ミア。あなたが裕福なのは立派にあなたの権利だし、キートンと結婚すればもっと裕福になるわ」母が叫んだ。こういうことになるまでは、わたしはキートン家のことなど知りもしなかった。誰かにきいてみようともしなかった。未来の夫について何も知らなかった。お金のことなど頭に浮かびもしなかったから。

「わたしは大学に行くわ。それをやめさせたいなら……」それはクレイジーな駆け引きだが、うまくいくかもしれない。ずる賢い笑みがわたしの口元に浮かび、ミズ・スターリングと目が合った。彼女はかろうじてわかる程度にうなずいた。

「なんだ？」父が怒鳴った。

「やめさせたいなら、どうしてウルフの結婚の申し込みを承諾したのか、理由を教えて。それ次第では大学に行くことを考え直してもいいわ」一番の理由は全体像を知りたいからだった。現時点で自分の運命を変えられるとはあまり思っていないが、父がわたしを何に巻き込んだのか、そこから自力で出られるものかどうかを知りたい。

父は鼻を鳴らした。冷たいテノールの声が、わたしの神経にぐさぐさ突き刺さった。

「女とビジネスの話はしない。相手が自分の娘ならなおさらだ」

「女であることがいけないことなの、パパ？」

ウルフ・キートンにわたしを譲り渡したあの日のパパは女々しかったはずよ。

「男と女は役割が違うんだ」父は早口で言った。

「わたしの役割は赤ちゃんを産んで、きれいでいることだと？」

「おまえの家の遺産を受け継ぐのがおまえの役割だ。仕事に就いて働くなどというのは、そうしないと生きていけない連中に任せておけばいい」

「わたしを同じ人間としてリスペクトしてくれていないみたいに聞こえるわ」わたしは携帯電話を耳と肩のあいだに挟み、スコップを土に突き刺しながら額をぬぐった。

「それはおまえがわたしと対等ではないからだ、フランキー」

電話の向こうは沈黙した。

わたしはその日、二十個の植木鉢に花を植えた。それから自分の部屋に戻り、シャワーを浴び、ノースウエスタン大学に提出する願書を書いた。主に政治と法律を学ぶことに決めた。ガーデニングが自分の天職だとずっと思ってきたが、父の言い分に腹が立って、どうせ何年もかけて学ぶなら父がいやがる学問を究めてやろうと思ったのだ。わたしはつまらない女だけれど、これから教養を積んでいくことができる。そう思うと気分がよかった。

オーク材の机に向かって書類を書いていると、部屋の空気が変わった。頭をあげなくとも、それがなぜなのかわたしにはわかった。

婚約者どのが囚われの身の花嫁の様子を確認しに来たのだ。

「明日は最初のドレス選びの日だ。早く寝ろ」

視界の隅に入ったウルフはスーツを着ていなかった。白いVネックのシャツが日焼けした肌に映え、細身だが筋肉のついた体を際立たせている。腰ばきにした黒いジーンズは引きしまったヒップに似合っていた。見た感じも身のこなしも、政治家にはまるで見えない。彼はこういう人だと簡単には決めつけられないところが、わたしを不安にさせた。

「ノースウエスタン大学に出す願書を書いてるの」わたしは答え、顔と首がまた熱くなるのを感じた。ウルフの視線を感じるたびに、体のなかに液体の火が注がれるような気がするのはどうして？　そして、どうやったら止められるの？

「そんなのは時間の無駄だ」

わたしはさっと頭をあげ、彼の目を見た。

「あなたは約束したはずよ」うなるように言う。

「その約束は果たす」ウルフは戸枠を押して部屋に入ってくると、ゆったりと歩いてわたしのほうに向かってきた。「書類を書く必要などないと言ったんだ。こちらですでにすませてある。きみはキートン家の一員になるんだからな」

「キートン家の一員になると、大学の願書もいらないくらい特別扱いしてもらえるってわけ？」辛辣な言葉をぶつけずにはいられなかった。

彼は机から書類をつまみあげ、くしゃくしゃと丸めて、机のそばにあるごみ箱に投げ入れた。「きみが願書のそこらじゅうにペニスの絵を描き散らしていても、大学には入れるということだ」

わたしはさっと立ちあがり、ウルフとのあいだに充分な距離を空けた。またあんなキスをする危険は冒せない。彼に拒絶されたことを考えるたび、今も唇がずきずきと痛んだ。

「よくもそんなことを！」わたしは叫んだ。

「きみはその言い方が好きだな。たまには変えてみたいと思わないか？」ウルフは片手をジーンズの前ポケットに突っ込み、机の上に置いてあったわたしの携帯電話を取りあげると、親指で画面をスクロールした。両親はわたしにパスコードを設定することを禁じていた。母から電話を渡されたときも、プライバシー保護ということにまで考えが至らなかった。どのみち、わたしにはもうほとんどプライバシーなど残されていなかったのだ。

「何をしているの？」わたしの声は不気味なほど落ち着いていた。同時にショックを受けてもいた。

ウルフの目は画面に向けられたままだ。「先を続けろ。またあれを言えばいい。よくもそんなことを、だろ？」

わたしは呆然として言葉が出なかった。この男はスーツを着た野蛮人だ。あらゆる機会をとらえてわたしをあざけり、怒らせる。父は強情なろくでなしだけれど、この男は……この男は、毎晩わたしの悪夢に登場する悪魔だ。天国を思わせる仮面に包まれた地獄。地獄の業火。目で見るだけなら圧巻だが、触れると命の保証はない。

「今すぐ電話を返して」

手を開いてウルフのほうに突きつける。彼はひらひらと手を振って却下し、わたしのメッセージを読み続けた。アンジェロのメッセージを。

「やめてったら」わたしは近づいて両腕を伸ばし、電話を取ろうとした。ウルフは腕をわたしのウエストにまわしてつかまえ、もう一方の手で両手首をつかんで、その両手をシャツの上から自分の下腹部に当てようとした。

「動かしてみろ、きみの怒りがぼくに及ぼした影響がわかるから。いいことを教えてやろう。ぼくはぞくぞくしている。きみが知りたいと思う以上にいろんなところが」

わたしのなかには、ウルフに敢然と立ち向かい、両手を下腹部に押しつけさせたいと思っている自分がいた。これまで男性のものに触れたことは一度もない。そうすると考えるだけで興奮せずにはいられなかった。わたしの人生はもうめちゃくちゃになっている。今さらモラルにしがみつく必要もないだろう。それに正直、こぶしを握りしめているのにはもう飽き飽きしていた。

わたしは自分から手を動かした。ウルフがにやりとして、親指で画面をスクロールしてわたしのメッセージを見ながら、両手首を握る手に力をこめた。彼は自分のものにわたしの手を触れさせるという約束は果たさなかった。

「愛する坊やに返事はするのかい？」くだけた調子で尋ねる。

「あなたには関係ないわ」

「きみはぼくの妻になるんだ。きみに関することはすべてぼくにも関係している。特に青い目をしてにっこり笑う坊やを、ぼくは信用しない」

ウルフはわたしの手首を放すと携帯電話を自分のポケットに入れ、頭を傾けてわたしの顔を見つめた。わたしは泣きたかった。昨日の辱めに対して彼は謝罪もしないどころか、今日はわたしの願書をごみ箱に捨て、わたしのメッセージを勝手に読むことで二倍ばかにしている。

まるでわたしが彼の娘であるかのように、電話を没収したのだ。

「わたしの電話よ、ウルフ。返して」わたしは一歩あとずさりした。彼をひどく傷つけてやりたい。息をするのも苦しいくらいに。彼が落ち着いた顔でわたしを見おろした。

「バンディーニの連絡先を消去するなら返してやる」

「彼は子どもの頃からの友人よ」

「好奇心からきくんだが、きみは子どもの頃からの友人みんなとファックするのか？」

わたしはウルフに甘ったるい微笑みを向けた。「わたしが逃げだして、アンジェロとまたセックスするのが怖いの？」

ウルフの口から飛びだした舌の先が、下唇をいやらしくなめる。「ぼくが？　いいや。だが、彼は怖がったほうがいいだろうな。でないと、大事なものを切り落とされることになる」

「マフィアみたいな言い方をするのね。とても未来の大統領の言葉とは思えないわ」

「どちらも究極のパワーを振るう立場だ。その方法はまったく違うが。両者にいかに共通点が多いかを知ったら、きみはきっと驚くぞ」

「自分の行動を正当化するのはやめて」わたしは言った。

「自分の運命にあらがうのはやめろ。きみの父親のためにならないぞ。彼でさえ、きみには運命に従ってほしいと思っているんだ」

「どうしてあなたにそんなことがわかるのよ？」

「マグニフィセントマイルにある彼の所有地で今朝、火事があった。ヨーロッパ直輸入のコカイン五十キロも灰になった。その証拠を消すまで彼は保険会社に連絡できないし、調査が入れば証拠を改ざんしたことはいずればれる。彼は何百万ドルも失ったわけだ」

「あなたがやったのね」わたしは目を細めてウルフをにらみつけた。彼が肩をすくめる。

「ドラッグは人を殺す」

「あなたがやったのね、わたしに言うことを聞かせるために」

ウルフは笑い声をあげた。「スウィートハート、きみはせいぜい厄介な小娘というだけで、そんなリスクを冒すほどの価値はない」

彼を平手打ちする前に――あるいはもっと悪いことをする前に――わたしは部屋を飛びだした。怒りは影のように後ろからついてきた。車もなければ駆け込む先もないわたしには、この家を出ていくことはできない。それでも、どこかに姿を消したかった。あずまやに走り込むと、膝をついてくずおれ、盛大に涙を流して泣いた。

これ以上は耐えられない。父は暴君だし、ウルフはわたしの家族とわたしの人生を破滅させようとしている。もうたくさんだ。わたしは頭を白い木製のベンチにのせて静かに泣いた。体にはもう闘う力が残っていなかった。

なだめるように背中を撫でられた。ウルフがわざわざわたしを探しに来て事態の収拾を図るなどということはないとわかっていても、振り向くのが怖かった。

「手袋を持ってきましょうか?」ミズ・スターリングだった。コットンのようにやさしい声に、わたしは小さくかぶりを振った。「ミスター・キートンもあなたの存在に混乱して、まごついているだけなんですよ。ただ、旦那様は長年のあいだに、自分の感情を完璧に隠すすべを身につけてしまったんです」

わたしの目に映る婚約者の姿をなるべく人間らしいものにしようとするミズ・スターリングの努力はうれしいけれど、それはほとんど成功していなかった。

「わたしがあの方をお育てしました。いつだって賢い子でね。いつだって怒りをあらわにしていた」ミズ・スターリングの声が鐘の音のように響く。その手はゆっくりと円を描くように、わたしの背中を撫でていた。幼い頃に母がよくそうしてくれたように。わたしは黙っていた。ウルフがどんな重荷を抱えていようが、どうでもいいことだ。わたしは彼にあんな扱いをされるようなことは何もしていない。

「嵐が過ぎるのを待つんですよ、マイ・ディア。いつかきっと、この調整期間が終わる頃には、あなた方ふたりがどんなに気が合うかわかるはずです。だって、お互いに挑みあっていたじゃありませんか」ミズ・スターリングはベンチに腰かけ、わたしの顔にかかる髪を指で払った。わたしは顔をあげ、彼女に向かって目をしばたたいた。

「わたし、彼を恐れさせるものがあるようには思えないのだけれど」

「あら、そうでもありませんよ。あなたは充分、あの方に心配の種を与えています。彼はあなたが、その……こんなにもあなたであることは予想していなかったんですから」

「それはどういう意味？」

ミズ・スターリングは言葉を探し、顔をしわくちゃにして考え込んだ。ウルフがこの女性を雇っているのは、明らかに育ててくれた彼女に情を感じているからだろう。少なくとも、彼がいつかはわたしにもなじんでくれるというひと筋の希望が見えた気がした。

ミズ・スターリングが両手を差しだした。わたしがその手を取ると、彼女はわたしを引っ張りあげると同時に自分も立ちあがり、ぎゅっと抱きしめた。ふたりとも背丈は同じくらいで、ミズ・スターリングのほうがわたしよりも痩せていた。彼女はわたしの髪に向かってささやいた。

「あなたの愛の物語は間違った始まり方をしたかもしれないけれど、だからこそ、必ずやすばらしい物語になります。ウルフ・キートンは自分のまわりに壁を築いている。でも、あなたはすでにその壁を壊し始めた。彼はそのことと闘っているんです。そして、あなたともね。ウルフ・キートンの怒りを静める秘訣《ひけつ》を教えましょうか、マイ・ディア？」

どう答えていいのかわからない。チャンスがあれば彼をバラバラに引き裂いてしまいそうな自分を恐れてもいたし、自分が誰かをそんなにも深く傷つけたがっているのを知りながら何もないふりをして生きていくことなど、わたしにはできそうになかった。

「ええ」わたしは自分がそう言うのを他人事のように聞いていた。

「ウルフ・キートンを愛しなさい。あなたに愛されれば、彼は防御できなくなります」

そう言ってミズ・スターリングは体を離し、ドアのほうへと歩き始めた。やがて広大な邸宅が彼女の姿をのみ込み、わたしは大きく息を吸った。

　ウルフはわたしの父がドラッグを隠していた建物を破壊した。そしてわたしに対して、暗にそれを認めた。それは父がこれまでわたしに明かしたよりも、ずっと確かな情報だった。それにウルフはわたしを大学に行かせてくれるという。わたしが出かけたいと思えば、いつでも出かけていいとも言ってくれた。

　腕時計に目をやった。もう午前二時だ。二時間も庭にいたらしい。この二時間を、ウルフはきっとわたしがこれまで受け取ったメッセージのすべてを読んで過ごしたに違いない。

　深夜の寒さが骨に染み込んできた。わたしは向きを変えて家に向かった。なかに入ろうとしたところで、ウルフが開かれたドアの敷居のところに立っているのに気づいた。彼は片方の腕を戸枠に突っ張らせて、入るのを邪魔している。わたしはつかつかと歩み寄った。

　あと一歩というところで立ち止まる。

「電話を返して」わたしは言った。驚いたことに、ウルフは後ろのポケットに手をやり、携帯電話を投げてよこした。わたしはそれをキャッチした。先ほどのけんかのせいでまだめまいがしていたが、彼がずっと起きてわたしを待っていたという事実に奇妙にも感動を覚えていた。何しろウルフは毎朝五時に一日をスタートさせているのだから。

「どいてちょうだい」わたしは歯がカチカチ鳴らないようにするので必死だった。

彼が無表情でわたしを見つめる。

「どかせばいい。欲しいものは闘って手に入れろ、フランチェスカ」

「その考え方が受け入れられないから、わたしたちは敵同士なのよ」わたしは意地悪な微笑みを浮かべた。「だって、わたしが手に入れたいのはあなたから離れる自由なんだもの」

今度はウルフがにやりとした。

「望むことと闘うことはまったくの別物だ。前者は受動的、後者は能動的。ぼくらは敵同士なのか、ネメシス?」

「ほかに何になれるというの?」

「同胞だ。きみのかゆいところはぼくが掻く。ぼくのかゆいところはきみが掻く」

「ゆうべで懲りたから、あなたには二度と手を触れるつもりはないわ」

彼が肩をすくめた。「ぼくが寝室から蹴りだす前のきみがあんなに興奮してその気になっていなければ、もう少しその言葉も信じられたかもしれないがね。とにかく、きみが入ってくるのは歓迎する。ただし、簡単にそれを許すわけにはいかない。バンディーニをきみの電話からも、きみの人生からも消去すると約束しない限りは」

ウルフがなぜそんなことを言うのか、わたしには理解できた。彼が自分で消去することもできただろうけれど、それよりもわたしに約束の言葉を言わせたいのだ。彼が望んでいるのは次なる闘いではない。わたしの完全降伏だ。

「アンジェロはこれからもずっと、わたしの人生に関わってくるわ。一緒に育った幼なじみだし、あなたがわたしを買ったからといって、わたしはあなたの所有物になったわけじゃないのよ」わたしは落ち着いた声で言った。もっとも、アンジェロのメッセージに返事を送るつもりはなかった。彼があの下劣なエミリーと二度目のデートをしようとしていると知った今はなおさらだ。

「だったら、きみはこれからもかんしゃくを起こして、ぼくにつかみかかってくることがあるということだな」

「ひとつきいてもいい？」わたしはぐったりとして額をこすった。

「もちろん。ぼくが答えるかどうかは別の問題だが」ウルフのにやにや笑いが、さらに芝居がかったものになった。

「あなたは父に対して、どんな力を持っているの？　父は明らかにあなたが大嫌いなのに、わたしを取り返そうとはしない。わたしが大学に行くつもりだと言っても、動こうとはしない。わたしが父の望みに反することをやっているとみんなに知れたら、父の評判は落ちるとわかっているのに。父があなたに何かを差しださせるのではなくて、あなたのベッドにわたしを送り込むことを選んだのだとしたら、よほどすごい力なんでしょうね」

わたしはウルフの顔を探った。きっと彼も、父がさっきそうしたようにわたしをなじり、あざけるのだろうと思いながら。

ウルフはまたしてもわたしを驚かせた。

「ぼくがアーサー・ロッシに対して持っている力がなんであれ、それは彼がこれまで苦労して手に入れてきたものすべてを奪い去るほどのものだ。言うまでもなく彼は刑務所にぶち込まれて、一生の残りをみじめに過ごすことになる。だが、きみの父親はきみを犬の群れのなかに投げ入れたわけじゃない。彼はぼくがきみを傷つけたりはしないと信じているんだ」

「父はそんなに愚かだというの？」わたしはウルフを見あげた。

シャツの下で彼の腕の筋肉がぴくりと動いた。うっかりすれば見逃してしまうような小さな動きだった。

「ぼくはモンスターじゃない」

「もうだまされないわよ。いいから、とにかく理由を聞かせて」わたしはささやいた。肺のなかで空気がカラカラと音を立てる。「どうしてあなたはそんなに父を憎むの？」

「質問はひとつと言っただろう。もう寝ろ」

「そこをどいてよ」

「障害があれば、それを乗り越えたときの達成感はますます大きなものになる。かかってこいよ、ダーリン」

わたしはウルフの腕の下をかいくぐって家のなかに駆け込み、階段に向かおうとした。彼はすばやい動きでわたしのウエストをつかまえ、腕のなかに引き寄せて、わたしを硬い胸に押しつけた。彼の指の関節が背筋をなぞり、全身の肌を粟立たせる。わたしの耳に噛みついた唇は、その持ち主の残酷さとは対照的に熱くてやわらかかった。彼の息がわたしの髪をくすぐる。「ぼくはモンスターなのかもしれないな。夜になると遊びに出てくる。だが、それはきみも同じだ。きみも闇のなかから出てきたんだから」

8

ウルフ

アーサー・ロッシの所有地を爆破することでコカインの保管場所を――コカインと一緒に――処分できたが、これはありふれた火曜日の出来事にすぎない。善行はほかの人たちによっても行われ、ぼくの善行も確実に後始末がなされた。

そのあと四日を費やして、ホワイトとビショップに圧力をかけ、ぼくが引き起こした混乱からシカゴの通りを守るために五百人を超える警官をいつでも追加で割り当てることに同意させた。莫大《ばくだい》な費用がかかるだろうが、大金を投入するのはイリノイ州ではない。その金はホワイトとビショップのポケットにしっかりとしまい込まれている。

ぼくの未来の義父から与えられた金だ。

ちなみにその義父は態度を変え、娘をなだめてぼくに好意的な態度を取らせようとするのではなく、シカゴじゅうの公園に何百キロものごみをぶちまけるという行動に出た。こちらが握っているネタを考えると、それ以上のことはできないのだ。ぼくは攻撃的な作戦に出る人間だ。自分のものに触れられようものなら——それが車に傷をつけるという行為であっても——相手は大きな痛手をこうむることになる。FBIの無用な注意を引くことにもなるだろう。

ごみはボランティアに拾ってもらい、ロッシの屋敷の庭に投げ込んだ。すると電話がひっきりなしにかかってきた。何十件も。まるでバレンタインデーに愛情に飢えた別れた女が酔ってかけてくる電話のようだ。電話には出なかった。こっちは上院議員で、向こうは幅広いコネを持つ犯罪組織の一員。その娘と結婚はできるが、やつの言い分を聞く気はない。ぼくの仕事は、相手がドラッグや銃や血で汚した通りをきれいにすることだ。

家はなるべく空けるようにしていた。スプリングフィールドやワシントンDCとのあいだを頻繁に行き来している身としては、さほど難しいことではない。

フランチェスカはいまだに頑として自室で夕食をとっている（ぼくにとってはどうでもいいことだが）。しかし、ぼくが押しつけたケーキの試食、ドレスの試着など結婚式のくだらない準備は全部きっちり進めている（大きすぎるおむつをつけて現れたとしてもかまわない)。ぼくの婚約者の愛情に関心はない。関心があるのは、下半身が使い物になるうちはほかの相手とは寝ないという申しあわせを修正することだけで、あとは彼女にこの家の与えられた棟で——あるいはいっそのこと街の向こう側で——一生暮らしてもらえばいいと思っている。

五日目の夕食後、オフィスで書類仕事に没頭していると、スターリングからキッチンに来てほしいと声をかけられた。十一時はゆうにまわっており、彼女も普段はこちらの邪魔をするほどばかではない。ということは、非常に重要な用事だろう。

最も聞きたくないのは、ネメシスの脱走計画だ。彼女はこの取り決めから逃れる道はないとようやく気づいたようだった。

ぼくは階段をおりた。踊り場に着いたところで、砂糖と焼いた生地とチョコレートの匂いがキッチンから漂ってきた。甘くてべっとりとして懐かしい匂いがナイフのように体を切り刻む。ぼくはキッチンの入り口で立ち止まり、小柄で断固としたスターリングが四十六本のキャンドルを立てたシンプルなチョコレートケーキをダイニングテーブルに運んでくるのを見守った。彼女の手は震えていた。ぼくが入っていくと、その手を汚れたエプロンでぬぐったが、目はそらしたままだった。

理由はふたりともわかっている。

「ロメオの誕生日だから」スターリングがつぶやき、手を洗いにシンクへ急いだ。

ぼくはゆっくりとキッチンに入って腰をおろし、敵であるかのようにケーキを見据えた。特に感傷的なわけでも、日にちを覚えるのがひどく苦手なわけでもない。家族は全員死んでしまったが、みんなの命日は覚えている。

彼らが死んだ理由も。

スターリングが便器を詰まらせるほどケーキを山盛りにした皿を手渡した。最愛の人に敬意を払ってくれる彼女への感謝の気持ちと、自分の胸にはアーサー・ロッシのこぶし大の穴が開いていることを思い出させたことに声を荒らげたい気持ちとの狭間で引き裂かれそうだった。ぼくは味わいもせずにケーキを頬張ることで、なんとかこらえた。砂糖をとる習慣はないが、苦労して作ってくれたものに口をつけないのはとてつもなく悪意に満ちた仕打ちに思えた。

「生きていたら、あなたを誇りに思ったはずです」

スターリングが正面の席に座り、湯気の立つハーブティーのカップを両手で包んだ。ぼくはキッチンのドアに背中を向けていた。彼女はドア——とぼく——に顔を向けている。ぼくはケーキにフォークを刺して、はらわたを開くようにチョコレートと砂糖の層をはがし、ひと刺しごとに力をこめていった。

「ウルフ、こちらを見てください」

ぼくはスターリングの顔にのろのろと視線を合わせ、自分でもわからない理由で相手をなだめた。人のいい、友好的な面は持ちあわせていないが、ぼくのなかの何かがそうした面は軽んじてはいけないと告げていた。彼女は空色の斑点が散る目を見開いている。何かを伝えようとしている。

「あの子にやさしくしてあげてください、ウルフ」

「そんなことをすれば、ぼくらのあいだに存在するものが本物だという間違った希望を与えてしまう。ぼくの基準からしても、それは残酷すぎる」ぼくはゆっくりと答えながら、テーブルのケーキを押しやった。

「彼女は寂しいんです。まだ若いし、みんなから引き離されて心底怯《おび》えています。あなたは失望させられる前から、彼女を敵のように扱っている。向こうがあなたについて知っていることといえば、あなたが権力者で、自分の家族を嫌っていて、自分と関わりあいたくないことだけ。それなのに彼女を手放す気はないとはっきり知らせた。彼女は囚われの身だわ」スターリングは端的に締めくくった。「自分の犯していない罪のために」

「巻き添えってやつだ」ぼくは頭の後ろで指を組んで深々と座り直した。「それにほかのやつと送る人生だって、大して変わらなかっただろう。違うのは、メイド・マンのほとんどは浮気をしても認めないが、ぼくはそんな嘘はつかないという点だ」

　スターリングが頬を殴られたように顔をゆがめた。それからテーブルに身を乗りだして手を握ってきた。ぼくは手を引き抜きたいという衝動を懸命にこらえた。多少にかかわらず、他人と触れあうとぞっとする。セックスの最中なら別だが、スターリングは地球上で最も交わりたくない相手で、言うまでもなく、感情をおおっぴらにしたときの彼女はとりわけ嫌いだ。不適切だし、彼女の業務範囲を大幅に超えている。

「希望のない道を選ぶことと、希望のない状態に追いやられることはまったく別です。彼女に情けをかけたからといって、あなたが弱くなるわけじゃない。それどころか、あなたは自分の力に自信があるんだと彼女も納得します」

　まるでテレビ司会者のオプラ・ウィンフリーのような口ぶりだ。

「何をたくらんでいるんだ？」ぼくは鼻で笑った。フランチェスカに金をやって、いとこのアンドレアと買い物ざんまいのヨーロッパ旅行にでも行かせることで追い払えるのなら、即刻そうするだろう。今はサンルーカス岬も選択肢に含めていた。同じ大陸だが、ここからは充分に離れている。

「ご両親のところに連れていってあげてください」

「酔ってるのか？」ぼくは呆然と見返した。そうでないことを祈った。スターリングとアルコールは最悪の組みあわせだ。

「どうしてだめなんです？」

「ロメオの誕生日を本人抜きで祝っているのは、彼女の父親のせいなんだぞ」

「あの子は彼女の父親じゃないでしょう！」スターリングがすばやく立ちあがった。片手をテーブルに叩きつけ、信じられないほど大きな音を立てた。

「フランチェスカには父親の血が流れているんだ。ぼくに言わせれば、それだけで充分汚《けが》れている」そっけなく言う。

「それでも彼女に触れたいという気持ちを抑えられないんですね」スターリングがなじった。

ぼくは笑みを返した。「やつの所有物を傷つけるのは、思いがけないボーナスみたいなものだ」

ぼくは腰をあげた。背後で花瓶が床に落ちた。未来の妻が落としたに違いない。暗い板張りの床を裸足《はだし》で駆けていき、自分の棟へと続く階段をパタパタとのぼっていく。いらだつスターリングをキッチンに残し、ぼくは花嫁になる女性のあとを悠然と追った。階段の上に着くと西と東の棟の境目で足を止めてから、自分のオフィスに戻ることにした。フランチェスカをなだめようとしたところで意味はない。

午前三時、イリノイ州のトマトの状態を心配する市民からの声も含めたすべてのメールに自ら返信を終えると、フランチェスカの様子を確認することにした。こちらは毎朝四時には起きなければならないというのに、彼女が夜型なのが気に食わない。しかも夜に、閉じ込められた空間から抜けだすのを好むようだった。突拍子もない行動に出る未来の花嫁を知るにつれ、彼女にとっては籠から逃げだそうとするのは当たり前のことだとわかってきた。鉄格子をガタガタと揺らすのが習慣になっているに違いない。ゆっくりと彼女の部屋に向かい、ノックもせずにドアを開けてみた。部屋には誰もいなかった。

怒りが血管をめぐり、悪態をこらえて唇を噛んだ。窓に近づくと案の定、フランチェスカは庭にいた。ピンク色のふっくらした唇の端に煙草を挟み、菜園の雑草を抜いている。この東棟に彼女を放り込んで好きなようにさせる前は、そんな菜園など存在しなかった。

「少しの希望とたくさんの愛があれば、冬まで生きられるわ」

彼女は……ラディッシュに話しかけているのか？　自分のことを？　それとも野菜の話か？　野菜と会話するとは、すでに抱いていた変わり者だという印象に新たな懸念を加えた。

「わたしのためにいい子にしてて、いいわね？　だって、あの人はいい子にしてくれないから」

そっちこそ、〝今年最高の婚約者〟の候補にも挙がっていないぞ、ネム。

「誰の誕生日だったか、彼が話してくれると思う？」フランチェスカは身をかがめてレタスに触れた。

いいや、話さないね。

「そうよね、わたしも話してくれるとは思わない」彼女がため息をつく。「でもとにかく、あなたは水を飲んで。明日の朝、様子を見に来るわね。ほかに何もすることがないの」フランチェスカはくすりと笑って立ちあがり、木製の通路に煙草を押しつけて火を消した。

彼女はスミシーに毎日、煙草をひと箱買いに行かせていた。上院議員の妻は公の場で煙突のようにぷかぷか煙草をふかすことは許されないと言っておかなければ。

ぼくは少し時間を置いてから廊下に戻った。バルコニーのドアが開いてフランチェスカが階段をのぼるところでつかまえようと思ったからだ。しばらく待って――待つのは心底大嫌いだが――それから階段をおりてテラスに向かった。彼女が姿を消したことにいらだちを感じていた。まずはロメオの写真を台なしにして、次はこそこそ歩きまわって未来のサラダに話しかけるとは。バルコニーのドアを押してベッドに入れと怒鳴ろうとしたとき、フランチェスカが菜園の一番奥にいるのを見つけた。大型のごみ箱を収納している、鍵をかけていない二番目の小屋のなかだ。すばらしい。今度はごみに話しかけている。

彼女のほうに足を進めながら、革靴の下で音を立てる落ち葉がなくなっていることに気づいた。庭はずいぶんいい状態になっていた。フランチェスカはこちらに背を向けてごみに囲まれながら、リサイクル品を入れる緑色のごみ箱をのぞき込んでいる。ここで目にしている光景は取り繕いようがない。ごみをあさっているのだ。

ぼくは開け放たれた入り口から入ってドアに寄りかかり、両手を前ポケットに突っ込んだ。ごみを仕分けるフランチェスカの姿を見つめてから咳払いをして、自分がいることを知らせた。彼女が息をのんで飛びあがった。

「小腹でもすいたのか？」

フランチェスカが片手を胸に当てて首を横に振る。

「わたしはただ……ミズ・スターリングからここに服があると……その、わたしが……」

「台なしにした？」ぼくは助け船を出した。

「ええ、まだここにあると聞いたから。全部ではないけど」足元の服の山を指す。

「明日、慈善団体に送られるでしょう。ほとんどは廃棄だけど。だから思ったの、もしまだここに服があるのなら、もしかしたら……」

　写真もまだここにある。

　彼女はロメオの写真を、それが誰なのかも知らずに回収しようとしているのだ。スターリングとぼくが彼の誕生日を祝っているのを見たせいで。写真は見つからないことをフランチェスカは知らない。ぼくはスターリングにきいて、写真も含めたごみが回収済みであることを確認していた。ぼくは顔をこすった。何かを蹴りつけたい気分だった。驚いたことに、蹴りつけたい何かはフランチェスカではなかった。振り返った彼女の顔には心痛と後悔が刻まれ、感情があふれる目でぼくを見つめている。服を切り刻んだだけでなく――服なんてくそくらえだ――ぼくの心の深いところにある何かをバラバラにしたことがわかっているのだ。まつげから涙がこぼれそうになっている。皮肉なことだ。大人になってからというもの、情事の相手には冷静沈着で感傷的でない女性を選んできたというのに、とことん女々しい相手と結婚することになろうとは。

「かまわないでくれ」ぼくは手を振ってみせた。「ネメシス、きみの情けは必要ない」

「情けをかけようとしているんじゃないわ、ヴィラン。安らぎを与えようとしているの」

「それも必要ない。きみからは何も欲しくない。従順でいてくれればいいんだ。そのうち体が欲しくなるかもしれないが」

「なぜそんなふうにひどい態度を取らなきゃいけないの？」フランチェスカの目が涙で光っている。泣き虫でもあるのか。これ以上に相性の悪いふたりがいるだろうか？そうは思えない。

「なぜそこまで感情的にならなきゃいけないんだ？」ぼくはすげなく返し、もたれていたドアを押して立ち去ろうとした。「人間は生まれながらの性格を変えられないものだ」

「生まれながらではなく、そうあろうと自ら選択してきたのよ」彼女はぼくの言葉を正して、服を足元に投げつけた。「あなたと違って、わたしは感じることを選ぶわ」

「ベッドに戻るんだ、フランチェスカ。明日はご両親を訪ねる。ひどい様子でぼくの腕にしがみつくのは勘弁してもらいたい」

「両親を？」彼女が口をあんぐりと開けた。

「そうだ」

フランチェスカの謝罪を受け入れるという、ぼくなりの意思表示だ。

自分はモンスターではないという意思表示でもある。

少なくとも今夜は。

どうすれば立派な人間になれるか教えてくれた人の誕生日には。敬意の印として、ぼくは自分の身を守る盾に小さなひびが入ることを許し、彼女にぬくもりのかけらを与えた。

亡き兄は立派な人だった。

だが、ぼくは？　立派な悪党《ヴィラン》だ。

9

フランチェスカ

「誰だったのか教えて。昔の恋人？　行方不明のいとこ？　誰？　誰なの！」翌日、わたしは菜園の手入れをし、立て続けに煙草を吸って、バラバラになった写真――未来の夫が唯一大切にする、どういうわけかわたしが台なしにしてしまった写真――を探してごみをあさる合間に、ミズ・スターリングに探りを入れた。

返ってきたのはきっぱりとしてそっけない答えだった。ミズ・スターリングはむっとしたり、電話に出たり、清掃業者にもう一度指示を叫んだりしながら、もしウルフ・キートンの人生をもっと知りたいのなら、彼の信用を勝ち取ることだと言った。

「信用を勝ち取る？　微笑んでさえくれないのに」

「微笑ませるようなことをしてみたんですか？」ミズ・スターリングはわたしが嘘をつかないか確認するように目を細めた。

「そんなことをするべきだったの？　わたしは誘拐されたも同然なのよ」

「ご両親から救ってもらいましたね」

「救われたくなんかなかったわ！」

「人は感謝するよう言われなくても感謝すべきことがふたつあります――愛と救いです。あなたは両方を与えられた。それなのに相当気に入らないみたいですね」

ミズ・スターリングは物忘れがひどくなったのだろうか？　昨日立ち聞きしていたときに、わたしに情けをかけるよう未来の夫を説得していた女性とはまるで別人だ。わたしは彼女のたくらみを見抜いた。わたしたちの氷のような仲を溶かそうとしながら、一方で他人の弱点をとらえて難癖をつけているのだ。

いずれにしても、彼女は時間を無駄にしている。

それでもミズ・スターリングと言いあっている時間が一日のなかで一番楽しい。彼女はウルフと父を合わせたよりも多くの感情を表に出すし、わたしの人生にもっと関わってくれている。

婚約者とわたしは六時に両親の家を訪ねて、夕食をともにすることになっていた。婚約したカップルとしての初めての夕食会だ。ミズ・スターリングは、わたしが幸せで大事にされていると示すことが重要だと言った。わたしの支度を手伝って丈の長い黄色いシフォンのワンピースを着せ、ジミーチュウのヒールのあるサンダルを履かせてくれた。鏡の前で髪を整えてもらいながら、天気やわたしが大好きな馬の話やミズ・スターリングが大好きなロマンス小説について気楽なおしゃべりをしているうちに、メイドのクララとさまざまな面でつながっていたことを思い出した。希望にとても近いものが胸のなかに膨らんでくる。友達がいれば、ここでの生活もずいぶん楽になるだろう。婚約者はわたしの慎重ながらも楽観的な展望を察したに違いない。それを壊して焼き払ってしまおうと、携帯電話にメッセージを送ってきた。

〝遅くなる。現地で会おう。いたずらはなしだ、ネム〟

ウルフはわたしの両親との初めての夕食にも時間どおりに来られないのだ。それにもちろん、わたしがどうにかして逃げようとするだろうといまだに思っている。

実家に向かうあいだ、血管に熱いものが煮えたぎっていた。黒いキャデラックが両親宅の前で停《と》まると母とクララが駆けだしてきて、まるでわたしが紛争地帯から戻ってきたかのように抱擁とキスの雨を浴びせた。父は隙のないスーツ姿で戸口に立っていた。かつて一緒に暮らしていた女性たちに腕を絡ませて近づいてくるわたしに眉をひそめている。わたしは父と目を合わせようとはしなかった。玄関前の階段を四段あがったところで、父が横によけてわたしを通した。抱擁も、キスも、社交上の挨拶さえもない。

わたしは顔をそむけた。肩と肩がかすめた。父の確固とした冷たい態度で、わたしの肩が切れたような気がした。

「とってもきれいよ、ヴィタ・ミア」背後で母がささやき、わたしのワンピースのスカートをつまんだ。

「自由でいるのが性に合ってるのね」わたしは父に背中を向けたまま、苦々しい口調で言った。そしてダイニングルームへ向かい、ウルフが到着する前に自分でワインを注いだ。

それからの一時間は母とおしゃべりをして過ごし、父はブランデーをゆっくりと味わいながら、そんなわたしを部屋の奥から見ていた。クララは広間を出たり入ったりして、空腹感を紛らす軽食や揚げパン《ゼッポレ》を運んでくれた。

「何か匂うわ」わたしは鼻にしわを寄せた。

「おまえの婚約者だろう」どっしりした椅子に身を沈めた父が言う。母がその言葉を笑い飛ばした。

「裏庭でちょっとしたことがあって。でも、もう片づいたから」

さらに一時間が過ぎた。そのあいだ、母は父とわたしに〈アウトフィット〉の〝デスパレートな妻たち〟の最新の噂話を延々と聞かせた。誰が結婚して、誰が別れたか。誰が浮気をしていて、誰が浮気をされているか。アンジェロの弟がガールフレンドにプロポーズをしたがっているけれど、父親のマイク・バンディーニは弟の婚約発表は問題があると思っていること。アンジェロがすぐに誰かと結婚する見込みがないからというのが一番の理由だ。わたしのせいで。

噂話というより非難めいて聞こえると気づいた母が、唇を嚙んで袖の縁をもてあそんだ。母はそういうしぐさをしょっちゅうする。父との長年の結婚生活で自分を過小評価するようになったせいだと、わたしはあきらめていた。

「もちろん、アンジェロは前に進んでいくわ」母がすばやく手を振る。

「考えてから口に出すんだな、ソフィア。そうすれば結果もずいぶん違う」父が忠告した。

振り子時計がその夜二度目の鐘を鳴らしたとき——八時を告げる鐘だ——わたしたちはダイニングルームへ移動して一品目から食事を始めた。わたしはウルフのための弁解はいっさいしなかった。何度もメッセージを送ったのに、一度も返信がなかったからだ。恥ずかしくて気落ちしていたし、わたしを家族から引き離した人のそばに置かれている状況が屈辱的で、失意に浸っていた。

三人ともうつむいて黙々と食事をした。塩とこしょうの容器や銀器が立てる音が、静まり返った部屋に耐えがたいほど大きく響く。わたしは木製の箱のなかのメモのことをぼんやりと考えた。これは何もかも間違いだと決めつけていた。キートン上院議員がわたしの生涯愛する相手であるわけがない。

生涯憎む相手？　当然だ。

それ以上の存在ではありえない。

クララがあたため直したメイン料理を配った直後に玄関のベルが鳴った。わたしの心には安堵《あんど》よりも鉛のように重い不安が流れ込んできた。三人ともフォークを置いて顔を見あわせた。これから何が起こるのか？

「まあ！　うれしい驚きね」母が両手を合わせた。

「心配させられただけだったな」父がナプキンで口元を押さえる。

ほどなく、オーダーメイドのスーツに身を包んだウルフが入ってきた。漆黒の髪はひどく乱れ、危険なほどに人を引きつける決然とした表情を浮かべている。

「キートン上院議員」父は冷笑を浮かべたが、自家製のラザニアからは視線をあげなかった。「ようやく姿を見せようという気になったのか」

ウルフがわたしの頭のてっぺんに軽くキスをした。なめらかなシルクで心を包まれ、喜びで胸が締めつけられるように感じてしまうのが腹立たしい。これほど遅れてきたのに無頓着な彼を軽蔑し、唇が髪に触れただけで愚かにも心がとろけてしまう自分を嫌悪した。その様子を父が目の端でとらえ、面白がるように満足げな笑みを浮かべた。

みじめな思いをしているんだろう、フランチェスカ？　父の視線がわたしをなじった。

ええ、パパ。みじめだわ。うまくいったわね。

「どうしてこんなに遅かったの？」ウルフが腰をおろすと、わたしはテーブルの下で引きしまった腿に自分の腿をぶつけて語気強くささやいた。

「仕事だ」彼は声を落とし、ナプキンをすばやく膝に広げてワインをごくりと飲んだ。

「きみは自分が一日じゅう働いているだけでは足りないんだな」父が本格的に会話の口火を切った。椅子に深く座り、指を組んでテーブルにのせる。「今度は娘を大学に送りだそうとしているそうじゃないか。この十年のあいだに孫の顔を見せてくれる気はあるのか？」父はまわりくどい言い方はせず、ずばりと問いただした。その態度から、これはわたしの進学だけの話ではないと一点の曇りもなく理解した。

わたしがこの家を出てから今までのあいだに、父にはいろいろとことを進める機会があったということだ。

ウルフ・キートンの子どもはその体にいくらロッシの血が流れていようとも、父の事業を継ぐことはない。ウルフがそんなことはさせないだろう。つまり、わたしと彼の結婚は、非の打ちどころのない娘に美しくて行儀がよく無情な子どもたちを育てさせるという父の夢を壊しただけでなく、父が伝承したいものも絶やすことになった。父は自分が傷つかないようにわたしとの感情的なつながりを断ち始め、そうすることでわたしの心を粉々に砕いている。

　ウルフにちらりと視線を投げると、カルティエの腕時計に目をやっていた。明らかにディナーが終わるのを待っている。

「お嬢さんにきいてください。大学のスケジュールを管理しているのは彼女です。それに子宮も」

「そのとおりだな、わたしにとっては残念なことだが。女性には男が何を求めているか教えてやる、本物の男が必要だ。好き勝手にさせておけば、不注意から必ず間違いを起こす」

「本物の男は、男なしでも生きていける、より高度な教育と基本的な力を身につける妻にびびったりしませんよ。口が悪くて失礼」ウルフはラザニアを口いっぱいに頬張りながら、こしょうを取ってくれとわたしに合図した。彼は平然とした顔で対立の姿勢を取っている。

「あらまあ」母が声高に笑いながら、向かいに座る夫の手をテーブル越しに叩いた。「州知事の奥さんが最新のしわ取り手術を受けた話はご存じかしら？　街じゅうの噂によれば、ずっと驚いたような顔をしているんですって。でも、夫の脱税スキャンダルに驚いているわけじゃないのよ」

「何を勉強するんだ、フランチェスカ？」父が母の話をさえぎって、わたしに注意を向けた。「もちろん、弁護士になれると本気で思っているわけじゃないだろうな」

わたしはフォークをうっかりラザニアの上に落としてしまった。トマトのソースが黄色いワンピースに少し飛んだ。わたしは染みを叩くようにナプキンを当てて、口にたまったつばをのみ込んだ。

「おまえは散らかさずに食べることもできないのか」父があからさまに力をこめて、自分のラザニアをフォークで突き刺した。

「父親が婚約者と母親の前でけなすからよ」わたしは肩を怒らせた。「お行儀よくできないわけじゃないわ」

「おまえのＩＱは月並みなんだぞ、フランチェスカ。弁護士にはなれるだろうが、おそらく敏腕の弁護士にはなれない。それにこれまで一度も働いたことがないんだ。ぐずのインターンになって、首を切られるのが落ちだ。みんなの時間と金を無駄にする。自分の時間もな。言うまでもないが、キートン上院議員の妻として得られるはずだった機会は、実際にその役割にふさわしい人間の手に渡るかもしれない。身内びいきはアメリカで最もいやがられる病気だからな」

「最もいやがられるのは組織犯罪だと思いますが」ウルフが横槍《よこやり》を入れて、もうひと口ワインを含んだ。

「それから、きみ」父がわたしの未来の夫に顔を向けた。自分に向けられていたなら壁に張りついてしまいそうな顔つきだったが、当人は相変わらず平然としている。「ふざけた言動はやめてもらおう。きみは欲しいものを手に入れた。いいか、わたしは何もないところからここまで来たんだ。わたしが手に入れたものを、きみが台なしにしていくのをじっと座って見ていたりはしない。わたしには桁違いの力があるんだよ」

「脅迫は確かに承りました」ウルフが含み笑いをもらす。

「だったら、わたしはただ家にこもって子どもを産んでいればいいの？」わたしは皿を押しやった。料理にも会話にも同席者にもうんざりだ。母は目を皿のように見開いて、全員の顔を順に見やっている。何もかもめちゃくちゃで、その中心にいるのがわたしだ。

父が皿の上にナプキンを放り、食事を終えたことを使用人に伝えた。ふたりが駆けつけて、幾度もうなずきながら父の皿を片づける。

怯えているのだ。

「そうすれば、いいスタートになるだろう。とはいえ、そんな男が夫ではどうだかわからんが」

「パパが選んだ夫よ」わたしはそれが父の心臓だと想像しながら、何かをフォークで突き刺した。

「おまえを外に出して働かせるつもりだとは知らなかったからだ。まるでそこいらの……」

「二十一世紀の女性みたいに？」わたしは眉が髪の生え際まであがる勢いで目をむいて、父の代わりに会話を終わらせた。隣でウルフがワイングラスに口をつけたまますくす笑い、震える肩がわたしの肩に触れた。

父がグラスを倒し、新たにワインをなみなみと注がせた。鼻は赤く、鼻孔が膨らんで、頬はシャンデリアの黄色い明かりに照らされてピンク色に染まっている。いつもは節度を持って飲んでいるが、今夜は違った。

「おまえの寄宿学校には金がかかった。金持ちとコネのある子女のために入念に作られた託児所だからな。スイスでうまくやっていたからといって、現実社会で生き延びられるということにはならない」

「それはパパがわたしを現実社会から遠ざけてきたからじゃない」

「違うな。おまえが現実社会に適応できないからだ」父はワインのたっぷり入ったグラスを手に取ったかと思うと、部屋の奥に投げつけた。グラスは壁に当たって粉々に砕け、赤ワインが血のようにカーペットと壁紙に広がった。

ウルフがテーブルに両手をついて立ちあがり、前のめりになって父の目をのぞき込んだ。地球が自転をやめ、部屋にいる全員がひどく縮んでしまったように見えた。皆が息を詰めて、わたしの婚約者を見つめている。肺の奥で空気が震えていた。

「ぼくの婚約者に声をあげるのはこれが最後だ。もちろん、ろくに調教されていないサーカスの猿のように周囲に物を投げるのも。誰も――この世に存在する誰ひとりとして、未来のミセス・キートンにそんな口は利かせない。彼女に浴びせる怒りはすべてぼくに対するものだ。彼女が応じるのはぼくだけだ。彼女の立場を守るのは――そうする必要が生じたならば――ぼくだ。彼女には敬意を示し、感じよく、礼儀正しく接してもらおうか。理解できないなら言ってくれ。あなたが大切にするものをことごとくつぶして、わからせてやる」

脅しの言葉に空気が張りつめ、重く感じられた。わたしは自分の忠誠心がどこにあるのか、もうわからなかった。どちらも大嫌いだが、どちらかを支持しなければならない。なんといっても、自分の未来がかかっているのだから。

「マリオ！」父が大声でボディガードを呼んだ。自分の家から締めだされるの？　そうなるのなら、この場にいたくなかった。ふたりとも放りだされるという屈辱には耐えられない。わたしは父の目を見た。その目はつい先日までわたしが視界に入るたびに、娘が〈アウトフィット〉のイタリア人の良家にもらわれて、この家が幸せで恵まれた孫でいっぱいになるところを夢見て、誇りと希望で輝いていた。

今はうつろでしかない。

わたしは椅子から立ちあがり、カーペットの上をのろのろと進んだ。行く当てはない。視界は涙でかすみ、足は屋敷の反対側にある、グランドピアノが置かれた一階の応接室へ向かった。

涙をすばやくぬぐってピアノの裏に身を隠した。誰かが部屋へ入ってきても目につかないように、ワンピースのチュールをたぐり寄せる。子どもじみた行動だったが、見つかりたくなかった。脚を抱え、膝のあいだに顔をうずめる。全身を震わせながら、腿に向かってむせび泣いた。

数分してから、部屋に入ってくる人の気配を感じた。顔をあげる意味はなかった。誰だろうが歓迎はできない。

「顔をあげろ」

えっ？　その声に心拍数が跳ねあがった。どうしてこの人が？

わたしはじっと動かなかった。部屋を横切る足音がして、近づくにつれ大きくなる。ようやく膝の後ろからのぞくと、婚約者が真剣な顔で目の前にしゃがみ込んでいた。

彼はわたしを見つけた。

どうやってかはわからない。でも、見つけた。

母でもなく、父でもなく、クララでもない。この人が。

「なぜあんなに遅れたの？」わたしは指で頰をぬぐいながら、ウルフに食ってかかった。こんなふうに手を結ぼうとするのは大人げないけれど、それができるのは目の前の人しかいない。母もクララもよくしてくれるが、父に対する力はない。

「仕事だ」

「仕事なら明日まで待てたでしょう」

「そのはずだった、きみの父親が関与してくるまでは」ウルフの顎に力が入った。

「〈マーフィーズ〉というバーで打ちあわせがあったんだ。ブリーフケースを隣に置いていたんだが、それが消えたと思うと、厨房《ちゅうぼう》から不可解な火があがって、あっという間にバー全体に広がった。何があったか、ざっと想像してみるといい」

わたしは目をしばたたいた。「この街では二〇年代の初めから、イタリア人とアイルランド人はライバル関係にあるわ」

ウルフが片方の眉をあげる。「きみの父親がぼくのブリーフケースを盗ませて、燃やしたんだ。ぼくが持っている自分に関する証拠を隠滅したかったんだな」

「成功したの？」

「どこの愚か者が、最も価値のある所有物をコピーも取らずに一箇所にまとめて、白昼堂々と持ち歩くと思う？」

父が関わりを持つ人たちならそうするわ。

「父に話すつもり？」わたしは鼻を鳴らした。

「きみの父親にはやきもきしていてもらおう。そのほうがじっくり楽しめるからな」

「そうしたら、父は攻撃の手をゆるめないわ」

「いいだろう。こっちも同じだ」

ウルフが真実を話しているのはわかった。父からはこれほどの真実は絞りだせない。

パズルのピースがはまった。今夜のことは、父が騒動を起こそうと計画したものだったのだ。ウルフの手のなかにある、自分に不利なものを消滅させたかった。そしてウルフに自身の評判が地に落ちかねない、また別の出来事の始末をさせているあいだ、わたしをひとりぼっちで待たせておけるので、それもいいおまけというわけだ。

「パパなんか大嫌い」わたしは床を見つめて苦々しく口走った。その気持ちにはみじんの偽りもなかった。

「わかっている」ウルフがわたしの正面に腰をおろし、長くて引きしまった脚を組んだ。わたしはスーツのズボンの裾に目をやった。靴下はのぞいていない。彼の身長や体格、ほかのすべてにぴたりと合わせて仕立ててある。入念に計算する人なのだ。その人が父を懲らしめようと心に決め、相手の上を行く激しさでやり返そうとしている。

そして父はウルフを排除するまで、その手をゆるめないだろう。どちらかが相手の息の根を止めることになる。わたしはふたりの争いの真ん中で動けない、みじめな愚か者だ。

目を閉じ、この部屋を出て両親と向きあう心の強さをかき集めようとした。何もかもめちゃくちゃだ。

わたしは望まれない子犬。どしゃ降りのなかをドアからドアへと駆けまわり、避難場所を探している。

よくないことだと知りつつも、ゆっくりと未来の夫の膝のあいだに這っていった。それは白旗をあげることだ。わたしは降参して、父と、それから自分のなかで起きている混乱からの避難場所を求めた。自らまっすぐ籠に飛び込んで、閉じ込めてくれと言っているのだ。なぜなら、この美しい嘘は恐ろしい現実よりもずっと望ましいから。籠のなかはあたたかくて安全だ。どんな悪意も届かない。わたしはウルフの首に両手をまわして鋼のような胸に顔をうずめ、またしゃくりあげないように息を止めた。

彼が身をこわばらせた。突然ふたりの距離が縮まったので、体を硬くしている。

〝彼を愛しなさい〟というミズ・スターリングの言葉を思った。そうすれば彼は防御できなくなると言っていた。

壊して、ひびを入れて。わたしを感じて。受け入れて。

わたしが降参したのに気づいて、ウルフが腕をゆっくりと体にまわすのを感じた。門を開き、自分の王国に、傷ついて腹ぺこのわたしという兵隊を迎えてくれている。腰をかがめて両手でわたしの頬を包み、顔をあげさせる。互いの目が合った。あまりにも近くにいるので、彼の珍しい銀色がかった虹彩《こうさい》が見えた。クレーターの内側に氷のような青い斑点がある水星に似て、青白くて怖いくらいだ。無関心を装う仮面に亀裂があるのにはすぐ気がついた。そのひびから入り込んで種をまくのはわたしの仕事。その種を菜園のように育てて、花が咲くよう必死に願う。

ウルフが頭を傾けて唇を重ねた。すでに互いを知っているかのように唇が溶けあった。わたしは気づいた——不快な思いはなく、すでに知っているのだ。それは控えめで、元気づけるようなキスだった。わたしたちは時間をかけて、ためらいがちに愛撫を続けた。聞こえるのは唇と舌が触れあう音だけで、表面的なキスというより、傷をなめあうようなキス。ふたりの体が離れたとき、わたしは心臓がよじれる気がした。以前にキスをしたときのように、ウルフは怒って部屋を出ていってしまうのではないだろうか？　けれども彼はただわたしの頬を親指でさすり、険しい表情で顔を見つめた。

「父親とこれだけ会えば今週は充分か、ネム？」

わたしは震える息を吸った。「たっぷり一年分の再会を果たした気分よ」

「よし。ぼくは婚約者と充分な時間を持てていなかった気がしてきたから、それを取り戻そうと思う」

自宅に向かう車のなかで、ウルフが指を絡めてわたしのてのひらをつかみ、たくましい腿に押しつけた。わたしは窓の外に目を向けた。唇に紛れもないかすかな笑みが浮かんだが、気にしないことにした。ピアノのある部屋を出たあと、母がさんざんな夕食についてしきりに詫びた。父の姿はどこにもなかった。母が言い訳をしているあいだに、父の運転手が車を縁石に寄せた。おそらく父は、わたしの未来の夫を陥れる計画を立てられる場所へ行くのだろう。当の婚約者は、この状況をとりわけ気に病んでいる様子もない。

わたしは母を抱きしめて、愛していると告げた。母を見る目は完全に変わってしまったけれど、それでも愛していた。子どもの頃は、何があっても母が守ってくれると本気で信じていたのだ。死からでさえも。今ではそうは思わない。実のところ、わたしが母を守らなければならない日も近いのではないかと恐れている部分も少しあった。自分の子どもには絶対にこんな思いをさせないと心に誓った。

もし娘ができたなら、誰からだって彼女を守る。その子の父親からも。

わが家の継承からも。

何十年も受け継がれてきた木箱からも。

ウルフがわたしにカジュアルなウールのジャケットを着せかけて、いわれのない冷たい視線で母を射抜いた。

今、彼は車内でわたしの手を取り、てのひらを自分の内腿の奥に引き寄せている。体の中心にあまりに近くて、わたしは自分の腿をぎゅっと締めたものの、手を引き抜こうとはしなかった。この時点で否定できないし、否定したいとも思わないことがひとつある。それは、未来の夫はわたしの肉体的な反応を引き起こすということだ。

アンジェロといると、あたたかくてぼんやりとした気持ちになった。安全という上質な毛布にくるまれているかのように。ウルフといると、体に火がついたみたいな気分になる。いつでも自分の命を奪える相手に対してわたしができるのは、彼の情けを乞うことだけだ。安全だという感覚はあっても安心感はない。欲望の対象ではあっても望まれてはいない。賞賛されても愛されてはいない。

家に着くと、ミズ・スターリングがキッチンに座ってヒストリカル・ロマンスを読んでいた。わたしは水を飲もうとキッチンに入り、ウルフもあとからついてきた。ミズ・スターリングは色あせたページから視線をあげると同時に、鼻梁《びりょう》にのせた老眼鏡をずらしてにっこりした。

「今夜はいかがでした？」素知らぬ様子で目をしばたたく。「どうやら楽しかったようですね」

ウルフと知りあってから初めて一緒に部屋に入ったので、休戦中だとわかったのだろう。

「席を外してくれ」ウルフが言った。脅すでもないが、礼儀もない口調だ。ミズ・スターリングが微笑んで、すばやく立ちあがる。わたしはウルフを見ないようにしながら、グラスに水を注いだ。彼が望むのは、わたしのウィットでも会話でもない。ついにふたりのあいだに起ころうとしていることを思うと、胸と子宮のあいだのどこかに衝撃が走り、情熱とパニックの波が広がった。

「お水はどう？」声が高くなりすぎた。彼に背中を向けたままだ。

ウルフが後ろから体を寄せた。腿の横を通って腹部の上まで指でたどる。胸の膨らみを包まれて驚いたわたしは、説明のつかない喜びに息をのんだ。あたたかい唇が肩に触れ、背後で彼の体に力が入り、こわばりがヒップに押しつけられた。心臓が胸のなかで蝶のように暴れる。ああ、すごい。ウルフはどこもかしこも硬くて熱を発していた。彼に包まれていると、無防備な気持ちと、どんなことにも負けないという気持ちが両方わいてくる。

わたしは水をごくごく飲んで時間を稼いだ。ウルフの指がワンピースとブラジャー越しに、片方の胸の頂をつまむ。わたしの口から声がもれた。体が自然にのけぞり、グラスが指から滑り落ちる前にカウンターに置かなければならなかった。ウルフが小さく笑い、ふたたびわたしの脚に手を滑らせて、ワンピースのスリットからなかに忍び込ませた。指先でコットンの下着の縁をかすめて耳元で喉を鳴らし、わたしの肌を激しく粟立たせる。急いで逃げだす代わりに——全身がそうするように叫んでいたけれど——彼の腕のなかでとろけたいと願っていた。処女ではないと言った間抜けはわたしだ。そんな愚かな嘘が招いた結果をどうにかしなくては。

「水は？」もう一度小声できいた。下着が湿り気を帯びて肌に張りつくのを感じる。指先で触れられて体が手に負えないほど向こう見ずになっているのに、心は今でもふたりは敵同士だと告げていた。

ウルフがワンピース越しにこわばりでヒップの真ん中を突いた。わたしはうめき声をもらして、腰の前面をカウンターに打ちつけた。その痛みは理解できない喜びに取って代わった。心の片隅では、もう一度同じことをしてほしいと願っていた。

「今は花嫁になる相手のことしか考えられない」

「ああ」わたしは天井を見あげ、言葉をひねりだそうとした。動物か何かみたいに背後から奪うつもりなの？　セックスはまだ足を踏み入れたことのない領域だ。これまで時間はたっぷりあったので、インターネットで検索して、未来の夫に関する記事を片っ端から読んだ。ウルフは女たらしで、つきあってきた女性の数も情事の数も相当なものだった。相手はいつも教養があって脚の長い社交界の著名人で、つややかな髪とうらやましいほどの血筋の持ち主だ。タブロイド紙では常に女性がウルフの腕にしがみつき、自分だけに特別な贈り物をくれたような目で彼を見つめている。とはいえ、ウルフについての非の打ちどころがない記事のなかにも、スキャンダル絡みの見出しはたくさんあった。ホテルの客室のごみ箱が使用済みの避妊具でいっぱいだったことや、彼の政党が開いた催し物会場のトイレであった出来事、ヨーロッパの王女と二時間車にこもって相手の家族と国民からひどく蔑まれたことなど。

「ゆっくり進めないと。まだあなたのことを知らないし」わたしは震える手で、ほとんど力をこめずに彼の肩をぎこちなく押しやった。いまだに背中を向けたままだった。

「一緒にベッドに入れば、その状況を変える助けになる」ウルフが指摘した。アンジェロとベッドをともにしたと言ってウルフを挑発する前に、よく考えればよかったのだ。でもその嘘は時間が経てば経つほど大きく、重要になっていった。

ウルフがわたしの体をまわして自分と向きあわせ、カウンターに押しつけた。彼がどれほどたやすくわたしを手荒に扱えるかを知って、驚くと同時に動揺した。

「ゆっくりね」震える声で念を押す。

「ゆっくりだ」彼が繰り返し、わたしをカウンターにのせて膝を割った。これまで千回はそうしてきたかのように——実際そうなのだろう。相手がわたしではなかっただけで。ワンピースがまくれた。ウルフが下を向いたなら——もちろん向いたのだが——ワンピースと同じ色合いの黄色いショーツと、腿の合わせ目の見まがいようのない欲望の染みを目にしたはずだ。彼がヒップを痛いほどつかみ、互いの下腹部をぶつけた。湿り気を帯びたショーツが当たって、わたしは息を詰まらせた。

わたしはひどく濡れていた。恥ずかしくてたまらない。そこに触れてほしくはなかった。自分がどれほど彼を欲しているかがばれてしまう。

ウルフに対する欲望の重みでまぶたがさがった。彼が唇を合わせ、長くて激しいキスをした。一定のリズムで舌を差し入れられると、あたたかくてすばらしい塊が子宮のなかで膨れあがった。体を押しつけられたまま、張りつめたもので体の中心をこすられて、わたしは映画で見た女性のように手を彼の背中にまわして引き寄せた。心の赴くまま彼に触れることができる力を楽しんでいた。いい気持ちだ。ほかには何も考えたくない。わたしたちの関係がまやかしだということや、そのまやかしが真実よりも——実際の生活よりも——ましだということも。父に対する気持ち、アンジェロを恋しく思う気持ち、そして母を案ずる気持ちを脇に押しやった。

今はふたりだけで、はじける運命にあるシャボン玉に閉じ込められている。

ウルフが体と体のあいだに手を滑り込ませて、ショーツの布地の上から秘められた場所をさすった。わたしはあまりに濡れていて、こんなふうに彼の体に反応していることを詫びる言葉が舌先からこぼれそうになっていた。彼はキスを続け、わたしが身もだえして声をもらすたびに、口伝えで含み笑いをした。

「本当に敏感なんだな」キスの合間にささやかれた言葉には、実際に畏敬の念が含まれているのかもしれなかった。キスはさらにみだらで長くなり、下腹部をさする手の動きも速くなっている。敏感なのはいいことなの？　それとも悪いこと？　よい子としては、それとは別にもうひとつ心配すべきことがあった。ウルフのために脚をさらに広げて、この魔法をもっと続けてほしいと誘っていることだ。女の子のなかには自分自身で触れている子もいるけれど、わたしはそうしたくなかった。いけないことだと思ったからではない。うっかり純潔を失うような危険は冒せないと思ったからだ。これはとても貴重なものだから。でもこの人は未来の夫で、初めてということで喜んでくれる気がした。

わたしもうれしい。

初めてのときは痛いものだと知っていたけれど、ウルフという経験豊富な人の手にゆだねられるのは喜ばしい気持ちもあった。体のなかのあらゆる場所がうずいて、今にもはじけてしまいそう。何かとても大きなもののてっぺんにいるみたい。重ねた唇が乱暴に動いているものの、部屋から追いだされた日と同じたぐいの怒りが原因ではないとわかっていた。

「すごく濡れている」ウルフがショーツの上から脚のあいだに親指を半分押し入れた。わたしは背中を弓なりにして目を閉じた。さまざまな興奮で体がはちきれそうだ。わたしの指がズボンの上から彼の脚の付け根を探る。大きくて硬くて、ほかの部分よりもあたたかい。恐ろしい考えが心をよぎった。彼を口に含みたい。

わたしったら、何を考えているのだろう。なぜそんなことをしたいの？　このことはクララや母には絶対に話せない。ミズ・スターリングにさえも。

どうしたのよ、フランチェスカ？　口だなんて。それじゃあ、変態だわ。

ウルフがわたしの腿の後ろをつかんで自分の腰に脚を絡めさせ、キスをしながら階段をのぼった。わたしは彼の首に腕をまわしたままだ。寝室に向かっている。彼の寝室かわたしの寝室かはわからないけれど、そこには行けない。未経験だと伝えない限りは。わたしの世界にはルールが存在する。そのひとつが、結婚するまでセックスはしないというものだ。でもこの状況でそれを告げるのは、あまりに気まずい。打ち明けるには時と場所を選ぶ必要があった。

「おろして」わたしは溺れるようなキスの合間に急いで言った。

「ぼくは口ではしない主義だが、しなくてもシャベルだって入りそうなほど濡れている」

なんですって？　恐怖に喉をつかまれ、その鉤爪《かぎづめ》で内側から締めつけられている気がした。この人は今すぐ床の上ででも、わたしを奪う準備ができているのだ。すでに階段をのぼりきっていたものの、そこでわたしは腰に巻きつけていた脚をほどいてウルフを押しのけようとした。彼はすぐさまわたしをおろし、抱擁を解かれてよろけながら壁に背中をぶつけるわたしを見ていた。

「ネメシス？」ウルフが眉根を寄せて顎を引いた。怒っているというよりも困惑しているようだ。いろいろと欠点がある人だが、彼に肉体的な何かを強要されたことは一度もない。

「まだ準備ができていないって言ったでしょう！」

「地獄の門まで連れていかれたみたいな言い方だな。何が問題なんだ？」

わたしは自分の態度にばつの悪い思いをしていた。経験があると嘘をついたことも、本当は未経験だということも、恥ずかしかった。大事なことを言い忘れていたけれど、したくてたまらないことも恥じている。これはすべて、わたしがアンジェロを忘れるためなの？　ウルフの硬いものが、わたしのやわらかい部分に押しつけられていたのもそのため？

「初めてなのか？」彼の口元がほころびかけた。婚約者の顔に笑みが浮かぶことはめったにないので、本当の喜びを感じられない人なのかと思いかけていたところだ。

「まさか、初めてなわけないでしょ」わたしは腿を叩いて自分の部屋へ向かいかけた。ウルフが腕をつかみ、自分の胸にもう一度引き寄せる。わたしはフライパンで溶けるバターみたいに、彼の腕のなかでとろけた。「ただ、もう少し時間が欲しいだけ。初めてじゃないといっても、あなたのほうが経験豊富だし」

「これは競争ではないぞ」

「新聞を見たのよ」とがめるように目を細める。「あなたって、女たらし《カサノヴァ》なのね」

「カサノヴァか」言葉の選択が面白いとばかりにウルフが忍び笑いをもらしたので、重なった彼の胸が震えた。「最寄りの扉まで案内するので、そこから十六世紀に戻りましょうか？」彼は芝居じみた英国訛りで言った。

自分の言葉が上品ぶって聞こえるのは承知していた――そういうふうに育てられたので、今どきの物言いをするのは難しかった。わたしは十九歳ではない。本当の意味では。五十歳のマナーを身につけた、幼児並みの人生経験しかない女だ。

「もう忘れて」

ウルフが歯を隠してにやりとする。「わかった。セックスはなしだ。のんびりと時間をつぶそう。年寄りみたいなやり方で。懐かしいね」

その言葉は、行き着くところまで行くのと同じくらい危険な響きがした。ドアを閉めて同じ部屋にいるだけでも、なぜかスキャンダルを起こしそうな気がする。

「あなたの部屋で？」

ウルフが片方の肩をあげた。「そっちで決めてくれ。最後には、どちらかが部屋を出ることになる。女性とベッドを分かちあったりはしないんだ」

「男性とは？」わたしは本来の友人の域に戻れてうれしかった。

「口には気をつけろよ、ミス・ロッシ。でないと、顎が外れるくらい長くて硬いものを突っ込まれるぞ」

今回は冗談だとわかり、わたしは口元のほころびを隠そうとしてうつむいた。

「ひとりで寝るのもあなたの主義なの？」

「ああ」

つまりウルフは女性とベッドを共有しないし、口を使った性行為もせず、女性と関係を築くことにも興味がないということだ。つきあうというのがどういうことかよくわからないけれど、未来の夫はまず間違いなく最高の結婚相手とは言えない。

「フランチェスカの質問が飛んでくる気がしているんだが」わたしを見て、ウルフが言った。気がつくと、わたしは考えごとをしながら唇をしきりに噛んでいた。

「どうして口でしないの？」そう尋ねて、また頬を赤らめる。薄いドア越しにミズ・スターリングに聞こえる可能性のある廊下で話しているのに、好奇心は抑えられなかった。

当然ながら彼は恥ずかしがりもせず、肩を壁にもたせかけて物憂げな視線を投げかけた。

「実は、あそこを味わうこと自体はかなり楽しめる。どうしても我慢ならないのは、頭をさげるところだ」

「屈辱的だと思うの？」

「ぼくは誰にもひざまずいたりしない。悪く思わないでくれ」

「でも、そんなことをしなくてもいい体勢がいろいろあるでしょう」

わたしったら、何を言ってるの？

ウルフがにやにやした。「どんな体勢でも、喜びを与えているほうは小作人みたいに見える」

「なら、誰ともベッドを分かちあわないのはどうして？」

「人というのは離れていくものだ。一緒にいることに慣れても意味がない」

「夫と妻は離れないはずだけど」

「だが、きみはこの状況に背を向けたいと思っている。そうだろう、ぼくの親愛なる婚約者さん？」

　わたしは黙っていた。ウルフが壁を押して一歩近づき、親指でわたしの顎をあげさせた。この人は勘違いをしている。少なくとも完全に理解はしていない。わたしはもう、彼から必死に逃げようとしているわけではない。両親がわたしのために闘ってくれないとわかってからは。アンジェロはこの人生で一緒になろうと言ってくれたけれど、あれからなんの連絡もない。一日一日と過ぎていくにつれ、肺にナイフを刺されているみたいな思いをせずに呼吸ができるようになってきた。

　とはいえ、それをウルフに打ち明けるつもりはない。両親のピアノがある部屋で自分の体が彼に対してどんな反応を見せたか、声に出したりはしない。

　わたしは言うべきことを言うために彼の抱擁を逃れた。

　まだわたしの心は決まっていない。

「おやすみなさい、ヴィラン」わたしはゆっくりと自分の寝室へ向かった。

後ろからざらついた声が指のようにわたしの背中を撫でたが、ウルフはそっとしておいてくれた。こんなふうに一緒にいることは気が進まないというわたしの意見を尊重してくれた。

「ゆっくりおやすみ、ネメシス」

10

ウルフ

個人的に雇った私立探偵が車のドアを閉めてロッシ家のドアをノックしに行く様子を、ぼくはキャデラックの後部座席から観察していた。私立探偵は応対に出たフランチェスカの母親に茶色いマニラ封筒を手渡し、ひと言も口を利かずに踵を返した。指示どおりだ。

アーサー・ロッシは自分に不利な証拠を消そうとした。

こっちは本人を消してやる。

ぼくは警官とスパイの人数を増やしてシカゴの通りを埋め尽くした。この三十年、アーサーは圧倒的な力でこうした通りを支配してきたが、それを今、ほんの数週間でやつの権力を大幅に弱めてやった。

アーサーの酒量が増し、睡眠時間が減って、最も信頼できる手下のうちのふたりに手をあげた、と私立探偵からは報告を受けている。三十年間で初めて、自身が所有するストリップクラブから出てくるところを目撃され、しかも煙草とアルコールだけではなく、ほかの女の匂いもさせていた。よその街から来たふたりの女は、愚かにもアーサーと一緒の写真を探偵に撮られていた。

ぼくはアーサーのためにさらなる混乱を引き起こし、キートン問題が消滅する気配はないと知らしめた。

フランチェスカの母親が封筒から写真を取りだして顔をゆがめるさまを、ぼくは見守った。同時に、自分の手のなかにある手紙を握りしめる。あの女性の夫からの手紙だ。もし自分のしわざだとはっきりばれないのであれば、炭疽菌《たんそきん》でも入れてきたことだろう。

フランチェスカの母親は探偵の白いヒュンダイを追って飛びだしてきたが、渡されたものについて問いただす前に探偵は去っていた。

ぼくは手元の封筒を破り、手紙に目を走らせた。

自分の娘とぼくとの婚約パーティーを開くという趣旨の招待状だった。

うさんくさいが、疑わしきは罰せずと考える自分もいた。アーサーはぼくらの結婚を祝福している様子を見せつけて、この状況全体に及ぼす自分の力をさらに誇示したいのだろう。それに〈マーフィーズ〉で仕掛けた火事は、彼にとってなんの得にもならなかった。ぼくのブリーフケース（アーサーのところにあった垂れ込みとは違い、やつに関する不利な証拠は入っていない）が消えた代わりに、アーサーはアイルランド人との戦争を再開してしまった。アイルランド人が、あの火事を自分たちに対する直接攻撃だと受け止めたからだ。

先日のフランチェスカと両親との再会は、うまくいかなかったどころの騒ぎではない。だから、このパーティーは家族の関係を修復するいい機会かもしれない。コメディドラマ『ゆかいなブレディー家』みたいにギャングと和気あいあいで過ごす気はないものの、最も避けたいのは泣いている花嫁とのみっともない結婚式だった。ぼくは大いに蔑んでいるのだが、未来のミセス・キートンはバッキンガム噴水の栓を開くのが得意で、インスタグラムにあげれば最高だと思っていたことがそのとおりにいかないと、そのたびに涙の栓を開く。

フランチェスカはまた教会に行っていた。かなりの時間をそこで費やしており、堅物で涙もろいうえに——ぼくが思うに——引きこもりの修道女だ。よい点を挙げれば、ぼくの支持者を増やす障害にはならないということだろう。皆、よきキリスト教徒の家庭を好む。新郎の結婚相手が、実は家族ぐるみでつきあう友人と寝ることのほうに興味があるなど、支持者たちが知る必要はない。

今日、フランチェスカはまもなく迎える結婚式の飾りつけの下見に行ってきた。結婚式前夜の夕食会は不要ということでふたりの意見が一致したので、教会ですばやく式をすませたあと、彼女の両親宅で小規模なパーティーをしようと決めていた。

アーサーからの手紙には、当夜はぜひそのまま泊まって、祝いの朝食をご一緒に、と書かれていた。

ついにアーサーを座らせて詳しく説明する機会がやってきた。これまであの男が手に入れてきたものをどんなふうに根こそぎ奪うつもりか、詳細に語ってやろう。長年かけて獲得した金や不動産や評判は大したものではないということを知らしめ、自分が置かれた悲惨な状況下では少しの助けにもならないと気づかせてやる。

フランチェスカとぼくはアーサーに孫を渡す気はない。

花嫁が母親と過ごす時間を持つのはいいだろう。花嫁の良識あるふるまいに対する褒美だ。

「自宅に戻ってくれ」ぼくはスミシーに伝えた。

「六時に決起集会の予定が入っています」エグゼクティブ・プロテクション・エージェント（ボディガードにしてはあまりにしゃれた名前で、本名を覚える機会がない）が助手席から指摘した。通常は議員としての務めを思い出させるのは秘書の役目だが、秘書のザイオンはこの夏五度目の食あたりでダウンして、仕方なくぼくがスケジュールどおりに行動できるよう、スミシーとボディガードにメッセージを送っていた。

ぼくは手をひらりと動かした。「短めにしてくれよ」

シアーズ・タワー、安っぽいネオンの深皿焼きのピザ店、ビルボードから選んだ最近のヒット曲に合わせてパフォーマンスを披露する大道芸人のそばを走りながら、婚約者のことを考えた。ぼくのなかでフランチェスカの存在感は爪が伸びるかのように徐々に増している。ゆっくりと着実に。彼女に関心を払うことも、そう努力することもないのに。

彼女は毎晩、土と煙草と清潔なせっけんがまざった妙に魅力的な匂いをまとい、菜園でぼくの帰りを待っていた。長いキャミソールを汗と霧で体にぴったり張りつかせて。きちんとスーツを着たままでぼくがフランチェスカを湿った土の上におろし、脚のあいだに膝を押しつけて、互いに唇を開いて口が乾くまで彼女の甘い口をむさぼると、彼女はいつも驚いてうれしそうにした。フランチェスカの手を下腹部に押しつけてスーツのズボン越しにすりつけると、彼女は毎回息をのみ、こわばりを握ったりもした。安心を感じられる開けた場所でありながら、ほかからは見えない隠れた場所で。うっかりではなく、わざとフランチェスカの脚のあいだのつぼみをはじいたときは、彼女は瞳に畏敬の念と喜びを浮かべた。体を離す機会を与えるたび、溶けあおうとするようにぴたりと身を寄せてきた。

約束を守り、セックスは求めないようにしていた。同じベッドに横たわる日も、お預け中の体の交わりも、そろそろだという気がしている。フランチェスカは感じやすくて甘ったるく……魅力的だ。クリステンのような遊び慣れた経験豊富な女との日々は遠い昔のこと。フランチェスカは男性経験があるとはいえ、うぶだった。ぼくは青二才のアンジェロ・バンディーニができないようなみだらな行為を、彼女に教え込むつもりでいる。

フランチェスカがいないとわかっているときに、彼女の部屋を何度か訪れていた。いつも注意していることはふたつ。まずは三つ目のメモ――彼女がまだあの箱を開けていないのはわかっている。小さな金色の鍵がきっちり同じ場所に、歴史のある高価な板張りの床の隙間に置かれているからだ。その床はフランチェスカが来る前に張り替える予定だったが、今は彼女の秘密の隠し場所だと知っているので、隙間はそのままにしておくことにした。もうひとつ注意しているのは、携帯電話にアンジェロの痕跡がないか確認することだ。まったくない。彼からのメッセージには返信せず、そのままになっている。とはいえ、連絡先のリストからは削除していない。

「着きました」スミシーがそう言って、リンカーン・ブルックス・ハイスクールのそばに車を停めた。この高校は教養のある市民の数よりはるかに多くのギャングを輩出してきた。ぼくの仕事はにっこり笑って手を振り、生徒にとって問題のない状況にるという芝居をすることだ。いや、実際にそうなるだろう――フランチェスカの父親に雇われている人間を、ぼくが通りから排除したあかつきには。

手順書ではエグゼクティブ・プロテクション・エージェントのひとりが車のドアを開け、もうひとりが常にぼくの背後に位置することになっているので、そのとおりにした。

でこぼこの黄色い芝生を横切り、低層で灰色の気がめいるほど真四角な建物を目指して金属製のバリケードを抜ける。バリケードを一緒に通過した興奮気味の生徒と親たちは、このあと夜にライブが行われる卒業生のラッパーを見に来ていた。顔じゅうタトゥーだらけで、おまけに怪しげな傷跡もあるラッパーだ。ぼくは軽やかな足取りで校長に歩み寄った。安物のスーツに八〇年代の髪型をしたスタイルのいい女性だ。校長は乾いた地面にヒールをめり込ませながら駆けてくる。

「キートン上院議員！　お越しいただけるなんて、本当に光栄——」校長が話し始めると同時に銃声が鳴り響いた。ボディガードのひとりが本能的にぼくに飛びかかって地面に押し倒す。ぼくは腹這いのまま首をひねり、バリケードに囲まれた群衆に目をやった。

人々は四方八方に走りだした。親は子どもを引き寄せ、赤ん坊は泣きわめき、教師は生徒に落ち着くようヒステリックに叫んでいる。校長は芝生に伏せて両手で頭を抱え、ぼくの顔に悲鳴を浴びせた。

ご支援ありがとう、先生。

また銃弾が空《くう》を切った。もう一発。さらに一発。銃弾は徐々に近くなる。

「どいてくれ」ぼくは上にのっているエグゼクティブ・プロテクション・エージェントにうなるように伝えた。

「ですが手順書には……」

「手順書なんてくそくらえだ」ぼくは嚙みついた。快適とは程遠かった以前の生活の名残が言葉に表れた。「警察に通報しろ。ここはぼくに始末をつけさせてくれ」

ボディガードがしぶしぶ離れた。ぼくはすばやく立ちあがり、銃を手にした若者めがけて走りだした。あの銃に弾が残っているとは思えなかった。残っていたとしても、救いようのない射撃の腕前なのは確認済みだ。文字どおり抱きついてしまえば、こちらに銃弾を撃ち込むことはできない。ぼくはその男に突進した。執念深くて分別がないのは自覚しているが、それと同じくらい勇気がないのもわかっている。とはいえ、そんなことはほとんど気にしていなかった。

やりすぎだ、アーサー。これは、なかなかやるなと感心して終わり、という域をはるかに超えている。

アーサーは仲直りの印とばかりに婚約パーティーの招待状を送りつけ、自分たちの家に泊まるよう勧めた。アリバイを作っていたのだ。今頃はどこか公の場所にいるのだろう。もしかすると、どこかのチャリティ会場でスープでも配っているのかもしれない。ぼくがにきび面の殺し屋との間合いを詰める頃には、人込みは消えていた。犯人の姿がはっきり見えた。相手は向きを変えて走りだしたものの、ぼくのほうが速かった。背後から若者の白いTシャツの裾をつかんで乱暴に引き寄せる。

「誰に送り込まれた？」

「なんの話だ！」引きずられた若者の脚が空を蹴ったが、ぼくはその前に相手の手から銃をもぎ取って足で横に払った。十秒もしないうちに十台のパトカーが四方八方から取り囲み、盾を持った特殊部隊がおりてきて若者を拘束した。ぼくは小声で悪態をついた。あと数分、犯人と一緒にいたかったのだが。相手がアーサーを裏切ることは絶対にないとわかっているにしても。だが、すでにボディガードと運転手がぼくを建物の反対側に誘導し始め、ふたりの刑事と四人の警官があとからついてきている。

「今日の行動はまったく賞賛に値しますわ、キートン上院議員。学校での銃の乱射は最近では現実的な問題で、わたくしとしても……」校長がしゃべりだした。

ああ、頼む、口を閉じていてくれ。

「怪我人《けがにん》は？」

「今のところはいません」警官のひとりが答え、皆でぼくの車に向かった。「ですが、これから数日間、街はあなたの話で持ちきりでしょうね。勇敢な行動でした」

「ありがとう」褒められるのは大嫌いだ。気持ちがゆるんで無防備になってしまう。

「今日はマスコミの前に姿を見せていただくことになると、ザイオンから連絡が入っています」ボディガードが――ぼくを銃弾から守った男が――携帯電話を見ながら伝えた。

「わかった」

ぼくは自分の携帯電話を取りだして、アーサーの番号にメッセージを送った。義理の父親宛の初めてのメッセージだ。

〝お招きに感謝します。婚約者と一緒に喜んで出席します〟
スーツの胸ポケットに電話をしまって薄笑いを浮かべる。
アーサー・ロッシはぼくを殺そうとした。
向こうは子猫でこっちは成猫だということを、まもなく思い知るだろう。
猫は九つの命を持つと言われるとおり、ぼくは簡単には死なない。
二度殺されそうになったが、命はまだ七つある。

それからの数日はメディアに話をし、学校で起きた銃乱射事件について世間の認識を高め、事件に関するあらゆる情報を引きだすことに費やした。あれがぼくを狙ったものだと疑う人間は誰もいなかった。犯人の若者——おじけづいて照準の定め方を忘れてしまったイタリア系の卒業生で、休暇中の海兵隊員——は今、勾留中で、ネットゲームに影響されてあんな犯行に及んだと主張している。

婚約パーティーの日、フランチェスカとぼくは七時に一階で落ちあうことになっていた。ぼくはオフィスでシャワーを浴びて着替え、適当な時間に自宅へ向かった。彼女をアーサーの餌食として放っておくのはもう論外だ。今やアーサーはいつ暴発するかわからない大砲みたいなもので、それを順調に稼働しているぼくの人生という機械のそばに置いておきたくはない。

約束の時間に帰宅すると、フランチェスカが体にぴったりした白い長めのドレスを着て待っていた。その姿にぼくの下腹部が立ちあがって、拍手喝采を始めた。ああ、なんてきれいなんだ。今夜は彼女をベッドに連れていこう。彼女が大好きな前戯を舌がもげるまでやることになるとしても。フランチェスカはふるいつきたくなるほどいい女で、そろそろ食べ頃だ。そして、ぼくのものだ。

ぼくのもの。

ぼくのもの。

心のなかで何度も繰り返した。そうすれば、それが真実になるかのように。

ぼくは未来の花嫁に歩み寄ってウエストを引き寄せ、スターリングの目の前で堂々とキスをした。ドレスの裾を心配していたスターリングは、唇が重なるのを見て卒倒しそうになった。彼女はぼくの全人生を知っているものの、女性にキスをする姿は公の場でもそれ以外でも、一度も見たことがなかったからだ。スターリングは向きを変えて飛びはねるようにキッチンへ向かい、ふたりきりにしてくれた。

フランチェスカとぼくは同時に眉をあげた。体も互いの動きを真似ている。

「具合はどう？」

集会での出来事以来、彼女はよくこうしてきいてくる。やめてほしかった。フランチェスカがその出来事の責任を負うべき男の娘だということを毎回思い出してしまう。とはいえ、当人はあれが父親の浅はかな行いの結果だとは思ってもいない。

「もうきかないでくれ。答えはいつも同じだ——ぼくは大丈夫」

「はっきり言ってしまうと、今のところ心配しているのはわたしじゃないの。ねえ、知ってた？　ミズ・スターリングはわたしたちがすることをこっそり見たり、会話に聞き耳を立てたりしているのよ」彼女はYの字を描く小ぶりの鼻にしわを寄せた。

ぼくはからかうようにフランチェスカの顎を上に向けさせた。スターリングが他人のことに興味津々だというのは苦い経験から学んでいた。十三歳半のときにスターリングの部屋の隣で性欲を処理した翌日、ベッド脇のテーブルにティッシュペーパーの箱と安全な性行為について書かれた小冊子が置かれていた。スターリングの名誉のために言っておくと、そいつを二回読んだおかげで、この三十年間のみじめな暮らしのなかで避妊なしのセックスをしたことは一度もない。

「わたしたちがキス以上のことをしたら、どんな反応を見せるかしら」未来の花嫁が頬を赤らめて顔を伏せた。

そんな挑発的な発言をしたことを、彼女は考え直したくなるかもしれない。ぼくの下腹部はすでに太めのサラミソーセージ並みに興奮している。観客がいようが、かまうものか。

「今夜、確かめてみるのはどうかな」

「好奇心旺盛ね。凄腕《すごうで》の捜査官になれるわ」フランチェスカが笑いをこらえた。

「ぼくが解き明かしたい謎は、きみのなかにどれだけ深く自分を沈められるかってことだけだ」

「あなたが上院議員だなんて信じられない……」彼女がつぶやく。

ぼくもだ。

ぼくたちは明るい気分で腕を組んで家を出た。

ところがフランチェスカの両親の家に足を踏み入れた瞬間から、その夜は急降下をたどることになった。予期していなかったわけではないが、不本意なことに変わりはない。

まずアーサー・ロッシの屋敷に着いてすぐ、周辺がテレビ局の車であふれていることに気づいた。大通りをふさいで野次馬の混乱を招いている。アーサーは新聞記者と地元のニュース局を招待したのだ。招かれた側はもちろん玄関に殺到している。

マフィアの娘と結婚する上院議員。特大サイズのジュースよりもおいしい話だ。

アーサーに、これ以上ぼくの人生をめちゃくちゃにさせるものか。その決意も新たにフランチェスカのためにドアを開け、レポーターからの呼びかけや脇に控えるカメラマンのカメラのフラッシュを無視して、彼女をかつての自宅へといざなった。いったんなかに入ると、フランチェスカが命綱にすがるようにしがみついてきた。ある意味、実際に命綱なのだと気づいて、喜びではなく不安を抱いた。彼女はもう、この家を心のよりどころとは見ていない。今はぼくがよりどころなのだ。信じられないことに、ぼくはフランチェスカのために自分の欲望を締めだそうとさえ考えた。

彼女の両親が、互いに安全な距離を保ったままで出迎えに来た。母親のほうは丸二カ月は寝ていない様子で、精神状態を厚い化粧で隠そうとしている。アーサーは五センチほど背が縮んだように見えた。ぼくとしてもソフィア・ロッシが浮気をした夫と別れるなどという幻想は抱いていなかったので、目の前の状況から、やつのボートをさらに揺らして人生に新たなひびをひとつ加えられたと判断し、ここに来た甲斐があったと思うしかなかった。

儀礼的なキスと抱擁を交わし、「乾杯！」とベリーニの入ったグラスを合わせてから、ロッシ夫妻が友人たちにわれわれを紹介した。

ぼくはすぐさま三つのことに同時に気づいた。

1. アーサー・ロッシは、まさしく脚が長く、まさしくブロンドで、まさしく降格されたせいで報復をたくらむ、ぼくの下半身についてよく知るジャーナリストを招待していた――クリステン・リーズだ。
2. 前科者、ギャングの親玉といった普段ならぼくが距離を置くような人間を含め、この国で最もうさんくさく、評判の悪い連中を呼んでいた。ぼくの評判を落とそうという狙いがあるのだろう――その狙いは実現するはずだ。クリステンがそこでメモを取るのだから。
3. 実際に目を向けるまでもなく、ぼくはアンジェロの姿を見つけた。そこに立ってワインを少しずつ口に運び、ほかの客とのんびり歓談している。

この催しはぼくをなだめ、来る結婚を歓迎するという意思表示ではない。仕組まれた芝居だ。

「今夜はたくさんの聴衆がいる。この変わり種の客に対処できるかな?」アーサーがグラスをまわしながら不穏な笑みを見せた。出席の返事をして以来、彼には連絡を取っていなかった。あのあとも警察には銃撃戦の真相は話していない。つまり、こちらがさらに力をつけたことになる――アーサーに対して使える秘密をまた握ったわけだ。もちろん、そのせいでここは警備員であふれている。未来の義父のおかげだ。

いい点を挙げるとすれば、表面上を繕うのはあと数週間だけということだ。フランチェスカとの結婚はまもなくで、式がすめば計画を実行に移す。アーサーを刑務所にぶち込んでそこで腐らせ、ぼくは娘とセックスにふけり、やつの妻にはキートン夫妻の寛大なもてなしを受け入れるかどうかの判断をゆだねる。とはいえ、マンハッタンのリトルイタリーにある豪邸を維持する金を出すほど寛大ではない。フランチェスカの母親が、ぼくがシカゴのあちこちに所有する家のいずれかに移り住むのは歓迎するにしても。

条件はいたって明白だ――母と娘がぼくの保護と金と慈悲を求めるなら、アーサーには背を向けること。ぼくは因果応報の原理はほぼ完璧だと知っている。結局、近しい愛する家族を不慮の死で失うよりつらいことはただひとつ――相手が生きているあいだに彼らの愛と好意を失うことだ。

「あなたが投げつけてくるものにはなんでも対処できますよ、アーサー。娘さんだけではなく。実際、彼女のことは密室で丁重に扱っていますから」ぼくはあくびをしてみせながら、フランチェスカの驚いて傷ついた視線に気づかないふりをした。

もともと私生活を披露するたちではないが、本当に話すことは何もない。ぼくらは濃厚な愛撫をしただけだ。フランチェスカを辱めるのが目的ではなかったものの、彼女の父親を辱めるためにはそう言う必要があった。彼女の苦痛とアーサーのプライドのどちらかを選ぶとなれば、ぼくはいつでも未来の妻を不当に扱い、やつを侮辱する快感を取るだろう。

アーサーの鼻孔が広がり、目がふたつの銃口のようにぼくに迫った。

それから彼はすぐに視線をそらし、娘に顔を向けた。

「アンジェロ・バンディーニが家族と来ている。結局エミリーとうまくいかなかったようだな」アーサーは舌打ちをして、ふたたび傾けたグラスの縁越しにフランチェスカの表情を観察していた――当然だろう。だが、彼女はまだ当惑顔でぼくを見ている。それからどうにか視線を引きはがして、父親に向けた。ぼくがそれなりにまともな人間だったら、ここで謝ったかもしれない。実際のところ、ぼくはろくでなしであり、そのことをセックスをする前に彼女に理解させようとしていた。そうすれば、ふたりの関係がどうであれ、境界線を引くのが楽になる。

「そうなの」まるでアンジェロとエミリーとは面識がないかのように、フランチェスカが礼儀正しく微笑んだ。未来の妻は名優なのか、それとも本当にあのイタリア人の色男へのばかげた執着心を失ったのだろうか？「残念だわ」彼女はぼくに視線を戻し、目で説明を促した。

きみの父親はくそったれだ。その説明で充分か？

「そいつに言うことじゃない、ばかめ。本人に言うんだ」

アーサーがフランチェスカを突いて、アンジェロのほうを向かせた。ぼくがそちらに婚約者を連れていこうとしたとき、アーサーの手がぼくの肩をとらえた。歯をむきだして、脅迫めいた笑みを見せている。酒の匂いがプンプンした。真っ赤な目は小さいものの、レーザー光線のごとくぼくに向けられている。

「キートン上院議員、友人のチャールズ・バートンに紹介したいんだ」

その友人とやらのように部下たちにみだらな行為を働いたのち、倫理調査を避けるために辞職するのなら、そこいらのリスとセックスをしたほうがましだ。新聞の大見出しで取りあげられて赤っ恥をかくにしても、そちらのほうが被害は少なくてすむし、品行が問われることもないだろう。

「せっかくですが、ほかに用があるので」ぼくは歯を食いしばり、アーサーの肩をかすめて横に一歩踏みだした。

「まあ、そう言わずに」アーサーがぼくの腕を強く握って引き戻した。それを許したのは、クリステンの目の前で騒ぎを起こして、明日の朝刊のネタをこれ以上与えたくなかったからだ。「きみは彼の選挙運動に寄付しなかったか?」

確かにした。やつが鉛筆削りを含むオフィスのあらゆるものに一物を突っ込もうとする前の話だ。案の定、バートンはすでに隣まで来ていて、ぼくをハグして祝いの言葉をかけてきた。その間にぼくの花嫁は磁石のごとくアンジェロに吸い寄せられ、彼もフランチェスカのほうに向かっていた。感情をこらえきれないような彼の急ぎ足を見て、ぼくのまぶたが震えた。ふたりはちょうど中間で行きあって、ぴたりと足を止めた。どちらも腕を体の脇におろしている。そのぎこちなさから、状況は何も変わっていないことがわかった。彼らはどうすれば愛しあっていないふりができるのか、いまだに見当がつかないのだ。ぼくが目で熱心にふたりを追うかたわらで、バートンは辞任せざるをえなかった理由について一方的に言い訳を並べ始めた。ふたりが気になること自体に心が乱れた。たとえこの場でバートンがストリップクラブの全員を殺したとしても、ぼくは未来の花嫁が――そう、ぼくのいまいましい未来の花嫁だ――アンジェロの言葉に頬を赤らめ、目を伏せてほつれた髪を耳にかける様子のほうに興味を引かれるだろう。ぼくに見られていると知っているので、彼らはそれなりに距離を置いているが、その身ぶりのすべてが親密さをうかがわせる。

室内は人であふれていた。おまけに、これはビショップの息子の結婚披露パーティーではない。フランチェスカとアンジェロがこっそりトイレにしけこんで、ことに及ぶような真似はできない。とはいえ、ぼくはフランチェスカの父親を怒らせるために彼女を傷つけたばかりだ。反抗的な婚約者が、ぼくが怒り狂うのを承知で大胆な行動に出る可能性は充分にある——元恋人だかなんだか（互いをどんな関係に位置づけていたのか知らないし、気にしてもいない）を使って。

「……だから言ったんだ。どんな場合でも嘘発見器にかかるようなことはしないと」バートンはぼくの肩をつかんで、べらべらとしゃべり続けていた。「ずうずうしくも——」

「チャールズ」ぼくは口を挟んだ。

「うん？」

「あなたが辞任した理由や、これからのありもしないキャリアのことなど知ったことじゃない。いい人生を送ってくれ。あるいはその逆の人生でもいい。申し訳ないが、どっちだろうがぼくには関係ない」

その言葉を最後にバートンの手を振りきり、ぼくはにぎわう部屋を行き来するペンギンもどきの格好をしたウエイターのトレーからシャンパングラスを乱暴に取って、未来の花嫁に突進した。あと数歩というところで、人込みを抜けてきた誰かの肩が行く手を阻んだ。てかてかとした白髪を慎重に撫でつけた頭が目に入る。ビショップだ。

州知事は頭を振り、にやにやと満面の笑みを浮かべている。ビショップとホワイトがアーサーから賄賂を受け取っていることを突き止めてから数週間、ぼくはビショップの未来を頭の上にぶらさげたままにしてきた。ここにきて、ようやくこいつはぼくの計画をからかえる位置につけたということだ。

「十九歳だって？　あの子のはわれわれの予算と同じくらい、締めつけがきついんだろうな」ビショップはにやにやしながら、ウイスキーの入ったタンブラーをまわした。

「そういうあなたは何に関しても締まりがないじゃないですか、品行も含めて」こちらもせせら笑いを返す。ぼくはあらゆる目的のために社交の場では完璧な紳士としてふるまい、礼儀正しい会話をしているが、ビショップとホワイトはもはや感心させる必要のない相手だ。そのことは仮面舞踏会の前からわかっていた。だから、あの場で初対面のフランチェスカを怒らせることにしたのだ。

「きみがロッシの娘と初めて会ったとき、長続きするような印象ではなかったがね。それに言わせてもらうなら、この部屋で倫理的に問題があるのはわたしだけじゃない」ビショップが笑いながら周囲を手で示した。

「何をほのめかしているのか知りませんが、言いたいことがあるならはっきり言ってくださいーぼくは絞りだすように促した。

「きみは娘のことでアーサー・ロッシを脅している。それだけは確かだ。とはいえ、あの子はきみのものではないが」ビショップはアンジェロとフランチェスカを顎で指した。アンジェロが何か言い、彼女が口に手を当てて首をすくめる。ぼくは打ちのめされた。「はっきりさせたいのは――つまり、ホワイトとわたしの容疑は晴れたのかということだ」

ビショップのように、やつらに命を恭しく差しだす傲慢な間抜けはありがたい。ビショップは、ぼくの目的がシカゴ一の大物マフィアを倒すことではなく、若い雌猫を手に入れることだと本気で思っている。その勘違いは、もちろんこちらに有利に働いた。もしぼくが求めるものを手に入れたとビショップとホワイトが思い込めば、彼らは気をゆるめるだろう。

だとすれば、フランチェスカとアンジェロを離しておくことは不可欠だとしても、今優先すべきはこの件に決着をつけることだ。

「ぼくは欲しいものは手に入れました」余裕の笑みを浮かべた。

ビショップがうなずく。口元をほころばせてぼくの肩を叩き、身をかがめてささやいた。「あの子はベッドではどうなんだ？　子羊か？　それとも雌ライオンか？　いい女だな、キートン」

表情で人を絞め殺せないのが救いだった。もし殺せるのなら、プレストン・ビショップは死んでいて、ぼくは最寄りの警察署に連行されているだろう。未来の妻のことを自分が買った競走馬のように言われて、なぜ気に障るのかわからないが、理由などどうでもいい。ぼくはシャンパングラスをおろして顎をあげた。

「あなたの奥方はベッドでどうなんです?」

ビショップが目をしばたたいた。「なんだって?」

「失礼を許す気はありませんよ、プレストン。ミス・ロッシが若いからといって、彼女を性の対象として話題にしていいということにはならない」

「しかし……」

「このあともパーティーを楽しんでください」

ぼくはビショップの脇を抜け、ろくでなしのアーサーと、ここにアンジェロ・バンディーニがいることと、ネメシスの装いをした美しい妖婦にどうしても触れたいと願う自分に対してひそかに悪態をつきながら、ゆっくりとその場を離れた。そもそも彼女と結婚しようと決めたのは、これからもアーサーをこちらの計画に縛りつけておき、自分の評判をあげるためだった。ところがその決断がすべてを千倍難しく、複雑にしている。出席者でにぎわう室内に視線を投げてフランチェスカを探すと、狡猾《こうかつ》な笑みを浮かべてこちらにグラスを掲げてみせるクリステンの姿が目に入った。

そのしぐさを無視することで誘いを断り、しばらく視線をさまよわせてみたが、フランチェスカとアンジェロはもうこの部屋にいないとわかっただけだった。ぼくは二階にあがって彼女の部屋を確認し、家じゅうの寝室をひとつひとつ見てまわり、さらに化粧室ものぞいてみた。そこでふと、わが婚約者は庭が好きなことを思い出した。もしアンジェロとフランチェスカがファックするつもりなら、どこか人目につかない場所に行くはずだと思い込み、つい忘れていたことがある。それは、昔からアンジェロを愛していると言ったフランチェスカの言葉だ。彼らにとっては、ひそかに交わしたキスや薄紅色の夕日の下でのあわただしい約束が、ベッドでの密会と同じくらい満たされる行為だったのではないだろうか。

庭に続く階段をおりていくと、石造りの噴水で膝をつけて座るふたりを見つけた。アンジェロがフランチェスカの頬をそっと撫でるのを、彼女は許している。アンジェロが巻き毛をフランチェスカの耳にかけるのを、彼女は許している。

彼が額を合わせるのも、フランチェスカは許している。どちらも激しい息遣いで、互いの胸が同じリズムで上下している。

そしてぼくはここに立ち、たぎる思いでその様子を見つめている。炎が体を駆け抜け、フランチェスカを父親の前で辱めたことを後悔している。彼女に対する自分の行動には結果が伴うことを初めて学んだ。

ぼくはフランチェスカの名誉を傷つけた。だから彼女はぼくの名誉を傷つける。

このふたつの唯一の違いは、ぼくはほかの誰かをいらだたせるためにそうして、彼女はほかの誰かを本気で愛しているということだ。

アンジェロが上体をかがめ、親指でフランチェスカの唇をかすめた。彼女は自分の腿にゆっくりと視線を落とした。ずっとこうしているわけにはいかないと互いに知りながら、この瞬間に浸っている。アンジェロの手には痛みと悲しみがこめられ、フランチェスカの顔には混乱が宿っていた。ぼくは予想よりも大きな何かに踏み込んでしまったことに気づいた。これはままごとの恋じゃない。本気の恋愛だ。

彼女が顔をあげて何かを言い、アンジェロの両手を包んで自分の胸に引き寄せた。懇願しているようだ。

この青二才に与えられて、ぼくに与えられないものとはなんだ？　答えは明白だ。愛。アンジェロは本物の愛を与えることができる。フランチェスカがキートン家では決して受け取れないものだ。ぼくからも、彼女が育てる野菜からも。

アンジェロがうなずいて立ちあがり、バルコニーの両開きのドアに向かって歩きだした。ぼくは安堵感がこみあげたことに自分でも驚き、動揺してから、ふたたび気持ちを引きしめた。おそらくフランチェスカはぼくに気づいて、アンジェロが素手で殺される前に逃げるよう伝えたのだろう。ぼくは庭に向かって一歩踏みだし、今夜はもうぼくの目の届かないところに行かないよう、彼女に言い聞かせようとした。だがアンジェロが立ち去った直後にフランチェスカは左右を見て、中年女性たちの輪に近づいていった。礼儀正しく当たり障りのない会話をしながら、視線をずっと二階に据えている。そして五分もしないうちに屋敷のなかに消えた。

ぼくは彼女のあとを追った。アンジェロと落ちあおうとしているのだと確信していた。そのとき、女性の手がぼくの腕をつかんで振り向かせた。

「少なくとも、あの子には口で奉仕するのね」クリステンがにやにやしていた。赤い口紅をつけ直し、まとめていたブロンドをおろしているのは、ぼくを追いつめる前に化粧直しをしてきた証拠だ。ぼくは彼女を振りきってレーザー光線のように二階へ駆けあがり、婚約者を探すことに集中しようとした。けれども階段に向かう廊下はすでに人であふれ、さらにクリステンが行く手をふさいだ。彼女を押しやって進むことに異存はないが、警備とメディアの数、彼女自身がジャーナリストだということを考えると、それは今世紀最高の考えとはとても言えない。それでも、フランチェスカがぼくの人生に加わってからずっと心にある疑問と向きあわなければならなかった――ぼくのキャリアと評判を取るか、フランチェスカのちょっとした浮気現場を押さえるか。

いい知らせは？　ぼくはまだ論理的に物事を考えることができている。

悪い知らせは？　今のところは、ということだ。

「いろいろ探りを入れたの」クリステンが膨らませたフルーツガムをぼくの顔の前でパチンと割って、目をぱちぱちさせた。

「おいしい骨を見つけたのか？　もっとはっきり言うと、ベッドの相手を見つけたということか？」

心の声が口からこぼれていらいらした。いつもなら見事な自制心を誇りにしているというのに。だが、ぼくの婚約者が別の男と上階でファックしていると思うと、爪で壁をはがしたい気分だった。数週間前なら、フランチェスカにアンジェロのかゆいところを掻かせてもいいとさえ思っていたのが、今やまったく考えが変わっていた。

「わたしが何を見つけたか興味はないの？」

「別に」ぼくはクリステンを軽く肘で押しのけて、階段をのぼり始めた。追ってきた彼女がぼくの上着の裾を引っ張った。勘弁してくれ、スウィートハート。階段のカーブに差しかかったところで、クリステンの言葉に足が止まった。

「どうしてロッシにこんなことをしたか知ってるわ。あの爆弾を仕掛けたのがロッシだからでしょう。あなたがハーバード大学に通っていたときに、ご両親が亡くなったあの爆弾を」

ぼくは振り返ってクリステンを見た――体の曲線に目を走らせるのではなく、初めて本気で見つめた。彼女は二流のジャーナリストではない。状況が違っていれば、彼女のことを尊敬していただろう。だが今回クリステンが食い物にしようとしているのがぼくならば、もっと激しくやり返すしかない。あらゆる意味において。

「その聞き伝えの意味するところは？」

「ロッシはあなたを孤児にした。だからあなたは報復として彼の娘を奪った。目には目を。なかなかいいトップニュースになると思うわ」クリステンはふたたびグラスに口をつけて、シャンパンをひと口含んだ。ぼくは薄笑いを浮かべながら、冷ややかに彼女を見つめ返した。

「ぼくがフランチェスカ・ロッシを選んだのは、彼女が好きだからだ。確かに彼女の父親にかけるやさしい言葉は持ちあわせていないが、夜にベッドをあたためてくれるのは父親ではないからな」

「まだベッドをともにしてもいないじゃない。興味深い話よね」そんな仕打ちに耐えているぼくの自制心を称えて、クリステンはゆっくりと拍手をした。ようやく上着から彼女の手が離れたところで背を向けて、ふたたび二階に向かう。そのときアンジェロが客室からそっと出てきて、狭い廊下で肩を触れあわせるようにすれ違った。ぼくは鼻をひくつかせ、アンジェロがセックスを終えたばかりだと知った。唇が腫れ、髪は乱れて汗で湿っている。クリステンがアンジェロの華々しい脱出劇に目を輝かせた。彼女の満面の笑みに不幸を喜ぶ色が広がる。ぼくはアンジェロの腕をつかんで振り向かせた。今夜はぼくの公人としての、おそらく人間としても、最悪の夜として歴史に残りそうだ。アンジェロがあえぎながら見返した。

取り乱して、息を切らしている。罪の意識にさいなまれて。

「きみの人生を台なしにする前に消えてくれ」ぼくはクリステンに強い口調で告げた。「今回は三度目の警告はない」

クリステンが声をあげて笑う。「どうやらおふたりで積もる話がありそうね」元愛人は足早に去っていった。姿が見えなくなっても、彼女の笑い声が長いあいだ耳に響いていた。ぼくはアンジェロの襟元をつかんで壁に押しつけた。

醜態をさらしているのはわかっている。

明日の朝には説明を求められることもわかっていた。

それすらどうでもいいことだ。

「部屋で誰と一緒だった？」ぼくは詰問した。

「ならず者みたいな態度はやめたほうがいい。ならず者のように扱われたいなら別ですが」

ぼくの未来の妻に近づかないほうがいい。殺されたいなら別だが。

「セックスをしてきたな」ぼくは反撃に出た。

「ええ、わかりきったことをわざわざどうも」アンジェロが笑う。いくらか落ち着きを取り戻したその様子が、ぼくの怒りに火を注いだ。

「誰とだ？」ぼくは相手の息が詰まるほど襟を引っ張った。アンジェロの顔から笑みが消える。ぼくが引き起こしているちょっとした騒動に人々が気づく前に、落ち着かなければならない。だが、どうしても冷静になれなかった。

「いいでしょう、最初の答えはこうです。あなたには、関係ない、キートン」

「キートン上院議員だ」

「いや、ぼくはあなたに投票したわけじゃない」

「こちらの機嫌を損ねることばかり言うのは、何か特別な理由があるのか？」

「あなたがぼくの義理の父親になる人に嫌がらせをするからですよ」アンジェロがひるむことなく言い返した。こいつを見直すべきだな――メロンほどの度胸はあるじゃないか。「それにフランチェスカの心を射止めるレースでは、あなたを負かすつもりだ」

「きみがぼくに勝てるのは射精の早さくらいだろう」

「それが正しいか確かめる準備はできています。覚悟することですね――ぼくは持参金がなくても喜んで結婚するとフランチェスカに伝えた。それに彼女が巻き込まれたキートン問題から解放するためにいくらかかろうが、進んで家族に払わせます。あなたが買ったドレスが着られる別の花嫁を探してあげてもいいくらいだ」

自分の婚約パーティーのさなかにこの男を殴りつけるところだったが、その寸前に婚約者も部屋から出てきた。フランチェスカはどうにか感情を抑えているようだ。よれた化粧は丁寧に拭き取られ、自分の行いに取り乱したような目をしている。その様子が彼女と寝たとあっさり認めたアンジェロの言葉と相まって、ぼくは招待客の全員がはっきりと目にするであろう事実を悟った。

またしても、フランチェスカ・ロッシは婚約者以外の男と寝たのだ。

自身の婚約パーティーで。

ぼくの腕から手を離した、わずか数分後に。

ぼくはアンジェロを階段のほうに突き飛ばし、未来の妻の腕を引いた。フランチェスカは悲鳴をあげてヒステリックにこちらを見たが、相手がぼくだとわかって視線をやわらげた。それからぼくの表情を読んだ。ぼくの心が読めるなら——今では読めるだろうが——自分が深刻なトラブルに陥っていると気づいただろう。

「何が望みなの？」彼女は動揺した声で尋ねた。

誠実な婚約者。

ショットガン。

この偽りの関係という悪夢が終わること。

「きみは契約を破ったんだ、ネメシス。法律家を相手にすることではないな」

フランチェスカは眉をひそめたが、弁解しようとはしなかった。

ぼくの心のなかにはギロチンがあって、彼女のかわいい頭を切り落としたいと思っていた。

今夜にも。

婚約者に好意を持ち始めていると母親に話してから、わたしは涙をぬぐった。その事実に完全に押しつぶされるとまではいかなくても、ほろ苦い思いを抱いていた。夜ごと菜園で顔を合わせていたせいに違いない。あるいは今夜迎えに来てくれたときに、ミズ・スターリングの前で堂々とキスをしてくれたせいかも。

「これって、ストックホルム症候群（誘拐や監禁をされた被害者が加害者に好意的な感情を抱く現象）なの、ママ？」

「ただの幼い恋だと思うわ、ヴィタ・ミア。愛というのは結局のところ、ちょっとした狂気なの。でなければ、愛じゃなくて単にのぼせているだけよ」

「恋に落ちるには狂わなければいけないの？」

「もちろんよ。恋に落ちるということは、誰かを思って気が変になることですもの」

「ママもパパを思って気が変になってる？」

「残念ながらそうね。でなければ、浮気をされてまで一緒にいないでしょう」

そんなこともあった。浮気は起こりうるものだと覚悟しておくべきだったのに、当時のわたしはうろたえた。〈アウトフィット〉の男たちが愛人のひとりやふたり囲うのは、何も珍しいことではない。

それで心が引き裂かれるなら、その恋は本物だと母は言った。

「でも、愛はいいものじゃないの？」

「いいものでもあり、つらいものでもある。どちらの割合が大きいかの問題よ、フランチェスカ」

どちらの割合が大きいか。

ウルフに対する好意の大きさは、人込みから離れてアンジェロに庭へといざなわれたときにはっきりと気づいた。冷淡な婚約者に心を押しつぶされて怒りを感じていたにもかかわらず、わたしはウルフのそばで一緒に父親に立ち向かいたいと願っていた。そしてアンジェロがわたしを座らせて巻き毛を顔の前から払い、幸せかときいたとき、その答えをしばらく真剣に考えた。

幸せではない。

でも、不幸せでもない。

それは、自分を閉じ込めた相手に対して説明のつかない肯定的な思いを抱いているからだけではなかった。ウルフが人生に入り込んでくる前みたいには、アンジェロに触れられることを切望していないと気づいたからだ。今でもアンジェロを愛している。けれどもそれは彼の弟たちから守ってくれる存在として、ダイニングテーブル越しに笑顔を分かちあう相手に対する愛だった。アンジェロのあたたかくて親しみのあるやわらかい手よりも、婚約者の力強くてたこのできた硬いてのひらが恋しかった。そう気づいたときは、雷に打たれたような衝撃を受けた。わたしはアンジェロに、あなたとエミリーとのことは残念に思うけれど、わたしたちの関係は終わったと告げた。

永遠に。

アンジェロの表情を見たわたしは、彼の手を取って自分の胸に当て、許しを求めた。彼が立ち去ったあとは、母を見つけて話を聞いてもらうことしか頭になかった。でもアンジェロと落ちあう場所に向かっていると誤解されないために、彼の姿が見えなくなるまで待たなければならなかった。

ほどなくアンジェロは家のなかに姿を消した。いとこのアンドレアがミモザを飲みながら、アンジェロならウルフが前につきあっていたブロンドのジャーナリストと客室に入っていったと教えてくれた。

「髪のきれいなあの人よ。ほら、背が高くてすらっとした、褐色の肌の」

クリステンが魅力的だという事実を思い出させてもらう必要はなかった。

「そう。教えてくれてありがとう」

アンジェロの行動に怒りを覚える代わりにわたしが感じたいのは、奇妙な敵対心だった。アンジェロに対してではない――父に先制攻撃を食らった仕返しに、わたしに両親の前で恥をかかせた婚約者に対して。

今わたしたちは車に乗り、いつものごとく互いに窓の外を、ウルフの目よりも青ざめた栄光に包まれたシカゴの街が高速で通り過ぎるさまを見つめている。わたしは何を言えばいいのか、何をすればいいのかわからずに、白いドレスの裾をもてあそんだ。今回もウルフは、わたしがアンジェロと寝たというばかげた結論に至った。そしてまた弁解すれば、友人と話していたのだというお決まりの言い訳を繰り返さなければならないだろう。

わたしのことなんてどうでもいいと本気で思っているの？　わたしたちは口約束を交わしたけれど、その取り決めをしたのはずいぶん前だ。あれからウルフにキスをして彼に触れ、下着の上から愛撫してもらえるよう脚を開いた。わたしも彼を愛撫した。そうしたことは、この人にとってはなんの意味もないのだろうか？　わたしがほかの男性にいつでもそんなことをすると、本当に考えているの？

「ふしだらな女と結婚するつもりはない」窓の外を見ながら、ウルフがきっぱりと冷たい口調で言った。運転手のスミシーがハンドルを握ったまま身を縮めて頭を振る姿が、バックミラーに映っている。わたしは目を閉じて、涙を流すまいとした。

「それならわたしを自由にして」

「自分の過ちを認めるということか、ミス・ロッシ？」

「懇願を受ける価値のない人に弁解する気はないわ」

「やつにはぼくを激怒させるだけの価値があるのか？」

「激怒したってちっとも怖くないわよ、キートン上院議員」わたしは嘘をついた。喉を詰まらせる涙には気づかないふりをした。この人が好きだ。好きなのだ。父の前でわたしを守ってくれた人。勉強し、働いて、付き添いなしで外出する自由を認めてくれた人。わたしの家族と交戦状態にあっても、わたしをその真ん中には置かない人。

彼の子どもを産む機械になれと言わないところも好きだった。わたしが彼にきちんと接すれば、いつでも感じよく応えてくれるところも。どんなウルフと向きあうことになるかは——不愉快な一面か、辛辣ながらもわたしを認めてくれる一面かは——ひとえに彼への接し方にかかっている。わたしは盾のように包んでくれる彼の体も、肌を焼くような唇も、愛情に飢えた体を伝うあの舌も好きだった。

「今は、だろう」ウルフがわたしの言葉を訂正した。顎が花崗岩《かこうがん》のように硬くこわばっている。「今はまだ怖くない」

「わたしに怖がってほしいの？」

「きみにはみじめで甘やかされた暮らしをおとなしく送ってもらいたい」

「アンジェロ・バンディーニとは寝てないわ」その夜、初めてそう言った。そして二度と言うまいと心に決めた。

「口をつぐんでいろ、フランチェスカ」

心臓が胸の片隅でがんじがらめになった気がして、わたしは口のなかに広がる苦々しさをのみ込んだ。

家に着くと、ウルフが助手席にまわってドアを開けてくれた。わたしは車をおりて彼には目もくれずに正面のドアを開けた。あまりの怒りに声帯が切れるまで叫びたい気分だった。ウルフはわたしの言うことにほとんど耳を貸さない。誰がこんなにかたくなで疑《うたぐ》り深い人間にしたのだろう。

おそらくわたしの父だ。ふたりのいがみあいは、それ以外に説明がつかない。

背後でボディガードに屋敷から出るよう指示する声が聞こえた。手順書に反する行為だ。ウルフはこれまで手順書に反したことなどなかったのに。

わたしは自分の部屋へ急いだ。頭のなかを整理して、この状況にどう立ち向かうか思案したかった。今ウルフを避ければ、わたしが非を認めたように見えるなどとは夢にも思わなかった。犯した罪といえば、人目のある場所でアンジェロと座り、メッセージを送るのはやめてほしいと伝えたことだけだ。そうすることで、未来の夫に公平な機会を与えたかった。

「大学の話は忘れろ」ウルフがわたしの後ろにある大理石の炉棚に携帯電話と財布を投げつけた。「あの話はなしだ」

「アンジェロとは寝てないわ！」わたしは二度目の抗議をした。まったく、この人はどこまでわたしをいらだたせるの？　説明を求めたり、懸念を口にしたりすることは一度もない。ただ決めつけるだけ。

ウルフが穏やかな目でこちらを見つめた。わたしは彼のもとに駆け寄って胸を突いた。今回はこれまで同じようにしたときと違い、彼がほんの少しだけ後退した。わたしの手には熱がこもっていた。ウルフを傷つけたかった。彼がわたしを傷つけた以上に傷つけてやりたい。

どちらの割合が大きいか、だ。

「本当に法律家なの？　証拠を集めるのが苦手なくせに。アンジェロとは寝てないわ」これで三度目。

「ふたりで庭にいるのを見た」

「だから何？」あまりに心が乱れて、きちんと説明できなかった。ウルフのドレスシャツをつかんで引っ張り、首に腕を絡めて彼の頭をさげさせる。唇を押しつけて、わたしたちのあいだに存在するものが偽りではないと、少なくともわたしにとっては本物であることを示そうと必死だった。キスにはほかの人には決して与えられない特別な何かを——媚薬《びやく》を——こめた。

ウルフは微動だにせず、キスを受け入れもしなかった。触れてもいいと示した瞬間、彼がふたりのあいだに立ちはだかる何かを取り除こうとしなかったのは、出会ってから初めてのことだ。これまではわたしがウルフに少しでも近づくたびに、彼が海を越えてわたしをキスと愛撫で溺れさせた。わたしが許せば、彼はわたしをむさぼった。今、わたしの指の下にある彼の体は硬くて冷たいままだ。

わたしは一歩さがった。胸の鈍い痛みが全身に広がる。

「あなたが好きなの、ウルフ。なぜだかわからないけど好きなのよ、わかった？　あなたのせいで、自分の体が違って感じられる。理解しがたいだろうけど、ほんとなの」

ああ、初めてだ。これほどの真実を口にしたことは一度もない。顔が完全に赤くなって、今にも燃え尽きそうだ。

「それはご親切に」

ウルフがシニカルに笑った。これほどまでに背が高く、大きくて恐ろしげな姿は見たことがない。

「教えてくれ、ネメシス。ぼくに体を許して、きみのなかからやつを追いだせれば、ノースウエスタン大学に行くチャンスが増えると思うかい？」

「な……なんですって？」わたしは身を引いて目をしばたたいた。いまだにわたしの言うことを信じていないのだ。何をしても、何を言っても、ウルフの気持ちは変わらない。

彼が手をあげてわたしの頰を撫でた。いつもなら、十二月にあたたかい陽光を浴びるように彼の愛情を受け止めるところだ。けれども今夜は、触れられると興奮ではなく寒けが走った。体は潤っていた。ウルフがいるからだ。彼の存在が、こちらを見つめる目がそうさせる。でも、すべてが間違っている気がした。彼に感じる欲望が汚れた捨て鉢なものに思えた。どことなく絶望感が漂っている。

「嘘はついてない」わたしは震えないように唇を嚙んだ。「どうしていつもわたしの言動を悪くとらえるの？」

ウルフが唇を寄せてささやいた。「きみがロッシ家の人間だからだ」

わたしは目を閉じて、悪意を吸い込み希望を吐きだした。これから結婚する相手の腕のなかにいても、溺れている気がする。自分がすべきことはわかっていた。それでウルフがわたしを嫌悪することもなくなる。ただ、そうしたあとに自分がまだ彼のことを憎めるかどうかはわからない。

ウルフはわたしを信じないだろう。今さら処女だと告白するのは遅すぎるし、都合がよすぎる。

そう、彼が身をもって知るしかない。

「奪えばいいわ」わたしは途切れがちに続けた。「わたしと寝て、わたしを汚せばいい」目を閉じながら、プライドが体を離れて霧のように消えていくのを感じる。「アンジェロをわたしのなかから追いだしなさいよ」

ウルフが一歩あとずさりした。彼のなかで敵意が暴れているのが見える。プライドが高すぎてわたしの申し出を受けられず、怒りが強すぎてはねつけることもできないのだ。

「お願い」ウルフのシャツにしがみつき、爪先立ちになって体を押しつけた。彼のこわばりが腹部を圧迫し、間違った愚かな希望を抱かせた。

「あなたが欲しいの」

「アンジェロのほうが欲しいんだろう」

わたしは激しく首を横に振り、彼の顎に、唇の端に、弓形の上唇にキスをした。

「欲しいのはあなたよ」息をつく。「あなただけ」

ウルフはきつく目を閉じて深く息を吸い、後退して体を離した。わたしは彼のシャツをさらに強く握って、全力で食らいついた。

「わたしを拒絶するの？　ほんとに？」ウルフの首元にささやいた。唇を押し当てた喉が動くのを、無精ひげを、力の入った筋肉を感じた。彼の体のあらゆる部分があらがおうとしている。わたしたちに。

「ひざまずけ」ウルフがざらついた声で言った。「奪ってほしいと懇願しろ」

わたしは彼から離れて目を見開いた。

「なんですって？」

「きみはぼくらの婚約パーティーで、ほかの男と寝た。婚約してからやつと寝たのは二度目だ。ここでひざまずいて、自分の体からやつを追いだしてほしいと頼め。残念ながら逆はありえないぞ、ネメシス」ウルフは冷たく言い放ち、太く濃い眉をあげた。怒りで歯を食いしばっている。

わたしは言葉を失った。

口に手を当て、苦悶《くもん》のうめき声を抑えた。ウルフは無表情のままで、心が揺らいでいる様子はない。永遠を誓おうという女性に、どうしてここまで非情になれるのだろう？　わたしがしようとしていることは、もうあと戻りはできない。もし、本当にそうするのであれば。背を向けて立ち去りたかった。けれど、そうしてしまえば、間違いなくわたしたちは終わりだ。

ウルフはわたしがアンジェロと寝ていないことを知らなければならない。彼と寝たと何度も嘘をついてきたあとでは、自分の純潔を証明する方法はひとつしかない。

その考えの背後にある論理はゆがんでいるけれど、それはウルフも同じだ。わたしたちの関係自体がまともではない。

震える息を吸ってから、わたしはウルフの目の前で身をかがめて膝をついた。目をぎゅっとつぶり、彼のために自分の尊厳を手放すとき、相手の顔に浮かぶ表情は見ないと決めた。たとえ一糸まとわぬ姿でも、女性が身につけることができる最もすばらしい宝石はプライドだと、母はよく言っていた。だが、ウルフがそれを今わたしの首から引きちぎった。自信という真珠の粒が残らず床を転がっていく。わたしは頭を垂れた。膝が大理石に触れると、苦痛と自己嫌悪のうめきがこぼれた。

あなたなんて大嫌い。

あなたが好き。

あなたと別れることができればいいのに。

もしわたしがウルフに真実を示さなければ、彼はわたしの人生を地獄に変える——あるいはもっと悪いことに、わたしを両親のもとに戻して婚約を白紙に戻し、わたしはシカゴじゅうで話題の人物となるだろう。ウルフは父にとって不利に働くものはなんでも利用する。わたしたちの一家は困窮して力を失い、父が貧困やアイルランド人や〈アウトフィット〉の残酷な社会から守ってくれなければ、母とわたしは無防備だ。わたしはすべてを失うことになる。

ひざまずかないという選択肢はなかった。この結婚話をなかったことにするわけにはいかない。それに未来の夫に自分を信じないままでいてもらうこともできない。そんな状態ではふたりともみじめで、互いにいがみあってしまう。

玄関ホールは静まり返っていた。自分の鼓動が天井に当たって跳ね返ってくるのが聞こえる。わたしは顎をあげてまぶたを開き、ウルフの険しいシルバーグレーの目と目を合わせた。そのまま数秒間見つめあう。彼の言ったことは正しい。誰かの前にひざまずくと小作人になったような気がするものだ。

他人のために自分を進んでおとしめようと決めた瞬間、相手は二度とこちらを同じ目で見ることはない。ベッドのなかでも、外でも。

「力ずくで奪う気はない」ウルフの声は鋭い刃を持つナイフのようで、わたしの神経を通って貫通しない程度に痛めつけた。

「あなたにこの身を捧げるわ」うつむいて言った。

「立て」

わたしは立ちあがった。

「こっちに来て、今夜アンジェロにしたようにキスをするんだ」

喉にこみあげてきた酸っぱいものをのみ下した。憎しみ、恥辱、興奮、恐れ、そして希望が胸に渦巻く。ふらつく脚で彼のもとに戻り、首に腕を巻きつけて唇を重ねた。

憂いのあまり、体が小さく震えていた。怒りとともにウルフをむさぼり、自分が潔白だと示したかった。わたしはまだ汚れていないと、彼のものだと示したかったけれど、あまりに受け身で無関心な反応に、彼にしたいあらゆることを実行する勇気をかき集めることができなかった。

ウルフが身をかがめて唇を重ねた——ようやく。応えてくれると思ったのに、彼は口を合わせたまま、にやりとしただけだった。「どうしても欲しい男にするキスがそれなら、アンジェロがきみを手に入れようと、さほど必死にならなかったのも無理はない」

そのひと言で、わたしはわれを失った。

ウルフの下唇を強く噛み、髪に爪を立てると同時に彼がドレスの前を引き裂いて、ブランド物を完全に台なしにした。まるで肌に火がついたようで、わたしは背中を弓なりにした。ドレスを蹴って足元に折り重なったシルクをヒールで踏みつけ、ウルフを引き寄せて死に物狂いのタコのように抱きついた。わたしはクロゴケグモで、彼を丸のみしようとしている。ふたりは激しくもつれあい、よろめきながら階段に向かって、壁にかかった絵画や備えつけのテーブルや彫像にぶつかった。ウルフはわたしを抱えて階段をのぼり、わたしのうめき声をキスで封じて、自身の歓喜の声をわたしの顎や唇や耳たぶを噛んで抑えつけた。欲望の罰として痣《あざ》をつけている。嫉妬でわたしに印を刻んでいる。

ミズ・スターリングが廊下で、豪華なクリーム色の壁沿いの大理石の台に植わった大きな植物に水をやっていた。わたしがほとんど何も着ていない状態でウルフの腕に抱かれ、互いに歯を立てたりうめいたりしているのを見たとたん、彼女は息をのんで西の棟に走っていった。

ウルフはわたしの上唇を噛んで口に含み、わたしの寝室に向かった。アンジェロがはるか遠く、手の届かない月ほど遠い存在に思えた。ウルフは生身の人間としてここにいて、太陽のようにわたしを燃やしている。彼はひどく怒っているけれど——わたしと同じく、われを失っているのが伝わってきた。これから起ころうとしていることの後始末をウルフがどうするつもりなのかは見当もつかない。それでも、すべてが終われば彼が気持ちをくじかれるのはわかっていた。

わたしは嘘つきじゃない。

わたしは浮気者じゃない。

わたしは彼の未来の妻だ。

わたしは忠告しようとしたけれど、彼はわたしの言うことを信じなかった。

部屋に着くと、ウルフは足でドアを開けてわたしをベッドに放った。

横たわったまま顎をあげ、自信と願いをこめて彼を見つめる。ウルフに奪われたとしても、傲慢で平然としていたかった。たとえ服従したとしても。最も大切で唯一の持ち物を差しだすにしても。それは彼が今夜、手に入れるはずではなかったものだ。

わたしの純潔。

ウルフは両手を細身のパンツのポケットに入れ、軽蔑の念をこめてわたしを見ていた。完全にふたりきりになって、品定めをしている。わたしは白いブラジャーとそろいのショーツしか身につけていなかった。彼が目にしたものが気に入ったのはわかった。瞳が陰ったからだ。部屋の温度をあげ、目の詰まった毛皮のように空気の濃度を高める、あの瞳が。

「ハイヒール以外、全部脱げ」ウルフが命じた。

「わたしはストリッパーじゃないわ」歯のあいだから絞りだすように言い、涙でちくちく痛む目を細めて見返す。「あなたの未来の妻よ。誓ったみたいに、あなたが脱がせればいいじゃない——本気で言っていたんでしょう、キートン上院議員」

「きみにとって明らかになんの意味もない誓いのことか」ウルフがまた言った。さっきよりもよそよそしい。ほとんどこちらに目を向けず、言いたいことだけを言っている。「さあ、フランチェスカ」

わたしは勇気をかき集めて口元をゆがめた。腕を背中にまわしてブラジャーのホックを外したとき、ウルフの首筋の脈が速まるのが見えた気がした。ショーツを脱いでベッドの上でハイヒールだけになっても、彼は冷静な表情を崩さなかった。

ウルフは服を全部着たままで身をかがめ、わたしの目をのぞき込んだ。それからふたりのあいだに腕を伸ばし、てのひらの付け根でわたしの脚のあいだを押した。濡れそぼった部分にまばらな茂みが押しつけられ、外側は湿り気を帯びてひんやりとしていたが、内側は熱くほてっていた。

「一度だけ言っておこう、フランチェスカ。それでぼくのほうにやましい気持ちはなくなる。今この瞬間に出ていけと言わなければ、きみはひと晩じゅうむさぼられ、ぼろぼろになり、ぼくのものにされる。きみの体からアンジェロを追いだし、不幸にも一度きみに手を出して二度目もあると期待している残りの愚か者たちも追いだす。手加減はしない。情けもかけない。だから恋人からやさしくされて、愛していることを延々と態度で示されるのに慣れているのなら、そう言ってくれ。それでぼくらの口約束は白紙に戻す」

「それでもわたしと結婚するの?」わたしはきいた。

ウルフの小鼻が広がった。「結婚はする。だが、しないでくれればよかったときみは思うようになるだろう」

ほかにも過去につきあった男性がいると思っているのだ。わたしは別人みたいな自分の姿をウルフに伝えた——彼はそれを真に受けている。本当のわたしがどうであれ、関係ないのだ。それをわたしに証明するのに、彼は度を超えたことをした。だが奇妙にも、わたしが衝撃を受けたのは彼の言葉ではなく、この状況だった。ウルフはわたしを許そうとしている。わたしが破ったと信じているふたりの口約束を尊重するために。彼の目には、婚約したあとで元恋人と一度ならず二度までも寝た女として映っているにもかかわらず。自分は交渉はしない人間だとウルフは言うけれど、間違いなくしている。このわたしと。

「本当は、わたしに触れて何かを感じるのが怖いの？」わたしはなじった。「あなたの氷山の壁が溶けていくのね、議員さん」

「結論を出すまであと十秒だ、ネメシス」

「もう答えは知ってるじゃない」

「口に出すんだ。あと八秒」

わたしは笑みを浮かべたが、内心はぼろぼろだった。ウルフはわたしの純潔を奪おうとしている。力ずくで。わたしがすでに汚れていると思っているのだ。その考えがどれほど間違っているかを証明するには、わたしを傷つけさせなければならない。彼がほかの男性といるわたしを見て傷ついたように。どんなふうに見えたかはわかっている。アンジェロは確かにわたしに触れた。身を寄せた。わたしの髪を撫でた。唇を親指でたどった。そしてそのあと部屋からこっそり抜けだして、わたしの姿が見えないあいだにほかの誰かとセックスをした。

証拠はそろっている。わたしに不利な証拠が。

「五秒」

「わたしに夢中にならないように注意することね」わたしは腿を開いた。

「フランチェスカ。三秒だ」

「復讐した妻を愛するなんて、ひどく都合が悪いでしょうね、愛する人《イル・ミオ・アモーレ》」

「一秒」

「動かないで」わたしはきっぱりと言った。

ウルフが踏みだしてわたしのウエストをつかみ、下にずらして組み敷いた。息をのむわたしの首に手を当て、すばやく両膝で体をとらえて腿を押さえつける。自分はいまだにきちんと服を着たままだ。

「ファスナーをおろせ」

息ができなかった。彼のファスナーをおろすどころではない。ただ黙ってウルフを見つめながら、彼がわたしのショックを抵抗だと誤解しないように願った。けれど、もちろん誤解した。ウルフは低い声をもらし、自分でファスナーをおろしてズボンをさげた。視線を下に向けて、何がわたしを待っているのか見る勇気はない。セックスに関して自分が知っている情報を急いでかき集め、問題ないだろうと判断した。興奮しているし、肝心な部分は濡れていて、シカゴで一番魅力的な男性に体をゆだねているのだから。

ズボンを膝のあたりに残したまま、ウルフがわたしのなかに指を一本滑り込ませた。

顔は無表情だ。

わたしは息を吸って落ち着いてみせようとしたものの、目の奥にふたたび涙が浮かんできた。つらかった。身体的な不快感か、それともただの肉体として見ているかのような彼の態度か、どちらがよりつらいのかはわからない。

クリステンをじっと見ていたのと同じ目だ。

ウルフが自分の口に指を入れて湿らせ、それからまたわたしのなかにうずめた。もう一度興奮を呼び起こしてから、その指をわたしの唇のあいだに押し込む。自分の味を無理やり確かめさせられた。官能的で甘い。顔が赤らみ、胸の頂が硬くなった。そこはとても敏感になっていて、彼の引きしまった胸にこすりつけたかった。

「やつはコンドームを使ったのか？」ウルフが手に残った湿り気をわたしの頰でぬぐう。わたしは体のなかが空っぽになるまで泣きたかったが、思いとどまった。

この人はまもなく、わたしが最初の三回は本当のことを言っていたという事実を知る。だから相手が聞きたい返事をした。

「ええ」

「少なくとも、その程度のたしなみはあったんだな。ぼくはコンドームは使わない。だが、ナイトテーブルの上に緊急避妊薬《アフターピル》を置いておいてやる。いいか、すぐに脚を広げるふしだらな相手との子作りは、ぼくの〝やるべきことリスト〟には載っていない。きみはピルをのむ。質問はいっさい受けつけない。わかったか？」

目を閉じた。恥ずかしさが汗のように体からしたたる。わたしはそれに同意する。そのすべてに。ウルフの言葉に、行動に、残酷な行為に。どのみち、ひざまずいたではないか。こうなるように懇願したのだ。

「わかったわ」

「少しは戯れるが、きみはもうほかのやつと予行練習はすませているわけだし、寛大な気分じゃないんだ」ウルフは陰気な薄笑いを浮かべた。それからいきなり鋭いひと突きで、ペニスをわたしの脚のあいだに沈めた。あまりの勢いに、わたしは背中をのけぞらせた。胸が彼の胸に当たり、痛みに体を貫かれて、まぶたの裏に星が飛んだ。彼がわたしのなかにある自然の壁を突き破って、深々と身をうずめる。まるで身を引き裂かれているかのようだ。その一撃はすさまじく、唇を嚙んで苦痛の悲鳴を押し殺さなければならなかった。これまでクララと母からは、タンポンの使用やバイクに乗るのを避け、乗馬のときは厚手のズボンをはくように、とまで言われてきた。それは侵してはならない神聖なものを守るためだった。それが結局、このためだったなんて。

身じろぎもせず、音も立てず、組み敷かれたまま、わたしは体を硬くしていた。まだ意識があることを示すのは、顔を伝い始めた涙だけ。唇を強く嚙んで声を殺した。

わたしは錆《さ》びた有刺鉄線。よじれて絡まり、恐怖の塊になっている。

「こぶし並みに硬いな」ウルフがうめいた。野性味がむきだしの声は、わたしの完璧な沈黙に迎えられた。あまりに激しく、荒々しく突かれるので、細かく切り刻まれるのではないかと思った。より深く沈められると、涙が頰から枕にこぼれた。純潔の壁が壊れて出血するのを感じる。でも、やめてとは言わなかった。処女だとは打ち明けなかった。

わたしは横たわり、ウルフに自分を与えた。力ずくで貞操を奪われたけれど、プライドはいっさい与えていない。ひとかけらも。玄関ホールで起きたことのあとは。

何度か貫かれてから、なんとかまぶたをこじ開けた。かすむ目で、ウルフの冷淡で怒りに満ちた顔を見つめる。ふたりのあいだに何かがにじみでて、わたしの腿に広がっていった。わたしにはその正体がわかっていた。彼がまだそれに気づかないよう、全力で祈る。

けれどもだめだった。ウルフは気づいた。眉をあげ、わたしの顔を、涙を、苦痛を初めて見て取った。

「生理か？」

わたしは答えなかった。

ウルフが慎重に身を起こし、ふたりのあいだに視線を落とした。わたしの内腿と白いシーツには血がついていた。わたしは彼のシャツの襟をつかんで引き戻した。彼の体で自分を隠そうと必死だった。

「始めたことを終わらせなさいよ」弱々しい声で、歯をむきだして言う。ウルフの心臓の鼓動を感じた。それほどふたりの距離は近かった。

「フランチェスカ」その声はしわがれていて、罪悪感に満ちていた。彼がわたしの頬に片手を添えて撫でる。でも、わたしはその手を払いのけた。こんな新たな思いやりのあるしぐさは耐えがたかった。やさしくなんかしてほしくない。今わたしが彼に抱いているのと同じ怒りと欲望と嫌悪を持って、対等な人間として接してほしい。

「これで信じてもらえた？」

苦々しい笑みを浮かべた。雨のように絶え間なく流れる涙で、この数分を押し流してほしかった。ウルフがしかめっ面をやめて上体を起こし、離れようとしたところで、わたしは彼をさっきよりも強く引き戻した。

「もう遅いわ」ウルフの目をのぞき込むと、そこには激しい苦悩がうかがえた。わたしは彼の背中で足首を絡め、逃がすまいとした。「自分の初体験をどんなふうに迎えるか決めたのはわたしよ。終わらせなさいよ、さあ」

　恐ろしいことに涙がさらにあふれ、それをウルフが頭を低くしてなめ取ってくれた。舌を首から頬のてっぺんに這わせて、目からこぼれる涙の粒をすべて受け止めた。

「ネム」なだめるような口調だ。

「黙って」わたしは彼の肩に顔をうずめ、こわばりをもう一度迎え入れてひとつになった。

「すまない」ウルフがささやく。

　彼は今度はやさしく突きあげ、そっと動かしながら、指先でわたしの腿の外側をさすった。ゆったりとして親密なしぐさは甘い嘘でしかない。わたしのかかとが、ウルフが脱ごうとさえしなかったズボンに触れた。行為をすませてしまいたいのだろうということはわかった。この痛手を最小限に抑えるには遅すぎるということも。

　鈍痛が数分間続いたあと、ウルフが動きを速めた。その表情は険しく、瞳が陰りを帯びてくる。そこでようやく、突かれるたびにナイフで刺されるような思いをせずに彼の顔を見られるようになった。ウルフはわたしの奥深くで果てた。彼のあたたかい欲望のしずくが、わたしの体の至るところを征服していく。わたしはウルフの肩にしがみついた。組み敷かれたまま、すり切れてぼろぼろになった気分で、下半身はあまりに傷ついてほとんど感覚がなかった。

ウルフが上体を起こし、目を合わせずにわたしの顔を見おろした。重なったまま、ふたりともしばらく黙っていた。未経験だと、なぜもっと早く明かさなかったのかとはきかれなかった。きくまでもない。ようやく彼がわたしの上からおりた。わたしは身を引いて、机の椅子にかかっていた薄紫色のサテンのネグリジェを取り、体を隠して立ちあがった。

ウルフは背後でベッドに座っていた。前かがみで、少し呆然としているようだ。表情はうつろで背中を丸めている。わたしが知っている、常に自信たっぷりの不作法でろくでなしの未来の夫とは大違い。彼が無言でいることをとがめはしなかった。今夜ここで起こったことを思うと、言葉など重要ではない。

わたしはナイトテーブルから煙草の箱を取り、室内で煙草に火をつけた。せめてそれくらいは許されるはずだ。やさしくされても起きたことは埋めあわせできないと、ウルフもわたしもわかっていた。

「明日は朝が早いの。ドレスの最後のサイズ合わせがあって、そのあと大学に行くための買い物もあるし」机のそばの、大好きな庭を見おろす椅子に腰をおろす。この庭と同じくらい未来の夫も好きになれればいいのに、とずっと願ってきた。その願いがわずかでもかなうとは、決して期待していないけれど。

「ネム」ウルフの声はあまりにやさしくて耐えがたかった。わたしは頬杖《ほおづえ》をついた。彼がすぐ後ろに立ち、わたしの肩に両手をのせて、額を頭に寄せた。彼の荒い息のせいで、わたしの髪が顔にかかった。部屋にはセックスと金属的な血液と絶望の匂いが漂っていた。以前はなかった匂いだ。

「出ていって」わたしは冷たく言った。

ウルフが頭のてっぺんにキスをした。

「もう二度と疑ったりしないよ、フランチェスカ」

「出ていって！」そう叫んで机を押した。椅子のキャスターがウルフの足にぶつかったが、痛みは気にならないようだ。そのあと彼は去ったものの、ふたりのあいだに起きたことはこの部屋に残った。

翌朝目が覚めると、鎮痛剤が二錠、アフターピルが一錠、水のボトル、それにあたたかい濡れタオルがナイトテーブルに置かれていた。昨夜のことをミズ・スターリングが知っているのだと、すぐにわかった。

わたしは鎮痛剤とピルと水を全部飲んだ。それから一日じゅう、ベッドで泣いて過ごした。

ぼくは東の棟をそわそわと歩きまわった。

行って、戻って。

行って、戻って。

歩いていてこれほどいらだったことはない。ドアを蹴り倒し、なかに入りたかった。弁護士からクリステンに手紙を送らせて、ぼくについての記事を書いたなら、訴えてこれまで稼いだ金を根こそぎ奪ってやると脅す寸前だった。と同時に、彼女がろくでもないことをぶちまけるのは時間の問題だとわかっていた。とはいえ、気になるか？

いいや、これっぽっちも。

「時間をあげてください」スターリングが尻尾のように絶えずあとをついてくる。まるでぼくが力ずくで押し入るのを心配しているかのように。

もううんざりだ、スターリング。

「どれくらいだ？」ぼくは声を荒らげた。人間関係は得意分野ではない。

十代の女性の世界や感情はもっとなじみがない。自分が十代だったときも、もっと成熟した女性を選んでいた。真剣につきあう相手とは思われていなかったし、期待されてもいなかった。

「彼女が寝室を出られるくらい具合がよくなるまで」

「それには何週間もかかる」ぼくは吐き捨てるように言い返した。すでにフランチェスカはしばらく何も食べられないということを証明している。もし反抗することが勝ち負けを争うスポーツなら、未来の妻はオリンピックに出られるだろう。そしてメダルを取れる。

「なら、そのあいだ待つことです」スターリングがきっぱりと言い、頭でフランチェスカの棟を去るように促した。ぼくは彼女とキッチンにおりた。

フランチェスカの脚のあいだに広がる大量の血を脳裏から消すことができなかった。ぼくの下で彼女の腿が震えて引きつれ、こわばるさまも。

ぼくには昔から人の心を読む力があった。そのおかげで人気の政治家となり、一分の隙もない法律家となり、シカゴにおいて最も手ごわい男のひとりになったのだ。それなのに、若くて温室育ちで憶病な婚約者が処女だという事実に気づけなかった。フランチェスカがアンジェロと寝たと思い込み、怒りで判断力を失って、彼女の言葉を信用できなかったからだ。そして彼女は——頭が切れて敏感で魅力的な雌ギツネは

――多大なる屈辱とともに自分を差しだして、ぼくが始めたことを終わらせた。

前々から気づいてしかるべきだった。フランチェスカは厳格なイタリア人家庭で育ち、毎週日曜日には教会へ行くような女性だ。彼女は自分をもっと世慣れた女で、ただの純朴な小ネズミではないように見せようとしたのだろう。残念ながら、その試みはうまくいった。思惑どおりに行きすぎた。

罪の意識が肩にずっしりとのしかかる。ぼくはフランチェスカを容赦なく引き裂いた。そして彼女はぼくの動きに合わせた。ぼくの目を見つめ、激しく涙を流しながらも沈黙を貫いた。フランチェスカは後ろめたさと怒りで感情が高ぶっているだけだと、ぼくは思い込んでいた。手をかける権利のない壁を強引に壊しているとは気づきもしなかった。

伝統的に〈アウトフィット〉のイタリア人の結婚式では、新郎が血のついたシーツを同僚に見せることになっている。結婚式の六日前に彼女のシーツをアーサー・ロッシに送ったら、やつは苦しみながらじわじわと内側から死んでいくだろう。ここで起きたことに疑問の余地はない。フランチェスカは間違いなく、その一瞬一瞬に苦痛を感じたはずだ。だが、どういうわけか自分の悪意をもってしても、彼女のことを思うとアーサーにシーツを送ろうという気にはなれなかった。

フランチェスカの様子を確認したいという衝動を抑えて、ぼくは書斎にさがった。そっとしておくべきだと完全に納得したわけではないが、彼女のこととなると、もはや自分の直感を信じられない。いつもは非情で計算高いぼくが、このひと月のあいだに何度か自制心を失った。いずれも年若い結婚相手のせいだ。使用人の忠告を聞き入れて、彼女に時間を与えるのが一番なのだろう。

その日はフランチェスカが部屋から出てくる可能性に賭けて、自宅で仕事をすることにした。彼女はいくつかの予定を見送り、まもなく始まる大学用の買い物のために母親が迎えに来たときには、スターリングがフランチェスカはひどい頭痛に苦しんでいると説明して、キャロットケーキを渡して追い返した。運転手が車を出すときも、ミセス・ロッシは取り乱しているようだった。必死になって娘に電話しようとしている姿が書斎の窓から見えた。それでも、起きたことを申し訳ないと思うのは未来の妻に対してだけだ。

悪い日がたいていそうであるように、その日は特別にゆっくりと過ぎていった。しかし、自宅で開いたミーティングはどれも有益で実りの多いものとなった。何週間も先送りしてきた広報担当マネージャーとの電話会議も、どうにか詰め込んだ。ようやくオフィスを出たときには夕食の時間をとうに過ぎていた。

ぼくはスターリングの批判的な視線を避けながら、キッチンで食事をした。彼女はぼくの正面に座って両手を膝にのせ、赤ん坊を傷つけた人間を見るような目を向けてきた。ある意味では、ぼくがしでかしたのはまさにそういうことだ。

「ほかに何かいい考えはあるのか？　フランチェスカを両親のもとに送り返したほうがいいとか」こちらを見るのをやめようとしないのが明らかなので、ぼくはつっけんどんに尋ねた。

「送り返すなんて絶対にだめ」スターリングがそんな口調でぼくに意見したのは初めてだった。幼い頃でさえ、子ども扱いはしなかったのだ。それが今は違う。

「彼女が出てくるのをこれ以上は待てない」

「一分だって待つべきじゃなかったんです」スターリングが同意して、ぼくの上等なスコッチを口にした。酒に手を出すということは、フランチェスカとぼくの関係を悲観している証拠だ。スターリングはもう二十年アルコールを断っていたのに。

「だったら、なぜ待てと言った？」ぼくはプライムリブの皿をひっくり返し、キッチンの奥に投げつけた。皿は壁にぶつかって割れた。

「彼女と同じ苦しみを味わってほしかったから」スターリングは肩をすくめて立ちあがり、キッチンから出ていった。取り残されたぼくは、確かに苦しんだという事実を嚙みしめた。

自分のためにバーボンをオンザロックでたっぷりとグラスに注ぎ、東の棟へ向かう。フランチェスカの寝室のドアは閉まっていたが、いつもの癖でよく考える前にノックもせずに半分開けた。

それからオーク材のドアを軽く叩く。

「入ってもいいか？」よそよそしく、こわばった声になった。

ぼくは何をするにも許可を求める男ではない。

これを習慣にしたいとも思わなかった。

返事はなし。

硬いドアの表面に頭を押しつけて目を閉じ、かすかに漂うフランチェスカの香りを吸い込んだ。愛用しているマンダリンのシャンプー。肌を輝かせる甘いバニラのローション。それほど痛みがあるのなら、今日医者に診てもらったほうがいいのではないかとふと思った。と同時に、もっと落ち着かない考えが頭をかすめた――彼女は痛みがひどくても、ぼくには言わないだろう。自分に残されたプライドにしがみつくはずだ。浮気という、彼女が実際には犯していない罪に対する恨みを晴らそうとして、ぼくが乱暴に奪ったプライドに。

ドアを完全に押し開けると、ぼくの婚約者は四柱式ベッドの上で手足を広げて宙を見つめていた。視線をたどると、何もない壁にぶちあたった。ぼくが足を踏み入れても、まばたきすらしなかった。

近づいていってベッドの端に腰をおろし、バーボンを口に運んでから、そのグラスをフランチェスカに差しだした。彼女はぼくにもバーボンにも目をくれなかった。

「すまない」ぼくはざらついた声で言った。

「あっちに行って」彼女の声はくぐもっていた。

「それはできない」率直に告げる。「何があったか考えれば考えるほど、ぼくを恨むようになるだろうから」

「憎んで当然でしょう」

ぼくはもうひと口バーボンを飲んだ。弁解する気はない。フランチェスカが処女と言おうが言うまいが、ぼくがしたことは許されない。「そうかもしれないが、ぼくを憎めばふたりとも苦しむことになる。ぼくも苦しみを味わってしかるべきだが——」

そう言いかけると、彼女がさえぎった。

「ええ、そうよ、苦しむべきよ」

「確かに」自分の声だとは思えないほどやさしく響いた。「だが、きみは違う。きみは何も悪いことはしていない。ぼくはいい人間ではないが、ひどい人間でもないんだ」

彼女は視線を落として自分の両手を見つめ、泣くまいとしているようだった。フランチェスカの泣きそうな顔を知っていること自体、彼女にとってぼくが決して理想の婚約者ではなかった証拠だ。

「なぜ処女だと言わなかったんだ？」

フランチェスカは小さく笑って頭を振った。

「わたしが仮面舞踏会で口を開く前から、あなたはわたしに対する態度を決めていたじゃない。それにはっきり言って、あなたにどう思われようがどうでもよかった。でも昨日は言ったわ……そう、繰り返し言ったわよね、アンジェロとは寝ていないって。三度も。だからもっといい質問は、なぜあなたはわたしの言うことを信じなかったのか、じゃないの？」

その答えをしばし考える。「そのほうが、きみを嫌いになるのが簡単だったからだ」

「なんて偶然かしら。あなたのしたことで、とことんあなたが嫌いになったわ」フランチェスカは腕を組んで顔をそむけた。

「ぼくはもうきみのことが嫌いではないよ、ネメシス」

彼女を憎んではいない。尊敬している。昨日、彼女がプライドに邪魔をさせなかったことで、ますます尊敬するようになった。フランチェスカは自分が正しいことを証明するためにひざまずいた。ぼくはろくでなしで、彼女の言葉が真実であることを証明するために。ぼくは彼女の純潔を奪った。この状況を繕うには、自らのプライドの一部を差しださなければならない。今までならこんな代償は絶対に払わなかっただろう。だが、これは婚約者をつなぎ止めておくための保証金だ。婚約パーティーの前のように、肉体面だけでなく精神面でもつながるために必要なものなのだ。菜園で毎晩、やわらかくて小さな体をこすりつけてきた婚約者を。ドレスの布地の上から脚のあいだの感じやすい部分に〝偶然〟触れるたび、畏敬の念に打たれたように息をのむ婚約者を。

「両手を頭の上にあげて」ぼくはフランチェスカに向き直った。

彼女は眉を片方あげたものの、まだ壁を見つめている。

「そこを見続けているのなら、そうする理由を与えてやろう」

「たとえば？」彼女は好奇心をそそられたようだ。それがぼくの狙いだった。

「ぼくの実物大の肖像画を飾ろうと思っている」

「わたしに言わせれば悪夢だわ」フランチェスカがつぶやくように言う。

「小説を手にしたスターリングが、座っているぼくを見おろしている姿とか」

彼女は唇を噛んで笑みをこらえていた。「面白くもないわ、上院議員さん」

「そうかもしれないが、きみならではのユーモアを見つける時間はたっぷりある。さあ、両手を頭の上にあげて、ネム」

フランチェスカが顔をこちらに向けてぼくを見た。その目は苦悩に満ちたふたつの水たまりのようだった。ぼくが生みだした苦悩だ。彼女をこの家に閉じ込めてから、毎日そこに苦悩のしずくを落としていった。ぼくは視線をそらさなかった。自分が犯した罪の結果を直視した。

「まだ痛むの」最初に目をそらしたのは彼女のほうだった。

「わかっている」ぼくはささやいた。「信じてくれ」

「どうしてあなたを信じなきゃいけないの?」

「信じることをやめれば、ぼくみたいな人間になってしまうからだ。みじめな人間に」

フランチェスカがためらいがちにヘッドボードの縁をつかんだ。服従の意味を含む行為に、胸が締めつけられた。彼女は昨日のシンプルな淡い紫色のネグリジェを着たままだ。それがめくれて、なめらかな乳白色の腿が見えている。ぼくは膝に置いていた手を彼女の内腿に伸ばし、そこをしばらくさすって硬直した筋肉をほぐした。最初は石のように身をこわばらせていたフランチェスカも、ぼくがもう片方の腿へ移る頃にはそこにある手が許可なく上に進むことはないと気づいたようで、体の力を抜き始めた。

「痛い思いはさせない」そう請けあい、下着を腿に滑らせてそっとおろした。「寝室では」

「昨日はさせたわ」彼女が指摘する。

「それについては謝る。これからはいつも、きみが気持ちよくなれるようにするよ」

「女性を気持ちよくすることに興味はないんじゃなかった？」

そう言ったのは、きみをレイプのように奪う前だ。

公正な法的見地からすると、実際にレイプをしたわけではない。求めたのはフランチェスカのほうだ。彼女はせがんだ。ひざまずきさえした。だが、それは自分が正しいことを証明するためだ。フランチェスカが楽しい思いをしなかったことは、お互いにわかっている。ぼくが受け取るに値しないものを彼女から奪ったことも。

フランチェスカの腿を開かせて付け根に向かって親指を滑らせ、脚のあいだの感じやすい部分に円を描くと、彼女が目を合わせてきた。ぼくは誰に対しても頭はさげない。ましてやロッシ家の人間には。しかし、今はフランチェスカに頭をさげているわけではない。単に伝えようとしているだけだ。セックスは正しく行えば、そしてふたりの波長が合えば、すばらしいものだということを。

「手は動かすな」ぼくの声は欲望でこわばっていた。期待と恐怖が入りまじって、彼女の胸が上下しているのがわかる。舌を這わせる前から、彼女の脚はアドレナリンで震えていた。ネグリジェを頭から脱がせて肩の向こうに放ると、ピンク色のコインのような胸の頂があらわになった。

哀れなほど美しい。

哀れなほど汚《けが》れがない。

間違いなく、ぼくのものだ。

自分の靴と靴下とズボンと上着とシャツを脱いで、黒いアルマーニのブリーフを残すだけとなった。これも普段はほとんどしないことだ——女性の前で裸になること。セックスは甘いものではない。ぼくにとっては単なる欲求のはけ口だった。情事にベッドを使うのはまれで、手早くすませることにしていた。そして自分がクライマックスを迎えたら終わりだ。フランチェスカはブリーフを押しあげているものを好奇心と不安に満ちた空色の目で見つめていた。

「見たいのか？」

彼女が頰を染めてうなずく。ぼくのなかで何かが熱く燃えあがった。

「ぼくのすべてが見たいか？　ぼくに触れる必要はない。今夜はきみだけが気持ちよくなればいいんだ」

フランチェスカがつばをのみ込み、唇の端を嚙んだ。慎重にブリーフをおろし、全裸で彼女の前に立つ。最後にこんなことをしたのはいつだった？　もう覚えていない。結婚というのは自身の防御壁を低くすることを強いられるものだが、だからといって壁が壊れるわけではないと自分に言い聞かせた。これからは浴室やジャグジーやシャワールームや鏡の前で交わるようになる。こちらの裸を今日見られようが、明日見られようが、ひと月後に見られようが、違いはない。ぼくはベッドにのり、フランチェスカの脚のあいだに身を落ち着けて頰を包んだ。頭をさげて最初はやさしく唇を重ね、それから口を開かせて舌を絡めた。口元に舌を這わせて下唇を吸い、彼女を狂気へと駆りたてていく。

フランチェスカの脳が記憶していた筋肉の動きが即座によみがえり、ゆうべ以前のことを思い出した。彼女はうめき声をもらして和解の贈り物を受け取り、ヘッドボードから手を離して、ぼくの顎を指でたどった。

ぼくは彼女の手首をつかんでヘッドボードに戻した。

「忍耐は美徳だぞ、ネム」

「それは持ちあわせていないわ」フランチェスカはぼくに腹を立てていることを一瞬忘れ、本来のティーンエイジャー特有の甘い笑みをこぼした。

「それは学んでもらわないとな、上院議員の妻として」彼女の顎の下を指先で軽く叩いて――ぼくがよくやるしぐさだ――今度はより奔放に情熱と激しさをこめてキスをした。完全に身をゆだねた彼女の首を唇でたどり、片方の胸の先端を口に含んで吸う。硬くなったそこを怖がらせない程度にやさしく嚙んで引っ張ったが、それでもフランチェスカは怯えてぴくりと動いた。もう片方の頂に移り、吸ったばかりの先端を親指でさする。彼女は体を押しつけたまま身震いし、またうめき声をあげた。

フランチェスカが慎重な性格なのは間違いないが、セックスについてほとんど何も教えていないにもかかわらず、のみ込みは早そうだ。

胸の谷間から舌を滑らせてへそをなめ、濡れた唇で内腿をたどって、脚の合わせ目のちょうど上まで来た。腿に点々と薄く残る乾いた血の跡を見て、彼女が昨日からシャワーを浴びていないのがわかった。なめ取ってきれいにしてやるべきだ。肌についた自分の精液の味を感じるのはひどく不衛生だとわかっているが、シャワーを浴びろとは言えなかった。ぼくのためには。フランチェスカがくぐもった声をもらし、ぼくの顔に下腹部を押しつけた。ぼくに触れまいとして、指の関節に力がこもって白くなっている。

「じっとして」

「ごめんなさい」くすくす笑いに似た声が官能的な唇からこぼれた。

これまでぼくはフランチェスカにとってひどい男だったにもかかわらず、こんな行為を許してくれるところが好きだった。従順だとは思わない。ぼくとベッドで向きあう勇気と気概がある証拠だ。彼女が無垢《むく》な点も好ましい。セックスのために脱毛したり、体毛を切りそろえたりもしていない。ぼくは両手を腿の裏に差し入れてヒップをつかみ、持ちあげて脚のあいだを舌でたどり始めた。昨日の行為のせいで赤く鬱血している。いつもなら彼女の父親のために温存している強い感情をこめて、自分自身を嫌悪した。

「きみにはそそられる」かすれた声で告げた。

「ああ」フランチェスカが甲高い声をあげる。「これって……ああ、すごい」

ぼくはひだに沿って舌を這わせた。もう十年以上、口で奉仕したことはなかったが、そうする価値がある相手がいるとしたら、それは未来の妻だ。最初は体をこわばらせた彼女もやがて力をゆるめ、きつく締まった部分に奥まで舌を入れられるよう脚をさらに開いた。それでも緊張していて——昨夜の経験を思うと無理はない——その部分はとてつもなく小さかった。ぼくの太いペニスをふたたび挿入することを考えると、血のついたシーツに押し当てた下腹部が張りつめた。まるで心臓がそこにあるかのように激しく脈打っている。

しばらくなめまわしてから、フランチェスカのなかにすばやく舌を出し入れした。彼女は甘い声をもらして喜びで体を揺すり、さらに力を抜いて恥じらいを捨てた。目を開いてぼくを見る。舌の動きを追って何度も腰を突きあげる。とがった胸の頂を放っておくことはできず、ぼくは同時にそこをもてあそんだ。時間をかけてクリトリスを押しては吸い、まわりに舌を這わせる。彼女が達しそうになるとクリトリスから離れ、内腿の血の跡をなめ取って、オーガズムを引き延ばした。二十分後、彼女にクライマックスを味わわせることにした。小さなつぼみを唇で挟んで強く吸うと、フランチェスカは声をあげた。初めての絶頂に貫かれて、ぼくの顔に体を押しつけたまま小刻みに震える。両手がヘッドボードを離れて、ぼくの髪を容赦なくつかんだ。頭皮がかっと熱くなったが、彼女を止めることはしなかった。代わりにバーボンを飲み干して氷を取りだし、それで彼女の脚のあいだをなぞると同時に、先ほどよりもやさしくつぼみを吸った。フランチェスカはふたたび絶頂を迎え、窓ガラスが震えるほど激しく声をあげた。

そのあとも彼女は二度のぼりつめた。

「男の人の触れ方を教えてくれる？」ことを終えると、フランチェスカがヘッドボードに寄りかかって尋ねた。ぼくはその横で何も身につけずに高ぶったままだった。

「いいや」真面目な顔で答える。「ぼくの触れ方を教える。金輪際、ほかの男に触れてはいけない、ネム」

ここでアンジェロのことを考えるのはばかげている。あの青二才を遠くへやる必要があると、ぼくのなかの本能的な部分が告げていた。アンジェロがフランチェスカとファックしたとぼくに信じ込ませたことは、彼女に免じて大目に見てやろう。フランチェスカはゆうべ、さんざんな思いをしたのだ。ぼくのせいで。

彼女はシーツを体に巻きつけ、これから何かを言おうか言うまいか迷っているように顎を叩いていた。

「あなたが庭で目にしたことだけど……」

フランチェスカはためらった。それはもういいと言ってやりたいが、本音では何があったか知りたい。ふたりがどこに消えたのかも。

「アンジェロと話すように父からしつこく言われて。そうしたらビショップ知事があなたのそばに来たあとで、アンジェロが叫ばなくても話ができる静かな場所へ行こうって声をかけてきたの。わたしはこの家にいるのがいやじゃないと彼に話したわ。ゆうべまではそれが事実だったから。アンジェロは動揺して立ち去った。わたしは二階の自分の部屋に向かったんだけど、途中でいとこから、ビショップ知事にインタビューを申し込んでいたブロンドのジャーナリストとアンジェロが客室に入っていったと聞かされたの」

クリステンだ。

あの魔女はアンジェロと組んでぼくをはめたのか。ふざけた真似を。このくだらない策略の報いは受けてもらう。あのふたりがフランチェスカとぼくを相手にすることになったのは気の毒だ。似合いのカップルになるだろう。

フランチェスカが自分の髪をくわえた。「母がわたしの部屋にいたの。庭から母の姿が見えたから、しばらく話をしたわ」

そこで間が空いた。

「父は浮気をしているの」

「それは残念だ」本心だった。彼女の両親を思ってではない。母親はぼくが娘を奪うことを許したのだから。だがフランチェスカはこの数週間だけでも、家族の崩壊に向きあわされてきたのだ。

「ありがとう」

その声に反抗心の痕跡は感じられなかった。ああ、なんてかわいいのだろう。彼女のすべてはぼくのものだ。肉体だけでなく、彼女の言葉も度胸も。

今後、未来の妻を味わうことがぼくの日課に加わるのは間違いない。ぼくはグラスをナイトテーブルに置き、振り向きざまに彼女の額にキスをした。

「夕食をとってくれ、ネム」

「お腹はすいてないわ」体の向きを変えた拍子に、フランチェスカが顔をしかめた。まだ全身が痛むのだ。これから来週いっぱい、毎晩スターリングにあたたかいタオルを届けさせよう。

「結婚式で腹ぺこだという顔をしているわけにはいかないぞ」ぼくは言い返した。

彼女がため息をついて目をぐるりとまわす。「夕食は何？」

ぼくはフランチェスカの隣に座ったまま、自分がまだ全裸でいることに落ち着かない気分になった。こういう親密な関係は好みではない。

「プライムリブとアスパラガスのソテーだ」

フランチェスカは鼻にしわを寄せた。「遠慮しておくわ」

まったく、ティーンエイジャーってやつは。

「何が食べたい気分なんだ？」

「そうね、ワッフルとか？　普段は甘いもの好きというわけじゃないんだけど、今日は最悪の日だったし」

ぼくの小鼻が広がった。ぼくは彼女にとってくそ野郎だ。

「この先の食堂《ダイナー》で食べられる。分厚くてふわふわのワッフルだ。行こう。新鮮な空気を吸うのも悪くない」

「十一時よ」彼女は腕時計に視線をやった。不安げに唇を嚙む。

「そこは二十四時間営業だ」

「あら。わかったわ。一緒に？」

ぼくはフランチェスカの顎に軽く触れた。ふたたび。「ああ、一緒に」

「あなた、ワッフルを食べるようには見えないけど」

「だろうな、でも帰ってきたらデザートにきみを食べるかもしれない。あんなことをしたのは久しぶりだ。はっきり言って、きみのあそこ《プッシー》は最高だよ」

彼女はとたんに真っ赤になって顔をそむけた。「あなたの褒め言葉って変わってるわ」

「ぼく自身が変わってるからな」

「確かに」フランチェスカは唇を嚙んだ。「そこがあなたの一番嫌いじゃないところよ」

ぼくは立ちあがり、さりげなく服を着た。やはり、このほうがはるかにましだ。落ち着かない気分が薄らいだ。守られている感じがする。そこで、ふとあることを思い出した。

「明日から大学だな」

当然ながら、フランチェスカは結婚式の一週間前から通学を始めることを選んだ。見せかけだけのハネムーンを計画せずにすんで、ふたりともほっとした。口頭で契約を交わしたときは、互いに我慢できるふりをすることなどできそうになかった。

「ええ、わくわくしてるわ」彼女は少し笑顔を見せ、小走りでウォークインクローゼットに向かうと、ワンピースを身につけた。

「誰が車で送っていくんだ？」

フランチェスカは運転免許を持っていない。彼女の両親があえて与えなかったことに、ぼくは腹を立てていた。彼らにとって、フランチェスカはほとんど熱帯魚のようなものだ。豪華な水槽のなかではきれいでも、進歩を促す努力は怠った。

「スミシーよ、もちろん」

そう、もちろんだ。まだ血液が下半身から頭に戻りきっていないらしい。

「時間は？」

「八時」

「ぼくが送ろう」

「オーケー」

「オーケー」

ぼくは繰り返した。どういう風の吹きまわしで口走ったのか、自分でもまったくわからなかった。ワッフルのことや、彼女を送っていくことではない。これまではフランチェスカが望んだときだけ自分で何かすることを許してやり、こちらの要求を彼女の頭の上にぶらさげた。これをすればあれが手に入る——つまり交換条件だ。一緒に階段をおりていくと、スターリングがキッチンテーブルで本を読みながら微笑んでいた。スターリングはかなりの身内びいきなので、ぼくが階上で未来の妻の好意を獲得して戻ってくるとわかっていたのだろう。ぼくは口元をぬぐい、フランチェスカの痕跡を消した。

グに警告した。

「何も言うなよ」フランチェスカがジャケットを取りに行ったところで、スターリン
　スターリングが指で口に封をするしぐさをする。

　フランチェスカがキッチンの入り口に現れた。ぼくは向きを変え、彼女の腕を取って自分の腕に絡めた。ぼくらは星のないシカゴの夜に溶け込んだ。

「ヴィラン？」

「なんだ、ネメシス？」

「スミシーはわたしに運転の仕方を教えられると思う？」

　フランチェスカは自分の翼を取り戻したいのだ。

　彼女には当然その権利がある。ぼくはずっとそう思っていた。まわりのすべての人間から彼女を守りたいと願うようになってからは。その人間のなかには、ぼく自身も含まれているのだが。

「スミシーのことは忘れろ、ネム。ぼくが教えてやる」

11

フランチェスカ

結婚式を迎えるその週は、それから毎晩ウルフが寝室にやってきた。

セックスはしなかったが、わたしがのぼりつめるまで口で愛撫してくれた。クライマックスを迎えるたびに、彼はわたしの唇を――脚のあいだの唇を――吸って、悪魔さながらに笑った。服の上からウルフがわたしの腹部に自分のものをすりつけて、それからトイレに入っていくこともあった。寝室に戻ってきておやすみのキスをして立ち去るときには、彼の頰はいつもほてっていた。

一度、わたしの上で果ててもいいかときかれたことがあった。イエスと答えたけれど、その理由の大部分は〝上で果てる〟というのがどういう意味なのか、はっきりとはわからなかったからだ。ウルフはわたしに体をこすりつけ、ぎりぎりまで来たところで身をくねらせて胸の谷間でクライマックスに達し、熱いものがネグリジェいっぱいに広がった。

わたしのなかには、ウルフを迎え入れて彼を許したことを伝えたい気持ちもあった。認めたくはないが――意に反して――本当に許していたからだ。けれど、もう一度セックスするのを恐れる部分もあった。あの出来事以来、まだ痛みは残っていたし、彼のものでさすられるたびに、それが一気にわたしのなかに押し入ってきた恐ろしい夜の記憶がよみがえった。そういうときは記憶を押しやり、楽しいことを考えるようにしていた。

婚約パーティーの夜以降、ふたりの関係はずっとよくなったとはいえ、まだ本当のカップルにはなれていない。ウルフは以前、女性とはベッドを分かちあわないと言っていたが、その言葉どおり、わたしたちは屋敷の別々の棟で眠っている。彼がわたしに愛情を向けてくれるのは夜に限られていた。夕食をともにして、それぞれの部屋に戻り、わたしがシャワーを浴びてセクシーなネグリジェを着てから小一時間ほどで、彼がわたしの部屋をノックする。わたしは迎える準備ができていて、脚のあいだはウルフの手と舌と口を求めてうずいていた。

わたしは自分が汚らわしいことをしている気がした。セックスは妊娠する手段であり、夫を喜ばせるためにするものであり、これほど頻繁に望むものではないと教わってきたからだ。それでもウルフの愛撫だけを待ち望み、一日じゅうでも、毎日でもしてほしかった。大学に行って新たな人々と会い、講義の日程を把握している今でも、頭にあるのは彼の愛撫とみだらなささやきで濡れそぼってしまうことだけだ。

友人を作ったり、親しくなったり、自らの人生を形作ったりする努力はしなかった。わたしの望みは課題をこなし、すべての講義に出席して、大きな悪い狼に自分を食べてもらうことだった。

結婚式の前日、ウルフが自宅のオフィスにいて、わたしが外で庭の手入れをしていると、ドアベルが鳴った。ミズ・スターリングは二階でさほど清らかとは言えない本を読んでいる（もう彼女をとがめられる立場にはないけれど）と知っていたので、わたしはガーデニング用の手袋を外して立ちあがり、家のなかに入った。のぞき穴を通して、父とボディガードの姿が見えた。脈拍が速くなる。お詫びをしに来たのだろうか？

勢いよくドアを開けると、脇に押しやられた。背中がドアに叩きつけられると同時に父がなかに入ってきた。

「やつはどこだ？」父が短く問いただす。ボディガードふたりがそのあとに続いた。わたしは眉をひそめた。父は挨拶さえ口にしない。婚約パーティーで父がしたすべてのこと——怪しげな人たちを招いてウルフの評判を落とそうとしたことや、クリステンとアンジェロをそこに加えたことは言うまでもない——にもかかわらず、娘に儀礼的な言葉さえかけないとは。なんてひどい人だろう。

わたしはドアを閉めて背筋を伸ばした。自分の領域にいると奇妙なほど安心できた。ウルフがわたしを大事に思っているなどという幻想を抱いているわけではない。でも、彼は自分の家でわたしがばかにされるのは許さないはずだ。

「パパが来ることをあの人は知ってるの？」のんびりした口調で白々しく尋ねた。本当に父にはうんざりだ。母を裏切って浮気をすることも、娘に最高値をつけた相手に売り渡したことも。自分勝手で、家族が傷つくのもおかまいなし。

父が冷笑した。「やつをここへ連れてこい。今すぐに」

「キートン上院議員と会う約束があるのかないのか、どっち？」わたしは勇気を出して立ち向かった。声が少し高くなっている。

わたしは風。強くて、つかみどころがなくて、どこにでもいる。父はわたしに触れられない。

父がわたしの頭のてっぺんから爪先まで目を走らせた。「おまえ、何様のつもりだ？」

「ウルフ・キートンの未来の妻よ」従順を装って答える。「そちらは?」

「おまえの父親だ。どうやら忘れているようだが」

「それは父親らしくふるまってこなかったからじゃないかしら」わたしは腕を組み、ふたりのボディガードの顔が赤らんでくるのに気づかないふりをした。父は酔っているらしく体がわずかに揺れていて、顔も夏の気候のせいだけにするには赤すぎた。

父はいらだたしげに手を振って、わたしを追い払おうとした。「変わったのはわたしじゃない、フランチェスカ。大学に行って、仕事に就くなどとほざいているのはおまえだ」

「自立するのは悪いことじゃないわ」歯を食いしばった。「でも、わたしに関する問題はそこではないのよね。パパが気に入らないのは、今ではわたしが自分をつぶしたがっている人のものだってことでしょう。それにわたしの忠誠心がどこにあるのか、もはや確信が持てないからよ」

隠していた言葉が口をついて出た。その言葉に嘘はまったくないが、だからといって痛みが多少なりともやわらぐわけではない。わたしに向かって父が一歩踏みだした。わたしたちは鼻を突きあわせて立っていた。互いにこれまでとは違う感覚を抱いて。対等だという感覚を。

「おまえの忠誠心はどこにあるんだ、暴君《マスカルゾーネ》？」マスカルゾーネ。子どもの頃、父からそう呼ばれていたものだ。わたしはいつもそれを聞いて、くすくす笑っていた。なぜなら、スペイン語の〝もっと下着を《マス・カルゾネス》〟という響きに似ているからだ。

氷のように冷たく青い父の目の奥まで見据え、前かがみになって父の顔に向かってささやいた。「ここよ、パパ。わたしの忠誠心は、常にわたしとともにあるの」

父があざ笑い、わたしの額から髪をひと房ゆっくりと払った。いつものように尊大だ。酔っているときでさえも。「娘《フィグリア》よ、教えてくれ。未来の夫が教育と仕事を身につけるよう勧めるのは気にかからないのか？　おまえを長く手元に置いて面倒を見る気はないのだと思わないか？　だから自分の面倒を自分で見られるようにしているんじゃないのか？」

わたしは口を開いたものの、そのまま閉じた。アンジェロと結婚したいと思っていたときは、父が常にこの権力を彼に対して振るうだろうということもわかっていた。アンジェロは離婚することも、わたしを捨てることも、わたしを不当に扱うこともできないと知っていた。けれどもウルフはアーサー・ロッシに迎合しない。彼は誰にも迎合しないのだ。

「わたしはそう思ったがね」父が笑った。「さあ、やつのところに案内しろ」

「そんなこと……」そう言いかけ、背後の重い足音に気づいて言葉を切る。

「アーサー・ロッシ。これはまた、ありがたくない訪問だな」後ろから、わたしの婚約者の声がした。わたしは振り返った。ウルフが現れると、胸のなかで蝶が舞いあがる感じがするのが腹立たしい。まず目につくのが、彼が父よりもどれほど背が高くて印象的かということなのが腹立たしい。もちろん、その姿を見ると腿に力が入って下着が濡れてしまう自分も許せなかった。

ウルフがゆったりとした足取りで階段をおりてきた。わたしには目もくれず、父だけを見ている。ふたりはまっすぐ見つめあっていた。ほかにも何かがあったのだ、とすぐにわかった。婚約パーティーでの父のばかげたふるまいより、ずっと大きな何かが。

「警察に埠頭《ふとう》の手入れをさせたな」父が歯のあいだから絞りだすような声で詰め寄った。こんなふうに感情を声に出すのを見るのは初めてだ。父は壊れる寸前のところまで来ているらしい。顔はむくんで赤らんでいるのに、本人はほとんど気づいていないようだ。ここ数週間、ふたりのあいだでさまざまなことが起きたはずだが、その影響はひとりにしか現れていない。

「われわれがそこにいるとわかっているときに警察を送り込んだだろう。うちの十三人が今、留置場にいる」

ウルフは父の上着のポケットからハンカチを引っ張りだし、口のなかのガムをそこに吐きだすと、ハンカチをポケットにきちんと戻して上から軽く叩いた。「そこが彼らの居場所だからな。フランチェスカ、席を外してくれ」彼は鋼を思わせる冷たい口調で命じた。毎晩わたしの寝室を訪れる男性とは別人のようだ。夜中にワッフルを食べに連れだしてくれて、戻ってからわたしが腿で顔を挟んでしまうまで舌で何度も攻め立てた人とも結びつかない。

「でも……」わたしが口を開くと、ウルフをにらんでいた父がこちらにすばやく視線を移した。

「わたしは従順で行儀のいい娘をきみに引き渡した。なのに今は見てみろ。野蛮で口答えはするし、きみの指示にすら従わない。それでこのわたしをつぶせると思うのか？　十代の娘にすら、言うことを聞かせられないというのに」

ウルフは父に視線を据えたままで、こちらに注意を払いもしなかった。わたしは頭を振って、意気消沈しながら外へ出て庭に向かった。ガーデニング用の手袋をはめ直し、煙草に火をつける。それからしゃがみ込み、自分を愚かな子どものように扱う父と婚約者に内心で悪態をついた。そのとき、菜園の片隅にこれまで気づかなかったものがあるのに目を留めた。錆びついた扉だ。家の食料貯蔵室につながっているのではないだろうか？　蔦に覆われているものの、縁に沿って蔦が切れているので最近使われたことがわかる。ふたたび立ちあがって扉に近づき、取っ手を引いた。扉はあっさり開いた。一歩なかに入ると、食料貯蔵室につながっているのではなく、玄関ホールのちょうど隣にある洗濯室につながっているのだとわかった。父とウルフには、もうバルコニーの二重ガラスの扉でさえぎられたプライバシーはない。洗濯室の薄い木製のドアを通して、ふたりの声が聞こえた。盗み聞きはよくないけれど、そもそも彼らはあまりにたくさんのことをわたしに隠しているのだから、聞かれても仕方ないのでは？　そう思って、ドアに耳を押しつけた。

「わたしの世界ではな、キートン上院議員、言葉には意味があって、取引は尊重されるものなんだ」父がうなるような声で言った。「こっちはフランチェスカを渡したというのに、きみは断固としてわたしが手にするものをつぶそうとしている」

「お互い様じゃないのか。こちらはブリーフケースがなくなった。あんたの指紋がそこらじゅうについたブリーフケースがね」ウルフが陰気に小さく笑った。

「わたしはやってない」

「〈シカゴ・アウトフィット〉の人間は不意打ちは決してせず、常に真実を語ることに誇りを持っているんじゃないのか？」

「誰かに不意打ちを食らわしたことなど一度もない」父が用心深く答える。「〈マーフィーズ〉の件は不幸な事故だ。アイルランド人はいったん保険金が支払われれば、間違いなく得をするだろう」

「決起集会の話をしようじゃないか」ウルフが続けた。銃撃事件のあった、あの集会のこと？　ニュースでちらりと聞いたけれど、負傷者は出なかったという。暴力的なネットゲームのしすぎで精神が不安定になった若者の犯行だと報じられていた。ちょうど株式市場が大幅に下落したのと同じ日だったので、その事件はさほど注目されなかった。

「決起集会がどうした？」父が歯ぎしりをした。ドア越しでもはっきりと聞こえた。

「あんたがいまだに外を出歩けているなんて幸運だな。銃撃犯と一緒に勾留されていないとは」ウルフが言った。

「それはそっちに証拠がないからだ」

「埠頭の件にぼくが関わっているという証拠がないのと同じってことか。だが、最後のひと押しになったのはぼくの暗殺未遂じゃない。そう、あんなものはいいかげんで、完全に素人のしわざだ。決め手は婚約パーティーだった」

わたしは自分のつばでむせそうになった。父がわたしの未来の夫を暗殺しようとした？　そしてウルフはそのことをわたしに話さなかった。世間からその事実を隠した。父を守るために？　だとしたら、いったいなぜ？

「あの浮ついた娘が婚約パーティーで幼なじみと浮気するように仕向けたことと、十三人の男を勾留することを本気で比べているわけじゃないだろうな」父が吐き捨てるように言った。声が高くなったのはこれで二度目。本気の競争心が父を変えたのだ。いい方向に変わったわけではないけれど。

「あんたの娘は浮ついていないし、浮気もしない。彼女はまもなくぼくの妻になる女性だ。あんたの彼女に対する無礼な態度にはうんざりだよ。それに彼女を誰かの腕のなかに押しやったりはさせない。ましてや幼なじみには。実際、あんたがフランチェスカに関してよからぬ動きをしたり、婚約パーティーのときのようにぼくの評判を危うくするようなことをしたりするたびに、あんたのビジネスをつぶしてやる。埠頭、レストラン、ポーカークラブ。候補をあげれば切りがない。こちらには手段も時間もあるんだ。その鈍い頭で考えろ――彼女はもうぼくのものだ。彼女が働くか、どこで学ぶか、どんな体位でセックスするか、それはぼくが決める。さらに言えば、今ぼくを消したところで何も変わらないぞ。あんたに関する証拠はあちこちに保管してあるし、ぼくが死んだ場合はどうするか、管財人に書面で指示を出してある」

　ウルフはわたしにひどいことをするような口ぶりだが、そんな言葉は信じていなかった。今はもう。今週、彼は自分の肉体的な欲望よりも、わたしのそれを優先してくれた。今の言葉は明らかに父を怒らせるために言ったものだ。とはいえ、なぜそんなことを言ったのかは、もう気にならない。ウルフが本気でわたしのプライドを気にかけてくれているのなら、父の前でわたしたちの性生活をあからさまにするのはやめるはずだ。そこで何かが――花瓶かガラスが――割れる音がして、ウルフが謎めいた笑い声をもらした。

「なぜビショップとホワイトがきみを見逃すと思うんだ？」

「実際、ふたりとも見逃している。このトランプゲームで優位に立っているのはぼくだ。こちらのやり方に従うか、それとも負けるか。ほかの選択肢はない」

「フランチェスカを連れ戻すぞ」父が脅した。いつもの冷たい威圧感が欠けている。わたしは叫びたくなる気持ちをのみ込んだ。今度はわたしを連れ戻すですって？　わたしはおもちゃじゃない。人間で、どういうわけか未来の夫に惹《ひ》かれ始めている。それに〈アウトフィット〉には、もうわたしを望む人はいないだろう。特に純潔をウルフに奪われたあとでは。

父はそれを知らないだけだ。

たとえ、そうではないかと疑っているとしても――いえ、明らかに気にしてもいない。

ウルフは気にしている。今では彼が、わたしの人生を台なしにする可能性を持っているのだ。彼は欲しいものを手に入れた。わたしの純潔と自分に対する高い評判を。この関係を今日、終わらせることもできるわけだ。そんなことになれば、父は相当な恥をかく。そう思うとうなじに汗がにじんだ。ウルフがふたたび口を開くまで、かなりの間があった。

「あんたは彼女を連れ戻したりしない」

「なぜそう言いきれる？」

「娘よりも〈アウトフィット〉を愛しているからだ」ウルフがあっさり答えた。悪意の矢がわたしの胸を貫く。人間が嘘というものを作りあげたのはこのせいだ。自然界に嘘をつく動物はほかにいない。真実は残酷だ。体を切り開き、顔を泥に押しつける。現実を直視させ、それに対処するように強いる。自分が生きる世界の本当の重みを感じさせる。

「きみはどうなんだ？」父がきいた。「わたしの娘をどう思っている？」

「セックスの相手としては楽しめるし、連れて歩くにはまずまず見栄えがする。有効期限が切れれば、黙って取り換えればいい」ウルフが無造作に言った。わたしは吐きそうだった。胃酸が喉元まであがっているのを感じる。いっそドアを開けて、ふたりと対峙《たいじ》しようか。どうしてわたしのことをあんなふうに言えるのだろう？　ところがドアノブをつかんだ瞬間、誰かに背後から肩をつかまれた。陰りつつある部屋でわたしは振り向いた。ミズ・スターリングだった。彼女は首を横に振り、目を見開いて見つめてくる。

「彼はあなたのお父様に追い打ちをかけているんです」ミズ・スターリングが言った。顎を引き、わたしと視線を合わせようと必死になっている。

ドアの向こうで騒動が起きた。父が声を荒らげてイタリア語で悪態をつき、ウルフの挑発的なかすれ気味の声が壁と天井に響いている。父の靴が大理石の床をこする音がして、これ以上の恥をさらす前にボディガードが父を部屋の外に連れだしたのだとわかった。ドアの向こうがあまりに騒々しかったので、ほかの人に聞かれずにミズ・スターリングを問いただすことができた。

「どうしてそんなことがあなたにわかるの？」わたしは怒りの熱い涙をぬぐった。また泣いている。ウルフがわたしの人生に入ってきてから、泣かなかった日は片手で数えられるほどしかない。

「ウルフ・キートンがあなたのお父様に抱いている感情を知っているからです。それに今の彼は、お父様に対する嫌悪感があなたに対する愛情に勝っている。でも、状況は変わりつつあります。常に」

ミズ・スターリングはわたしを引っ張って外に連れだし、ウルフに聞こえないように秘密の扉をしっかりと閉めた。そして周囲に目を配り、誰にも見られていないのを確認してから、わたしの手首をつかんであずまやの下にいざなった。しわの寄った青白い両手を腰に当て、自分の前にわたしを座らせる。自分がお仕置きを受ける子どものように感じるのは、この日二度目だ。

「ウルフはわたしの家族をあんなに激しく嫌っているのに、どうしたらわたしに好意を抱けるっていうの？」わたしは髪を手ですきながら、煙草があればいいのにと思った。

ミズ・スターリングは視線を落として、少しのあいだ黙り込んだ。問いかけが的を射ていたからだろう。当惑した彼女の短い白髪が揺れた。

「彼は恋に落ちている途中なんです、フランチェスカ」

「彼は父を憎んで、わたしに欲情しているのよ」

ミズ・スターリングは一瞬黙ってから、ふたたび口を開いた。

「わたしの姓はスターリングではありません。それに見た目どおりの人間でもない。実は、リトルイタリーのあなたの家からさほど離れていない区画で育ったんです」

わたしは眉根を寄せて顔をあげた。ミズ・スターリングがイタリア人ですって？　それにひときわ白い肌をしているのに。とはいえ、考えてみるとわたしもそうだ。それもウルフに父も。母の肌は濃いめの色だけれど、わたしは父の容姿を受け継いだ。それもウルフに嫌われる理由のひとつではないかと恐れている。わたしは沈黙を保ち、ミズ・スターリングの話に耳を傾けた。

「若くて不安定な時期にしでかしたことがきっかけで、わたしは再スタートを切りました。自分の新しい姓をなんでも選べるとなったとき、銀合金《スターリングシルバー》を思わせるウルフの瞳にちなんで、スターリングに決めたんです。まだ幼くて自力では生きていけないウルフ・キートンにひどい仕打ちをしたというのに、彼はわたしを許してくれている。彼の心臓《ハート》はあなたが思うほど邪悪ではありません。愛する人のためには力強く鼓動を刻むんです。ただ、悲しいことに……」ミズ・スターリングは目をしばたたき、声を詰まらせた。「彼の愛する人はみんな死んでしまった」

わたしは庭が見渡せるあずまやをうろうろと歩きまわった。夏の花がいっせいに紫やピンクに咲き誇っている。菜園の野菜の生育も順調だ。わたしはこの小さな区画に生命を注ぎ込んでいた。願わくは——と言いつつ、おそらくできるだろうと愚かにも信じているのだが——未来の夫にも同じことをしたい。足を止めて小石を蹴った。

「わたしが言いたいのは、彼の心はかなりの打撃を受けてきたということです。だから冷淡で卑劣な態度を取っている。特に自分を傷つけた相手に対しては。でも、彼はモンスターではありません」

「あの人はもう一度、誰かを愛せると思う？」静かに尋ねる。

「あなたはどうです？　彼を愛せると思いますか？」ミズ・スターリングが疲れた笑みを浮かべて切り返した。わたしはうなった。もちろん愛せる。でも夢見がちなわたしは、どんな人に対してもいい面を見ようとするよからぬ傾向があると言われていた。父はそれを〝ばか正直〟と呼んだ。わたしは〝希望〟と呼ぶけれど。

「ええ」わたしは答えた。「わたしの心には彼が入る余地があるわ。彼はそこが自分の場所だと言えばいいだけよ」正直な気持ちが口からこぼれた。どうしてミズ・スターリングに本心を打ち明けたのかはわからない。たぶん彼女が同じように自分の人生をのぞかせてくれて、秘密を見せてくれたからだろう。

「だったら、マイ・ディア」ミズ・スターリングは静脈の浮いた冷たい手でわたしの頬を包んだ。「あなたの質問に対する答えはこうです。あなたが彼に対してどんな感情を抱いているにしても、ウルフはそれ以上の感情を抱くことができる。もっと柔軟で、もっと力強い感情を。彼は何をするにも徹底的に、見事にやってのけます。とりわけ愛することは」

わたしはその夜、ミズ・スターリングからウルフにわたしの寝室へ来ないように伝えてもらった。彼は言われたとおりにした。結婚式の前夜だったので、わたしが夕食を自分の部屋でとるのも緊張のせいだと思ったのだろう。ミズ・スターリングに食事を二階へ運ばせて、わたしにきちんと食べさせるように言いつけた。

夕食は通りの先のダイナーから取り寄せた、メープルシロップとピーナッツバターがたっぷりのワッフルだった。明日の朝、花嫁が空腹で気絶でもしたら大変だとウルフは心配しているらしい。

わたしは一睡もできなかった。

朝の五時、ミズ・スターリングが歌いながら大勢のスタイリストを引き連れて部屋に入ってきた。クララと母とアンドレアも一緒で、まるで小人とカナリアの助けで目覚めたシンデレラのように、わたしをすばやくベッドからおろした。わたしは父がろくでなしで婚約者が冷血漢だという事実を頭から締めだして、このひとときを楽しもうと決めた。なんといっても、結婚式を祝えるのは人生で一度きりだ。できるだけ楽しんだほうがいい。

わたしは花模様のレースのアップリケが施された、ヴェラ・ウォンの赤みがかった金色のウエディングドレスとチュールのプリーツスカートに身を包んだ。ウエーブのかかった豊かな髪はウエストまで垂らし、スワロフスキーのティアラをのせた。ブーケはシンプルに白いバラだけでまとめた。結婚式を挙げるリトルイタリーの教会——わたしの家族の伝統を尊重して——に着いたとき、そこはメディアのワゴン車と地元の大勢のジャーナリストであふれていた。わたしの脈が跳ねあがった。結婚式の前夜には夫と話すらしていない。父に対して放ったわたしに関する暴言について、問いただす機会もなかった。ウルフの話では、わたしが年を取ったら捨てるつもりらしい。自分の置かれた現状が、そのときひしひしと感じられた。

わたしたちはデートさえしていない(ダイナーに行ったのは謝罪の気持ちからでデートではないし、店ではずっとわたしはワッフルを口に運び、ウルフは携帯電話をいじっていた)。メッセージを頻繁に送りあうこともない。お互いのベッドで寝たことは一度もない。おしゃべりが目的でしゃべったこともまったくない。

わたしがいくらその状況を変えようとしても、ウルフ・キートンとの関係に希望はなかった。

側廊を歩いていくと、見事な着こなしでひげをきれいに剃《そ》った婚約者が牧師と並んでいかめしい顔をして待っていた。その脇にはプレストン・ビショップとブライアン・ハッチが立っている。ウルフ・キートンには真の友人がいないのだ。自分の役に立つ仕事上のパートナーだけ。でも、わたしだって本当の意味での友達はいない。クララとミズ・スターリングはわたしと三倍は年が離れている。いとこのアンドレアは二十四歳だが、わたしのことを哀れに思ってそばにいてくれているだけだ。彼女は美容室で働いていて、メイド・マンとしょっちゅうデートをしているけれど、相手には触らせないしキスさえもさせないといつも言っている。母とは二倍、年が離れている。つまり、ウルフもわたしも心もとない立場にあるということだ。ふたりとも孤独で用心深い。傷ついて、人を信用できなくなっている。

式は滞りなく進み、夫婦の宣言がなされると、ウルフがわたしの唇に軽くキスをした。夫婦としての初めてのキスのことよりも、彼は目の前でフラッシュがたかれているカメラのほうが気になるようで、きちんとした好印象を与えることだけを考えている。この日はひと言も交わさないまま、まもなく正午になろうとしていた。

教会からわたしの実家へ向かう車のなかでも、ウルフは無言だった。昨日聞いたことについて彼を問いつめれば、けんかにならないとも限らない。ただでさえ緊迫した雰囲気に追い打ちをかけたくはなかった。婚約パーティーでの出来事のあと、ウルフは父に、わたしたちに屋敷へ来てほしいならこの条件を満たすようにと一覧表を送っていた。そこで当然ながら、父の屋敷を埋め尽くしているのはウルフによって事前に承認された人たちだった。驚くことではないけれど、アンジェロはいなかった。ただ彼の両親はやってきて、そっけない祝いの言葉とともに贈り物を置くと、まっすぐドアへ向かった。夕食会を前に客たちが歓談したり笑ったり祝ってくれたりするなかで、わたしは夫に向き直り、正式に夫婦となってから初めて言葉をかけた。

「アンジェロに何かしたの？」

このやりとりには重要な意味があった。ふたりの最初の会話が別の男性のことで、わたしが少し前まで恋心を抱いていた相手のことなのだ。ウルフは客と握手をしたり、うなずいたり、明るく微笑んだりしていた。公人の顔だ。

「言っただろう、アンジェロ・バンディーニが三度目のごたごたを起こすのには我慢がならないと。きみが彼と何をしたのか結論を急いでしまったことは本当に申し訳なく思っているが、彼が婚約中の女性を誘惑しようとしたことは否定できない」

「彼に何をしたの？」

ウルフはにやりとして、自分のほうを見てもらおうとせめぎあっている客たちから目を離し、完全にこちらへ顔を向けた。

「アンジェロは今、父親のビジネスに関与した疑いで取り調べを受けている。心配するな。今頃はいい弁護士を見つけているさ。クリステンが雇ったのと同じ弁護士かもしれないな。彼女は越えてはいけない一線をちょうど五百は越えたので、解雇させて信用を全部失わせたところだ」

「〈アウトフィット〉の一家を密告したの？」わたしはどうにか怒りを抑えようとこぶしを握った。ウルフはわたしが誰なのか、なぜ自分に話しかけているのかわからないと言いたげな顔で目をしばたたいた。

「ぼくのものに二度と近づかないように、当然のことをしたまでだ」

ぼくのもの――わたしのことだ。

「アンジェロはどうなるの？」わたしは息を吸い込んだ。

ウルフが肩をすくめる。「死ぬほど脅されてから解放されるだろう。クリステンについて言えば、彼女のキャリアは確実に終わった。きみが気にすることではないが」

「あなたって卑しいのね」

「きみはおいしいよ」彼はささやいた。わたしの怒りを意にも介さず、若干楽しんでいるふうでもある。ミズ・スターリングは人込みに紛れて姿が見えない。おそらく写真を撮っているのだろうけれど、彼女にはここで状況を見極めて、ウルフの態度をただちに説明してもらいたかった。「そう、きみは正式にぼくの妻になった。夫婦のシーツを血で汚さなければならないのは知っているだろう?」

その言葉にぞっとした。上院議員だからとかさまざまな理由で、ウルフがこの伝統に加わることは絶対にないと、わたしは高をくくっていたのだ。だが、彼が父を苦しめることにどれほどの喜びを覚えているかを忘れていた——自分の娘と寝たという証拠を突きつけられることほど、ひどい仕打ちがあるだろうか。

「前回の行為で血は全部出てしまったはずよ」わたしはワイングラス越しに微笑んだ。飲んでいるのはオレンジジュースだ。ウルフが知る必要はないが、プードルが溺れるほどのウオッカがまぜてある。ありがとう、クララ。

「負けは認めないんだろう、愛《いと》しい奥さん。激しくやれば出血すると保証する」

「離婚したいわ」わたしはうめいた。彼の言葉を本気にしたわけではないけれど、完全に冗談だとも思えなかった。

ウルフが小さく笑う。「きみとはぼくが息を引き取るまで一緒だ」

あるいは、あなたが新しいモデルとわたしを取り換えるまで。

「その日がすぐに来ることをお互いに祈りましょう」

パーティーが始まって二時間もすると、ウルフとわたしはようやく離れた。わたしは化粧室に行ったものの、かさばるチュールのせいでトイレに入るのに時間がかかり、どうにか用を足して個室から出てきたときにはたっぷり十五分は経っていた。手を洗ってドアを開け、のろのろと会場に戻っていると、隣の部屋で何かが壊れるような音がした。足を止めて一階にある客室に顔を向ける。眉をひそめて、音がしたほうに向かった。もし誰かが酔っ払って両親の家のものを壊しているのなら、ひと言文句を言ってやらないと。わたしはドアが開いている部屋の前で立ち止まった。目の前で起こっていることを理解して、信じられずに目を見開く。

母がベッドに倒れ、父がその前に立って、母の顔につばを飛ばして怒鳴っていた。ふたりの足元にはブランデーグラスの破片が散らばっている。父がグラスを踏みつけ、オックスフォードシューズの下で砕けた厚いガラスがカーペットの向こうに飛んだ。

「おまえは娘にどんな見本を示しているんだ？　昨日は大事な日を迎える準備をさせるはずだったのに、その娘は父親をばかにして言い返してきたんだぞ。あの悪魔の前で！　娘のせいで、わたしは愚か者に見えた。そしておまえのせいで、わたしはおまえみたいな女と結婚した男だとばかにされるんだ」

母は父の顔につばを吐きかけた。「浮気者のくせに」

父が腕を振りあげ、手の甲で今にも母の顔を殴ろうとした。わたしは何も考えずに母を守ろうと飛びだした。「やめて！」そう叫びながらふたりのあいだに入る。父を突き飛ばすつもりだったが間に合わず、力も足りなかった。父がわたしの顔を激しく叩いた。わたしはよろめいて母の隣に倒れ込んだ。そのときに母の脇腹に肘が当たった。頬が燃えるようで、目が涙でちくちくする。痛みは首から目へと広がり、顔全体が炎に包まれている気がした。まばたきをしながら体勢を立て直し、マットレスに寄りかかって頭を振った。ああ、ずきずきする。父は何度、母を殴ったのだろう？わたしをウルフに差しだす前と差しだしたあとに。浮気を知った母が、父を問いつめる前やそのあとに。

「絶妙なタイミングだな、フランチェスカ」父は苦々しく笑い、ガラスのかけらをこちらに蹴り飛ばした。「おまえが引き起こしたすべての混乱を見るのに、ちょうど間に合ったわけだ」

母がベッドの上でいきなり泣きだした。自分を恥じるように顔を覆っている。

このごたごたに向きあいたくないから、母は自らの殻に引きこもり、幾重にも重なる悲しみと嘆きの層の下にもぐり込んでいるのだ。従順で完璧な妻を長年演じてきて、とうとう力尽きてしまった。わたしがひとりで父と対峙しなければならない。ウルフの脅迫にさらされて変わってしまった父に立ち向かうのだ。

わたしは顔をあげて背筋を伸ばした。

「ママに何度、手をあげたの？」小鼻を膨らませ、嫌悪感で口を引き結ぶ。

「正しいふるまいを教え込めるほどじゃない」父が不快な薄笑いを見せた。わずかに体がよろめいている。酔っているのだ。泥酔していると言ったほうが近いかもしれない。わたしは身を守るために大きなガラスの破片を拾い、あとずさりして武器のように父とのあいだに構えた。確かな事実として知っているのは、ウルフがここで結婚披露パーティーを開くことに合意する前に強く求めた条件のひとつに、武器の完全排除が含まれていたということだ。正面の入り口には金属探知機さえ設置されていた。父がどこかに銃を隠しているにしても、身につけていることはない。

「それは本当なの、ママ？」わたしは父を見据えたまま、母に尋ねた。母はベッドの上で弱々しく鼻を鳴らして否定した。

「いいのよ、ヴィタ・ミア。あなたのお父様は結婚式で動揺しているだけだから」

「やつがこの娘を闇市で売ろうが、わたしはなんとも思わない。あの男のもとに行ってから、この子はわたしを完全にばかにしているんだ。大事なのは面子《メンツ》を保って、こいつら夫婦が厄介事を起こさないようにすることだけだ」父はわたしの武器を取りあげてやるとばかりに腕まくりをした。

父は本心を語っているとわかった。

わたしはガラスの破片を父に向けた。「ママを部屋から出して。ふたりだけで解決しましょう」

「解決することなど何もない。それにおまえはわたしと同等の人間ではないぞ。おまえと話しあう気はない」

「ママに手をあげないで」わたしの声はほとんど震えていなかった。わたしの夫を殺さないで、と付け加えたかったが、考えてみればウルフの面倒を見るのはわたしの役目ではない。向こうはわたしのことなど気にもかけていないと、はっきりさせたのだから。

「手をあげたら、なんだ？　おまえの夫に泣きつくのか？　こっちはやつよりももっと大物で、もっと力のある人間を簡単につぶしてきたんだぞ。だからいいか、わたしに口答えできるようになったと思うな。おまえの大事なものはもうやつに与えたのか、フランチェスカ？　結婚前に？」父が威嚇するように、もう一歩近づいてきた。わたしは圧倒されたものの、ひるむことなく父の顔の前で破片を振って警告した。

「ウルフ・キートンに口で奉仕したのか？　そこらにいる頭が空っぽの女たちみたいに、自分は違うと思い込んで？　だとしても、まったく驚かないがね。おまえは昔から愚かすぎるのが欠点だった。見た目はいいが分別がない」

「パパ！」わたしは叫び、こみあげてくる涙をのみ下した。なぜそんなことが言えるのだろう？　それに愛情も敬意も抱く価値がない人からそう言われて、いまだに傷ついてしまうのはどうして？

「酔ってるのよ」自分に対して言ったのか、父に対してなのかはわからなかった。頬は今でも燃えているようだ。この十五分を永遠に心のなかから消し去ってしまいたい。

「どうしようもないわ」

「もううんざりだ。何もかもめちゃくちゃにしてやりたいよ」父が言い返す。

「ママ、行きましょう」わたしは母をせかした。

「わたしはここでお昼寝をするわ」母はベッドの上のほうで胎児のように体を丸くした。真珠と深緑色のシルクのドレスを身につけたままだ。

昼寝ですって？　そう、母は夫にあらゆることをされたあとでも逆らうまいとしている。わたしは頭を振り、向きを変えて部屋を出た。手のなかでガラスの破片を強く握りすぎて、ドレスに血がしたたるのを感じた。もう一度化粧室で足を止めて身なりを整え、ドレスに目立つ染みがないのを確認してからパーティーの会場に戻った。両親とわたしがそろって同じときに姿を消せば、あらぬ噂を呼んでしまうだろう。うろたえて頭がもうろうとしていたわたしはよろめいて来客にぶつかったが、心配そうな視線や射るようなまなざしには気づかないふりをした。バーカウンターでオードブルを取っているミズ・スターリングが目に入った。わたしは彼女が手にした小皿を無視して腕のなかに飛び込んだ。クラブケーキとデビルドエッグが床に飛び散る。

「二階に行ってもいい？」わたしは声を絞りだした。「化粧直しを手伝ってほしいの」

ミズ・スターリングが口を開くと同時に力強い手で肩をつかまれ、わたしは後ろを向かされた。自分の夫になったばかりの相手と顔を突きあわせる。ウルフは濃いまつげ越しにわたしを見おろして、眉をひそめた。

これほど怒っている彼はこれまで見たことがない。

「その顔はどうした？」ウルフが問いつめた。わたしはとっさに頬に手を当ててさすり、恥ずかしさを笑い飛ばした。幸運にも彼の声音は抑えられていたので、こちらを見る人はいなかった。

「なんでもないわ。ちょっとね」

「フランチェスカ……」彼は声をやわらげてわたしの手を取り――肘ではないところが進歩と言える――サンルームと応接室のあいだのアルコーブに連れていった。わたしはかさばるドレスに目を落として、涙を流すまいと心に決めた。一度も泣かずに二十四時間過ごせる日は、いつ来るのだろう？

「やつに殴られたのか？」ウルフが膝を折り、わたしの目の高さに合わせてかがんで尋ねた。しっかりと視線を合わせ、頬に残る手の跡以外にも、自分がこれから父にしようとしていることを正当化できる理由を探している。

「わざとじゃないの。父が母を叩こうとして、わたしが止めたら手が当たってしまって」

「なんてことだ」ウルフが頭を振った。

わたしは視線をそらして目をしばたたいた。「どうして気にするの、ウルフ？　あなただって、父と大して変わらないじゃない。確かにわたしに手をあげたりはしないけど、いつもひどいことを言うわ。父に話しているのを聞いたのよ。わたしと一緒にいるのはセ……セックスができるからだって。連れて歩くのに見栄えがしなくなったら捨てるつもりだって」

彼が背筋を伸ばし、憮然として顎に力をこめるのが目の端に映った。

「立ち聞きはよくないぞ」

「そんなことを言うほうが悪いんでしょう。わたしを傷つけるようなことを父にたくさん言うじゃない」

「あいつをいたぶるためだ」

「だったら、うまくいったわね。父はあんまり頭に来たから母を叩こうとしたの。こうなったのはあなたのせいでもあるのよ。父は常軌を逸している。父に関係する人は誰でも危害を与えられる可能性があるわ」

「きみには今後いっさい触れさせない」

「今後いっさい――もしくは、わたしの外見が衰えてミセス・キートンにふさわしくなくなるまで？」

「今後いっさいだ」ウルフはきっぱりと言った。「いいか、そんな戯言を言うのはやめろ。きみは死ぬまでミセス・キートンだ」

「重要なのはそこじゃないわ！」わたしは叫んで向きを変え、アルコールの力を借りようとシャンパングラスを取って一気に飲み干した。ウルフはとがめなかった。まわりを見まわすと客の数が減っている。わたしは両親とのごたごたのあと、時間の感覚を失っていた。

「今、何時なの？」

「そろそろお開きの時間だ、とにかく話しあおう」彼が言った。

「正確には何時なのよ？」むっとしてきいた。ウルフは手首をひねって上着の袖をまくり、カルティエの腕時計を確認した。

「十一時だ。わかっているだろうが、客はぼくらを寝室へ送りだすまで帰らない」

わたしはため息をついた。それが伝統なのだ。ウルフが腕を差しだし、わたしはそこに手をかけた。特に彼と夜を過ごしたいわけではないけれど、すべてを終わらせてしまいたかった。

五分後、ウルフが自分たちは寝室にさがると皆に知らせた。人々は口笛を吹き、拍手をし、口元を手で覆ってにやにや笑いを隠した。わたしはウルフに手を添えられて、二階のかつての寝室へ向かった。結婚式の夜のために、両親が整えておいてくれた部屋だ。みんながついてきてキャンディーを投げつけたり、酔っ払ってろれつのまわらない声で歌ったりした。ウルフはわたしを守るように肩を抱き、父に叩かれてまだ赤く腫れている顔の片側を隠してくれた。わたしは首をひねって、大勢のあとからついてくる両親を見やった。ふたりとも一緒になって手を叩きながら、首をすくめて耳元で叫ぶ人の話に聞き入っている。母は大きな笑みを浮かべ、父は今でも自分が世界を掌握しているというような作り笑いをしていた。それがすべて演技だとわかると、わたしの心の奥底で何かが壊れた。

子どもの頃は見破れなかった演技。

夏の休暇、美しいクリスマス、社交の場で見せていた夫婦の愛情。

どれもこれも、嘘の積み重ねだったのだ。

ウルフが背後でドアを閉め、さらに二重に鍵をかけた。互いに部屋を見まわす。キングサイズのベッドには新品同様の白いシーツがかかっていた。このためにツインベッドと取り換えたものだ。わたしは吐き気がした。みんなに示せるものが何もない──初夜に出血することはない──うえに、今夜わたしたちがセックスをすると知られていると思うと落ち着かなかった。わたしはベッドの端に腰かけ、両手をお尻の下に敷いてドレスに視線を落とした。

「しなきゃいけないの?」小声できく。

「何もする必要はない」ウルフが水のボトルを開けてひと口飲み、隣に腰をおろした。ボトルを渡してくれたので、わたしも口をつけた。

「よかった。まだ生理中なの。アフターピルを飲んだ翌日に始まって」

なぜこんな話をしているのだろう?　自分でもわからない。ただ口をついて出た。

そこで尋ねた。

「どうしてピルをのませたの？」

「子どもを持つ準備ができているのか？」

「いいえ。だけど、あなたはそれを知らなかったでしょう。それにもし妊娠しても、多くの人が子どもは結婚式のあとでできたと思ったはずよ。なぜそんなに気にするの？」

「ぼくは子どもが欲しくないんだ、フランチェスカ」ウルフはため息をついて顔をさすった。「つまり……ずっと」

「えっ？」わたしはささやいた。強い大家族は夢にあふれているとずっと聞かされてきて、自分もそんな家族が欲しいといつも思っていた。彼が立ちあがってわたしに背を向けさせ、ドレスのファスナーをおろし始めた。

「ぼくの幼少期は最高とは言えなかった。実の親は見さげた人間で、実際には兄に育てられたが、兄はぼくが十三歳のときに死んだ。養父母はぼくがハーバードにいるときに亡くなった。人間関係とは、ぼくに言わせれば面倒で必要のないものだ。ぼくは異性関係もできるだけ避けてきた。相手がプロなら別だが。その場合、ほとんど選択肢はない。子どもは当然ながらもっと面倒なので、ぼくの望むもののリストの最下位にある。とはいえ、きみの生殖本能は理解できるから、子どもが欲しいなら止めはしない。ただし、ふたつのことを考慮に入れておいてくれ。ひとつは、子どもはぼくの子ではないこと。妊娠するなら精子提供を受けてほしい。ふたつ目は、その子どもたちの人生にぼくは関わらない。きみが子どもを持つという選択をするのなら、きみとその子をちゃんと養って、どこか安全な場所に住まわせる。だが、ぼくと一緒にいることを選ぶなら——本当の意味で一緒にいるというのなら——ぼくらは絶対に子どもは持たない」

わたしは唇を噛んだ。一日でいくつの苦しみに耐えられるものだろう？　ましてやひと月では？　まだあの木製の箱を開けて最後のメモを取りだしてはいないけれど、その理由は明白だ。これまでのメモは、ウルフがわたしの運命の人だと示している。けれども彼の行動は、そうではないことを証明していた。実のところ、この人が一生の恋人かどうか知りたくないのは、自分自身の心もまだ決まっていないからだ。

しばらくわたしが何も言わなかったので、ウルフが少女じみたピンクの衣装戸棚からネグリジェとローブを持ってきた。手渡されたとき、深く考えをめぐらせているうちに全部脱がされていたのだと、酔ってぼんやりした頭で思った。わたしはショーツだけを残して裸だった。

「五分で戻る。おとなしくしてるんだ」

わたしは言われたとおりにした。心の片隅では――ほんの小さな部分では――どうでもいい気がしていた。おそらく子どもを作らないほうが正しいのだ。わたしたちは子どもを持てるほど愛しあっていないし、尊敬しあってもいない。ウルフはわたしの産婦人科の診察に同行してくれないだろう。アンジェロがそうしてくれるのを夢見ていたよ子ども部屋の家具選びにも興味がなく、アンジェロがそうしてくれるのを夢見ていたよ

うに、大きくなったお腹に毎晩キスもしてくれそうにない。

アンジェロ。

懐かしさで胸がチクリと痛んだ。アンジェロなら、そうしたことのすべてとそれ以上のものを与えてくれたはず。彼は大家族のなかで育ったし、自分もそういう家族を持ちたいと願っていた。わたしが十七歳のとき、波止場で足をぶらぶらさせながら、ふたりでそんな話をしたことがある。子どもは四人欲しいと話したら、わたしと結婚する男は四人の子作りを一緒に楽しめて幸運だとアンジェロは言ってくれた。そしてふたりで笑いあい、わたしは彼の肩をぴしゃりと叩いたのだった。ああ、どうしてメモはウルフを指しているのだろう？　アンジェロがわたしにぴったりの相手なのに。

ずっとそうだった。

わたしはシルクのローブをウエストで締めながら、来週一番にクリニックへ行ってピルをのみ始めようと決めた。ウルフの生き方を受け入れよう。少なくとも当分のあいだは。勉強して仕事に就こう。毎日出かけて、一日じゅう働くのだ。

もしかすると、わたしたちは離婚しようということになるかもしれない。そうすればわたしは自由になる。アンジェロと、あるいはほかの誰かと結婚するのも自由だ。

空想の世界から現実に戻ったとき、ドアが開いてウルフが、ほかでもないわたしの父と一緒に入ってきた。わたしはベッドの端に腰をおろして、その光景を見守った。父の下唇は震え、歩くたびに体が左右に揺れている。お仕置きを受けた子どもみたいに、肘をウルフにしっかりとつかまれていた。

「言うんだ」ウルフが吐き捨てるように命じて、父をわたしの足元に突き飛ばした。床に四つん這いになった父は、すぐさまもがいて立ちあがった。わたしは息をのんだ。こんな父は見たことがない。こんな弱々しい姿は。何が起きているのか理解するのが難しい。

父の口から出た言葉を理解するのは、もっと難しかった。

「わが娘《フィーリャ・ミア》よ、おまえのかわいい顔を傷つけるつもりはまったくなかったんだ」

驚くほど本心からの言葉に聞こえて、さらに不快なことに父の声を聞いた最初の数秒間、わたしのかたくなな心はゆるんでしまった。それから父に今日どんな仕打ちをされたかを思い出した。このひと月のあいだ、どんな態度を取られてきたかを。わたしは立ちあがって窓辺に向かい、ふたりに背を向けた。

「さあ、もう行かせてくれ。さもないと……」背後で父がウルフに食ってかかった。後ろであれこれ言っているのを聞いて、わたしはひそかに冷ややかな笑みを浮かべた。ウルフが相手では、父に勝ち目はない。それはわたしも同じだけれど。

「立ち去る前に、もうひとつ片づけておくことがある」ウルフの声を聞きながら、わたしは引き出しから煙草の箱を取りだしてジッポーで火をつけ、深々と吸い込んだ。窓を少し開けて、闇夜に青い煙を吸わせる。

「いいかげんにしろ」父は吠えるように言い返した。

「血のついたシーツの件だ」ウルフがとどめを刺す。

「そうだろうとも」父が後方で鼻を鳴らした。わたしは振り返って父の表情を見る気にはなれなかった。「どうせ自分のものになる前に手をつけたんだろう」

鋭い平手打ちの音がして、はっと振り向いた。父が頬を押さえて後ろに倒れ、衣装戸棚に背中をぶつけた。わたしは目を見開き、口をあんぐりと開けた。

「フランチェスカはまだ準備ができていない」ウルフの金属を思わせるテノールが響

いた。その不気味で穏やかな物腰と、たった今したことはまったく対照的だった。ウルフは父に一歩迫って間合いをなくし、シャツをつかんで立たせた。「ほかのやつらと違って、ぼくは女性の意思に反して相手に触れることはしない。たとえ彼女がぼくの指輪をはめていても。だとすれば選択の余地はない。そうだろう、アーサー？」

父は目を細めてウルフを見ながら、彼のローファーに血の塊を吐きかけた。父は、アーサー・ロッシは、不屈の男だ。ストレスのかかる状況に置かれた父を幾度か見てきたけれど、これほど気迫のない姿は初めてだった。わたしの夫に対して歯が立たないのは自分だけでないとわかると、少し気持ちがやわらぐ。と同時に、ウルフが人に与える影響力を思い知ってぞっとした。

ウルフはベッドの足元に置かれた黒いダッフルバッグに大股で近づいてファスナーを開き、小型のアーミーナイフを取りだして振り向いた。父は完全に酔っ払い、支えがないと立てないほどだというのに、背筋を伸ばして堂々としていた。わたしの古い衣装戸棚に背を預け、鼻孔を膨らませている。

「おまえはおしまいだ。おまえたちふたりは」

「手を開け」ウルフは脅しに取りあわずにふたつ折りのナイフを広げ、鋭い刃を出した。

「わたしを切る気か？」父がなじった。唇が憎悪でゆがんでいる。

「花嫁が代わりにやってくれない限りは」ウルフが首をめぐらせて、こちらを見た。

わたしは目をしばたたいて煙を吐きだし、時間を稼いだ。おそらく自分はもうこのふたりに失望や怒りを感じていない。どちらもそれぞれのやり方で、わたしの人生を台なしにした。ひどい痛手を負わせたのだ。だからわたしは悠然と彼らに向かって歩いていった。父は甘んじてウルフに切りつけられようとしている一方で、わたしが近づくのを見ると歯を食いしばって顎に力をこめた。

「この子にそんな勇気はない」

わたしは片方の眉をあげた。「あなたがよそにやった女の子にはそんな勇気はなかったわ。でも、このわたしには？　あるかもしれない」

ウルフがこちらにナイフを渡し、壁に寄りかかった。わたしは自分をこの世に誕生させてくれた親の前に立って、手に武器を握りしめた。できるだろうか？　父の大きく開いたてのひらを、こちらを見返す瞳を見た。今夜、わたしの頰を叩いた手。母に向けたのと同じ手。

けれどもその手は、クララが洗ってくれた髪を寝る前に編んでくれた手でもある。

つい先日の仮面舞踏会で、わたしの手をやさしく叩いてくれたのと同じ手。夜空で一番明るく輝く星であるかのように、わたしのことを見つめてくれた人の手。

アーミーナイフを握る手が震えて、指のあいだから滑り落ちそうになった。なんてこと。わたしにはできない。やりたいけれど、できそうにない。

わたしは頭を振り、ウルフにナイフを差しだした。

父が満足げに舌打ちをする。

「おまえはいつだって、わたしが育てたフランチェスカだ。意気地のない子羊だよ」

わたしは父とみぞおちのむかつきを無視して一歩さがった。

ウルフがわたしの手からナイフを受け取り、穏やかな顔で父の手をつかんで横向きに浅く切りつけた。血が飛び散り、わたしは眉をひそめて顔をそむけた。父は突っ立ったまま、てのひらからあふれる血を妙に落ち着いた表情で見つめている。ウルフが体の向きを変え、ベッドからシーツをはいで父に放った。父がつかむと同時にシーツに血が染み込んでいった。

「この私生児《バスタード》め」父が言った。「おまえは私生児として生まれて、どんな靴やスーツを身につけようが――私生児として死ぬんだ」紛れもない嫌悪をこめて、わたしの夫をにらむ。

「生粋の私生児はそっちだろう」ウルフがにやりとした。「メイド・マンになる前はな」

なんですって？　ふたりの顔を見比べてから、父を見つめた。

父は反論しなかった。両親は父が十八歳のときに自動車事故で死んだと聞かされている。でも、わたしは祖父母の写真を一枚も見たことがなかった。父はブルーの目を細めて、射抜くようにわたしを見た。

「ベンディカーレ・ミー」

〝報復すればいい〟

「そのシーツを持って、さっさと出ていってくれ。明日の朝、それを近しい家族に見せればいい。友人やメイド・マンはだめだ。もしこのことがマスコミにもれたら、この手で確実にあんたの首にナイフを刺す……そして、しっかりと思い出させるぞ」ウルフがシャツの一番上のボタンを外しながら言った。

父は背を向けると怒りに満ちた足取りで部屋を出ていき、音が反響する勢いでドアを閉めた。

そのバタンという音が耳から離れないうちに、新たな事実に気づいた――わたしは愛されてはいないけれど、この体を頻繁にもてあそぶのが好きな人と結婚した。子どもはいらない人、そしてわたしの父を激しく憎む人と結婚した。

「ぼくは長椅子で寝る」ウルフがベッドから枕をつかんで、窓際の椅子に放った。わたしとベッドを分かちあうつもりはないのだ。結婚式の夜でさえも。

わたしは急いでベッドにもぐって明かりを消した。

どちらもおやすみ《グッド・ナイト》とは言わなかった。

それも嘘だと、お互いに知っているから。

12

フランチェスカ

一週間は刻々と過ぎていき、ウルフとわたしは次第にいつもの夜の日課に戻っていった。たくさんキスをして、たっぷり愛撫して、舌を駆使し、うめき声をあげ、口と指だけで相手をなじった。けれどもウルフの下腹部がこれ以上ないほど張りつめると、わたしは毎回おじけづいて、部屋を出ていってほしいと彼に告げた。彼はいつも従ってくれた。初めてのときに味わった痛みが、わたしに傷跡と恐怖を残していた。身体的な面だけではない。信じてもらえなかったことが、互いに性的に惹かれているだけだということを思い出させた。ふたりのあいだに信頼はない。愛情も。

セックスをすることにはなるだろう。たぶんそう遠くない未来に――それはわたし次第だ。わたしが不安を取り除けたときに。

人生はのろのろと進んでいった。一日一日は忙しく、やることや行くところはたくさんあって雑然としていたけれど、大きく何かが変わるようなことはなかった。

夫はわたしに拒絶されていらだちを募らせ、ミズ・スターリングはわたしたちが分かちあっているのが欲望だけという状態にいらだちを募らせ、父はわたしと話すのをいっさいやめたけれど、母は変わらず毎日電話をかけてきた。

結婚式から七日後、わたしは大学の構内を出てスミシーが待つ車に向かった。安物のスーツを着て黒いレイバンのサングラスをつけたスミシーが、黒いキャデラックの助手席側のドアにもたれていた。彼は口に入れた棒付きキャンディーを左右に動かしながら、わたしにうなずいてみせた。

「あなたが運転する番です」

「えっ？」

「ボスの命令です。帰り道に幹線道路はないから、まあ大丈夫だろうと」

ウルフは運転を教えてくれると約束したものの、まだ二回しかレッスンをしていない――彼に仕事以外の時間はほとんどないからだ。でも、わたしは運転できそうな気がした。才能があるとウルフが言ってくれたし、彼は軽々しくお世辞を口にするタイプではない。それにスミシーの言うとおり、自宅までの道は街なかで車も多いので、練習にはもってこいだ。

「わかったわ」わたしはわくわくして、こぼれる笑みをこらえた。スミシーが宙に投げた鍵を受け取る。彼は車から体を離し、通りの向かいのコーヒーショップを指し示した。

「用を足してきます」

「ええ、どうぞ」

スミシーは五分後に満面の笑みで戻ってきた。

「もしボスにきかれるようなことがあっても、ぼくがおしっこをしたなんて言わないでくださいよ。あなたにぼくのナニを連想させたからという理由で、そこをちょん切られるかもしれない」わたしはスミシーのざっくばらんな物言いに驚きながらも、微笑んで首を横に振った。

「ウルフはそんな人じゃないわ」

「冗談でしょう？　ボスはあなたがやることや見聞きすることのすべてを気にしてますよ。うっとうしいラジオのコマーシャルや、野良猫が住んでいるからと言ってあなたが嫌う例の通りも含めて」

「あの猫にはおうちを見つけてあげないと」わたしはそう言って運転席に滑り込み、小柄な体形に合うように座席を前にずらして調整した。ミラーの位置を直し、合図を出してキーレス・イグニッションのスイッチを入れると、車が息を吹き返した。ハンドルに指をかけたところで、スミシーが助手席に座った。

「用意はいいですか?」

「いつでもどうぞ」

スミシーがそばかすの散った手で前方を指した。赤みがかったオレンジ色の豊かな髪と同じ色のまつげをしている。

「うちに向かって出発です、フランキー」

フランキーと呼ばれたのは初めてで、どういうわけか心臓がどきりとした。母はわたしをヴィタ・ミアと呼び、父は最近ではまったく呼びかけたりせず、ウルフはネメシスかネム、フランチェスカと言う。アンジェロはわたしを女神と呼んだ。それが今では懐かしい。アンジェロに会いたかった。

ずいぶん長く彼の顔を見ていないし、話もしていない。元気にしているのか確認するためにメッセージを送ろうかと思ったものの、夫を激怒させたくはなかった。そこで代わりに、母との日々のおしゃべりのなかでアンジェロの様子をきいてみた。母によると、彼の父親のマイクはウルフが息子を不当に扱ったと激怒して父に文句を言い、それがわたしの突然の結婚以来こじれている父とマイクの関係に追い打ちをかけているらしい。最近の〈アウトフィット〉の男たちの様子は、あまり芳しくないようだ。

駐車スペースから車を出して、ウルフの家へと走りだした。わたしたちの家というべきか。運転席に座ることでアドレナリンが一気に分泌されて速まっていた鼓動が、角を曲がると落ち着いてきた。そのとき、スミシーがうめいた。

「後ろのボルボがぴったりつけてきやがる」アイルランド訛りが出るのはスミシーがあわてているときだ。スミシーは裏社会とはなんの関係もないし、キートン上院議員の運転手になる前におそらく徹底的に身元確認をされているとはわかっていても、シカゴで育ったアイルランド人と同じ車内にいると思うと落ち着かない気分になった。

バックミラーを見たわたしは、相手の正体にすぐさま気づいた。バンディーニ家に雇われているメイド・マンだ。がっしりとして身長が二メートル近くある野蛮な男たちで、普通は会話よりも筋力を必要とする仕事を任されている。運転席の男が黄色くて不ぞろいな歯をのぞかせて薄笑いを見せた。

なんてこと。

「スピードをあげて」スミシーが指示した。

「道が混んでるのよ。誰かをひき殺しちゃうかも」わたしは必死に視線を動かし、ハンドルを握りしめた。スミシーが座席の上で身をねじって後ろを確認している。わたしに運転を任せたことを悔やんでいるに違いない。

「こっちにぶつけてくる――いや、つぶしに来ますよ、まともに」

「どうすればいいの？」

「左に曲がって。今すぐ」

「えっ？」

「今です、フランチェスカ」

わたしは何も考えずに鋭く左折して、これまでの交通量の多い区域から西へと疾走した。道は比較的すいていたので、さっきよりもスピードを出せたものの、アクセルをいっぱいに踏み込むのはまだ怖かった。スミシーの狙いはわかっている。後ろの車を振りきりたいのだ。でも、彼は向こうが追跡を生業としていることを知らない。

「幹線道路に入って」スミシーが叫んだ。

「スミシー！」わたしが金切り声をあげると、彼は額の汗をぬぐってポケットから携帯電話を出した。

「集中して、フランチェスカ」

「わかった、わかったから」

わたしはふたたび急カーブを曲がって幹線道路に合流し、数秒おきにバックミラーで車間距離を確かめた。恐怖で胸が張り裂けそうだ。全身が総毛立ってちくちくする。あの人たちは何をしているの？　なぜわたしを追いかけるの？　理由ははっきりしている。アンジェロと結婚するはずだったのにウルフと婚約したことで、バンディーニ家に恥をかかせたからだ。そのうえわたしの夫はアンジェロを勾留して、〈アウトフィット〉との関係について調べさせた（マイク・バンディーニの会計事務所との関係もそうだ。おそらく今頃、事務所には国税庁の調査が入っているだろう）。

金属同士がこすれる音が耳をつんざいた。後ろからぶつかられ、キャデラックが前方に飛びだした。ドアが熱を持ち、ゴムが焼ける匂いが鼻をついた。

「アクセルを踏み込んで。車間を取るんです」スミシーはつばを飛ばして叫びながら、震える指で電話の画面をスクロールしている。

「これでもがんばってるのよ」わたしはハンドルをさらに強く握り、浅い呼吸を繰り返した。胸がぜいぜいと鳴り、あまりに手が震えて、車は車線をまたいでジグザグに進んでいる。道路はすいているとはいえ、バンディーニの手下を振りきろうとするたびに、まわりの車がクラクションを鳴らしたり、路肩に寄ったりした。

「どうした？」ウルフの声が車内にとどろいた。スミシーが電話をつないだのだ。わたしは鋭く息を吐いた。ウルフの声を聞くとほっとした。ここにはいないにしても、とたんに少しだけ気持ちが落ち着いた。

「追われてます」スミシーが言う。

「誰にだ？」

安堵が瞬時に不安へと変わった。もしかするとウルフは、これでわたしから解放されると喜ぶかもしれない。父はわたしを失うのだから、彼にしてみればわたしと一緒にいる苦痛に耐えることなく、父に対して同等の復讐が果たせることになる。

「わかりません」スミシーが答えた。

「バンディーニの手下よ」車の騒音に負けじと、わたしは声を張りあげた。

その情報をウルフが消化するまで一瞬の間があった。

「アンジェロ・バンディーニの父親か？」ウルフが尋ねる。

また追突されて車内に衝突音が響き、車は前方に一メートルほど飛ばされた。わたしはハンドルで頭を打ち、息を切らしてうめいた。

「フランチェスカ、今どこだ？」ウルフの声がこわばった。わたしは標識を探そうとあたりを見まわした。

「九〇号線です」スミシーが答え、足元からわたしの通学用バッグをつかんで携帯電話を探った。「これから通報します」

「警察には知らせるな」ウルフが即座に返した。

「えっ？」スミシーとわたしは声をそろえて叫んだ。バンディーニの男たちが、ふたたび背後に迫っている。キャデラックがガリガリと異音を発した。バンパーが路面をこすり、コンクリートの上で引きずられている。それはコンピューターゲーム『グランド・セフト・オート』で車が炎上する前に立てる音を連想させた。イタリアで夏を過ごしているあいだ、アンジェロが弟たちとしょっちゅうそのゲームをしていたのだ。

いつも勝つのはアンジェロだった。

「これから迎えに行く。ローレンスアベニューの出口から出るんだ」ウルフが車のキーを手に取る音がした。わたしは彼が運転している姿を見た覚えがない。今まで一度も。いつも運転手付きの車に乗っているか、近所を走るわたしの隣に座っているかのどちらかだった。

「運転はうまくないの」感情を抑えようとしながら、無事にこの状況を切り抜ける腕がわたしにあると確信している彼に釘《くぎ》を刺した。指示された出口を探して、目玉が飛びだしそうなほど視線を動かす。

「きみの運転の腕は確かだ」ウルフが言った。電話の向こうから、道路を高速で走っている音がする。背後のクラクションや罵声からして、無数の違反行為をしているに違いない。「きみにもしものことがあったら、〈アウトフィット〉全体を吹き飛ばして、シカゴのマフィアをひとり残らず刑務所に送り、そこで一生を終えさせてやる。それはやつらもわかっているはずだ」

「あなたと結婚したせいよ」わたしは小声で言い、ローレンスアベニューがよく見えるようにまばたきをして涙をこらえた。スミシーが首をめぐらせて周囲に目を配っている。今ここでそんな話をしている場合ではない。

「きみのせいじゃない」ウルフが言った。「ぼくがやつの息子をひと晩、留置場に放り込んだからだ。マイク・バンディーニの事務所は国税庁の調査を受けている。きみを通して、ぼくに恨みを晴らしたいんだ」

「効果はあったの？」声が震えた。ウルフのジャガーが最高速度を出そうとうなっている音がする。彼は答えなかった。また後ろからぶつかられた。わたしはしゃくりあげたいのを必死にこらえた。

「この車を道路からはじきだそうとしてます」スミシーが叫んでダッシュボードを叩いた。「銃を使ってもいいですか？」

「ばかを言うな」ウルフが声をあげる。「もし誤ってフランチェスカの髪一本でも

……」

　彼がそう言いかけたとき、これまでで一番大きな衝突音が鼓膜を震わせたかと思うと、エアバッグが飛びだしてふたりの頭をヘッドレストに叩きつけた。白い粉が紙吹雪のように宙を舞う。キャデラックは甲高い音を立てて路肩に停まった。足元で何かがシューッといっているが、動けなかった。口が開かない。うめくことすらできない。鼻が奥に押し込まれたみたい。折れたのかしら？　もし顔がぺちゃんこになったら、夫に愛想を尽かされてしまう。

　その記憶を最後に意識が途切れた。


「フランチェスカ？　ネム？　返事をしてくれ」遠くでウルフの声がした。まぶたがさがり、目の前に暗い幕が広がっている。答えたいけれど答えられない。彼がハンドルを叩く音がした。「くそっ、ちくしょう。今そっちに向かっているからな」

　わたしは残っていた力を振り絞ってスミシーに目を向けた。エアバッグが縮むとともに彼の頭が動きだし、苦痛のうめきがもれた。

「彼女は無事です」スミシーがかすれた声で報告した。「口と鼻から血は出ていますが。目もはっきりは見えていないようです」

「くそっ！」ウルフが叫んだ。

スミシーは自分のシートベルトを外してから、手を伸ばしてわたしのベルトも外してくれた。

「銃を……」スミシーが言いかけると同時にウルフが吠えた。

「ああ、銃を抜け。そいつらが彼女に近づいたら、ぼくが手を出す前に殺してくれ。ぼくが手を下せば、ずっと残酷な殺し方になる」

そのあとわたしは気を失った。分厚い悪夢の毛布にくるまれたように、息苦しくて熱かった。そこにいるのに、本当の意味ではいなかった。どれくらいの時間が経ったのかわからない。最初の記憶は、青と赤のパトカーの点滅灯が閉じたまぶたの裏でちらちら光ったことで、スミシーが警官に対して、ふたりとも相手を見ていないし、向こうは車からおりることもなく走り去ったと説明しているのが聞こえた。加害者側のナンバープレートは当然ながら外されており、高級な新車を傷つけたいどこかの若者のしわざだろうと話している。それからウルフの腕が、花嫁を抱きかかえるようにわたしをすくいあげて救急車に運んだ。ストレッチャーにのせられたわたしに誰かが触れようとしたらしく、彼が食ってかかった。

「失礼ですが」男性の救急隊員が強い口調で言った。「脊髄損傷の可能性を考えて、首に装具をつけ、体をストラップで固定して安定させる必要があるんです」

「わかった。そっとやってくれ」ウルフが語気荒く答えた。目を開けると、彼ひとりではなかった。しゃれたスーツを着た小太りで黒い髪の男性が並んで立っている。救急隊員がペンライトでわたしの目を照らし、体を軽く叩いて、目に見える怪我がないか確かめた。額には痣があるらしく、顔全体が腫れてうずいている。

「彼女が緊急救命室に入れば、声明を出す必要があります」ウルフの隣の男性は携帯電話でメッセージを送りながら、画面を見つめている。「印象が悪くなりますね」

「どう見られようがかまわない」ウルフがぴしゃりと言い返した。

「エアバッグが作動したときは病院に行くことになっています。でないと、医師の助言に従わなかったという書面にサインをすることになりますよ。病院で診察を受けさせるべきです」女性の救急隊員のやさしい声がして、わたしは目を開いた。二十代後半の魅力的な女の人が立っている。もし女性に手が早い夫が、この人にも手を出したら。そんな考えが頭をよぎった。すると突然、彼女が嫌いになった。ウルフとふたりきりにしてくれるなら、体調に問題はないと言いたかった。

「ダーリン?」ウルフが探るように声をかけ、指でわたしの顔をそっとなぞる。あまりにやさしいしぐさだったので、本当に彼の指だとは信じられなかったほどだ。「病院に行こう」

「病院はいや」彼のてのひらに向かってうめいた。「このまま……家に。お願い」

「フランチェスカ……」

「問題ないですよ。エアバッグは作動しましたけど、ぼくらには触れませんでしたから」スミシーが加担する。

「彼女は病院に連れていく」ウルフが反論した。

「しかし……」ウルフの隣の男性が口を開いた。

ウルフがこんなにやさしいのは周囲に人がいるからだろうか？　公の場ではわたしによくして、いい夫でいなくてはならない。そう思うと心底ぞっとした。夫が見せたこの新しい側面にしがみついて、二度と放したくないと心の奥の何かが訴えている。

「お願い。自分のベッドで寝たいだけなの」

必死で涙をこらえたので、声が途中で割れた。もし泣きだしたりしたら、切れたに違いない唇の傷口がまた開いてしまうだろう。きれいな女性救急隊員がウルフの肩を軽く叩いた。もう少しで彼女の頭を食いちぎる力を集められそうだったが、その前に夫がさりげなく彼女の手を払いのけた。

「軽い痣だけよ」わたしはかすれた声で言った。

「一時間以内に自宅にかかりつけの医師を手配してくれ」ウルフがスーツの男性に向

かって指を鳴らし、わたしに向き直った。

「家に」さらに訴える。

「ああ、家に帰ろう」彼はわたしの顔から髪を払った。

「まったく」スーツの男性が電話をかけながら小声でぼやいた。

「黙ってろ、ザイオン」

「承知しました」


二時間近くに及んだ医師の訪問が終わり、そのあと数時間してから自分のベッドで目が覚めた。正面でウルフが長椅子に座ってノートパソコンで仕事をしている。彼はわたしが目を開けた瞬間にパソコンを長椅子に置いて立ちあがり、こちらに歩いてきた。触られるとひどく痛むので、シーツの下で体を丸めたものの、彼は隣に座っただけで両手は自分の膝にのせたままだった。

「スミシーの具合は？」わたしは尋ねた。その質問自体がばかげていると言わんばかりに、ウルフが目をしばたたく。今、英語で話しているわよね？　わたしは自分に問いかけた。まず間違いないはずだけれど。そのあとウルフの魅力的な顔に笑みが浮かんだ。それは月を思わせるほどすてきだった。わたしは――かなり物悲しい気持ちで

――この無情で野獣のような夫に自分は恋をしていると思った。もう一度今みたいに生き生きとした本物の笑顔が見られるなら、父と角を合わせ、ドラゴンを倒し、わたしのプライドを恭しくウルフに差しだすだろう。認めるのは気が重いけれど、わたしは彼の言いなりだ。

「マフィアに道路から追い立てられたあとの第一声がそれか？　使用人の具合はどうかって？」ウルフが親指でわたしの頬をかすめた。

「スミシーはただの使用人じゃないわ。運転手で、わたしたちの友人よ」

「ああ、ネメシス」

ウルフが頭を振った。笑みを広げて、わたしの額にやさしく口づける。そのふるまいに心を打たれて、わたしはもう少しで泣きじゃくりそうになった。彼は水が欲しいか尋ねもせずにナイトテーブルのグラスを手に取り、わたしの割れた唇に近づけて、飲むのを手伝ってくれた。

「スターリングが猛烈に心配している。通りの先のダイナーに行って、ヘンゼルとグレーテルのお菓子の家が作れそうなほどワッフルを買い込んでいた」

「お腹はすいてないわ」わたしはベッドで身じろぎした。どういうわけか数時間経った今のほうが、どこもかしこもさらに痛んだ。実際は打撲した箇所の痛みが悪化したのではなく、アドレナリンの効果が薄れたのだ。

「それは残念」彼は目をくるりとまわしてみせた。ウルフ・キートン上院議員がむっとして目をまわすところを見る日が来るなんて。

「でも煙草は吸いたい」唇をなめると乾いた血の塩気を感じた。ウルフはわたしの机に煙草を取りに行き、箱から細いヴォーグを一本抜いてそばに座った。それをわたしの口に挟んで、古い白黒映画のようにジッポーで火をつける。わたしは煙草をくわえてにっこりした。

「こういうのを習慣にするつもりか？」ウルフが尋ねた。

「こういうのって？」

「心臓が止まるほど、ぼくを驚かせること」

「それはどれくらいわたしを怒らせるかによるわ。あなたはもう少しで暗殺されそうになったのに、話してくれなかったじゃない。あれは間違いなく父のしわざよ」

「やつが送り込んできた若造の射撃の腕は最低だった」ウルフの声にいくらか冷ややかさが戻った。「アーサーはぼくを殺すかどうか決めかねていたんだろう。なんといっても、娘を人質に取られているからな」

それについては、わたしは何も言わなかった。

ウルフがベッドから腰をあげる。しなやかな体からは緊張感が抜けていた。「きみが無事でよかった」

彼は部屋から出ていこうとしているとわたしは察した。腕時計に目をやると午前三時だった。ウルフはスプリングフィールドに向かう飛行機に乗るために早起きをしなければならない。けれども今日は、愛情を示してくれたあとでは、彼が行ってしまうと思うと耐えられなかった。失いたくない。数時間前のふたりには、わたしの命が危うくなる前のふたりには戻りたくない。セックスの真似事を楽しみ、ときどき夕食をともにするだけの見知らぬ者同士には。

一方のウルフは以前の状態に戻りたいのだとはっきりわかった。ここで彼を行かせてしまえば——おそらくそうなる。

「いや」

ウルフがドアまで行ったとき、わたしはかすれた声で言った。彼はゆっくり振り返って、わたしをじっと見つめた。すべてはその顔に書いてあった。わたしが口にしようとしている言葉を聞くのが怖いのだ。彼にとって、わたしは利用価値のあるものにすぎない。もうわたしがなんともないとわかったので、彼はいつもの一日に戻れる。いつもの夜に、と言うべきか。

「今夜はひとりでいたくないの。その……今夜だけでもだめ？」わたしは目をしばたたいた。必死の思いが声に出るのがやりきれなかった。ウルフがもう一度ドアを見た。ほとんど切望するかのように。

「今朝は早く起きないといけないんだ」

「わたしをつかまえた人は、かなり快適なベッドを用意してくれたのよ」わたしはベッドを叩いて、痣のある顔を赤らめた。ウルフが足を踏み替える。

「スターリングにきみは大丈夫だと伝えないと」

「そうよね」わたしは明るく応え、まばたきで涙を抑えた。「そのとおりだわ。きっとすごく気をもんでいるもの。わたしが言ったことは忘れて。それに疲れちゃった。あなたがドアを閉める前に、きっともう寝てるわ」

ウルフはうなずき、ドアを細く開けたままにしていった。

実際わたしは疲れきっていて、望みを聞き入れてもらえなかったことを嘆く暇もなく、彼が部屋を出た一分後には眠りに落ちていた。吸いかけの煙草は水の入ったグラスに漂わせたままで、ウルフはこの習慣にいつも小さく悪態をつき、あとからグラスを回収していた。

目を覚ますと、時計は七時を指していた。身じろぎをして起きあがろうとしたものの、体に巨大な重しがのっているような感じだった。ああ、どれほどひどい怪我をしたのだろう。一ミリも体が動かない。右手で目覚まし時計を探ってアラームを止めようとしたとき、動けないのは痛みのせいではないと気づいた。

夫が背後で寝ていて、お腹がわたしの背中に押しつけられているのだ。彼はシャツを着たままで、寝息は深く、静かだった。服の上から、彼の硬くなったものがわたしのお尻をつついている。これは生理現象だ。自分が赤面しているのを感じつつ、唇を噛んで笑みをこらえた。

ウルフは部屋に戻ってきてくれた。わたしのベッドで夜を明かしてくれた。わたしの願い――彼が以前きっぱりと拒否したこと――を彼はかなえてくれたのだ。

わたしはウルフの腕に手をのせた。その腕がわたしの腹部にまわり、彼の鼻と口が肩甲骨に押しつけられる。この朝、わたしはあることを祈った――これがやさしい嘘ではなく、禁じられた真実であることを。

嘘に向きあうことはできない。

でも真実を見つけて、その水脈を水が噴きだすまで掘り続けることは？　それなら挑戦してみよう。

13

ウルフ

フランチェスカ・ロッシの存在に気づくよりもずっと前から、ぼくは彼女の父親の仕事ぶりをつぶさに観察していた。復讐を企てるためには時間がいくらあっても足りない。相手をよく知るほど、完膚なきまで叩きのめすことができる。だからアーサー・ロッシのビジネス上の弱点や契約上での抜け穴がないかどうか、徹底的に調べた。そして彼が最も大切にしている所有物は娘だと確信するに至った。経営するどのストリップクラブよりも個人的な思い入れが強く、失うとなれば致命的なダメージを与えられる存在だ。しかし今ここで、ぼくは問題に気づいてしまった。もはやアーサーにとって、娘のフランチェスカは大切な宝物ではない。味方でもない。事態をさらに最悪にしているのはその娘が、父親のビジネスを受け継ぐのではなく壊滅させようとしている男と結婚したという事実だ。

ゲームの流れが変わった。

あろうことか、アーサーはマイク・バンディーニに自分の娘の命を狙わせた。

その娘がぼくの妻だからだ。

そして愚かにも、ぼくは今からアーサーに、妻をどれほど大切に思っているか態度で示そうとしている。

愛車のジャガーが停まったのは、リトルイタリーにある〈ママズ・ピッツァ〉だ。古風な趣のある店内には焼きたてのピザ生地とトマトスープ、それにぼくのどうしようもない悲しみの匂いがそこはかとなく漂っている。このピザ店は毎月大赤字を出しているが、それでもどうにかやっているのは、マネーロンダリングの拠点となっているからだ。この店では昔から毎日、〈アウトフィット〉の面々がミーティングを行っている。〈ママズ・ピッツァ〉が過去の悲劇を思い出させる場所であることとは無関係に、ぼくの決意はまったく鈍らなかった。今からそこにいる愚か者どもに、ぼくの言い分を理解させてやる。

　車からおりたスミシーが後部座席のドアを開けると、ぼくはすぐさま店に足を踏み入れた。カウンターの背後でけたたましく騒いでいるぽっちゃりした女は無視して、彼女の背後にあるドアへまっすぐ向かい、薄暗い室内に踏み込む。十人の男たちが円テーブルを囲んでいた。昔ながらの白と赤の格子柄のクロスがかけられたテーブルには、火のついていない黄色いキャンドルが飾られている。そのキャンドルの背後にわが義父が座っていた。

円テーブルは階層崩壊の象徴だ。

最後にぼくが〈ママズ・ピッツァ〉を訪れたとき、テーブルは四角く、アーサー・ロッシはその主賓席に座っていた。

そして彼の背後にあるガラス窓は弾痕でいっぱいだった。まさに映画の世界だ。

背後で先の女が早口で謝罪の言葉を叫ぶなか、ぼくはゆったりとした足取りで義父に近づき、テーブルをひっくり返した。たちまちビールやワイン、ミネラルウォーター、オレンジジュース、スティックパンが男どもの膝にぶちまけられた。彼らは皆、あんぐりと口を開けて座ったまま、衝撃と怒りが入りまじった目でこちらを見据えている。ぼくはアーサーの真正面に立った。彼のしゃれたズボンには飲んでいたワインの染みがついている。隣に座っていたアンジェロの父親、マイク・バンディーニが立ちあがった。逃げだそうとしているか、こちらに銃を向けようとしているかのどちらかなのは間違いない。ぼくはバンディーニの肩をつかんで指先を食い込ませると、有無を言わせずに押し戻し、椅子を思いきり蹴りつけた。椅子が後ろにずれた瞬間、木製の脚がこすれ、耳障りなきしり音が響いた。アーサーをちらりと見てみた。てのひらには昨夜からの包帯が巻かれたままだ。その包帯に血がにじんでいるのを見て、ぼくは溜飲《りゅういん》をさげた。

「バンディーニ、今日あんたの顔の具合はどうだ?」ぼくは作り笑いを浮かべた。彼は舌打ちをして、にやにやとしてみせた。

「無傷だ」バンディーニは目を左右に泳がせている。ぼくの予期せぬ訪問に対する、ほかの面々の反応を確認しているのだろう。彼らは幽霊のごとく真っ青になり、今にも失禁しそうだ。ぼくは警察ではない。警察ならば彼らも対処できる。だが、ぼくは今すぐにでも警察署長のフェリックス・ホワイトを免職に追い込める立場にある。さらに悪いことに、知事のビショップとアーサー・ロッシをかつてないほどの窮地に陥れられる立場にもあるのだ。どのみち、今ここでぼくを排除しようとしてもうまくいかないだろう。不可能なのは火を見るよりも明らかだ。店のすぐ前に、ぼくの運転手とボディガードをふたり待機させているのだから。

「それはよかった。ぼくの妻の顔は無傷じゃない。まだ鼻から血が出ている」ぼくはなんの前触れもなくバンディーニの鼻を殴りつけた。その場にいた男どもがいっせいに立ちあがったが、アーサーだけは唇を引き結んで座ったまま、手ぶりで彼らに座るよう命じた。バンディーニは頭をのけぞらせ、ひっくり返った椅子に座った状態で地面に叩きつけられた。ぼくはすぐさまバンディーニに近づき、付け加えた。

「妻は肋骨も痛いそうだ」バンディーニの肋骨に蹴りを入れると、周囲の誰もが舌打ちをした。彼らがこのなすすべもない状況に激しい怒りを感じているのは明らかだ。ぼくは胸ポケットからハンカチを取りだし、両手を拭いて、芝居がかったため息をついた。「大事なことをひとつ言い忘れたが、妻は唇もひりひりしていると言っている。あんたに選ばせてやろう。やられるならこぶしと足、どっちがいい？」バンディーニを見おろし、あざけるように小首をかしげる。今朝、ぼくは妻のベッドで目覚めた自分に驚いた。不本意ながら、自らルールを破ったのだ。しかしセックスをしない日々が一生のように長く感じられる今、せめて夫を喜ばせようと、フランチェスカがヒップをもぞもぞと下腹部に押しつけてきたのは予想外にうれしかった。あの事故のあとなので彼女の全身もずきずきしているのは百も承知だったが、それでも〝妻と服を着たままセックスしたい〟という衝動をどうしても抑えられなかった。そこで実際にやってみた。ズボンの留め金を外し、妻のやわらかなヒップに自分のものを押し当て、ネグリジェ越しに感触を楽しんだのだ。そのあと彼女の寝室から出て、スターリングに必ず妻に何か飲食させ、重たいものは絶対に持たせないようにと指示し、ザイオンに電話をかけて妻のボディガードを雇うように命じた。

「こぶしで」バンディーニが血だらけの歯をのぞかせてにやりとした。やはりこいつはマフィアだ。

「だったら足にする。あんたからの注文に応じる気はない」オックスフォードシューズを履いた片足でやつの顔を思いきり踏みつけると、鼻の骨が粉々に砕ける音がした。ぼくは一歩さがり、店内を大股で歩き始めた。ぼくにはもっとやるべきことがある。こんなところで、せっかくのキャリアを台なしにするようなことをしているよりも。

「どういうわけか、今日は情け深い気分なんだ。きっと新郎ならではの至福の喜びのせいだろう。ぼくは救いようがないほどロマンティックなたちでね」アーサーのしかめっ面を一瞥《いちべつ》し、彼の周囲に座る手下たちをちらりと見る。全員がいらついた様子を隠そうともしていない。こぶしを握りしめ、顎をぐっとあげ、貧乏揺すりをしていた。ぼくを叩きのめしたくて、うずうずしているのだろう。だが同時に、ぼくには絶対に手出しできないのを知っているのだ。

とはいえ、ぼくはいつもこんなふうに情け深いわけではない。ここでもっと強気に出られない理由はただひとつ。アーサー・ロッシのせいだ。

「だから、フランチェスカにあんなことをしたこのろくでなしの命を助けてやろうと思う。だが、これはほんの念押しにすぎない。しかも穏やかな念押しだ。ぼくはこれを必要以上に穏やかな念押しだと考えている。ぼくにはおまえらのビジネスを根絶やしにする手段も力もある。それにマネーロンダリングや買収の計画をことごとくつぶすこともできる。おまえらのレストランやバーの競合店をすべて買い取り、金にものを言わせて、おまえらを飲食業界から締めだすこともできる。おまえらの家族を路頭に迷わせ、食事代も病院代も支払えないようにすることもできる。おまえらが非合法に経営している賭博場や売春宿にＦＢＩを送り込むことも、長年滞っている案件の再審を始めることも、おまえらの息のかかった地域に捜査員を投入することもだ」ぼくは大きく息を吸い込んでから続けた。「それにおまえらから一セント残らず金を奪い取ることもできる。だが、今はそうするつもりはない。少なくとも今はまだ。今後ぼくにそうする理由を与えないようにしろ」

アーサーが眉をひそめた。この瞬間まで押し黙ったままだった。「このわたしが自分の娘を傷つけたと言いたいのか？」

「バンディーニのざまを見ればわかるだろう？」ぼくはアーサーの友人を指さした。バンディーニは床から立ちあがり、顔についた血をぬぐっている。アーサーがはっとしたように鋭く振り返ってバンディーニを見た。なんてことだ。アーサーは知らなかったのか。彼の帝国は確実に崩壊しつつある。一分ごとに力を失っているのだろう。それはぼくにとって、必ずしもいいこととは限らない。力を失った王は正気を失うのが世の常だ。

「本当なのか？」アーサーが語気荒く尋ねた。

「こいつはうちの息子を牢屋に入れやがった。しかも、あの結婚式の日にだ」バンディーニはごみ箱に血液まじりのつばを吐いた。ぼくはバンディーニにつかつかと歩み寄り、襟首をひっつかんで上を向かせた。

「ぼくの妻に二度と近づくな。もしもう一度近づいたら宣戦布告と受け取る。しかも、こちらのその戦争への備えは万全だ。記録的な早さで終わらせてみせるぞ。わかったか？」

バンディーニが目をそらした。ぼくの目に秘められた決意を目の当たりにしたくなかったのだろう。「ああ、わかったよ、くそ野郎《ストロンツォ》！」

「あんたの息子も同じだ。もしぼくの妻に近づいたら命はないものと思え」

「アンジェロにはやりたいようにやらせる」バンディーニはこぶしを振りまわした。

「息子は今回のこととなんの関係もない」

「今後のあんたのお手並み拝見だ、ロッシ」ぼくはバンディーニからアーサーに視線を移した。彼はすでに立ちあがっていた。戦わずして引きさがるわけにはいかないと言いたげに。もう何年、この瞬間を夢見てきただろう。アーサー・ロッシに対して、自分の力を誇示する瞬間を。そして今ついに、そのときを迎えたというのにどうだ？相手に対する軽蔑と、用心深く立ちまわらなければという気持ちしか感じられない。ここにやってくること自体、とんでもない危険を伴う行為だったのだ。目の前にいる男どもは道徳心のかけらもない連中だ。もしフランチェスカがあの追突で命を落としていたら、ぼくは決して自分を許せなかっただろう。そもそも、彼女をあんなひどい目に遭わせた原因はぼくにあるのだ。

「自分の手下をもっと厳しく管理しろ」ぼくはアーサーに指を突きつけながら命じた。

「きみの妻がきみに対してしているようにか？」彼はポケットを軽く叩き、葉巻を取りだすと口にくわえた。「娘はきみをうまく管理しているらしい。何しろ、一度も姿を現したことのないきみがここにやってきたんだからな。わたしの首を狙っていたときでさえも来なかったのに」

「もうあんたの首はいただいたも同然だ」

「いや、きみはわたしにとどめを刺すどころか、生ぬるい対応しかしていない。さては若い花嫁にぞっこんなんだな。だから当初の計画が狂い始めたんだろう」

言った。

「つべこべ言わずに約束しろ」ぼくはいらだちにまぶたが痙攣《けいれん》するのを感じながら言った。

アーサーが片手をひらひらと振る。「わたしは自分のかわいい娘を傷つけたりしない。むろん、この部屋にいる誰にもそんなことは許さない。何がどうあれ、フランチェスカはわたしの血を引く大切な娘だからな」

「それをわざわざぼくに思い出させるな」

家に戻る途中、ビショップとホワイトと電話で三者協議をした。電話をかける前からすでに、ふたつの事実がわかっていた。まずは、ふたりとも話しあいを断らないだろうということ。ぼくが彼らに関する情報を知りすぎるくらい知っているからだ。それに同じ理由で、ふたりともぼくに電話でこれ以上情報をもらしてほしくないはずだということ。問題は、ぼくがあの腐った連中を追いつめるのに飽き飽きしていることだった。その過程で罪もない人たちが傷つけられたのだから、なおさらだ。

特に、その〝罪もない人たち〟のなかに、ぼくが贈った結婚指輪をはめた女性が含まれていたとあっては。

「聞いたぞ、われわれの友人のところへ乗り込んだそうじゃないか」ビショップはゴルフのラウンド中だった。背後から、陽光の下であがる笑い声やカートのエンジン音が聞こえている。ホワイトは押し黙ったままだ。

「プレストン、調子はどうです？」スミシーが運転する車の後部座席にゆったりともたれ、渋滞中のシカゴの道を進みながら、ぼくは尋ねた。ビショップに対して、アーサーを訪ねたという事実を認めるつもりはない。因縁のあるあの店には一度も行ったことがないという態度を貫きたかった。上着のポケットからフランチェスカのジッポーを取りだし、火をつけたり消したりする。今朝、彼女の寝室から出たときに持ってきたものだ——なぜそんなことをしたのか自分でもよくわからない。

「順調だ。どうしてわざわざそんなことを尋ねる？」ビショップは明らかに心配そうな声だ。ホワイトは荒い息遣いをしながら、ぼくの答えを待っていた。彼らにとって、青二才の政治家に会話の主導権をがっちり握られているのは最悪なことなのだろう。

「ただ、来年の選挙のための準備ができているか確認したかっただけですよ」ぼくは窓の外を眺めた。この車にフランチェスカが一緒に座っていればいいのに。といっても、ふたりで心地よい会話を楽しむためではなく——妻との会話が心地よくなることはめったにない——シカゴの街にいると、彼女がいつも笑みを浮かべているからだ。彼女妻にとって、ここはとびきり美しくて活気を感じられる魅力的な街なのだろう。彼女はそういう人生のささいなことにも喜びを見いだせるたちなのだ。

「予想以上のいい結果になりそうだ。少なくとも得票数の面では」ビショップは舌を鳴らした。彼が自分のカートにゴルフクラブを積みあげている音が聞こえてきた。アーサーがこの男と取引しているのも不思議はない。このろくでなしの快楽主義者の辞書には、〝働く〟という文字はないのだろう。

「ただし悪い噂が流れれば、台なしにならないものなどない」ぼくは口調を変えた。これはご機嫌うかがいの電話ではないのだ。

「遠まわしな言い方ですね。どういう意味です？」ホワイトが噛みついた。口からつばを飛ばしている姿が目に見えるようだ。彼は見るも醜い生き物だった。ぼくが彼を嫌いなのは堕落した警官だからという理由もあるが、見た目のせいもある。不誠実な政治家が相手ならば、どうにでも対処できた。政治家というのは往々にして堕落しているものだが、なかにはましな人物もいる。ところが腐敗した警官というのはどうしようもない。いわばホワイトは、ぼくの亡き兄が所属していたシカゴ市警察の腐敗ぶりを象徴するやつだった。そのホワイトが今やシカゴ市警察の現場トップの責任者だと知ったら、兄のロメオはどう感じるだろう？　考えたくもない。

「あなた方が、まだぼくを満足させるような仕事をしていないという意味ですよ。ぼくの妻は昨日、車に追突されました。バンディーニの手下たちのしわざだ」

「奥さんの具合は?」ビショップが尋ねた。まるで興味のなさそうな口調だ。

「社交辞令はけっこう。人生はあまりに短い。そんな挨拶を交わす間柄だというふりをしている暇はありません」

「どんな状況であっても、わたしの選挙運動を邪魔しないでくれ。もしわたしに直接指示を出してくれたら、先方にそれを伝え、きみの助けになるようにするから」ビショップが提案した。

「どんな状況であっても、などと悠長なことを言っている場合じゃない」そう応えているあいだに、ジャガーは自宅の門をくぐり抜けた。今日ぼくは大学を卒業して以来、ずっと積み重ねてきたキャリアのなかで一度もしたことがないことをした。仕事を休んだのだ。

フランチェスカの具合を確かめ、本当に病院へ行く必要がないかどうか確認したかった。ぼくはスミシーが開けた車のドアからおりて、言葉を継いだ。

「あなた方のクライアントに対するぼくの怒りはおさまるどころか、募る一方だ。今すぐその状況を終わらせるよう、手を打ってください」強調するように言った。「あいつにこう言うんです。彼自身も彼の手下どもも、ぼくの妻に一歩たりとも近づくな、と。それが関係者全員のためになる。もちろんあなた方も含めて」

「わかりましたよ」ホワイトが叫んだ。

ビショップは無言のままだ。

「あなたもですよ、タイガー・ウッズ」

「ちゃんと聞こえている」ビショップがぴしゃりと言った。「なあ、キートン、わたしたちをこのまま蛇の生殺し状態にしておくつもりか？　きみは至るところに敵を作っている。まずはきみがよく知るロッシとその手下たち、それに今度はわたしたちだ。きみに友達と呼べるやつは残っているのか？」

「ぼくは友達なんていりません。それよりもはるかに強力なものを手にしていますからね。純然たる真実というものを」


ぼくの妻は菜園にいた。細長い煙草を吸いながら、せっせと植物の世話をしている。青いロングスカートに白いドレスシャツという姿からは、両親の教えに従おうという強い意志が感じられる。たとえ彼らから親子の縁を完全に断たれたあとでも。

初めて会ったとき、ぼくはフランチェスカのことを操り人形だと考えていた。アーサー・ロッシによって形作られた、やせっぽちでかわいらしい人形。だから、この手でひと思いに破壊できると思っていた。しかし彼女を知るにつれ、その考えは間違っていたと思い知らされた。彼女は謙虚で控えめで、快活かつ純粋で、教養もたっぷりある。あの仮面舞踏会の夜、ぼくはそんな彼女を〝両親の言いなりになる娘〟としてあざけった。だがよく考えてみれば、ミニスカート姿で汚いスラングを口にするような現代的なふるまいをして親に反抗するよりも、適切で正しい行動を取ることのほうがずっと難しい。その事実をぼくはわかっていなかった。

フランチェスカが思いやりと善意あふれる女性だと気づく前に、性根の腐った女だとあざけってしまったのだ。

彼女は額についた汗と泥をぬぐって振り返り、肥料の袋を取りに納屋へ行こうとした。けれども途中でふと立ち止まると、額をこすって顔をしかめた。追突事故による顔の傷は浅かったものの、黄緑色の痣になっている。ぼくは大股で納屋へ向かい、彼女の背後から近づいて、その手から重たい肥料袋を取った。

「なぜそんなに頑固なんだ？」肥料袋を持って菜園に向かいながら、フランチェスカを非難する。小さなブーツを履いた彼女は、ぼくのあとからついてきた。ブーツだけではない。彼女のすべてが小さい。ポケットに入るかと思うほどだ。フランチェスカの体のなかに押し入ったあの夜のことを、何度も思い返さずにはいられない。よく締まって、最高に心地よかった。あれはフランチェスカが処女だったからではない。彼女のすべてがこれほど小さいからに違いない。

「あら、なぜあなたはそんなに……あっ！」フランチェスカが足を止めた。ぼくが菜園の前で突然立ち止まったせいだ。こうして改めて見て、彼女が実際に野菜を育てて見事な家庭菜園を作りあげていたことに初めて気づいた。トマトに大根、ペパーミントにバジル。真新しい鉢から花々がこぼれ落ちているうえに、小さな菜園を取り囲むように色とりどりの花が植えられている。ぼくの好みのスタイルではなかった。野菜や花の種類が多すぎて落ち着かない。あまりに多色使いだし、香りも入りまじりすぎている。しかし彼女にとってこの場所で過ごすひとときは、ミズ・スターリングと過ごす以外に、本当の意味で幸せを感じられるかけがえのない時間なのだ。

「そんなに、のあとは？　誰かに似ていると言おうとしたのか？」ぼくは花や野菜をつぶさないように注意しながら、肥料袋を彼女の隣に置いた。それから背筋をまっすぐ伸ばして両手を拭いた。

「ええ、ほかの誰かさんに」フランチェスカがからかうように答える。

「誰だ？　アンジェロ・バンディーニか？」愚か者め。よりによって、こんなときにあの男の名前を口にするとは。だが、もうよくわかっている。妻に関することとなると、ぼくは本当に間抜けになってしまうのだ。

「本当は、あなたがあなたらしくいてくれるのが好きよ」彼女が片方の肩をすくめた。ぼくはうなじを指先でこすった。なんだかひどく気恥ずかしい。

「きみはもう少しペースをゆるめる必要がある」

「そうしているわ。今日はのんびりしてる。大学の課題を終えて、つい三十分前にここへ来たところよ。最初に植えた野菜たちが、もう収穫できそうなの。この先にある学校へ持っていくつもりよ。全部有機栽培だから」フランチェスカが初めてぼくのほうに顔を向けた。目のまわりにできた痣と切れた唇を目の当たりにして、たちまち胸がつぶれそうになる。ぼくは彼女の顎の下に軽く触れてから口を開いた。

「それではペースをゆるめたとは言えない。むしろペースを速めているじゃないか。頼むから、ぼくにとんでもないことをさせないでくれ」

「たとえばどんな?」

「きみを誘拐するとか」

フランチェスカはくすくす笑い、頬を染めてうつむいた。「まるで子ども扱いね」

「とんでもない。今きみにしたいと思っていることを子どもにしたら、ぼくは一生独房暮らしになるだろう。しごくもっともな理由でね」

　彼女はしゃがみ、花壇で集めた枯れ葉を指でもてあそぶと、それを投げ捨てた。ぼくはズボンの両ポケットに手首を突っ込んだまま、彼女の背中をじっと見つめた。フランチェスカの背中の下のほうには〝ヴィーナスのえくぼ〟がある。思いきり欲望の証《あかし》を挿入したあの夜、そのくぼみに両方の親指をめり込ませた……。咳払いをして、よけいな物思いを振り払う。

「さあ、荷造りをしろ。軽食を持って出かけるぞ」

「えっ？」彼女はまだ作業をしていた。こちらを見あげようともしない。

「明日、ミシガン湖にあるぼくの別荘《キャビン》に週末旅行へ出かけよう。きみに休息を取るつもりがないのは明らかだ。だから、ぼくが取らせることにした」

　フランチェスカは首をねじってこちらを見ると、太陽の光に目を細め、片手をあげて日差しをさえぎった。「大丈夫よ。大した怪我じゃないもの」

「いや、どう見てもひどい怪我だ。人というのはあれこれ憶測するのが大好きだから、何を言われるかわからない」これはある程度本当のことだ。新妻が傷を負った顔のまま公の場に姿を現すのは、どう考えてもよろしくない。だが同時に、ぼくが一緒にいたいと思える相手がフランチェスカ以外にいないからでもある。スターリングはいつもぼくらのまわりを嗅ぎまわっているし、スミシーは何かとうっとうしい。おまけにビショップの言ったことは間違っていなかった。実際ぼくには友達がいない。数日のあいだ、敵の連中から遠く離れるのは悪い考えではないだろう。ひと息入れる必要がある。そして正直に言えば、今のところ、ぼくにとって妻は一緒にいても耐えられるただひとりの相手なのだ。

「課題がたくさんあるの」

「持っていけばいい」

「ミズ・スターリングをひとりぼっちにしたくないわ」

「彼女には警備の者をつける。ぼくらはふたりきりになろう」

「そんなの、マナー違反よ」

「マナーなんてくそくらえだ」

無言のまま、フランチェスカは唇を噛んだ。もうひとつ、夫婦の夜に関する別の問題を思い出したのだろう。

「キャビンまで、きみもある程度は車を運転してもいい」ぼくがすかさず申し出ると案の定、フランチェスカはうれしそうな顔になった。バンディーニの手下どもからひどい目に遭わされたにもかかわらず、彼女の学習意欲はいっこうに衰えていない。ぼくがどうしてもフランチェスカを嫌いになれない理由はそこにあった。彼女は意欲たっぷりな女性だ。いくら嫌いになろうとしてもなれない。しかも最高なのは、彼女自身が自分のそういう部分に気づいていないことだ。

「本当に?」フランチェスカは興奮に目を輝かせていた。さながら夏空のように澄みきったブルーの瞳を。「あんなことがあったあとなのに?」

「あんなことがあったあとだからこそだ。あの事故を乗り越える必要がある。ところで額の傷はどんな具合だ?」

「見た目ほど痛みはひどくないわ」

いや、その傷さえ美しく見える。

もちろん、そんな言葉を口に出すつもりはなかった。ぼくは妻を庭にひとり残し、バルコニーのほうへ体を向けて歩きだした。ガラス扉にたどり着くと足を止め、最後にもう一度振り返って、彼女をちらりと見る。フランチェスカはこちらに背を向けてしゃがみ、作業を再開していた。

「もう彼らのことは心配しなくていい」ぼくは言った。

「彼ら?」彼女は目をしばたたいた。その一瞬で、頭のなかに候補者リストが思い浮かんだのだろう。まずは自分の父親、次にバンディーニの手下たち。

「ほんの少しでも、きみを傷つけたいと思っているやつら全員のことだ」

ぼくはオフィスに戻って鍵をかけ、その晩はそこに引きこもった。そうでもしないと、妻の隣で眠るという夜のお楽しみを求めて彼女の寝室へ行ってしまいそうだ。自分でも自信がなかった。要は自己管理能力の問題だ。

今のぼくにはそれが欠けていた。

彼女はあり余るほど持っているというのに。

14

フランチェスカ

緊張しないで運転できるようになるまで、丸一時間かかった。

ウルフが大切にしているジャガーを傷つけるのではないかと心配だった。運転していても、しばらくはバンディーニの手下たちから追突された瞬間をどうしても思い出してしまったせいだ。でも、それだけではなかった。夫のそばにいて落ち着かなかったせいもある。あの夜は一緒にベッドでやすんでくれたけれど、ゆうべ彼はわたしの寝室へやってこなかった。そして今、ふたりきりで湖畔にあるウルフの別荘へ向かおうとしている。そこでも彼は別々の寝室で眠るつもりなのだろうか？　はっきり言って、彼ならやりかねない。今わたしたちが置かれている状況に関して、アドバイスをくれるような人はひとりも思い当たらなかった。そもそも、今まで異性関係について参考にしてきたのは雑誌の『コスモポリタン』と『マリ・クレール』だけなのだ。しかもそのふたつだって、〝感情面で問題のある冷酷な上院議員との結婚生活をどう維持する？〟なんていう特集は組んでいない。

ミズ・スターリングの意見は偏っていて参考にならなかった。彼女が聞かせたがるのは、わたしが夫といたら幸せになれるという話ばかりだ。母は自分自身の結婚生活を立て直すので精一杯だし、メイドのクララはおばあちゃんみたいな意見しか言ってくれない。

いとこのアンドレアに電話することもできたが、結局これまで電話できずにいた。いつだって混乱してばかり。永遠に手がかりをつかめないままで。

だからミシガン湖の別荘へ向かう道すがら、わたしはずっと物思いにふけっていた。ウルフが小屋《キャビン》と呼んでいたから、てっきり古風で慎み深い場所なのかと思っていたのに、実際は石とガラスで造られた堂々たる建物だった。屋外に温水浴槽《ホットバス》があるうえに、高い位置にある木製のバルコニーからは、すぐ目の前にある湖の景色が一望できる。桜の木々とみずみずしい緑の丘の真ん中にあり、街の喧騒《けんそう》からは程遠く、心地いい静けさに包まれていた。みんなから遠く離れて夫とふたりきりで過ごす――そう考えると期待に胸が膨らんだ。けれども興奮すると同時に、いくばくかの不安も感じていた。

「どうやらネメシスの質問攻めが始まりそうだな」助手席で脚を組んで座っているウ

ルフが言った。わたしのジッポーを男らしい指で開けたり閉めたりしている。わたしは親指でハンドルをこつこつと叩きながら唇を嚙んだ。

「あなたは今まで誰かを愛したことがあるの？」

「なぜそんな質問を？」

「答えが知りたいから」

ウルフは一瞬押し黙った。「いいや、今まで誰かを愛したことは一度もない。きみは？」

ふとアンジェロのことを思い出した。アンジェロへの愛のせいで体験したことすべてを。もはや彼にどういう気持ちを抱いているのか、自分でもわからない。とはいえ、夫のご機嫌をうかがってここで嘘をつけば、今わたしの母が苦しんでいるのと同じ立場に立たされることになるだろう。

「あるわ」

「地獄のような苦しみだったんじゃないか？」ウルフは微笑み、助手席側の窓の景色を眺めた。

「ええ」わたしは素直に答えた。

「ぼくが愛という感情を抱かないようにしているのはそのせいだ」

「でも自分の気持ちが報われたときは、とてもいい気分になれるわ」

彼がわたしのほうを見た。「完全に報われる愛などない。対等な愛もない。愛とは不公平なものだ。いつだってどちらかのほうが、もう一方よりも愛しすぎてしまう。愛しすぎるほうにならないのが身のためだ。苦しくてたまらないからな」

別荘のそばに車を停めるまで、わたしたちは無言のままだった。

「だが、きみは賢明だ」ウルフは冷笑を浮かべながらわたしを見つめた。「愛しすぎて自分を見失うようなことはないだろう」

ばかね、わたしはもうアンジェロを愛してなどいない。わたしはそう叫びたかった。わたしが愛しているのはあなたよ。

「きみのそういうところを尊敬しているんだ」彼が付け加えた。

「あなたはわたしを尊敬してるの？」

ウルフは助手席からおりて車をまわり込むと、わたしのためにドアを開けてくれた。

「もしぼくから情報やら何やらを絞り取りたいなら、喜んでぼくの一物を差しだすよ。何しろ、ぼくはきみを尊敬しているからね、ネメシス」

別荘にある冷蔵庫のなかは最高級食材でいっぱいだった。カウンターには焼きたてのフランスパンが置かれている。わたしはさっそくパンを二枚いただいた。一枚には地元で作られたストロベリージャムを、もう一枚にはピーナッツバターをたっぷりとつけて。ウルフはすぐにシャワーを浴びに行き、わたしも彼にならった。それから彼はわたしのバックパックに六缶パックのビールとひと口サイズに個別包装されたブラウニーを詰めて、一緒に散歩へ行こうと言った。正直に言えば、額はまだひりひりしているし、笑うたびに唇の傷口が開くのがわかった。ストレッチャーにのせられて運ばれるとき、肋骨も傷ついているに違いないと気がついた。それでもなお、わたしは彼についていくことにした。

わたしの女の子っぽいバックパックを肩にかけたウルフと表に出て、夕方の冷たい風が吹き渡るなか、雑草に囲まれたコンクリートの舗装路を進んでいった。もしかすると、新婚旅行はなしでいいというお互いの決断は間違っていたのかもしれない。湖に吹く風の音は、どんな交響曲よりも耳に心地よかった。紫とピンク色に染まる空を背景に、なだらかに起伏する丘に沈みゆく夕日は、この世のものとは思えぬ絶景だ。二十分ほど歩いたところで、今いる場所よりさらに上にある丘にもう一軒、木製の建物があることに気づいた。

「あれは何？」わたしはその建物を指さした。

ウルフが片手を豊かな黒髪に差し入れる。「ぼくがツアーガイドに見えるか?」

「不愉快な男の人に見えるわ、上院議員」わたしがからかうと、彼は声をあげて笑った。

「確かめに行こう」

「大丈夫? 不法侵入はしたくないんだけど」

「法律を守る模範市民だな。きみの父親にも爪の垢《あか》を煎じて飲ませたいよ」

「まあ」眉をひそめると、ウルフはわたしの顎の下を指先で軽く叩いた。そのしぐさにどうしようもなく心惹かれる。彼がわたしのことなどなんとも思っていないとはもはや信じられないから、なおさらだ。あの追突事故があった日、あんなふうに抱きしめてくれたのだから。

「スターリングには、きみときみの父親をひとまとめに考えるのはやめろと言われ続けている。だが、なかなか難しい」

「よくそんなふうに考えているの?」わたしが顔をしかめると、彼はわたしの手を取って丘をのぼり始めた。

「最近はそうでもない」

「どうして?」

「きみたち親子が正反対だからだ」

のぼっていくにつれ、息があがってきた。どう考えても運動不足だ。大学で乗馬の授業をさぼっているせいだろう。でも会話を続けることで、わたしはその事実から目をそらそうとした。それに今は彼にききたくてたまらないことがある。

「そろそろ、父をそんなに嫌っている理由を話してくれる気になった？」

「いや、その質問はやめてくれ。きみにその理由を話す日は絶対に来ない」

「そんなの不公平だわ」わたしはふくれっ面をした。

「公平でいようと言った覚えはない。いずれにせよ、きみが知って喜ぶような答えじゃないよ」

「だけど、わたしは公平でありたいの。それにその理由を聞けば、わたしも父に捨てられたという事実をどうにか受け入れられるかもしれない」

ウルフが建物の前で立ち止まった。赤と白に塗られた家畜小屋のようだ。「アーサー・ロッシが大切な宝石のごときみをあきらめたのは、ぼくがその宝石に触れたからだ。きみは彼にはふさわしくない」

「あなたにはふさわしいと？」

「いいや。そこがぼくときみの父親との違いだ。ぼくは自分がきみにふさわしいふりをしたことは一度もない。ただきみを奪っただけだ」

わたしは家畜小屋の木製の扉に片手をかけ、かぶりを振った。「ねえ、これって絶対に不法侵入だわ。なかに入るのはやめましょう」

ウルフはフェンスを飛び越え、一度も振り返らずにまっすぐ小屋のなかへ入っていった。扉の脇に新鮮な干し草がまかれ、あたりには湿った土と馬糞《ばふん》――わたしの乗馬の先生が〝道端のりんご《ロードアップルズ》〟と呼ぶ代物――の匂いが漂っていることから察するに、今もなかに家畜が飼われているのだろう。

小屋の奥からウルフが口笛を吹き、舌を鳴らすのが聞こえた。

「彼女は美しい」

「わたしから離れてから二秒しか経っていないのに、もう浮気？」そう叫んで満面の笑みを浮かべたとたん、両頬が引きつれて痛んだ。ウルフのかすれた笑い声を聞いて、思わず腿をきつく閉じる。わたしのなかにぽっかりと空いた部分が、ついに彼を迎え入れようとしていた。今夜わたしはウルフとセックスをするだろう。というか、今夜彼としたい。婚約パーティー以来初めて、彼を迎え入れるための体の準備が完全に整ったのだ。いえ、準備が整ったどころではない。彼が欲しくてたまらない。ウルフは何を考えているかわからない人だが、これだけはわかる。彼もわたしを欲しがっている。

「おいで《カミヤ》」そのウルフの言葉を聞いてびっくりした。衝撃を受けたと言ってもいい。わたしが一緒に育ったイタリア系の少年たちみたいな発音だったのだ。けれどもすぐにかぶりを振り、心のなかでそんな自分を笑った。ウルフ・キートンは良家の出身だ。亡き父親はホテル経営者で、亡き母親は最高裁判事だった。

「もしつかまったらどうするの？」にやりとしたとたん、また顔に痛みが走った。小屋の奥からは、またしても賞賛の口笛が聞こえている。ウルフは貴族みたいにワルツを踊るのに、ストリートチャイルドみたいな口笛を吹く。いったいどういう男性なのか、さっぱりわからなかった。

「どうせすぐに保釈される」ゆったりとした言い方だ。「さあ、早くここへおいで」

わたしは左右を見まわし、フェンスをくぐると、そっと小屋のなかへ入った。ウルフがわたしの手をつかんで引き寄せ、背後から抱きしめて、四つある馬房のうちのひとつを顎で指し示した。なかに馬がいるのは、その馬房だけだ。全身真っ黒で、たてがみと尻尾だけが白いアラビア馬が、こちらをじっと見つめていた。ウルフは大げさに言ったわけではない。その馬は息をのむほどの美しさだった。馬はつぶらな瞳でわたしを見つめ、濃いまつげをぱちぱちさせた。わたしは自分の胸にてのひらを当てた。

心臓が高鳴っているのがわかる。これほど見目麗しい馬は見たことがない。馬は落ち着いたやさしい目をこちらに向けると、頭をさげた。わたしの賞賛のまなざしを受け入れるかのように。

「かわいい子ね」わたしはゆっくりと馬に近づいた。わたしに慣れる時間を与えてやりたい。そうしないと、いつ馬の気が変わるかわからない。馬の鼻面に手をそっと当ててみた。

「こんなところで、ひとりぼっちで何をしてるの?」わたしは馬にささやきかけた。

「この子は健康そのものに見える」背後からウルフが言う。彼は小屋の反対側の壁にもたれた。背中を向けていても、彼がわたしをじっと見つめているのを感じる。

わたしはうなずいた。

「ええ、そうね。だけど、この小屋の所有者が誰か確かめないといけないわ」

「この子が気に入ったか?」ウルフがきいた。

「気に入ったかですって? そんな表現では物足りないわ。愛してると言うべきね。とってもかわいらしくて、穏やかなんだもの。それにもちろん美しいし」わたしは片手を鼻面から額に移し、さらに耳から後頭部をやさしく撫でた。馬はされるがままになっている。ずっと前からわたしを知っているかのように。

「誰かさんみたいだな」

「ひどい、わたしを馬と比べないで」笑い声をあげたとき、自分の目に涙がたまっているのに気づいて驚いた。きっと、この馬の持ち主は少女なのだろう。その少女も美しいはずだ。彼女は幼い頃から、この馬と一緒に育ったのかもしれない。

「だったら、きみと何を比べるべきかな？」ウルフが壁から離れ、背後から近づいてきた。干し草を踏みしめる足音が聞こえる。ウエストに彼の両腕が巻きつけられると、わたしは深く息を吸い込んで目を閉じた。

「人間よ」低くささやく。

「きみを人間と比較することはできない。きみのような人はいないから」彼がわたしの首に唇を押し当てながら言った。たちまち下腹部が熱くなり、頭の先から爪先まで喜びに包まれて、思わず身震いした。

「きみのものだ」ウルフはわたしの耳たぶを軽く噛んだ。

「えっ？」

「この馬はきみのものだよ。この小屋はぼくが所有している。ここを含む、あの別荘から五キロ四方にある土地は全部ぼくのものなんだ。前の土地の所有者がこの小屋を持っていて、ぼくの両親に売却したときに自分の馬たちを連れて出ていった」ウルフの今は亡きご両親。わたしは彼について、まだ知らないことが多すぎる。それだけウルフは多くのことをわたしに秘密にしたままなのだ。「結婚する前は、きみに結婚の贈り物などあげたくなかった。だが結婚してから、きみはダイヤモンドよりもっと多くを贈るにふさわしい人だと気づいたんだ」

　わたしはウルフに向き直り、目をしばたたいた。ここは彼に感謝すべきところだ。抱きしめ、キスをし、彼に負けないほどわたしも夫を愛したい。今では、それがさほど難しいことではないとわかっていた。ウルフを愛する――素直にそう考えていることが驚きだ。だってウルフはわたしに関するありとあらゆる情報を握っているのに、わたしは彼について何も知らないのだから。きっと誰かを愛するためには、相手について知る必要がないのだろう。相手の心さえ知っていればいいのだ。ウルフの心は、わたしが想像していたよりもはるかに大きかった。

　彼はわたしを見つめたまま、答えを待っている。口を開いた瞬間、自分でも思いがけない言葉が飛びだした。

「この子をここに置いておけないわ。ひとりぼっちで寂しいはずだもの」

　ウルフはしばし何も言わなかった。やがて目を閉じて、額をわたしの額に押し当てると、唇を重ねてきてため息をついた。唇に彼のあたたかな息がかかった。

「なぜきみはそんなに思いやり深いんだ？」わたしの唇に向かって、ウルフはささやいた。
わたしは彼の上着の襟をつかんで引き寄せると、唇の端にキスをした。
「毎週きみが訪ねられるように、この子をシカゴ近郊のどこかに連れていこう。馬た
ちがたくさんいて、干し草もある場所に。それにこの子の世話をする牧場主も雇うよ。
ただし、その牧場主は絶対きみには近づかせない。醜くて歯のない男にする」
わたしは笑い声をあげた。「ありがとう」
「この子の名前はどうする？」
「アルテミス」何も考えないうちに答えていた。
「狩猟の女神か。まさにぴったりだ」ウルフがことのほか慎重にわたしの鼻にキスを
した。それから額と唇にも。
わたしたちはビールで乾杯した。わたしはアルテミスの隣で、干し草の上に座りな
がらブラウニーも食べた。ここ数日だけで、この一カ月分をうわまわる量を食べてい
る。食欲が戻ってきたのだ。いい兆候だろう。
「十三歳のときから、ずっと弁護士になりたかった」ウルフが言った。わたしは驚き、
息を詰めた。彼がわたしに自分の話をしている。心を開いてくれたのだ。この一歩は

大きい。ここからすべてが始まる。「世の中は不公平だ。いくらいい行いをしても、ちゃんと生きていても、道徳を守っても、なんの褒美も与えられない。才能や意欲、それに抜け目のなさがなければね。こういったことは必ずしも前向きな要素とは言えない。それにどれも——才能でさえ——美徳とは言えない。ぼくは保護を必要としている人たちを守りたいと思った。でもがんばって仕事に打ち込むほど、そういう社会体制が崩壊している現実に気づかされた。正義をもたらすために弁護士になるのは、五十回もめった刺しにされた男の血のついたシャツから、ケチャップの染みだけをきれいに拭き取ろうとするようなものだったんだ。だから、もっと上を目指すことにした」

「どうしてそんなに正義にこだわっているの？」

「きみの父親がぼくから正義を奪ったからだ。きみが子ども時代、とても大切に守られていた理由はよく理解できる。そうしてきたきみの父親を尊敬したい気分にさえなるよ。何しろ、きみを寄宿学校に通わせ、彼が当時シカゴで巻き起こしていた騒動から遠ざけていたんだからな。だが、ぼくはその混乱のさなかで大きくなった。混乱を生き延びなければならなかったんだ。そのせいで今でも傷ついているし、理不尽な思いも抱えている」

「父をどうするつもりなの？」

「破滅させる」

わたしは息をのんだ。「だったら、わたしは？　わたしはどうするつもり？」

「きみのことは救う」

しばらくすると、ビールと糖分のせいで眠くなってきた。頭をウルフの胸にもたせかけ、目を閉じる。彼は携帯電話を取りだし、わたしがもたれたまま眠るのを許してくれた。らしくない態度だ。電話は一度も鳴っていない。だから彼が電話で何をしようとしているのかわからなかった。けれど心のどこかで、夫の我慢の限界を試したがっている自分がいる。いつになったらウルフがわたしをやさしく揺り起こし、もう帰る時間だと告げるのか確かめてみたい。

彼のシャツに小さなよだれの染みをつけて目覚めたのは一時間後だった。ウルフはまだ携帯電話をいじっている。体を動かさないように気をつけながら画面をちらりと見ると、彼はオフラインで何かの記事を読んでいた。前もってダウンロードしてあったものなのだろう。わたしは軽く身じろぎをして、目覚めたことを彼に知らせた。

「もう戻らないと」

わたしはアルテミスをちらりと見た。馬房でぐっすり眠っている。

「そうね」あくびをしてから言った。「でも、ここが大好き」

わたしは無意識のうちに頭をあげ、ウルフの唇にキスをしていた。彼は手から電話を落とすと腕のなかにわたしを抱きしめ、膝の上で体の位置を変えさせた。ちょうどまたがるような格好だ。ここ数週間で初めて、わたしはこれ以上ないほどはっきりと目覚め、全身に力がみなぎるのを感じた。彼の首に両腕を巻きつけてキスを深める。知らず知らずのうちに腰を動かし、彼の屹立したものに自分の体を押し当てていた。まだピルをのんではいない。クリニックに予約を入れる機会がなかったからだ。今では、あの怒りに任せた最初のセックスで子どもができなかったのは本当に運がよかったと痛いほどよくわかっている。ウルフは子どもを望んでいない。そしてわたしも彼が望まないものを欲しいとは思わない。まだ十九歳だし、学校に通い始めたばかりなのだから、なおさらだ。

「わたし……」キスのあいだになんとか口を開いた。「わたしたち……コンドームが必要よ。まだピルをのんでいないの」

「引き抜くから大丈夫だ」ウルフはわたしの胸にキスの雨を降らせ、紺色の水玉模様のワンピースのボタンを外していった。わたしは体を引き、彼の顔を両手で挟み込んだ。こんな大胆な態度を取ることに、まだ心のどこかで恐れを感じていた。

「わたしでも知ってるわ、そんなやり方では避妊にならないって」

ウルフがにやりとした。口元から真っ白で整った歯が見えている。なんて美しい男性だろう。もし彼がもう一度自分のベッドに別の女性を引き入れたら、わたしは生きていけるかどうか自信がなかった。わたしたちはもはや、ひとつ屋根の下に住むふたりの他人ではない。目に見えない絆で結びつけられ、絡まりあい、がんじがらめになっている。どちらも体を離そうとするがよけいに結び目が増えて、引き寄せあうばかりだ。ウルフはとても頭がいいし、機知に富むすてきな男性だ。ずっと一緒にいたい。でも、どうすれば彼をつなぎ止めておけるかわからなかった。

「フランチェスカ、一度で妊娠などしないさ」

「それは迷信よ、信じるわけにはいかないわ」わたしは反論した。

そう言ったのは、母親になりたくないからではない。望まれない赤ちゃんの母親になりたくないからだ。わたしは愚かな希望をまだ捨てられずにいた。わたしといて幸せになれると気づいたら、ウルフも子どもを欲しがるのではないかと。思い返せば、そもそもアフターピルをのまされたこと自体がショックだった。わたし自身やわたしの体をウルフに拒絶されたように感じてしまったのだ。

「最後の生理はいつだった?」ウルフがきいた。わたしは目をしばたたいた。

「今月の最初の週よ」

「だったら大丈夫だ。まだ排卵日じゃない」

「どうしてそういうことを知ってるの？」わたしは笑い、指先を彼の胸に滑らせた。

なぜだか、そうせずにはいられなかったのだ。

「兄の奥さんが……」

ウルフは口をつぐみ、氷のように冷たい表情を浮かべた。そんなことを口走るつもりはなかったのだろう。わたしは彼にお兄さんがいたことも、そのお兄さんに奥さんがいたことも知ってはいけなかったのだ。まばたきをしながら、すがるようにウルフを見つめる。話を続けてほしかった。けれども彼は息を吸い込み、わたしの体を膝からそっとおろした。立ちあがり、手を差しだしてくる。

「きみの言うとおりだ。さあ、帰ろう、ネム」

わたしは彼の手を取った。わたしたちには問題がある。

ウルフは防御の壁の向こう側にわたしを立ち入らせようとしない。

そしてわたしはこれ以上、彼がその壁から出てくるようにすることができない。

別荘で、暖炉に薪《まき》を投げ込んでいるウルフのかたわらで、わたしはマシュマロをスティックにせっせと突き刺していた。夫にスモアズ（焼きマシュマロと板チョコを二枚のグラハムクラッカーで挟んだデザート）の作り方を見せるためだ。スイスの寄宿学校時代、友達全員にこのデザートの作り方を教えたものだった。すると生徒たちの親から、校長宛に怒りの手紙が届いたという。彼らはこぞって娘が太ってしまったことと、毎週末に自宅の暖炉を掃除しなければならなくなったことを嘆いていた。

「当時は反逆児だったんだな」ウルフがにやりとしてみせた。「すっかりだまされたよ。きみの英国寄宿学校風のアクセントと、非の打ちどころのないマナーにね」

「あら、わたしは反逆児なんかじゃなかったわ」大真面目で反論した。ウルフが妻としてわたしを選んだのは、未来のファーストレディにふさわしい厳しいしつけを受けていたからなのだろうか？　そんな不安を振り払おうとした。「いつもトラブルに巻き込まれないように注意していたの。わたしが起こしたトラブルはその一件と、先生のかつらを偶然燃やしたことだけよ」ウルフの腕に抱かれて、わたしは微笑んだ。こうしていると、かつてないほどの幸せと癒やしを感じる。彼はわたしを近くに引き寄せ、ふたたびキスをした。今度は、今夜の会話はこれでおしまいだと告げるような真剣なキスだった。

ウルフはわたしを暖炉の前に仰向《あおむ》けにした。暖炉ではオレンジ色と黄色の炎が躍り、部屋全体に心地よくてロマンティックな雰囲気が漂っている。室内には贅沢で豪華な調度品がしつらえられていた。無駄を排したシンプルな家具に最新式の電化製品、ダークブラウンのなめらかな革張りのソファにウールの掛け布――まさにわたしが望んでいることが起きるお膳立てが整ったと言っていい。ふたりしてフローリングの床の上に敷かれた手織りのラグの上に横たわっていると、ウルフがのしかかってきて低くうなり、ワンピースの下に手を入れて、指先をショーツの縁にかけた。その瞬間、理性がすべて吹き飛んだ。首筋にキスの雨を浴びているうちに、気づくと下腹部を彼のてのひらにこすりつけていた。まるでおねだりするかのように。ウルフはひざまずき、空いたほうの手でワンピースの前ボタンを外しだしたが、そのあいだも脚のあいだを愛撫する手をゆるめようとはしない。最後のボタンを外し終わるとワンピースを脱がせて、わたしの全身に視線を走らせた。恥ずかしくて体を隠そうとしたけれど、彼はそれを許してくれない。

「なんて美しいんだ」ウルフがささやいた。「あの仮面舞踏会の前に、きみがきれいだという噂はさんざん聞かされていたが、すべて本当だったんだな。その噂が真実かどうか自分の目で見たかったとは口にしても、これは一度も言ったことがなかったはずだ――きみはぼくの期待をことごとく覆すほど美しい」

わたしはまばたきをして涙を振り払い、指先をウルフの顔の至るところに滑らせた。そうすることで、彼はわたしのものだと主張するかのように。「お願い、わたしを愛して」

セックスではない。

ファックでもない。

愛して、愛して、愛して。

わたしを愛して。この心が切実にそう懇願していた。ウルフはわたしの唇にキスをしたあと、胸の頂を口に含んだ。舌と歯を巧みに使いながら、徐々に喜びを高めていく。

彼はわたしの両方の胸を口で愛撫すると、指先でそっとひだをかき分けた。すでにしっとりと濡れている。その湿り気を利用して、ゆっくりと弧を描くように小さなつぼみを刺激し、さらなる快感を呼び起こしていった。

「お願い、すぐにして」わたしは甘えた声で言い、ウルフの髪に指先を差し入れた。

彼はわたしの内腿に唇を押し当て、舌先で軽くなめた。「わたしのなかに入ってほしいの。今すぐに」

「なぜ？」

「そんなの、説明できない」

「いや、できるさ。ただ言葉にするのを恐れているだけだ」

ウルフ・キートンはわたしからキスを盗んだ。でも、彼に盗まれたのはキスだけではない。わたしの心《ハート》もだ。ウルフはこの胸からハートをもぎ取り、ポケットへ入れてしまった。だから今、彼が予想していたはずのことを自らしようとしている。脚を大きく広げ、彼に懇願している。今回は、これ以上ないほど本気で。「あなたが正しかったからよ。あなたは前から、わたしがあなたのベッドへ喜んでやってくるようになると考えていたはず。そして今、まさにそうしているところなの。だからお願い、早くわたしを奪って」

ウルフはじらすようなキスをし、あの事故のせいでまだひりひりしているやわらかな下唇に歯を立てた。「完全な真実というわけじゃないが、確かにそうだな」

彼は腕を突いて立ちあがり、手を伸ばして自分の財布を取ると、コンドームを取りだした。わたしはがっかりしたものの、必死にその気持ちをのみ下そうとした。彼は体を引いて、わたしの顔をじっと眺めた。

「何か問題でも？」

「何もないわ」

ウルフはわたしの顎の下を軽く叩きそうになったものの考え直し、顎の線に沿って親指を滑らせた。「互いに嘘をつきあう段階は、もはや過ぎたはずだ。正直に言ってくれ」

わたしは視線をコンドームにさまよわせた。「わたしはただ……これが本当の意味で初めてのときだから、もう少し親密な結びつきがいいなと思ったの」そう答えながらも、顔から火が出そうだった。遅まきながら気づいた。わたしは数時間前の彼と同じ提案をしようとしている。

「もしよければ……」

「わかった。外で出す」ウルフがキスで言葉を封じた。「だが、今後このやり方を習慣にするのはよそう。きみがピルをのみ始めるまでは。いいな？」

わたしはこくんとうなずいた。

彼はカーペットの上にコンドームを放り投げると、わたしの目を見つめたまま、身を沈めてきた。とっさに緊張で体が硬くなった。すると彼はかがみ込み、わたしの唇にキスをした。

「力を抜いてくれ、ぼくのために」

わたしは深く息を吸い込み、言われたとおりにした。挿入の途中で痛みが始まったが、前回とはまるで異なる痛みだった。今回は喜びが伴っている。ウルフによって、自分が押し広げられていくのがわかった。彼はその最中もキスをやめようとしない。わたしを励まして力づけるような言葉をかけ続けてくれた。どの言葉も信じられた。この魂のすべてで。

「きみは天から落ちてくる雨みたいに優雅だ」

「そして悲しき仮面舞踏会の夜の、星ひとつないシカゴの空のように美しい」

「ネメシス、ああ、なんていいんだ。もしぼくを止めてくれなければ、このままきみに溺れて死んでしまいそうだ」

前回ウルフは〝こぶし並みに硬い〟と言った。なんという違いだろう。あのときは自分が汚され、おとしめられたように感じた。わたしはウルフの両肩にしがみつき、やわらかくうめきながら、彼の動きにゆっくりと合わせていった。しばらくすると脚のあいだの不快な感じがなくなり、気づかないうちにヒップを揺らしていた。彼が抜き差しのリズムを速めるにつれ、満足げな声がもれてしまう。そのあいだもウルフは両腕で自分の体を支え、わたしの肋骨と額には絶対に触れようとしなかった。怪我を気遣っているのだろう。やがて彼の動きがさらに速く、激しくなった。絶頂が近づいているに違いない。ウルフの背中に爪を立てていると、突然自分の下腹部もかっと熱くなるのがわかった。彼の舌の愛撫で達していたクライマックスとは違う。もっと深くて、体の奥底からわき起こるような喜びだ。

「もういきそうだ、ネム」

ウルフがこわばりを引き抜こうとした瞬間、わたしは彼にしがみついて猛烈なキスをした。あたたかくどろりとした液体で満たされるのを感じたのは、そのときだった。しばらくそのまま抱きあっていたあと、ウルフがようやくわたしの体を放した。今回は恥辱も苦痛も感じていなかった。彼から目をそむけることもない。ウルフが自分の顔を手で覆い、このまま死んでしまいたいと願うようなこともなかった。わたしたちふたりは頭を寄せあい、暖炉のそばのカーペットに横たわっていた。

彼はわたしの顎の下を指先で軽く叩いた。

「わたしのなかでいったのね」わたしは唇をなめた。

ウルフがあくびと伸びを同時にした。さほど心配している様子には見えない。でも、わたしはそれこそが心配だった。

「またアフターピルをのむ気にはなれないわ」胸にワンピースを引きあげながら、わたしはかぶりを振った。「体にいいとは思えなくて」

「スウィートハート」彼は困ったような目でわたしを見た。「さっきも言ったが、まだ排卵日じゃない」

「そういう計算は狂《スクリュー》うものよ」

「だったら、もっとセックス《スクリュー》しようか？」

わたしは笑い声をあげた。「わかったわ。あなたの言葉を信じる」

「当然だ」彼はふたたび、わたしの顎の下を軽く叩いた。

「ねえ、ウルフ、そのしぐさはやめて。なんだか子ども扱いされてるみたいな感じがするの」

ウルフは全裸のまま立ちあがり、わたしを肩にかついだ。肋骨のあたりには触れないように注意しながら、主寝室へ運んでいく。途中でわたしのヒップをからかうようにぴしゃりと叩き、すぐにやさしく歯を立てた。

「ちょっと、何をするつもり？」わたしは笑いすぎたせいで、もう息も絶え絶えだった。

「きみがもっと大人になれるようなことさ」

その夜、主寝室のベッドで、わたしたちはコンドームを三つ使うことになった。そして朝を迎えると、またアルテミスの様子を確認した。アルテミスはわたしたちの顔を見て、喜んでいる様子だった。わたしは少しのあいだ、アルテミスに乗ってみることにした。昨夜四回も濃厚なセックスをしたというのに、脚のあいだの不快な感じは驚くほどない。それからわたしたちはアルテミスに餌と水をやり、小屋のなかで食べている馬のそばに腰をおろした。ウルフはアルテミスの前で、男性の大事な部分を愛撫するやり方を教えてくれた。わたしをひざまずかせてから立ちあがり、ディーゼルの黒いズボンのファスナーをおろして自分のものを解放し、どんなふうに撫でたりしごいたりすればいいかを伝授した。わたしがようやく緊張せずにそれができるようになると、今度は口に含んでくれないかと言いだした。

「いいわ」わたしはうつむいて、干し草を見たまま答えた。恥ずかしさをどうにかのみ込んだ。

「ぼくを見るんだ、フランチェスカ」

顔をあげ、ウルフのシルバーグレーの目を見つめてまばたきをする。

「これからきみがやろうとしていることは何も間違っていない。それはわかっているだろう？」

うなずいたものの、わかっているとは言いがたかった。わたしの両親を含め、一緒に教会へ通っている人たちは、もし今からわたしたちがやろうとしていることを知れば間違いなく心臓発作を起こすだろう。

「もし誰かに見つかったらどうするの？」

ウルフが笑い声をあげた。いかにも成熟した大人の男の笑いだ。

「きみが知っている十八歳以上の大人はみんな、同じように口でしてるよ」

「わたしはしたことないわ」

「それは実にありがたい」

彼はただ、わたしが聞きたがっている返事を口にしただけなのだろう。こちらの疑いの表情に気づいたのか、わたしの頬を撫でるとため息をつき、こう尋ねた。

「ぼくのことを変態だと思っているのか？」

「なんですって？」わたしは頬が真っ赤に染まるのを感じた。「いいえ、もちろんそんなことないわよ」

「よかった。なぜなら、ぼくはきみのあそこを毎晩口で愛撫してるからね。今ではもう何週間にもなるはずだし、これからもそうするつもりだ。あの行為を通じて、きみは夫に喜びを与えてくれているんだ。何も恥ずかしがることはない」

「でもあなたは、口でするのは頭をさげることになるから我慢ならないと言ってたじゃない」わたしは唇をなめて指摘した。

「一般的に、頭をさげるのは屈辱的な行為と言えるだろう。だが自分のプライドを曲げてでもそうするに値すると思える相手に対してなら、ちっとも屈辱的ではない」

ウルフがプライドについて軽々しく口にするような人間ではないことは百も承知だった。結局のところ、わたしがネメシスなのに対して、彼はナルキッソスなのだから。彼がそれほどプライドにしがみつこうとするのは、過去によほど傷つけられたせいに違いない。わたしはすでに屹立しているものの先端を口に含んだ。ウルフがわたしの手を取り、根元を握らせる。そしてわたしの後頭部に手を当てて、ゆっくりと付け根まで差し入れてきた。喉の奥に彼の先端が届くほど奥深くまで。思わずむせそうになったが、どうにかこらえた。

「さあ、しゃぶって」ウルフがわたしの髪に指を差し入れ、根元を強くつかむ。

意外だった。彼のものをしゃぶるのがこれほど楽しいなんて。その行為そのものも、なめらかで熱っぽい感触もたまらない。でも、それだけではなかった。ウルフならではの男らしい匂いや彼の反応も楽しまずにはいられない。わたしの口のなかで欲望の証を痙攣させながら、悩ましげなうめき声をあげている。とうとう彼がわたしの髪をつかんで下腹部から引きはがす頃には、顎も唇もひりひりと痛んでいた。わたしは上を向き、彼の目をじっと見つめた。

「ぼくはきみを大切に思ってる、わかるだろう？」ウルフがぶっきらぼうに言った。

「ええ」唇が腫れて感じやすくなっていた。

「よかった。なぜならこれからの五秒間、そうではないように思えることをするからだ」彼は自分のものを手でしごき、わたしの顔と胸めがけて射精した。

生あたたかい液体が頰を流れ落ちていく。べとべとした感触だが、そうされても屈辱的とは思えなかった。むしろ感じていたのは、さらなる欲望の高まりだ。わたしの体の奥底にある一番感じやすい部分が、ウルフの何かを求めていた。

わたしは唇の端についた精液を舌でなめ、顔をあげて、彼に笑みを向けた。

ウルフが微笑み返してくる。

「ぼくらはこれからもずっと仲よく暮らしていけるだろう、ぼくの大切な奥さん」

15

フランチェスカ

何かが無性に欲しくて、わたしは目覚めた。頭のなかで甘いもののことばかり考えてしまう。

まるで全身がストロベリーミルクシェイクになったみたい。

ううん、違う。飲みたくてたまらないのだ。今すぐに。

ベッドの上で寝返りを打つと硬い腹筋にぶつかり、わたしは低くうめいた。片目だけ開けてみる。ミシガン湖でのあの週末から五週間が経ち、わたしはウルフ・キートンとの新生活に関して、いくつか興味深い事実に気づかされていた。まずは、毎朝フェラチオをして夫を起こすのを自分がとても楽しんでいること。もうひとつは、妻からそうやって起こされるのを夫がとても楽しんでいることだ。わたしはさっそく仕事に取りかかった。ウルフの腹部から下に伸びている黒々とした毛をたどりつつ、彼の大学名が記されたグレーのスウェットパンツをそろそろとおろしていく。ペニスを口に含むと、彼は身じろぎをして目を覚ましたが、いつものように毛布を払いのけてわたしの髪をやさしく引っ張ろうとはしなかった。

「今日は止めない」ウルフはマットレスの上でわたしを四つん這いにさせ、ナイトテーブルからコンドームを取りだした。わたしは依然としてピルをのんでいない。ミシガン湖から帰ったあとすぐに、クリニックに予約を入れるべきだったのだろう。でも、ひとりで行くにはあまりに恥ずかしすぎる。いろいろと検査されるのがわかっているからだ。とはいえ、ミズ・スターリングとは一緒に行きたくなかった。母とクラは避妊をはなから信じていない。アンドレアには三回電話をかけたが、付き添いたいのはやまやまだけれど、一緒にいるところを見られたらあなたのお父さんに殺されちゃう、と言われた。

「あなたのせいじゃないのよ、フランキー。わかってくれるわよね？」

ええ、痛いほどよくわかっている。アンドレアを責めることもできない。わたしだって、ある時点から自分の父親を恐れているのだから。

そんなわけで、クリニックへの付き添いを頼む相手は夫しかいなくなった。その週、夕食を終えたあと、一緒に行ってくれたらうれしいとほのめかしたが、ウルフからは断られた。わたしひとりで行けるはずだというのだ。

「もし痛かったらどうするの?」

「ぼくが一緒にいたからといって、痛みが少なくなるわけじゃない」痛いかもしれないというのは口実だ。彼にはそれがわかっていた。

翌日、仕事から帰ってきたウルフは、コストコの領収書とともに大量のコンドームを買い込んできた。

彼は同じベッドでは眠らないというルールを完全に忘れ去っていた。わたしたちは服などの持ち物を別々の棟に置いてはいるものの、夜はいつも一緒に過ごしていた。ウルフがわたしの寝室へやってきて、交わったあとにわたしを抱きしめて、ふたりで眠ることがほとんどだ。けれどもときどき、ウルフが仕事からとても遅い時間に帰ってくると、わたしが彼の寝室へ行き、ベッドで奉仕することもある。それに彼はわたしとガラコンサートや慈善事業に出席するようになった。そういうカップルになれたのだ。かつてはアンジェロとそうなりたいと夢見ていたたぐいのカップルに。ディナーの席上で周囲から注目されていても、ウルフとわたしはいちゃいちゃした。彼はしょっちゅうわたしの手を握り、唇を押し当ててきた。まさに紳士の見本のようなふるまいだ。知事の息子の結婚披露パーティーへわたしを引きずっていった、あのシニカルで冷笑的なろくでなしと同じ人物とは思えない。

わたしはほかの女性に対する警戒心をゆるめるようになった。実際のところ、ウルフはどんな誘いにも興味を示そうとしなかった。わが家の郵便ポストにパンティーが入れられていても(ミズ・スターリングは烈火のごとく怒り、そのTバックをひらひらさせてから、ごみ箱のなかに放り込んだ)。それにイベントに出席するたびに、その場に居合わせた女性たちが彼の名刺を求めて殺到しても。

ウルフと一緒の人生は上々だった。

わたしは大学へ通う合間にアルテミスに乗ったり、菜園の手入れをしたり、ピアノのレッスンを再開したりで、父が次の一手をどう打ってくるかじっくり考える時間などまるでなかった。母は毎週遊びにやってきて、ふたりで噂話に花を咲かせたり、紅茶を飲んだり、ファッション雑誌をめくったりして過ごしていた。母は大いに楽しんでいるけれど、わたしにしてみれば耐えられないことばかりだ。それでも調子を合わせるようにしていた。母やクララが遊びに来ることに対して、夫が反対したことは一度もなかった。むしろ彼女たちを引き止めるのが常だ。ミズ・スターリングとクララは本当に気が合うらしく、昼メロへの愛を語りあうだけでなく、こっそりロマンス小説も貸しあっていた。

ミシガン湖から戻ったあと、大学で何度かアンジェロと鉢合わせした。一緒になる授業はないけれど、彼もまた大学に通い始めたのだ。もう二度と会うことはないと思っていた。特に、ウルフがノースウエスタン大学にアンジェロも通っていることをあれほど意識しているのだからなおさらだ。とはいえ、わたしの結婚式の日に起きた出来事を彼に謝らなければならないと考えていたのも事実だった。実際にそうすると、アンジェロはひらひらと手を振り、わたしのせいではないと言ってくれた。そのとおりなのかもしれないが、だからといって、こちらの罪悪感が薄れるわけではない。一方で、わたしがアンジェロと友達づきあいを続けるのを、なぜウルフがいやがるのかも理解できた。出会った頃、アンジェロにめろめろだったわたしを目の当たりにしていたからだろう。もっとも、アンジェロのほうは夫とは違う意見のようだった。彼は大学のカフェテリアや地元のコーヒーショップでばったり会うたびに話しかけてきて、昔なじみの隣人たちの噂話をこと細かに伝えてくれた。

誰が結婚して、誰が離婚して、あのエミリーがニューヨーク出身でボストン育ちのアイルランド人のマフィアとデートをしているとアンジェロから聞かされて、わたしは冷笑を浮かべた。

「あらまあ！」あきれた顔をしてみせると、アンジェロは笑い声をあげた。

「きみは知っておくべきだと思ったんだ。まだぼくと彼女のことを疑っているといけないからね、ぼくの女神」

ぼくの女神。

わたしの夫は自分を厳しく律するタイプで、権力を持つ、容赦ない男性だった。アンジェロは心やさしく、自信に満ちあふれ、寛容な心の持ち主だ。まさに真逆。まるで夜と昼。夏と冬。そしてわたしは少しずつ気づいていた。わたしがいるべき場所は、嵐を巻き起こすウルフのそばなのだと。

彼と幸せに暮らしていくために、ひとつはっきりと心に決めたことがある。あの木製の箱はもう開けないということだ。そもそも、あの箱を必要としていたのはずっと前のこと。ウルフとの結婚直後のことだった。でも、箱のなかに残されているメモは一枚だけ。前の二枚のメモで、彼こそわたしの心を預けるのにうってつけの男性だとわかった。運命の相手がウルフだと示されたままにしておきたい。だってわたしは〝ほぼ幸せ〟な状態ではなく、〝これ以上ないほどの幸せ〟をひしひしと感じているのだから。

そして今、まだ眠たくてぼんやりしているのに、ストロベリーミルクシェイクが飲みたくてたまらなかった。でもこうして夫の前に四つん這いになっていると、もうひとつの欲望を彼に満たしてほしくなる。ウルフが背後から挿入してきた。彼のものは完全にそそり立っていた。

「まるで甘い毒だ、抵抗できない」後ろから突きながら、ウルフがわたしのうなじに唇を這わせる。高まる快感に喉を鳴らさずにはいられない。彼はわたしのなかで果てるとコンドームを外して口を結び、全裸のまま大股で浴室へ向かった。わたしは彼のベッドにうつ伏せで倒れ込んだ。まだ興奮は冷めやらず、体は熱っぽいままだ。

十分後、ウルフが浴室から出てきた。ひげをきれいに剃り、シャワーを浴びて、いつものようにスーツ姿で決めている。わたしがベッドの上で仰向けになる頃には、すでにネクタイを締めようとしていた。

「ストロベリーミルクシェイクが飲みたい」ふくれっ面でおねだりした。

彼が眉をひそめた。鏡をちらりとも見ないまま、器用にネクタイを結んでいる。

「きみはそんなに甘いもの好きじゃないのに」

「もうすぐ生理だからかも」実際は少し遅れていた。

「仕事へ行く前にスミシーに買ってこさせよう。きみも大学だろう？　送るよ」

来週はいよいよ運転免許試験だ。

「スミシーにストロベリーミルクシェイクを買ってもらうのはいや。あなたに買ってきてほしいの」わたしはベッドの上でひざまずき、そのまま夫のほうへにじり寄った。

「彼、いつもわたしの注文を間違えるんだもの」

「ストロベリーミルクシェイクと何を間違えるっていうんだ？」ウルフは浴室へ戻り、すごくいい香りの整髪料をつけて戻ってきた。こんなに魅力的なうえに興奮をあおるような香りをさせている夫と毎日一緒にいたら、いつか心臓発作を起こしてしまいそう。

「あなたもびっくりするようなものと」真っ赤な嘘だった。スミシーは注文を間違えたことなんてない。ただ今は、夫にやさしくしてもらいたいという理不尽な欲求を感じているだけだ。アルテミスをプレゼントしてくれて以来、ウルフはわたしに対してロマンティックなことをしないよう慎重な態度を貫いていた。

「だったら、ぼくがストロベリーミルクシェイクを買ってくるよ」彼はこともなげに言うと、部屋から出ていった。

「ありがとう！」わたしは叫んだ。

すぐに北米一の立ち聞き屋、ミズ・スターリングが部屋のドアから首を突きだした。

「あなた方ふたりときたら、頭がいいんだか悪いんだかわかりませんね」彼女はかぶりを振った。わたしはまだベッドに横たわり、天井を見つめたまま、オーガズムの余韻に浸っていた。一応体にシーツを巻きつけてはいるけれど、ミズ・スターリングにこんな姿を見られても別に気にならない。今では彼女も、わたしたちが夫婦として睦《むつ》みあう物音を数えきれないほど聞いているはずだから。

「どういう意味？」わたしはあくびを押し殺しながら、背筋をゆっくりと伸ばした。

「あなたは妊娠したんですよ、おばかさん！」


まさか。

あるわけない。

ありえない。

でもそれしかない。そうに違いない。それならすべて納得がいく。

大学へ行く前にドラッグストアで妊娠検査薬を買うあいだも、そんな言葉が頭のなかでループしていた。あれほど飲みたかったのに、ストロベリーミルクシェイクを一気に飲み干すとひどい吐き気に襲われた。大学のトイレの個室にしゃがみ、聞こえないよう悪態をつきながら、ミズ・スターリングの意見が正しいかどうか調べるべく検査薬におしっこをかける前から、すでに最悪の気分だった。今すぐにアンドレアが必要だ。判定窓に示された結果を確認するとき、しっかりと抱きしめてくれる誰かが。

でも、アンドレアはわたしの父を恐れている。そろそろ〈アウトフィット〉以外の場所で、新しく友達を見つけるべきなのだろう。

検査薬のキャップを閉めて、時間を計るために携帯電話のアラームをセットし、トイレのドアに額を押しつけた。今、頭のなかにはふたつの考えがぐるぐると渦巻いている。

1. 妊娠したくない。

2. 妊娠したくなくない。

もし妊娠していたら、大きな問題を抱えることになる。夫は子どもを望んでいないのだから。はっきりとわたしにそう言っていた。何度も。どうしても子どもが欲しいなら、別の場所に暮らして精子提供を受けてほしいと言われたことさえある。そんなわたしたち夫婦の状況を考えると、望まれない子どもを産み落とすのは不道徳な行為と言えるだろう。完全にいかれた行為とは言えないまでも。

けれども奇妙なことに、赤ちゃんはできていないかもしれないと思うと、それはそれでがっかりした。ウルフの赤ちゃんを宿すと考えただけで興奮と期待を覚える。たちまち頭がどうかなったみたいに、わたしはそのことしか考えられなくなった。今まで思いもしなかったことが次々と頭に浮かんだ。わたしたちの子どもはどんな目の色をしているだろう？　ふたりとも髪は濃い色だ。きっと両方に似て、スリムな体型に違いない。瞳はグレーかしら、それともブルー？　背は高い、それとも低い？　夫の機知とわたしのピアノの才能を受け継いだ子になる？　肌の色はわたしに似て雪のように白い？　それとも夫に似て、日に焼けたような色？　赤ちゃんに関することをすべて、ひとつ残らず知りたい。今すぐ、てのひらをお腹に当てたい――そんな衝動を抑えきれなかった。お腹が膨らみ、丸く大きくなっていくところを想像してしまう。なかにいるのは、わたしたちの愛の結晶だ。

いいえ、わたしの愛の結晶よ。

ウルフがわたしを愛しているなんて、誰にも言われたことがない。誰もほのめかしもしない。ミズ・スターリングでさえも。

携帯電話のアラームが鳴り、思わず飛びあがった。心臓が口から飛びだしそうだ。どんな結果が出ても乗り越えたい。わたしは検査薬を指ではじいて結果を見つめる。

二本線。青い線が浮きでている。はっきりと力強く。

わたしは妊娠した。

ふいに涙があふれてきた。

信じられない。こんなことが起きるなんて。ウルフは子どもが欲しくないと言っていた。いえ、はっきりと宣言していた。それがどうだろう。結婚式からまだ半年も経っていないのに、ようやく夫婦として仲よくなれたとたんにこれだ。彼に妊娠の事実を伝えなければならない。わたしの一部は、どう考えてもこれはわたしだけの過ちではないと指摘していた。ウルフもまた責められるべきだと。そもそも、最初に避妊をせずにセックスしようとわたしを説得したのは彼のほうだ。寸前に引き抜くから大丈夫だなんて戯言を言い、日にちを計算して、わたしはまだ排卵日を迎えていないと言ったりもした。

けれども実際は、前にアフターピルをのんだときから、わたしの生理の周期は変わっていたはず。それなのに、ふたりともそこまで思い至らなかった。

といっても、ウルフが引き抜こうとしたとき――偶然とはいえ――彼にしがみついてそれを妨害してしまったのはわたしだ。あれ以外に妊娠する可能性は考えられない。別荘でのあの週末以外は、毎回コンドームを使っていたのだから。

わたしはがっくりと肩を落としてトイレから出ると、足を引きずるように廊下を進んで大学の外へ出た。いかにも秋らしい陽光が降り注いでいる。ミズ・スターリングに打ち明けなくては。彼女なら、どうすべきか知っているだろう。

スミシーの車へ向かっていると、突然どこからともなくアンジェロが現れ、わたしにぶつかって草地に押し倒した。とっさにお腹の赤ちゃんのことを考え、叫び声をあげたのに、彼は息を切らして笑いながらわたしをくすぐろうとしている。わたしは彼の体をすばやく押しのけた。

「アンジェロ！」ヒステリーを起こしそうになった。確か妊娠初期は一番気をつけなければいけない時期なのでは？　こんなふうに草むらに転がるなんてとんでもない。

「離れて！」

アンジェロは立ちあがると濃い金髪を手で撫でつけ、わたしを見おろした。いったいどうしたというのだろう？　彼はいつだって控えめで尊敬できる男性だった。いつも感じよく接してくれた。一方で、わたしが結婚してからは、こんなふうに触れてきたことは一度もなかった。

「ごめんよ、ぼくの女神」アンジェロが手を差しだしてくる。わたしはその手を取った。彼がいまだにわたしを〝ぼくの女神〟と呼ぶのが気に入らなかった。だが、こんなふうに軽く戯れても法律に違反しているわけではない。そういう法律があるべきではないだろうか？　夫が家を空けるたびに、ほかの女性たちからちょっかいを出されないためにも。

ただし、自分自身もそんな息苦しい国で暮らすことになるけれど。

わたしは立ちあがり、あたりを見まわした。とはいえ、自分でも何を探しているのかわからない。ワンピースとカーディガンについた草の葉を払った。

「きみが悲しそうに見えたんだ。だから笑わせてあげたくて」アンジェロが釈明した。どうしてこの心やさしき友人に、あなたの言うとおりだなんて打ち明けられるだろう？　実際、人生最悪な日と最高の日を同時に迎えたような気分だ。わたしはアンジェロの肩から草の葉を振り払い、笑みを浮かべた。

「あなたのせいじゃないの。かっとなってごめんなさい。ただ驚いただけなのよ」

「駐車場の反対側で、きみの運転手が待っている。きみのボディガードたちも。きみが彼らと一緒じゃない今が話しかけるチャンスだと思ってね」アンジェロはおどけたように眉を動かし、わたしの肩に手を置いてもんだ。あの追突事故のあと、ウルフはわたしにボディガードをつけると言い張った。今週になってようやく、大学の構内にいるときはボディガードたちを車で待機させていて大丈夫だと、彼を納得させたばかりなのだ。あれ以降わたしの父からも、マイク・バンディーニからも音沙汰がない。それに学校で友達を作りたいなら、象みたいな巨漢の男ふたりを背後に従えているわけにはいかない。

　アンジェロには、彼の父親がわたしに何をしたか話していなかった。ウルフとは違って、わたしは父親と息子をちゃんと区別して考えられる。きっとそれは、自分の親の行いにきまり悪さを感じるのがどういうことか、わたし自身がいやというほど思い知らされているからだろう。

「ありがとう」わたしは肩にバッグをかけると、アンジェロの前に立った。罪悪感にさいなまれ、ぎこちなさを感じていた。アンジェロは、ふたりのあいだに一度はかかっていたのに燃え落ちてしまった橋を再建しようと努力してくれている。それなのにわたしはどうだろう？　橋の反対側にマッチを持って立ち、もう一度橋を燃やすような真似をしてしまったのだ。けれど夫に対して忠誠を守りながら、かつては自分にとってすべてだったアンジェロとの仲を修復するのは至難の業だった。わたしはそんな離れ技ができるほど器用ではない。

「実は打ち明けなければいけないことがあるんだ」アンジェロがくしゃくしゃの美しい金髪に指を差し入れる。とたんに胸が痛んだ。ウルフと婚約したあのときからずっと、アンジェロのそういうしぐさをあえて見ないようにしていたことにわたしは気づいた。そう遠くない将来、アンジェロは誰かのすばらしい夫になるだろう。でも、その誰かはわたしではない。

「なんなの？」わたしは目をこすった。今まで生きてきて、こんなに疲労感を覚えたことはなかった。睡眠不足とも違う。アンジェロはわたしを見おろし、左足から右足に体重を移した。もはや自信たっぷりにも、気取っているようにも見えない。

「きみの婚約パーティーがあったあの夜、あることが起きた……起きてはいけないことが」彼はつばをのみ込み、視線を落として深呼吸をした。「仮面舞踏会にいたブロンドの女性に関係があることだ。婚約パーティーの夜、ぼくはありったけの思いを伝えようとしたのに、きみからもう終わりだと告げられ、当初の計画が台なしになってえようとしたのに、きみは未来の夫しか眼中にない様子だったからなおさら最悪な気分だった。まさに自分の世界が一気に崩れていくような気分だった」その真実に平手打ちされたかのように、アンジェロは頰をこすった。「そのせいで、ぼくは間違いを犯した。致命的な間違いだ。あのジャーナリストと寝たんだ。いや、実際それは小さな過ちにすぎない。取り返しのつかないほどの過ちじゃない。取り返しがつかない間違いは、ぼくがきみの夫と階段で出会ったときに起きてしまった」

わたしはアンジェロを見あげた。驚いたことに、彼はまばたきで涙をこらえている。本物の涙だ。ここでアンジェロの涙を見たくはない。たとえ、このあと彼がわたしに告げようとしているのがひどい話だとわかっていても。そのせいで、わたしは多くの意味で傷つけられたのだから。今ウルフとわたしの関係は良好だけれど、いくら相手が夫でも、力ずくで純潔を奪われたあの夜の記憶は絶対に消せない。

「ウルフにわたしたちが寝たと言ったの？」わたしの声は震えていた。

アンジェロが首を横に振る。「いや、そうじゃない。ぼくから言えるはずがない。ただ、ぼくはキートンに……そんなことは起きていないとはっきり言わなかった。彼の誤解を解くのではなく、彼に復讐してやりたいという気持ちでいっぱいだったんだ。ぼくはそれほど頭に来ていたんだよ、フランキー。それに心のどこかで、きみたちが破局するのをまだ期待していた。あとひと押しして運命を変えたかったんだ。きみたちふたりを破滅させるつもりなんてなかった。ただ、きみもぼくと同じ気持ちでいると信じていたんだ。きみが彼にチャンスを与えたのは、てっきりご両親から圧力をかけられたせいだと思っていた。まさか……」

「わたしがウルフを愛しているからだとは思わなかった？」わたしはかすれ声で言葉を引き取り、アンジェロの肩をぎゅっとつかんだ。彼がわたしの手を見おろし、はなをすする。

「ああ」

「わたしは夫を愛しているの」わたしは強調するようにため息をついた。「アンジェロ、悪いけど本当にそうなのよ。自分でも、まさか彼を好きになるなんて思いもしなかった。でも、気づいたらそうなっていた。愛ってそういうものでしょう？　死のように、いつかは自分の身にも起きることだとわかっていても、それがいつなのか、なぜなのか、どういうふうに起きるのかはわからない」

「ずいぶんと悲観的な人生観だな」アンジェロが苦笑いを浮かべる。

彼に腹を立てる気にはなれなかった。それは嘘偽りない本心だ。特にウルフとわたしが、アンジェロとクリステンによって仕掛けられた罠《わな》を克服した今はなおさら。わたしたち夫婦の関係において、あれはきわめて重要な瞬間だったとさえ言えるだろう。

「それでも」アンジェロは両頬に少年っぽいえくぼを浮かべた。かつて彼にこの笑みを向けられ、濃いまつげの下から見つめられるたびに、心をわしづかみにされたものだ。「もしきみが心変わりをするようなことがあったら、ぼくはここにいるから」

「わたしはもう傷物よ」わたしは片方の眉をあげ、赤面しながら応えた。するとアンジェロが芝居がかったため息をついた。

「信じるかどうかわからないが、ぼくの女神、ぼくもそうなんだ」

「信じられない」わたしは彼の胸をぴしゃりと叩いた。体から一気に力が抜けていく。

「初体験はいつだったの？　相手は誰？」もう何年もききたかったのに、今の今まで口にできなかった質問だった。今からわたしたちが、ある種の友達づきあいを始めようとしている証拠だろう。

アンジェロは大きく息を吐きだした。

「高校二年のときにシェリル・エヴァンスと、数学の授業のあとで」

「彼女は小柄で学校内のアイドルだった?」わたしはにやりとした。

「そうとも言えるかもね。彼女は教師だったんだ」彼がわざと無表情のまま答える。

「なんですって?」わたしは笑いにむせそうになった。「あなた、先生を相手に童貞を失ったの?」

「ああ。彼女は二十三歳くらいに見えた。それくらいの年齢の女性で、真剣なつきあいもしないいままやらせてくれる子なんていない。しかも当時のぼくはムラムラしていたからね。それに本気でそういう関係になるのは、きみとのために取っておきたかった」それを聞いて、わたしは悲しみと幸せを同時に感じた。わたしたちはもう、まったく別の人生を歩みだしている。でもそんなに遠くない昔、わたしが愛していたアンジェロは、当時のわたしと同じ気持ちでいてくれたのだ。

「でも、こうなってしまったから」アンジェロはわたしに両方の親指をさげてみせた。

「次に生まれ変わったらきっと」

以前アンジェロが〝生まれ変わりはなしだ〟と言っていたのを思い出して、わたしは小さく笑った。

「ええ、絶対に」

彼とハグしたあと、わたしは急ぎ足で芝生を横切った。ずらりと二重駐車された大学生たちのおんぼろ車のなか、スミシーが運転する保護フィルムが貼られた新車のキャデラックはすぐにわかった。今回買った車は、ウルフ自身が車の上から下まで、ありとあらゆる付属品が防弾かどうかを徹底的に確かめたものだ。車のなかで携帯電話をいじっていたスミシーが、わたしに笑みを向けた。きっとすべてうまくいくだろう。妊娠の知らせを聞いて、ウルフはさほど喜ばないかもしれない。けれど打ちひしがれることもないだろう。そうであってほしい。わたしが車のそばまで行くと、ジャーナリストのクリステンが突然目の前に飛びだしてきた。ひどくやつれて見える。髪はくしゃくしゃで、睡眠不足のせいなのか目の下にくまができていた。

ボディガードがふたり、同時に車から出てこちらに駆け寄ってきた。わたしは片手をあげて彼らを制した。

「大丈夫よ」

「ですがミセス・キートン――」

「本当に大丈夫」わたしは繰り返した。「お願いだから、さがっていて」

クリステンはボディガードたちにも気づかない様子だ。足元がふらついている。

「フランチェスカーーー」だらしなく言うと、わたしのほうを指さそうとした。だが酔っ払っているせいで、まともに指も動かせない様子だ。彼女のことはどうしたんだった？　確かウルフは、彼女を解雇させたと言っていた。報復したいと考えているに違いない。とはいえ、あれはもう数週間前のことだが。

「あなた、今までどこにいたの？」わたしはクリステンのぼろぼろのシャツや汚れたジーンズを見ないようにしながら、とりあえずそう尋ねた。彼女はしゃっくりをしながら、片手をひらひらと振った。

「ああ、あちこちよ。いろんなところにいたわ。オハイオで両親と大げんかして、こっちに戻ってきて職探しをしようとしたの。あなたの旦那にも何百回も電話して、要注意人物のブラックリストからわたしを外してと頼んだわ。でも……くそったれ、なんであなたにこんな話をしてるわけ？」クリステンは笑い声をあげ、脂じみた髪をかき分けた。わたしは振り返って、アンジェロがいないかどうかを確かめた。彼女はそんなわたしの心を読んでいた。

「大丈夫よ。わたしはあなたの友達とファックしただけ。ウルフがあなたに対してキレるようにね。大人の女のわたしにしてみれば、ウルフは青臭すぎたのよ」

それに、あなたにはもったいないくらいすてきな男性よ。わたしは心のなかでつぶやいた。

妊娠がわかって、わたしの理性はどうかなってしまったに違いない。クリステンにコーヒーを一杯おごるか、彼女の腕をさすってやるかしたくて仕方がなかった。クリステンは身勝手な理由でわたしの人生を台なしにしようとした張本人だというのに。それに(少なくともウルフから解雇させられるまでは)彼女がわたしの夫を自分のものにしたがっていたのを知っているのに。けれども情けというのは、それに値する相手だけにかけるものではない。そうではない相手にも必要なものなのだ。

「わたしの計画は大失敗」クリステンは欠けた爪で頬を掻くと、真っ白なカーディガンに膝丈の黒いスカートというういでたちのわたしをじろじろと眺めた。

「あなた、教会に通ってる女の子みたいな格好ね」

「ええ、わたしは教会に通っているもの」

クリステンが鼻を鳴らして笑う。

「ウルフは変態のろくでなしだわ」

「それか、彼はただわたしのことを好きなだけなのかもしれないわよ」わたしは想像上のナイフをクリステンの胸に思いきり突き刺した。結局、ウルフにわたしが彼を裏切ったと信じ込ませようとしたのはこの女なのだ。クリステンが置かれた状況がどれほどひどいものであっても、彼女がわたしに意地悪をする必要はどこにもなかったはず。わたしは彼女に対して何もしていなかったのだから。

「おめでたいわね。ウルフはただ、アーサー・ロッシのものであるあなたとファックするのが好きなだけよ。知ってのとおり、アーサーは彼の家族をめちゃくちゃにしたんだから。まあ、詩的正義ってやつね」

「なんですって？」わたしは一歩あとずさりして、クリステンの全身を眺めた。まったく今日は驚かされることばかりだ。妊娠検査薬の次はアンジェロの告白、そして今度はクリステン。宇宙がわたしに何かを告げようとしているのだろうか。今は祈るような気持ちだ。どうか、わたしのおとぎばなしが突然終わってしまうというお告げではありませんように。おとぎばなしはまだ始まってもいないのだから。

ボディガードのひとりが一歩前に出たので、わたしは振り返った。

「そこにいて。彼女に話をさせて」

「へえ、彼、あなたに話してなかったの？」クリステンはのけぞり、こちらを指さして不愉快な笑い声をあげた。あざけりの笑い声を。「なんでウルフがあなたをお父さんから奪ったか、不思議に思ったことはないの？　彼が何を考えてそうしたのか？」
思ったことはある。ずっと不思議に思っていた。実際、毎日のようにウルフに尋ねている。

クリステンは巨大なオークの木に肘をかけると口笛を吹いた。「どこから話そうかしらね？　ちなみに何もかも本当の話よ。旦那が家に帰ったら、すぐ質問攻めにできるわ。ウルフ・キートンは生まれたときからウルフ・キートンだったわけじゃない。本当はイタリアの貧しい母子家庭に、父親のいない少年ファビオ・ヌッチとして生まれたの。あなたが住んでいた地域からそう離れていない場所よ。郵便番号も同じだけど、あなたの家とは似ても似つかない家だわ。彼の母親は飲んだくれで、子育てを放棄していた。父親は彼が生まれるずっと前からいなくなっていたの。彼を育ててくれたのは、ものすごく年の離れた兄のロメオ。ロメオは警官になって、仕事ぶりも優秀だった。間の悪いときに間違った場所へたまたま行ってしまうまではね――あなたの実家から三ブロック先にある店〈ママズ・ピッツァ〉よ。ロメオがウルフにピザを買ってやろうとして入ったとき、ちょうど店内では銃撃戦の真っ最中だったの。まだ制服姿だったロメオは、その店の奥まで踏み込んだ。彼らはロメオを殺すしかなかった。さもなければ、全員がロメオにしょっぴかれてしまうから。あなたの旦那が必死に懇願する前で、あなたの父親はロメオを撃ち殺したのよ」

〝ぼくは決してひざまずいたりしない〟

ウルフの言葉を思い出して、わたしは寒けを感じた。だから彼は交渉に応じるのをかたくなに拒み、良心の呵責《かしやく》も情けもいっさい見せようとしなかったのだ。彼が一番そうしてほしかったとき、わたしの父が断固無視したように。わたしはクリステンをじっと見つめた。はっきりとわかっていた。話はまだ終わりではないと。これは氷山のほんの一角にすぎないと。

案の定、彼女は先を続けた。

「その事件のあと、ウルフはキートン夫妻の養子になったの。裕福な夫婦で、街の高級住宅街に住んでいた。あなたが今、住んでる屋敷がそうよ。キートン夫妻はシカゴきっての良家の生まれで、常に注目を浴びるカップルだったけど、子どもには恵まれなかった。そこでウルフに第二の人生を与えたの。幼少時代のごたごたから切り離すべく、彼の名前を変えてね。幼いウルフが新しい生活に慣れるのに時間はかからなかった。あなたの父親が自分の兄の眉間に銃弾をぶち込むのを目撃するという深刻なトラウマさえも克服したのよ」

「なぜ父はウルフを放っておいたの？　彼も目撃者だったはずなのに？」本当ならク

リステンにそんな質問なんてしたくない。でも夫とは違って、わたしは命をかけてまでプライドを守るたちではなかった。

クリステンがせせら笑う。「当時ウルフはまだほんの子どもだった。だから誰が重要人物かも知らなかったし、兄ほど〈アウトフィット〉に対して不満も抱いていなかったわ。言うまでもなく、幼い彼の話を信じる人なんて誰もいなかったはずだし。それにきっと、あなたの父親にも少しは道徳心ってものがあったんじゃないかしら」彼女は嫌悪感たっぷりに、わたしをじろじろと見た。顎に力をこめたものの、わたしは何も言い返さなかった。クリステンの話を止めたくない。

「とにかく」彼女が歌うような口調で言う。「その次に何が起きたか想像できる?」

「いいえ」わたしは歯を食いしばりながら答えた。「だけど、これだけはわかるわ。あなたはそれをわたしに伝えたくて、うずうずしているんでしょう」

クリステンは真実を述べている。わたしにはそうわかっていた。彼女が嘘をつけないたちだからではない。もし嘘ならば、クリステンがこの話をこれほど愉快そうに口にするはずがないからだ。

「やがてウルフはハーバード大学へ行き、友達を作った。いわば理想どおりの人生を謳歌《おうか》していたの。だけど大学二年生になった彼が夏休みで帰省しようとしていたとき、彼の両親が出席していた慈善パーティーで爆発事件が起きた。ホテルの舞踏室には有名な政治家や外交官が大勢いたわ。その爆発の責任は誰にあったかわかる？」

もちろん、わたしの父だ。

その事件なら覚えている。八歳だった当時の夏、わたしたち家族がイタリアに行けなかったからだ。父はそのパーティーの爆発事件のせいで逮捕されたが、すぐに証拠不充分で釈放された。あの頃、母はいつも泣き暮らし、友人たちが常にそばに付き添っていたものだ。父が釈放されたときから、ふたりの言い争いが始まったと言っていい。それも四六時中休みなく。きっと母はあのとき、自分が結婚した相手が善人ではないことに気づいたのだろう。

しまいには、両親はわたしを寄宿学校に通わせるのが最善の策だと考えた。そうすれば、ここシカゴでの父の悪評が娘の耳に入らずにすむし、わたしも学校で最大限がんばるだろうと考えたのだ。

クリステンがふたたび口笛を吹いてかぶりを振った。「あなたの旦那がそのトラウマを克服することはなかったとだけ言っておくわ。新聞では、爆発事故はガスもれが原因だったと報じられたし、事件が起きたホテルはすぐさま廃業に追い込まれ、あなたの父親の逮捕は茶番と化した。当局側はあなたの父親を裁判にかけることさえできなかったの。あの爆発事故が起きたのは、アーサー・ロッシが最高裁判事だったウルフの母親に復讐したせいだと誰もが知っていたのに。ウルフの母親が、あなたの父親の親友に有罪判決を下したからよ」

ロレンツォ・フローレンスのことだ。彼はいまだに獄中にいる。五百キロを超えるヘロインをアメリカに密輸した罪で。それはわたしの父の命令だった。

わたしはよろよろとあとずさりして、草地にくずおれた。ボディガードのふたりがもう限界とばかりに、こちらに駆けだしている。クリステンは木を押しのけてしゃがみ込み、わたしと目を合わせて輝かんばかりの笑みを浮かべた。「だから今、ウルフはあなたの父親に復讐をしたがってるの。彼は大学を卒業して以来ずっと、アーサー・ロッシに不利になる情報を集めまくっているわ。私立探偵を何人も雇い、潤沢な資金にものを言わせて、どうにかしてあなたの父親に関する何かを見つけようとしてる。それがなんであれ、彼はそれに迫っているの。あなただって、わかってるでしょう？　彼のゲームの結末は、あなたの父親の息の根を止めることなのよ」

わたしは答えられなかった。足をじたばたさせて叫び声をあげながら、ボディガードたちに車まで引きずられていたからだ。あの場に残って、もっとクリステンの話を聞きたい。と同時に、彼女の前から逃げだしたかった。

「ウルフは〈アウトフィット〉の後継者になるのよね！」クリステンがわたしたちを追いかけてきて叫んだ。ボディガードのひとりに突き飛ばされたものの、このすべてを面白がっている様子だ。

「彼は〈アウトフィット〉なんか望んでない！」わたしは彼女に叫び返した。

「そしてウルフは計画どおりにあなたを捨てるはずよ。彼がなぜあなたとの婚前契約書の署名をためらわなかったのか、考えたことがある？　自分だけ無傷でいられるなんて思わないで。ウルフの死んだ家族のように、あなただっていつなんどき——」

「いいえ、あなたは間違ってるわ」下唇が震えているのを感じた。ボディガードたちはわたしを後部座席へ乗せるやいなや、車のドアをバタンと閉めた。めまいがするし、気分が悪い。肉体的にも精神的にもぼろぼろで、今聞いた衝撃的な話をどう考えればいいのかわからなかった。

　クリステンが車へ近づき、身ぶりで窓をおろすように伝えてきた。ボディガードのひとりが車から身を乗りだして、彼女を追い払おうとする。でもわたしがどうにか窓をさげると、クリステンが首を突っ込んできた。

「今年の終わりには、彼はあなたを捨ててるわ。あなたと飽きるほどセックスしたあとにね。前にも同じ光景を数えきれないほど見てきたの。ウルフ・キートンは誰も愛したりしないのよ」

「あなたの場合はそうだったんでしょう」わたしは言い返した。クリステンが眉をひそめ、傷ついたような表情になった。

「あなたって思い込みが激しいのね」彼女はやり返してきた。

「そしてあなたはやけくそになってる。あなた、そんな情報をどうやって得たの？」

クリステンは肩をすくめ、苦々しい笑いをゆっくりと浮かべた。一度見たら忘れられない、いやらしい笑みだ。

ふたたび尋ねる必要はなかった。答えならわかっていた。

情報源はわたしの父だ。


その日の夜、わたしが食べたくないと断った夕食を持って、ウルフが寝室にやってきた。わたしはとっさに彼から顔をそむけた。ウルフに面と向かう心の準備ができていない。もちろん、夫に妊娠を打ち明ける気持ちの準備も。頭のどこかでわかっていた。クリステンの意見のうち、少なくとも一部は正しいと。これは彼がずっと前から計画していたことだ。わたしの家族を崩壊させ、途中のどこかの時点でわたしを捨てること。その計画がいまだに続行中なのかどうかは関係ない。とはいえ、今現在ウルフが何を計画しているのか、わたしには手がかりさえつかめなかった。

今わかるのはただひとつ、わたしたち夫婦がうまくいく可能性はきわめて低いということだけだ。

「すべて順調か？」ウルフがわたしの顔にほつれかかる髪を撫でつけた。

彼の目をまともに見られない。手にした本のページをめくってはみたものの、実際は読んでなどいなかった。きっと本を逆さまに持っているに違いない。よくわからないけれど。だって書いてある内容はもちろん、本の上下さえ認識できずにいるのだから。

「ええ。ちょうど生理が来たところなの」わたしは嘘をついた。

「いいんだ」ウルフは片手をわたしの頬に滑らせると、親指を顎にかけて上向かせた。

「ここにやってくるのはセックスのためだけじゃない」

「そうね、わたしも今夜はあなたを口で愛撫する気分じゃないわ」

「フランチェスカ」ウルフが低くうなる。わたしは目をあげて彼と視線を合わせた。

彼のことをこんなにも愛している。それがどうにもいやでたまらない。ウルフは正しい。完全に報われる愛などない。いつだってどちらかのほうが、もう一方よりも愛しすぎてしまう。

「心配すべきだろうか？」彼は引きさがろうとしなかった。

「何を？」わたしはページをめくった。

「まず、きみの読解能力を。本が逆さまだ」ウルフがぴしゃりと言う。わたしは本を閉じた。「それにきみのことを。ぼくらのことを。この状態を」彼は片手をひらひらさせて、わたしたちのあいだを指し示した。

「いいえ」

沈黙が落ちた。それなのにウルフは寝室から出ていこうとしない。たちまち、わたしの心が千々に乱れ始めた。不思議でたまらない。今朝はいつもとさほど変わらない滑りだしだったのだ。ストロベリーミルクシェイクの話をして、手短にセックスをすませた。それなのにどうだろう。これほどあっという間に、ふたりがふたたび敵同士になろうとしているなんて。

「外へ行こう。煙草でも吸って、なぜいらついた気分なのかぼくに話してくれ」ウルフは立ちあがり、わたしの机から煙草の箱をつかんだ。

「いいえ、やめておくわ」今夜、帰宅したときに煙草を捨てるのを忘れていた。今後吸ってはいけないのは明らかだ。

「ぼくに言いたいことはないのか？」彼はわたしの顔を見据えた。顎がこわばり、シルバーグレーの目はぎらついている。

「ええ」わたしは本を開いた。今度は逆さまではない。

「一緒に産婦人科のクリニックへ行ってほしいのか?」

脈拍が突然跳ねあがり、心臓が口から飛びだしそうになった。

「尋ねてくれてありがとう。でも、今のところその必要はないわ。ひとりにしてくれる? お飾りの妻の役割は果たしているし、今週セックスのお相手もちゃんと務めたでしょう?」

ウルフが目を細め、あとずさりした。わたしの言葉に傷ついたのだ——鋼のような心の持ち主である彼が。ウルフは背を向けると、これ以上言い争いになる前に部屋から出ていった。

寝室のドアが閉まったとたん、わたしは枕に顔をうずめて泣きだした。

明日、あの箱を開けよう。最後のメモを取りだすのだ。

ウルフがわたしの運命の人かどうかを決める、最後の一枚を。

16

フランチェスカ

わたしはメモを胸の近くに抱えたまま、大学のカフェテリアから外へ出た。入り口から踏みだしたとき、足元の草が濡れているのに気づいた。今年の秋に入って初めての雨が顔に降りかかる。たちまち世界がぼやけ始め、わたしはまばたきをした。

新たな季節を迎えて初めての雨。何かのサインに違いない。

都市の多くは春にロマンティックな光景が広がる。だが、シカゴの場合は秋だった。木々の葉がオレンジと黄色に色づき、空はわたしの夫の瞳と同じグレーになる。指のあいだに挟んだメモが濡れていた。このままだとぼろぼろになってしまうだろう。それでもわたしはそのメモを放すまいと、しっかり握りしめていた。雨のしずくが顔や体に降りかかるのも気にせず、道路が見渡せる芝生の真ん中に立つ。

お願い、わたしを助けに来て、ウルフ。

クリステンからあんな話を聞かされたにもかかわらず、心のなかで祈らずにはいられなかった。最後のメモの条件を満たすのがウルフでありますように。ぴかぴかの鎧《よろい》を身につけてわたしを救いに来てくれる白馬の騎士が、彼でありますように。

〝嵐から守ってくれるのが、あなたの運命の人〟


わたしは必死に懇願し、すすり泣いた。

どうかどうかお願い、わたしを守りにやってきて。

父にひどいことをされても、わたしのことは捨てないと約束して。

わたしの家族をいくら忌み嫌っていても――そうして当然だ――わたしを愛していると。

今朝、最後のメモを開いたあと、あの仮面舞踏会の夜と同じようにそれをブラジャーのなかに忍ばせた。そのあとスミシーに大学まで車で送ってもらっていると、途中から雨が降りだした。

「くそっ」スミシーはつぶやき、ワイパーを作動させた。

「今日は迎えに来なくていいわ」わたしがスミシーに何か命じたのは初めてだし、

きっとこれが最後になるだろう。

「えっ?」スミシーはぼんやりした様子でガムを口に放り込んだ。ボディガードふたりは顔を見交わしている。

「ウルフが迎えに来てくれるの」

「今日はスプリングフィールドに行っているはずですが」

「計画が変更になったのよ。彼は街にいるわ」

嘘は半分しかついていない。もしウルフがわたしの運命の人ならば、今この街にいて、絶対にここへ駆けつけてくれるはずだ。

だけどこうして雨のなか突っ立っていても、誰も姿を現さなかった。

「フランチェスカ! 何をしているんだ!」背後から声が聞こえた。振り返ると、校舎の正面玄関の階段にアンジェロが立っていた。傘を差し、目を細めながらこちらを見ている。とっさに首を横に振りたくなったが、これ以上、自分の運命に干渉したくない。

お願い、アンジェロ、だめよ、こっちへ来ないで。

「雨が降ってるじゃないか!」彼が大声で叫んだ。

「わかってるわ」そう応えながら、音を立ててこちらに走ってくる車をぼんやりと眺めた。ふいに夫が姿を現し、さあ、車に乗るんだと言ってくれるのではないかと期待してしまう。駆けつけて、ここからわたしをさらってほしい。どうか嵐から守ってくれるのがウルフでありますように。こうして外を吹き荒れている雨風からだけでなく、わたしの心のなかで吹きすさんでいる嵐からも。

「ぼくの女神、こっちへおいで」

わたしはがっくりとうなだれ、喉元にこみあげてくる嗚咽《おえつ》をのみ込もうとした。

「フランチェスカ、ずぶ濡れじゃないか。いったいどうしたんだ？」

アンジェロがコンクリートの階段をおりて芝生を横切ってくる足音が聞こえた。どんどん近づいてくる。今すぐ彼を止めたい。でも、すでに自分の運命を台なしにしているのは百も承知だった。わたしは開くべきではないタイミングで、あのメモを開いてしまった。そして好きになってはいけない相手に思いを寄せてしまったのだ。わたしの父のせいで悲惨な思いを味わうことになった相手に。

アンジェロに背後から抱きしめられた。それがひどく間違ったことのように思えると同時に、しごく正しいことにも思える。苦しさと慰めを同時に感じていた。醜いことのように思えると同時に、美しいことにも思える。その合間にも、常に叫び声が頭のなかで響いていた。だめ、だめ、だめ！　アンジェロがわたしの体の向きを変えた。

腕のなかに抱きしめられ、なすすべもなく体をぶるりと震わせる。すると彼はわたしをさらに引き寄せ、胸にしっかりと抱きしめてくれた。どういうわけか、アンジェロにはわかっていたのだ。今この瞬間、わたしが求めているのは雨をしのぐ屋根ではなく、人肌のぬくもりだということを。

アンジェロの両手で頬を挟まれ、やさしい気持ちになって、わたしはふいに気づいた。わたしがウルフの屋敷に移り住んだあとすぐに、彼はチョコレートに関する二枚目のメモを読んだに違いない。わたしが話したから、ウルフは最初のメモの内容も知っていた。そのせいでわたしはキスを盗まれたのだ。

一枚目と二枚目のメモは重要ではなかった。

そもそも、数に入れるべきではなかったのだ。

これこそが真実。純然たる真実にほかならない。雨空の下でこうして抱きあっているアンジェロとわたし。わたしが夫から愛されるよう努力し続けているあいだ、この空はいつも泣き叫んでいた。

アンジェロだ。

きっと三枚のメモの答えは常にアンジェロだったのだろう。「赤ちゃんができたの」わたしは彼の胸に向かって叫んだ。「それなのに離婚したい」そう付け加えたが、それが本当に自分の求めていることなのかどうかよくわからなかった。

アンジェロが頭を振り、わたしの額に唇を押し当てた。「きみのためにぼくはここにいる。たとえ何があっても」

「あなたのお父さんはわたしを嫌っているわ」低い声で言った。心のなかに刺すような痛みがさらに広がった。

彼が守ってくれた。

アンジェロが。

嵐から、わたしを守ってくれた。

「父のことなんか気にするものか。きみを愛しているのは、このぼくだ」アンジェロはわたしの鼻に鼻をこすりつけてきた。「きみが笑いかけてくれたあの日から、ぼくはきみを愛していた。きみが歯に色とりどりの矯正器具《ブレース》をつけていたにもかかわらずね。そして今でも、きみにキスしたいと思ってる」

「アンジェロ……」

「フランチェスカ、きみはおもちゃじゃない。ぼくが目的を達成するための手段でもなければ、チェスの駒でもないし、人前でこれ見よがしに連れて歩くための女性でもない。ぼくにとって、きみはあの川にいた少女のままなんだ。色とりどりのブレースを見せながら微笑んでいた少女さ。きみの愛の物語において、始まりの数章の主演男優が自分じゃなかったからというだけで、ぼくのきみへの愛が薄れることはない。きみはぼくのものだ。これが真実だ。ぼくたちこそ、真のカップルなんだよ」

アンジェロが唇を重ねてきた。やわらかいのに力強い感触。心底からの決意が感じられて、わたしはその場で泣きだしそうになった。安堵と痛みを同時に覚えたせいだ。大勢の学生たちが見守るなか、アンジェロはわたしにキスをしていた。ウルフからもらった婚約指輪と結婚指輪の両方を指にはめているというのに。わざわざあたりを見まわして確かめるまでもない。この光景を目撃した人はひとり残らず携帯電話を取りだし、すべてを録画しているだろう。今このときを境に、わたしの人生はがらりと変わろうとしている。それも今まで生きてきたなかで最も急激な方向転換だ。それなのに、わたしはアンジェロに身を任せていた。これは起こるべくして起こったことだとわかっていたから。

わたしは今、夫を裏切っている。

わたしの家族の崩壊を願っている夫を。

わたしとの子どもを望んでいない夫を。

妻であるわたしに秘密を隠し続けている夫を。

わたしは今、夫を裏切っている。

ほぼすべてをわたしに与えてくれたのに、自分の心だけは与えてくれない夫を。

やさしくキスをしてくれた夫を。

そして激しくけんかをした夫を。

わたしは今、夫を裏切っている。

わたしの父に家族を殺された夫を。

もう、元には戻れないだろう。

唇を離すと、アンジェロはわたしの手を取って体を引き寄せ、校舎へと戻った。

「どんな運命であろうと、ぼくらはうまくいく。きみもわかっているだろう？」

「ええ、わかってるわ」

わたしは最後にもう一度振り返ってあたりを見まわし、何か見落としていないか確かめようとした。確かに見落としていたものがあった。

そこにウルフはいなかったが、もちろんクリステンがいた。停めてあった車に隠れて、彼女は一部始終を録画していた。

わたしは夫、ウルフ・キートンを裏切った。

これですべておしまいだ。

〝彼女ったら、今までもずっと彼とファックしていたのよ。ちなみに今、ふたりはバッファロー・グローブのホテルにしけこんでる。今夜ペニスを突っ込むときは、必ず彼女にシャワーを浴びさせることね。

キートン上院議員、これが世間の目にどう映るか、あなたが気づくことを祈るわ。これで間違いなく全米の笑い物でしょうよ〟

ぼくはクリステンから送られてきたメッセージを、目が充血するほど何度も読み返した。そこには写真が数枚添付されていた。いや、写真というよりは動かぬ証拠だ。その証拠写真が、今やツイッターやインスタグラムにあふれ返っている。あらゆる角度から撮られた写真のなかではぼくの妻、ミセス・フランチェスカ・キートンが元恋人の学友、アンジェロ・バンディーニと雨のなかでキスをしていた。まるで映画『きみに読む物語』を彷彿《ほうふつ》とさせる姿だ。アンジェロが彼女を抱きしめている様子も。フランチェスカが彼に体を預けてキスを返している様子も。しかも激しいキスを。

目をそらしたかったとしても、できなかっただろう。それに正直に言えば、目をそらしたくない。

ほら、よく見てみろ。相手を信用したらこのざまだ、愚か者め。アーサーのくそ野郎と同じじゃないか。

クリステンのメッセージは無視した。彼女が偶然あの大学にいたはずがない。クリステンは何がなんでも、ぼくにこの写真を送りつけたかったのだろう。フランチェスカがアンジェロと浮気していたことを知らせたかったに違いない。結婚生活を通じて、アンジェロが常にお邪魔虫として存在していた事実を。ぼくの側から見れば、とげのような存在だったことを。そして今、ついにフランチェスカは選んだのだ。

衆人環視のなかで、彼女はアンジェロにキスをした。

フランチェスカは選んだのだ。彼を。

若くてかんしゃく持ちの妻を、アンジェロに渡さなければならない。思えば、ぼくはフランチェスカに完全にノックアウトされる寸前だった。まずはあの締まりのいいプッシー、次にあの巧みな口のせいだ。あれほど致命的な組みあわせはない。しかしこれこそ、ぼくが必要としていた警鐘にほかならない。

しばし立ち尽くしていた店を出て、自分で運転してきた車へ向かった。今日の午後は妻のために、運転手を連れてくるのをあきらめたのだ。思えば、彼女のためにぼくはたくさんのことをあきらめてきた。

そのとき、ふと思い出した。スミシーはいったいどこへ行ったんだ？

「もしもし、ああ、はい」車に戻るなり電話をかけると、スミシーがすぐに応答した。

今、ぼくが乗っている車に同乗しているのはふたりのボディガードだ。契約上、彼らはぼくのために運転をしてはいけないことになっている。ちくしょう。ミシガン大通り橋で、こいつらもろともこの車で川に突っ込んでやろうか？

「今日の午後どこにいた？」スミシーに尋ねた。先ほどの応え方から察するに、彼はすでにツイッターで大量に出まわっている写真を見たに違いない。くそっ、今この時点であの写真を見ていない者などいるだろうか？

「奥様はあなたが車で迎えに来る予定だと言ったんです。今日はスプリングフィールドには飛ばないと。今朝あなたの車がガレージになかったので、本当の話だと思いました」

確かにそうだ。今日はダウンタウンでミーティングをふたつこなした。そして奇妙にも、大学へ迎えに行ってフランチェスカを驚かそうとしていたのだった。だが、二番目のミーティングが長引いてしまい——不機嫌な妻のためにヤマハのＣ７グランドピアノを購入するための打ちあわせだった——行くのが遅れた。フランチェスカを驚かせるつもりだったのに、愛しい妻にこうしてまんまと先を越されたというわけだ。

手にしていた電話が振動し始めたとき、ぼくはフランチェスカからだと思った。あの写真は真実ではないと釈明する電話をかけてきたのだろう。しかし、発信者は妻ではなかった。プレストン・ビショップだ。興味津々でぼくの様子を探ろうとしているのだろう。

くそっ、フランチェスカのやつめ。

すぐさま留守番電話に切り替えた。すでにビショップやホワイト、アーサー・ロッシから十数件ものメッセージが残されている。全員が自分なりの意見をぼくに告げようとしているに違いない。もう二度とこんな立場に立たされてなるものか――かつて最低の悪夢を見せられたとき、そう心のなかで誓ったものだった。アーサーの前になすすべもなくひざまずくしかなかった、あのあとで。

ぼくと連絡を取ろうとしない者がひとりだけいた――もちろん、ぼくを裏切った張本人の妻は除いてだが。スターリングだ。彼女はSNSをやっていない。大好きなフランチェスカが何をしでかしたか、まだ知らないのだろう。

自宅へ戻ると、スターリングに手近なホテルへ泊まるよう命じ、今からウーバーで車を手配する十分のあいだに荷造りをすませろと指示した。ぼくがフランチェスカと顔を合わせるとき、スターリングにはこの家にいてほしくない。彼女には、ぼくの醜い面を見せたくなかった。

「どれくらい家を空ければいいんでしょう？」ベッドの上に開いたスーツケースのなかに服やストッキングを放り込みながら、スターリングがにやりとした。彼女の頭のなかでは、ぼくと妻のあいだはまだすべて順調なのだ。きっと自分がいないあいだに、ぼくらがこの屋敷のありとあらゆる場所でセックスをしようとしていると考えているのだろう。ぼくはちらりとロレックスを確認した。

二年、いや、三年ぐらいは必要かもしれない。

「数日だ。用事をすませたら電話する」

ぼくの法律上の妻が現実を直視できたらいつでも。

「まあ、すてき！　熱々の恋人同士のお楽しみの時間ですね」

「そうかもな」

愛人とホテルの部屋にいるフランチェスカに電話をかけるのは、どうにも気まずかった。それに取り乱したように思われるのもしゃくだ。だから、その日の午後は妻の寝室のベッドに腰をおろし、昨夜の会話を思い返していた。彼女は生理中だと言っていたが、それもでたらめだったのだ。ぼくのペニスを体のなかに入れられたくなかったのだろう。明日、大学で学友とどんなふうにいちゃつこうかと考えるのに大忙しだったせいで。

アンジェロ・バンディーニの前で両脚を大きく広げているフランチェスカのことを考えると、この部屋の、まさにこのベッドで彼女の処女を奪った夜に感じた罪の意識と自己嫌悪がまざまざとよみがえってきた。しかし実際、今までを振り返ってみると、ぼくが犯した間違いはあれ一度きりだ。初めて交わったとき、フランチェスカは処女だったかもしれないが、人目も気にせずにぼくとキスをしていたじゃないか？　あれは少なくとも本物のキスだった。

だが、妻はぼくを裏切っていた。彼女がおむつをしていた頃からずっと、思いを寄せていた男と。

ぼくは正真正銘の愚か者だ。いちいち証拠を数えあげて、フランチェスカがアンジェロよりもぼくを愛していると思い込んでいたとは。

ビショップの息子の結婚披露パーティー。

婚約パーティー。

あのキス。

もうたくさんだ。

　自宅に戻ってから何時間か過ぎたとき、階下のドアが開く音が聞こえた。妻はいつも靴を脱ぎ、それをドアの脇にきちんとそろえてから、キッチンでグラス一杯の水を注いで階上へあがってくる。今日も同じだった。ひとつだけいつもと違うのは、フランチェスカが自分の寝室にやってきたとき、ベッドに座っている夫の姿を見つけたことだけだ。アンジェロとキスしている彼女の写真が画面に表示された携帯電話を手にした夫の姿を。

　フランチェスカの指からグラスが滑り落ち、床で砕け散った。彼女は体の向きを変えて逃げようとした。ぼくは立ちあがった。

「ネメシス、もしぼくがきみなら、ここには戻ってこなかっただろう」氷のように冷ややかで、脅しつけるような声が出た。

　彼女はつと足を止めてぼくに背中を向けたまま、両肩をがっくりと落とした。ただし頭は高くあげたままだ。

「あなたならどうしたと思う？」

「ぼくがこんな状態でいるあいだは近寄らない」

「なぜ？　わたしをナイフで突き刺すつもり？」フランチェスカはくるりと振り返った。空色の瞳が涙できらめいている。彼女は勇ましい。だが、感情に動かされやすくもある。ぼくは彼女の涙を弱さのせいだと誤解していた。でも、もはやそうは思わない。フランチェスカは人生において、自分の望みのものを自ら取りに行くタイプの女なのだ。

ぼくは頭を傾けた。「なぜきみたちロッシ家の人間は、何もかも暴力に結びつけて考えようとするんだ？　その美しい体に指一本触れなくても、きみを傷つける方法はいくらだってある」

「だったら教えて」

「ああ、そうするつもりだ、ネメシス。今夜ここで」

フランチェスカは喉元を引きつらせた。強がってみせてはいるが、荒々しい呼吸を繰り返し、体を震わせるたびにその仮面が少しずつはがれていく。彼女はまわりを見まわした。寝室にいつもと変わった点はひとつもない。ただひとつ、妻にさんざん踏みつけにされ、へし折られて、彼女の足元に粉々に砕け散った、目には見えないぼくのプライドを除いては。

「ミズ・スターリングはどこ？」フランチェスカはまず窓に、それからドアに視線を泳がせた。ここから逃げたがっているのだろう。

もう遅すぎるよ、愛しい人。

「彼女には数日間、休暇を与えて気分転換させることにした。今から起きることを目撃する必要はないからな」

「今から起きること？」

「きみがぼくにそうしたように、ぼくがきみをめちゃくちゃにすることだ。きみがぼくにそうしたように、今からきみに屈辱を味わわせ、たっぷりと罰を与えてやる」

「あなた、あのメモを読んだのね」フランチェスカがナイトテーブルに置いてある木製の箱を指さした。ぼくは笑みを浮かべると、左手の薬指からゆっくりと結婚指輪を外した。彼女がその光景を確実に目にするように。外し終えた結婚指輪はナイトテーブルにある秘密の箱の横に置いた。

「だったらどうだというんだ？　あのメモを読まなければ、あの頃まともに顔さえ合わせようとしなかったきみに、ぼくがチョコレートなんか贈るはずないだろう？」

口にしたとたん、その真実が無味乾燥としたものに感じられた。けれども同時に、その真実こそ、ぼくが彼女の魂を傷つけるための武器でもある。今でも呼吸をするたびに、胸が締めつけられるように感じられて仕方がない。フランチェスカがぼくにしたのと同じやり方で、彼女の魂そのものを真っぷたつに切り裂いてやりたかった。骨まで切り刻むほど徹底的に。

「ということは」フランチェスカがシニカルな笑みを浮かべる。「あなたは最後のメモに書いてあることも知っていたのね」

「ああ」

「嵐からわたしを守ってくれたのはアンジェロだったわ」

その言葉を聞いた瞬間、ぼくは木箱をひっつかみ、反対側の壁に向かって投げつけた。フランチェスカが立っている場所から、さほど離れていない場所に。上蓋が外れ、本体も上蓋も床に叩きつけられた。フランチェスカは両手で口を覆ったが、何も言おうとしない。

「雨のなか、彼がきみにキスをしたからか？　よくそんな冗談みたいなことが言えるな？　きみを守っていた、このぼくに」

胸に自分の指を一本突きつけると、フランチェスカのほうへ一歩近づいた。自制心を失うなと必死で言い聞かせているが、もう爆発寸前だ。ふたりのあいだに、ぼくの怒りがさながら赤い雲のように漂っていた。そのすさまじい憤怒《ふんぬ》にかき消され、もはや彼女の姿さえよく見えない。ぼくはフランチェスカの両肩をつかみ、彼女の体を壁に押しつけて、無理やり視線を合わせた。「きみの父親やマイク・バンディーニ、クリステン・ライズからきみを守ったのはぼくだ。若さや血筋、あるいは名字のせいできみを誤解しているばかども全員から、きみを守ってやったんだ。今までのキャリアや名声、それに正気さえ失う可能性もあったのに、きみが安全で幸せで満足に暮らせるよう心を砕いた。常々自分に課していたルールをあえて破ったんだ。それもひとつ残らず。今まで断固として守ってきたものをすべてかなぐり捨てた——きみのために。与えて当然だと思えるものはすべて、きみに惜しみなく与えてきた。きみはそのすべてを台なしにしたんだ」

ぼくは妻の寝室を行きつ戻りつした。今にも唇から、このひと言が飛びだしそうだった。

〝離婚してくれ〟

だが正直に言えば、ぼくは離婚したくない。

それが問題だ。

ひどく腹立たしく不愉快なことではあるが、フランチェスカはアンジェロ・バンディーニを愛している。とはいえ、その事実によって、ぼくの彼女に対する思いが変わるわけではない。ぼくは今でもフランチェスカのあたたかな体がすり寄せられるのを感じたかった。彼女の愛らしいおしゃべりも、風変わりな考え方も、いつも話しかけているあの菜園も、ピアノの演奏も楽しみたい。のんびりと過ごす週末、ぼくが新聞を読んでいるかたわらで、妻がクラシックの名曲とレディー・ガガの〈ザ・キュア〉をごちゃまぜにしながらピアノを演奏している幸せなひとときも。

それに、このままアンジェロのもとへフランチェスカを行かせるよりも、彼女と離婚しないほうがはるかに残酷ではないだろうか？　彼女がこの屋敷にとどまり、しおれていくのを見守るほうが。ぼくの隣で、彼女の心がどんどん傷つき、かたくなになっていくのを見届けるほうが。もちろん、フランチェスカはぼくを愛しているふりができるかもしれない。だが、欲望の面ではどうだ？　セックスとは生々しいものだ。しかも互いの同意が必要なものでもある。別の誰かに恋い焦がれているのに、ぼくのペニスを無理にくわえさせられるほうが、フランチェスカにとってはるかにつらいのではないだろうか？

そんな復讐の筋書きは、彼女を引き止めておく理由として充分じゃないか？

「ぼくは今夜、知りあいが主催するガラコンサートに出かける」そう宣言し、行く手にあった木製の箱を蹴り飛ばした。それからフランチェスカのクローゼットの前まで行くと、紫色のドレスを手に取った。体にぴったりしたデザインの、彼女のお気に入りの一枚だ。

「カレンダーにはそんな予定、書いていなかったじゃない」フランチェスカはくたびれたように顔をこすった。その一瞬、夫婦の予定を書き込んだカレンダーなど、もはやなんの意味もないことを忘れてしまったかのように。だが、われわれの滑稽な茶番劇は完全に終わったのだ。かつてぼくはそのドレスを妻にプレゼントした。思えば、彼女はなんと演技のうまい女優だったことだろう。愚かにも、ぼくは彼女の名演技を信じ込み、こんなドレスまで買い与えた。

「招待を断っていた」

「どうして気が変わったの？」フランチェスカが餌に食いついた。

「デート相手が見つかったからだ」

「ウルフ」彼女はぼくの前に立ちはだかった。ぼくは足を止めた。「デート相手って、いったいなんの話？」

「彼女の名前はカロリーナ・イワノヴァ。ロシアのバレリーナだ。ものすごくセクシーだし、本当に敏感なんだ」お互いの体を探索する喜びに初めて気づいた頃、ぼくがフランチェスカに言ったのと同じ言葉をあえて使った。

案の定、彼女は首をのけぞらせて不満げなうめき声をあげた。

「この世で一番の浮気者になろうというのね。なかなかいい考えだわ」

「正確に言えばそうじゃない。ぼくらがお互い、不倫を認めあっている関係なのは明らかだからな」ぼくは携帯電話の画面をスワイプし、フランチェスカの面前に突きつけた。彼女がアンジェロとキスしている写真を見せ、彼女を一蹴する。「ネム、ぼくらの契約を覚えているか？　きみはこう言ったんだ、互いに誠実である必要があるとね。きみが浮気をしたわけだから、契約はもう無効だ」

契約を無効にせざるをえないほど決定的な出来事が起こってしまったのだ。

「あのメモのおかげで、自分の運命の人が誰なのかよくわかったわ。ということは、わたしはアンジェロをこの家に招いてもいいということかしら？」フランチェスカがにっこりと微笑む。

一夜にして、何が彼女をこれほどいやな女に変えたのだろう？　さっぱりわからない。ただわかるのは、ぼくにとってはまさに青天の霹靂《へきれき》だったということだけだ。

「ああ、かまわないさ。ただしここから出るとき、彼が自分のペニスをちょん切られてもいいと覚悟しているならな」

「その言葉の意味を説明して、キートン上院議員」

「ああ、喜んで、ミセス・キートン。ぼくは今後シカゴのわが伴侶と徹底的にファックするつもりだ。きみがぼくに差しだせるものを、ひとつ残らず差しだすまでね。そうしたあと初めて、きみはアンジェロと寝ることになるだろう。つまり、ぼくはまたきみにペニスをしゃぶらせようと考えている。控えめに始めよう。一週間に数回だ。それから徐々に奪っていく。もう完全に飽きたと思えるまで」

「それで、そのドレスは?」フランチェスカは胸の前で腕を組み、顎をしゃくって紫のドレスを指し示した。

「小柄なイワノヴァに着せたら、さぞ美しいはずだ」

「ウルフ、今夜ここから出ていったら、あなたは妻を失うことになるわよ」今や彼女はドアの前に立ちはだかっていた。背筋を伸ばし、プライドをにじませながら。

フランチェスカが深く息を吸い込んだ。「何が起きたのであれ、今日の午後のことはふたりで話しあう必要がある。だけど、もしあなたがここにいなければ、ふたりで話しあう機会はもう二度と持てない。あなたがほかの女性とひと晩過ごすためにこの家から出ていくなら、明日の朝、わたしはもうここにいるつもりはないわ」

ぼくは皮肉めかした笑みを浮かべ、身をかがめた。唇が触れあわんばかりの至近距離だ。フランチェスカは呼吸を乱し、瞳を曇らせている。ぼくは彼女の頬から耳へと唇を滑らせた。

「とっとと出ていけばいいさ、ネメシス」

フランチェスカ

わたしは上掛けの下で体を震わせ、ありとあらゆる地元メディアのツイッターアカウントの更新ボタンを押し、彼らのウェブサイトのライブ動画を確認した。自分の精神状態を考えれば、子犬たちが川で溺れているビデオをじっと見ているほうが、まだましだっただろう。でも、どうしても確認せずにはいられなかった。

この家を出てから三時間後、わたしの夫は褐色の髪のゴージャスな美女と一緒にカメラの前に姿を現していた。写真のなかの女性はわたしのお気に入りのヴァレンティノのドレスを身にまとい、誇らしげな笑みを浮かべている。

ウルフのくそったれ。

その女性の目はわたしよりも大きく、濃いブルーだった。そのふたつの瞳はわたしが想像さえできないさまざまな世界を見て、知っているのだろう。彼女はわたしより少し背が高く、はるかに美しい。ウルフの肩に頬を寄せ、写真が撮られるたびに夢見るような笑みを浮かべて、カメラをまっすぐに見つめていた。まるでカメラが愛人であるかのように戯れている。夫はそんな彼女の様子を見おろしていた。冷たいシルバーグレーの目は欲望に煙っていた。彼らの写真の下に記されたキャプションを読む前から、わたしはこれから自分がどうすべきかわかっていた。

〝ウルフ・キートン上院議員（三十歳）とプリマバレリーナのカロリーナ・イワノヴァ（二十八歳）が地元のガラコンサートにふたりで姿を現した。キートンは今年の夏、フランチェスカ・ロッシ（十九歳）と結婚したが、今日の午後、年若い妻はノースウエスタン大学の構内で幼なじみとキスしているところを写真に撮られ、スキャンダルの渦中にある〟

わたしは狂ったようにほかの写真を確認しまくった。わたしの夫と、彼の女友達に関するツイートや動画も。今や世界じゅうが、このふたりが一緒にいるところを目撃している。わたしたち夫婦の破局は公式に発表されたも同然だ。ただあのとき、わたしはウルフに恥をかかせるつもりはさらさらなかった。ひどい妻に見えるだろうとはわかっていたけれど、たった一度キスをしただけだ。しかも一瞬、弱気になったときに。

けれど、そんなことはもう問題ではない。

あのときのわたしの気持ちうんぬんは、もう問題ではないのだ。それはよくわかっていた。

今、ウルフは糸の切れた凧《たこ》のような状態になっている。激怒し、復讐心に燃え、妻に対する嫌悪感でいっぱいだ。赤ちゃんのことを真剣に考えなくてはいけない。わたしはスーツケースに荷物を詰め、リトルイタリーにある実家まで送ってほしいという内容のメッセージをスミシーに送信した。

玄関からスーツケースを押しだすあいだ、スミシーが車のなかでせわしなくメッセージを打っている姿が見えた。相手はウルフに違いない。

スミシーが途方に暮れたようにヘッドレストに頭を打ちつけた様子からして、返信はなかったのだろう。

17

ウルフ

ホテルの部屋のキングサイズのベッドの端に座り、ぼくはウイスキーをもうひと口すすった。二日酔いではない。夜通し飲み続けているのだから。ぼんやりとした頭の痛みが、今や目と鼻を刺すようなしつこい頭痛に変わりつつある。それでもまだこうして飲んでいたかった。

ひと晩にウイスキーは二杯。この十年というもの、それをずっと守ってきた。その習慣を破ったのはこれが初めてだ。

背後で低いうめき声が聞こえ、ぼくはひとりではないことを思い出した。カロリーナがベッドの上であくびをしながら伸びをしている。背の高い両開きの窓からこぼれる陽光が、彼女の顔のやさしい輪郭を引き立たせていた。

「気分はよくなった?」カロリーナはささやき、胸に枕を抱えた。まぶたが重たげで、まだ眠そうだ。ぼくは立ちあがり、ゆっくりとした足取りで財布と携帯電話を置いてある化粧台へ向かった。服は一枚も脱いでいない。自分の電話を確かめつつ、彼女のバッグも確認した。レコーダーを隠し持っていたり、写真を撮ったりしていないかどうかを。この部屋のなかでの記録はいっさい残すべきではない。ふと考えた。なぜ昨夜、カロリーナとセックスできなかったのだ？

機会はあった。というか、彼女はやる気満々でベッドに飛び込んできた。だが、ぼくのほうがその気になれなかったのだ。妻への思いが残っていたせいではない。あろうことか、カロリーナとセックスしたいという男としての欲求を感じられなかったせいだった。

カロリーナはゴージャスな美人だ。ぼくは自宅には戻らず、彼女のホテルの部屋で幸せな一夜を過ごすはずだった。だが彼女に触れることになんの興味も持てなかった。

ぼくがなかに入りたいと思う女は妻なのだ。ろくでなしのアンジェロ・バンディーニに対する執着をどうしても断ち切れない、ぼくの妻。

ぼくは財布と携帯電話をポケットに押し込み、さよならも告げずに部屋をあとにした。ミズ・イワノヴァがもう一度ぼくを求めてくることはないだろう。この関係に二度目はない。妻が嫉妬と激怒で憤死するまで、ぼくは愛人を取っ替え引っ替えして見せつけてやるつもりだった。けれども現時点では、それとは真逆のことをしている。女たちと浮き名を流すことで自分の名声がどうなろうといっこうに気にならないが、この調子では女性に触れることすらできそうになかった。

かまうものか。フランチェスカがぼくのベッドを毎晩あたためてくれる。ふたりの相性のよさは彼女も否定できないはずだ。何しろ毎朝ぼくのペニスにしゃぶりつき、背後から突かれるたびに、もっともっととせがんでくるのだから。彼女はぼくと同じようにセックスを求めている。今後はさらに求めるようになるはずだ。性的な面でだけ、ぼくの防御の壁を低くすればいい。

午前十時に自宅へたどり着くと、すぐにフランチェスカの寝室に向かった。だが、誰もいなかった。寝室の窓から菜園をちらりと見たが、やはり誰もいない。それからぼくは屋敷内の部屋をすべてまわり、隅々まで徹底的に調べた。キッチンは？　いない。主寝室は？　いない。ピアノ室は？　いない。スターリングの携帯電話にかけ、今すぐ戻ってこいと大声で命じた。姿を消したぼくの花嫁を探すにはスターリングの手助けが必要だ。たとえフランチェスカが行けそうな場所が、さほど多くはないとしても。

もう一度自分の電話を確認した。スミシーから二件、メッセージが届いていた。

スミシー：奥様に実家まで送るよう言われました。
スミシー：理屈上、彼女はわたしのボスです。申し訳ありませんが彼女を送らなければなりません。

スターリングを呼び戻したあと、すぐにフランチェスカの寝室へ戻り、至るところを引っかきまわした。彼女が家を出ていった今、本気かどうか確かめる必要がある。クローゼットにあった彼女のお気に入りの品々が、すべてなくなっていた。それに歯ブラシも、アルバムも、乗馬用品もなかった。昨日ぼくが壊した木製の箱はどこにも見当たらない。

フランチェスカはすぐ戻ってくるつもりではないのだろう。

彼女にとって大切なものが何もかもなくなっている。

ゆうべ断言していたとおり、フランチェスカはここを出ていったのだ。ぼくは彼女の気持ちを見誤った。てっきり彼女はどうにかひとりで夜を明かし、翌朝ぼくとの話しあいに応じるだろうと思っていたのだ。だって、そうだろう？　フランチェスカがアンジェロと大学の構内で熱烈なキスをしたこと——しかもそのあとホテルの部屋で数時間を過ごしたことを考えれば、ぼくが彼女に復讐したい、同じ屈辱を味わわせてやりたいと思うのは当然だ。ただもちろん、ぼくの妻は従順な性格ではない。ここはみっともなく罵りあうよりも、気骨ある態度を貫こうとしたのだろう。

とはいえ、もちろん、フランチェスカがアンジェロとキスをしたという事実に変わりはない。一方で、ぼくはカロリーナに触れることさえできなかった。彼女の腕を取って舞踏室へいざなったとき以外には。

ぼくは引き出しをひとつ残らず開け、中身を全部床にぶちまけて、フランチェスカがずっと前から浮気をしていたという証拠を探しだそうとした。クリステンはそう言っていたが、やはり信じられない。物事が少しはっきり考えられるようになった今、フランチェスカに有利な証拠ばかりだと改めて気づかされた。出会ったとき、彼女は処女だった。やがてぼくがフランチェスカにぞっこんになっても、彼女は——少なくとも寝室の外では——きわめて潔癖だった。世間的に見て許されない情事を長いこと楽しむようなタイプではない。それにフランチェスカは、アンジェロとの関係を断ったとも話していた。確かにもう何週間も彼から連絡があった形跡はなかったので、フランチェスカを疑う理由もなかったのだ。

それらをすべて考えあわせると、あのキスは一回きりだったのだろうと考えざるをえない。もし彼女が本当に浮気をしていたら、あんなに堂々とぼくを裏切るはずがない。絶対に。もう少し計算して行動したはずだ。

引き出しをすべて空っぽにしたあとは、フランチェスカのベッドからシーツと枕カバーをはぎ取った。そのとき、枕のひとつから床に何かが落ちた。しゃがみ込み、それを手に取って確かめる。

妊娠検査薬。

しかも陽性。

ぼくはベッドの端にどさりと座り、検査薬を握りしめた。フランチェスカは妊娠していた。避妊せずにセックスをしたのは一度だけ。ミシガン湖で。

彼女はぼくの子どもを身ごもっている。

なんてことだ。

階下でドアが開く音がした。スターリングが鼻歌を歌っている。

「熱々のおふたり、どこにいらっしゃるんです?」広大な玄関ホールに彼女の声が響き渡った。ぼくはうなだれ、あんぐりと開いた口をどうにか閉じて、歯を思いきり食いしばった。数分後、寝室のドアからスターリングが首を突きだした。ぼくがめちゃくちゃにした部屋の様子を、鼻にしわを寄せて見ている。

「ここはまるでＦＢＩの手入れを受けたみたいですね」

そうじゃない。だが、それに近い。

ぼくは妊娠検査薬を掲げてみせた。ベッドに座ったまま、ぼんやりと床を見つめる。

「このことを知っていたのか？」

視界の隅でスターリングが目を見開き、息を大きくのんだのがわかった。今まで見たことがないほど、彼女は年を取ったように見える。この部屋に足を踏み入れたせいで、一気に年老いてしまったかのようだ。

「ええ、そうじゃないかと思っていました」スターリングは近づいてくると、ぼくの肩に手を置いて隣に座った。「本当に気づかなかったんですか？　奥様は一夜にして甘いもの好きになり、あなたが部屋へ入ってくるたびにしがみついて離れようとしませんでした。それに産婦人科に行くのを怖がっていたんです。もしかして彼女は、あなたが子どもを望んでいないことを知っていたんじゃないですか？」

ぼくは窓の外を見つめ、片手で顔を覆った。そうだ、フランチェスカは知っていた。

「彼女が出ていったのはそのせいなんですか？」スターリングがあえいだ。「まさか、妊娠がわかったからあなたが追いだしたなんてことは――」

「違う」ぼくはさえぎって立ちあがり、また寝室のなかを行きつ戻りつした。この部屋に愛着と嫌悪感を同時に抱き始めていた。まだフランチェスカの香りや気配が感じられるものの、よくないことがたくさん起きたのもこの空間なのだ。

「フランチェスカはぼくを裏切ったんだ」

「そんなことは信じません」スターリングは顎をあげ、体が震えないよう歯を食いしばっていた。「だって、彼女はあなたを愛しているんですから」

「彼女はアンジェロとキスをした」それにホテルの部屋で、それ以上のことをしたはずだ。

まるで初めての失恋を母親に打ち明ける少年みたいな気分だった。十三歳のとき以来、人前で弱さを見せたのはこれが初めてだ。両親の葬儀のときでさえ、ぼくは一滴の涙もこぼさなかった。

「あなたはあの子を傷つけたんです」スターリングはささやくと立ちあがり、そばへやってきた。そして母親のようにぼくの腕にそっと手をかけ、指先に力をこめた。

「あなたはいつも彼女を傷つけていました。そして今、彼女はそういうあなたに対して感情を高ぶらせているんです。無理もないわ。だってホルモンが過剰になっているときですもの。あなたはフランチェスカに対する自分の気持ちを認めようとしませんでした。あなたの寝室へ彼女が服を持ってくるのさえ許さなかった。ましてや、彼女がここにいる理由をきちんと説明してあげたはずがありません。どうしてあなたが彼女をご両親から奪い、彼女が歩むはずだった人生から引き離したのかを」

「何を言われようと認めるつもりはない。そもそも、ぼくはフランチェスカを愛していないんだ」

「本当に？」スターリングが胸の前で腕組みをする。「彼女なしで生きていけるんですか？」

「ああ」

「だったら、あの子がここへやってくるまでのあいだずっと、なぜあなたはあんなふうだったんです？」スターリングは細くて白い眉を思いきりひそめた。「彼女がこの家に足を踏み入れるまで、どうしてあなたはただ漫然と生きているだけだったんですか？」

「ぼくは以前と変わってなどいない」ぼくは首を横に振り、髪に指を差し入れて考えをめぐらせた。その言葉を聞いた瞬間、スターリングが怒ったような声をあげた。

「だったらここでじっとして、フランチェスカに時間を与えてあげることです。あの子が今、時間を必要としているのは明らかですから。彼女を追いかけまわそうとするのはおやめなさい」

「確か前は、指をくわえて待っているだけでは、自分にとって大切なものが何かなんてわからないというのが持論じゃなかったのか？」ぼくは目をぐるりとまわしそうになったが、かろうじてこらえた。

スターリングが肩をすくめる。

「ええ」

「どのみちがっかりすることになるぞ、スターリング。もしフランチェスカがぼくの子を身ごもっていたら、彼女と子どもの前から逃げだすつもりはない。だが、妻に許しを乞うつもりもさらさらない」

「いいでしょう」スターリングはぼくの腕を軽く叩いた。「だって率直に言って、彼女があなたを許すとは思えませんから」

フランチェスカ

荷物をまとめてウルフの屋敷を出てから三日が経った。

それ以来、わたしはずっと両親の家の寝室に引きこもっていた。大学にも行っていない。父はもちろんだが、アンジェロとも顔を合わせるのが恐ろしいからだ。

アンジェロとふたりでホテルに行ったのは、数カ月前にそうすべきだったのに機会が持てなかったこと——ふたりがこれからどうあるべきか、どうあるべきではないかについての話しあい——をするためだ。

アンジェロはどこかへ逃げようとわたしを説得した。

「ふたりでその赤ん坊を育てよう。ぼくには貯金がある」

「アンジェロ、わたしはあなたの人生を台なしにするつもりはないわ。そうすればわたしも救われるの」

「きみは何も台なしになんてしていない。ぼくらはこれからふたりの子どもだって作れる。自分たちの人生を歩みだせるんだ」

「もしあなたと一緒にわたしが逃げたら、ウルフも〈アウトフィット〉もわたしたちの行方を探そうとするわ。どのみち見つかることになる。ウルフは離婚してわたしを捨てたら幸せになるかもしれないけど、父は絶対にわたしたちがそのまま生きていくのを許さないでしょう」

「偽造パスポートを用意できる」

「アンジェロ、わたしはこの街に残りたいの」

それは本当の気持ちだった。今まで起きたありとあらゆることにかかわらず、いえ、きっと今まで起きたありとあらゆることのせいで、この街に残る必要があるのだ。思えばわたしの結婚生活は偽りだらけだった。父からは親子の縁を断たれている。母は娘を助ける力はおろか、自分の意見すら持てていない。

アンジェロは何度か電話をくれて、一度などわたしの様子を見に実家まで来てくれたが、クララからすぐさま追い返された。父は二度の出張をこなし、わたしが家に戻ってきてからはずっと〈ママズ・ピッツァ〉に滞在している。周囲はそれを当然と思っているようだ。

母とクララはわたしに付き添ってくれていた。ふたりはわたしに食事をさせ、風呂に入れて、慰めてくれた。理性的に考えられるようになったら、わたしの夫は必ずわたしを探しにやってきてくれるはずだと言って。

ふたりとも、ウルフはわたしの妊娠を知ったらすべてを投げ捨て、許しを乞いにここへ駆けつけるはずだと信じていた。でも、わたしは彼が父親になりたがっていないのを知っている。ここで自分から姿を現して妊娠を告げるのは卑屈な感じがして仕方がない。これまでもウルフには何度もプライドを踏みつけにされてきた。

今回は彼がわたしのところへやってくるべきだ。

別に自分が優越感に浸りたいからではない。ウルフが本当に大切に思っているものがなんなのか、どうしても知る必要があるからだ。

彼の屋敷を出てから三日後、クララがわたしの寝室へやってきた。「お客様がいらしてます」

わたしはベッドから飛び起きた。頭がぼんやりしているけれど、同時に一縷《いちる》の望みや興奮も感じていた。やっとウルフが来てくれたのだ。彼はわたしと話をしたがっている。それはいい兆しに違いない、そうでしょう？ ただし、彼が離婚書類を届けに来たのなら話は別だけれど。でも、わたしはウルフのことをよく知っている。彼はそういう書類を手渡すためだけにここへ来るようなタイプではない。それなら誰かに届けさせるだろう。クララが見守るなか、わたしは目を輝かせて化粧鏡に駆け寄り、頬を叩いた。少しでも顔を紅潮させて生き生きと見せたい。だからリップグロスも塗った。すると、クララがうつむいて親指をいじりながら言った。

「ミズ・スターリングです」

「あら」わたしはリップグロスを脇へ放り投げ、両手で腿をごしごしとこすった。

「わざわざ訪ねてくれるなんて親切よね。ありがとう、クララ」

居間に向かうと、クララがわたしたちに紅茶とパンドーロ（クリスマス用の菓子パン）を運んできてくれた。ミズ・スターリングは小指を立ててティーカップを掲げ、かろうじてこらえている怒りに唇をすぼめている。わたしは自分のティーカップをじっと見つめた。彼女に口を開いてほしくない。でも、話を聞きたい。そんな矛盾した思いを感じていた。もしミズ・スターリングが、ウルフとわたしの関係は終わりだと告げるためにここへやってきたのだとしたら？　どう見ても、彼女は機嫌がよさそうではない。

「どうしてさっきから、わたしをそんな目で見ているの？」とうとうわたしは尋ねた。こうして座っていても、何も言葉を交わさない状態が永遠に続くのは明らかだからだ。

「なぜならあなたがおばかさんで、ウルフ・キートンが正真正銘の愚か者だからです。まったく、あなた方は本当にお似合いのカップルですね。だからおききしたいんです。どうしてあなたはここにいて、彼はあの屋敷にいるんです？」ミズ・スターリングはティーカップをテーブルに叩きつけるように置いた。なかの熱い紅茶が左右に揺れている。

「答えは明白よ。彼がわたしを嫌っているから」わたしはパジャマのズボンの目には見えない糸くずを引っ張ろうとした。「それに彼がわたしと結婚したのは、わたしの父、それに父が大切にしてきたものすべてを破滅させるためだったから」

「こんなばかげた話、これ以上黙って聞いていられないわ。どうしてあなたはそんなに鈍いんです？」ミズ・スターリングはお手あげだと言いたげに両腕を高々と掲げた。

「どういう意味？」

「あなたに出会うまで、ウルフは結婚して妻を持つという夢を描いたことが一度もなかったんです。もともと彼の計画にあなたはまったく関係なかったし、あなたの話をしたこともなかった。実際に出会うまで、あなたの存在についてはほとんど知りもしませんでした。だからわたしは、彼は自発的にあなたとの結婚を決めたのだと信じています。ウルフが結婚したのはあなたのお父さんのせいではなく、むしろ彼自身のためにあなたが必要だったからだと。普通に考えれば、ウルフがあなたに求婚するのは不可能なことでした。ただ彼は、自分があなたのお父さんの弱みを握っている以上、それを利用すればあなたとも結婚できるし、お父さんも逮捕できると考えたんです。でも、そう簡単にはいかなかった」ミズ・スターリングはかぶりを振った。「あなたが必要以上に物事を難しくする存在だったからです。あなたさえいなければ、ウルフは即刻あなたのお父さんを無期懲役にし、一生刑務所に閉じ込めておけたでしょう。ところがあなたと出会った瞬間、ウルフはどうしても自分のものにしたくなり、優位な立場だったはずが、結婚の許しを得るためにお父さんとの交渉に応じざるをえなくなった。あなたはウルフの計画を手助けなんてしていません。むしろ妨害していたんです」

「だけどウルフは父の事業を台なしにするために、できることはすべてやろうとしているわ」

「でも彼はまだぐずぐずしています、違いますか？　あなたのお父さんから暗殺されそうになったにもかかわらず、ウルフはこの家で結婚式を挙げました。彼はあなたの顔を見たときから、あなたにぞっこんになったんです」

わたしは笑いだすべきか、泣きだすべきかわからなかった。ミズ・スターリングは極論に走ることで、わたしとウルフの仲を修復しようとしているのだろう。けれど、どう考えても彼女の主張には無理がある。

「ウルフは父のどんな弱みを利用したの？」目からふたたび涙があふれる前に、わたしは話題を変えることにした。

ミズ・スターリングはティーカップを持ちあげ、その縁越しにわたしを見つめた。たぶん彼女は答えないだろう。現実に何が起きているのか、ミズ・スターリングが知るはずもない。ところが、彼女は口を開いてわたしを驚かせた。

「あなたのお父さんは州知事のプレストン・ビショップを買収しています。それにシカゴ警察署長のフェリックス・ホワイトも。毎月かなりの大金を渡す見返りに、彼らの口を封じて全面的に協力させているんです。ウルフの部下たちがその事実をつかんだのは、さほど昔ではありません。ただ、ウルフはお皿の上で食べ物をつついてもてあそぶタイプです。あなたのお父さんのスキャンダルを暴露する前に、彼を泳がせて少し痛めつけようと考えた。それなのに、ウルフはいまだにあなたのお父さんを逮捕できていません。それがなぜなのか、あなたは考えたことがないんですか？」

わたしは唇を噛んだ。父はウルフの兄を、そして養父母を殺害した。そしてバーを燃やすことで、ウルフも殺そうとした。彼のブリーフケースを処分したいというだけの理由で。

なのにウルフは父にとどめを刺してはいない。

それは決して、彼にわたしの父を破滅させる力がないからではない。

「その答えはわたしにあるのね」わたしはつぶやくように言った。ミズ・スターリングは頑として主張を変えようとしない。

彼女が微笑み、前かがみになった。いつものようにわたしの腿を軽く叩くつもりなのだろう。とっさにそう考えたが、違った。ミズ・スターリングはわたしの頬を手で挟み、視線を合わせようとした。

「あなたは金槌を手にして、ウルフが張りめぐらせていた壁を叩き壊しました。それも、こつこつと壁のれんがを一枚ずつ。現にわたしは、彼の壁が崩壊する様子をこの目で見てきました。あなたの寝室をあとにするたびに、ウルフはあわててその壁を立て直そうとしていた。あなたのラブストーリーはおとぎばなしなんかじゃありません。どちらかというと魔女の物語に近いでしょう。不道徳で、生々しく、痛みを伴う物語です。まるで魔法にかけられたみたいに、ウルフがあの屋敷であなたの姿を探すようになったことに気づき、わたしはうれしくてたまりませんでした。それに彼が仕事場で過ごす時間が減って、あなたの菜園で過ごす時間が増えたことも。ウルフがあなたに贈り物をして、あなたをいろいろな場所に連れていき、あなたを見せびらかすようになり、近くにあなたがいるだけでうれしさを押し隠せなくなったときは、自分のことのように興奮しました。そしてウルフがあなたの寝室をめちゃくちゃにして、枕カバーから妊娠検査薬を見つけた瞬間、打ちひしがれて罪悪感にさいなまれるのを見たときは、ほっとしました」

わたしは驚き、ミズ・スターリングに力ない視線を向けた。

「今、体の具合はどうなんです？」彼女がいかにもうれしそうに目尻にしわを寄せる。

ウルフは知っているのだ。ミズ・スターリングも。それなのに、彼はまだわたしのもとへやってこない。興奮、恐れ、不安。相反する感情が次々にわき起こり、ないまぜになって、わたしは何も答えられなかった。

「フランチェスカ?」ミズ・スターリングが探るようにわたしの手をそっとつついた。わたしはがっくりとうなだれた。彼女の顔に浮かんでいる表情を見る勇気がない。

「もう関係ないことだわ。あまりに多くのことが起きてしまった。わたしはウルフを裏切ったし、彼もわたしを裏切ったのよ」

「愛は憎しみより強いものです」

「わたしの家族に悪い血が流れている以上、ウルフがわたしを愛せるわけがない」わたしは頭をあげた。下まつげに涙がたまっている。「そうでしょう?」

「いいえ、彼なら愛せます」ミズ・スターリングは言い張った。「寛大さは、ウルフの持つ美徳のなかでも最も美しいものですから」

「そうよね」わたしはせせら笑った。「うちの父に聞かせてやりたいわ」

「あなたのお父さんは許しを求めることがありませんでした。でも、わたしは求めた。ウルフに。彼はどうしたと思います? こんなわたしを許してくれたのよ」

ミズ・スターリングはティーカップをおろした。背筋を伸ばして顎に力をこめ、落ち着いた声で語りだす。

「わたしはウルフ・キートンの実の母親なの。アルコール依存症で死ぬほどお酒を飲むのに忙しくて、あの夜もウルフに夕食を作ってあげることができなかった。そのせいでウルフは、兄のロメオがあなたのお父さんに撃ち殺されるのを目撃することになってしまったのよ。あの事件のあと、キートン夫妻がウルフを養子にしてくれたとき、それがあの子のためだと思ったから反対できなかった。ロメオの死に衝撃を受けて、わたしは依存症を治そうと施設へ入り、そこでの入院生活を終えたあと、ふたたびウルフのもとへ戻ったの。ところで、あの子の本当の名前はファビオよ。ファビオ・ヌッチというの」ミズ・スターリングは笑みを浮かべてうつむいた。「最初、あの子はわたしといっさい関わりたがらなかった。わたしがアルコール依存症だったことに激怒していたせいよ。わたしが依存症でウルフに夕食を作ってあげられなかったから、あの日ロメオが〈ママズ・ピッツァ〉へ行かざるをえなくなったんだと考えていたの。でも時が過ぎるにつれ、あの子はわたしを許してくれた。だから彼の養父母に、ウルフの住み込みの乳母として雇われたの。あの子はすでに思春期だったにもかかわらずね。彼の養父母は本当にいい人たちで、わたしたち親子が一緒に過ごせたらいいと考えてくれていた。けれど、あの爆発事故で亡くなって……」

彼女は鋭く息をのんだ。以前の雇い主を思い出して涙を流している。

「二年後、わたしはキートン家での仕事を終えたの。そのあとスーパーの〈サムズ・クラブ〉で働いていたら、ウルフがあの屋敷の家政婦としてわたしを雇ってくれた。

あの子はわたしの面倒を本当によく見てくれているわ。わたしがあの子の面倒を見られず、あんな最悪な結果を招いたというのに。わたしはウルフとロメオを守ってやることができなかった。ふたりが育った地域にいた冷酷な隣人からね」

わたしは椅子の背にもたれた。にわかには信じがたい話だ。

ミズ・スターリングがウルフの母親。実の母親だったなんて。

だからこそ、彼女はウルフをこれほど愛しているのだ。

だからこそ、彼女はウルフのことを擁護し、わたしとの関係を見守り続けた。

だからこそ、彼女はわたしたちを結びつけようとした。自分の息子には幸せな結末を迎えさせたい一心で。ウルフの兄が迎えられなかった、幸せな結末を。

「彼のお兄さんは結婚していたのよね」わたしは鋭く息をのんだ。バラバラだったピースがあるべき場所におさまりつつあった。わたしの父がめちゃくちゃにしたパズルの全体像がようやく見えてきた。「彼には奥さんがいたはずよ」

「ええ、ロリよ。ロメオとロリはずっと不妊に悩んでいたの」ミズ・スターリングがうなずく。「体外受精も何度か試みてようやく妊娠したけれど、ロリは六カ月で流産してしまった。夫のロメオが亡くなったと聞かされた次の日に」

だからウルフは子どもを欲しがらなかったのだ。

排卵日について詳しかったのもうなずける。もう二度と心を痛めたくなかったのだろう。そのとき、胸がつぶれるような思いを体験したから。ウルフは最も大切にしていた人たちをひとりずつ失った。それも全員、同じ男のせいで。ふいに胸をナイフで切りつけられ、自分の臓器が目の前に飛び散ったような錯覚に襲われた。

わたしは口に手を当て、鼓動を静めようとした。こんな体の状態は、わたしにとっても赤ちゃんにとってもよくない。けれど真実はあまりに厳しく衝撃的で、簡単には受け入れられなかった。だからこそ、ウルフはわたしに知らせたくなかったのだろう。彼にはわかっていたのだ。父がしたことを知れば、わたしが今後、自分に対する嫌悪感をぬぐえなくなることが。実際、今すぐにでも嘔吐《おうと》してしまいたい。

「教えてくれてありがとう」

ミズ・スターリングがうなずいた。「どうかあの子にチャンスを与えてやって。ウルフは完璧には程遠い人間だわ。でも、完璧な人なんてどこにいる?」

「ミズ・スターリング……」わたしはためらい、視線を泳がせた。「あなたの今の話には完全に打ちのめされたわ。だけどウルフが二度目のチャンスを求めているとは思えない。だってわたしがここにいて、妊娠しているのを知ってるのに、いまだに姿を見せようとしないんだもの。電話さえかけてきてくれないのよ」

その事実を考えるたびに、ボールのように丸まって死んでしまいたくなる。ミズ・スターリングが眉をひそめたことから察するに、わたしは相当ひどい顔をしているに違いない。そのまま彼女を車まで送り、しばらく抱きあった。

「これだけは覚えていて、フランチェスカ。これまでたくさん間違いを犯してきたとしても、あなたはそれ以上の価値がある存在よ」

ミズ・スターリングの車を見送りながら、わたしは気づいた。彼女は正しい。わたしが今必要としているのは、わたしを救ってくれるウルフではない。助けに駆けつけてくれるアンジェロでもない。気骨を持てるよう支えてくれる母でもない。ずっと自分には気骨があるふりをしてきた父でもない。

わたしが必要としているのはただひとり、わたし自身なのだ。

18

ウルフ

それからの数日は、まさに生きながらにして拷問を受けている気分だった。

それも子どもへの性的虐待という許されざる罪を吐かせるために用いるような、容赦ない拷問だ。

この三日というもの、ぼくは負けを認めて携帯電話を手に取り、アーサーにかけ続けている。何を言われても相手にせず、そっけない態度を取るのは今や彼の番だった。立場が完全に逆転したのだ。ぼくが話したいと願うただひとりの人物——ぼくの妻は今、アーサー王国に閉じこもっている。その王国の扉の門はバッキンガム宮殿よりも堅く守られていた。

毎朝きっかり六時には妻の両親の屋敷へ行き、飛行機に乗って仕事に出かけて、また飛行機で戻ってくると午後八時に妻の両親の屋敷へ向かった。どうしてもフランチェスカと話がしたかった。

ところが屋敷の門の前には、筋骨たくましいアーサーの手下たちが常に立ちはだかっていた。いつもの面々よりも、はるかに屈強で頭の鈍いやつらだ。ぼくのボディガードたちが立派な力こぶを誇示しても、いっこうに退く様子を見せなかった。

フランチェスカに電話をかけたり、メッセージを送ったりするつもりはなかった。そんな意気地のないやり方は不適切に思える。特にスターリングから、ぼくとアーサーのあいだに起きたことを洗いざらい打ち明けたと聞かされてはなおさらだ。フランチェスカは今まで、ぼくが妻を暗い塔に幽閉し、彼女の父親であるアーサーを――彼とその妻が大切にしていたもの全部を失わせることで――いたぶりながら殺す計画を立てていると誤解していたはずだ。だからこそ今のフランチェスカには、謝罪の言葉以上のものが必要に違いない。今後の彼女との話しあいは非常に重要だ。面と向かって話さなければ意味がない。フランチェスカに伝えなければいけないことが山ほどある。彼女が出ていってからの数日で、ぼくは実に多くのことに気づかされた。

ぼくはフランチェスカを愛している。

それも猛烈に。

自分が育てた野菜に話しかける、大きなブルーの目をしたまだ十代の彼女に、どうしようもないほどめろめろだ。

ぼくはフランチェスカが欲しい。そう直接、彼女に伝えなければならない。彼女に負けず劣らず、お腹の赤ん坊を求めているのだと。それは自分の子どもが欲しいからではない。彼女が与えてくれるものすべてが欲しいからだ。それに今まで彼女が与えてくれなかったものも全部欲しい。所有欲のせいではない。ただ単に、彼女にまつわるすべてを心から慈しみたいだけだ。

ぼくはフランチェスカを愛している。その気づきは、まるで天啓を得たかのように一瞬でやってきたわけではなかった。彼女と離れて過ごすうちに、心のなかでじわじわと広がるような感じだ。フランチェスカと連絡を取ろうとして阻まれるたび、彼女に会うことが自分にとってどれほど大切かに気づかされた。

門前払いされるたびに、ぼくはフランチェスカの部屋の窓を見あげた。白いレースのカーテン越しに、彼女の姿が見えないかと期待して。だが、彼女は一度も姿を現そうとしなかった。

そのせいで、ぼくは仕事関係者からの連絡を避けるようにしていた。今の状況そのものにストレスを感じているから？　いや、ぼくはそういうたちではない。ただし、やはり頭には来ていた。だからものを蹴飛ばしたり、壊したりもした。それにこの現状を世間にどう伝えたいか考え、一応スピーチの練習もした。ただし、スーツ姿の側近たちから何度もかかってくる電話は無視し続けていた。今のぼくの家族の状況に関する声明を出す必要があるという、彼らのメッセージも。

なぜなら、これはぼくの問題だからだ。ぼくの人生の。ぼくの妻の。

それ以外は何ひとつ重要ではない。

この国でさえも。

一週間たっぷりと傷心を味わわされたあと、ぼくはついに決心した。いつものルールを破り、運命に挑もう。ぼくがそういう手段に訴えたことで、フランチェスカには嫌われるかもしれない。しかし正直なところ、この手段に訴える前も、ぼくは彼女から顔につばを吐かれて当然の仕打ちをしているのだ。

フランチェスカが出ていってからちょうど七日目、ぼくは汗だくのフェリックス・ホワイトを引きずって、アーサーの屋敷に押しかけた。急いで作らせた捜索令状を警察署長に持たせて。

何を緊急に捜索するかって？　ぼくの妻の行方だ。

実のところ、ホワイトには令状を発行する理由がなかった。ぼくに自分の黒い噂をまき散らされたくないという以外には。ホワイトは永遠に二重スパイという役柄から抜けだせないらしく、こちらが押しかける数時間前に、アーサーにそれを知らせていた。だからぼくがホワイトを引きずって妻の実家へ行ったとき、アーサーはすでに帰宅していた。

とにかくそういうわけで、ぼくは捜索令状を携えたシカゴ警察署長と警官ふたりとともに、ロッシ家のドアを叩いたのだった。

なんと劇的な展開だろう。世間一般には〝ロマンスは死んだ〟と言われているのに。ドアを開けて顔を出したアーサーは、眉間に何本もしわを寄せていた。まるでブルドッグだ。ドアから首を突きだし、目を細めている。

「上院議員、いったいなんの用だ？」アーサーは完全にホワイトを無視していた。彼がぼくに弱みを握られているせいで令状を発行したことなど、お見通しなのだ。

「ゲームの時間はもう終わりだ」ぼくは冷たい笑みを浮かべた。「負けたいと本気で思っているのでなければ、今すぐにぼくをなかに入れろ。あるいはフランチェスカをここから解放しろ。どちらにしてもぼくは今夜、彼女と会うことになる」

「そうは思わんね。この街全体が見守っているなか、きみはロシアの尻軽女と練り歩いたんだからな。しかも身重の妻を家に残したままで」

「あのときは妊娠を知らなかった」よりにもよって、なぜこの男にそんな釈明をしているのだ？　自分でもよくわからない。アーサーが道徳を重んじる人間でないことは、火を見るより明らかなのに。

「とにかく、ぼくは七日間ずっと妻と連絡を取ろうとしたがいまだ話せていない。だからこうして警察と一緒にやってきた。ぼくがあんたを後悔させるようなことをしでかす前に、あんたがこのドアを開けてくれるようにな」

「きみにそんなことができるものか。自分の身重の妻をこんな茶番に引っ張りだせるはずがない」大胆にも、アーサーはぼくに嘲笑を向けた。

「ミスター・ロッシ、われわれをなかに入れないなら、あなたを逮捕しなければなりません。あなたの自宅を捜索するよう、裁判所命令を受けているんです」

戸口に立つホワイトが、ぼくは今日こそ義父を見捨てるつもりだと信じているのは火を見るよりも明らかだった。

アーサーはドアをゆっくりと開け、ぼくをなかに入れた。ホワイトはあとに続こうとせず、玄関先に突っ立ったまま、左足から右足へと体重を移動させている。まるで意中の女の子にどうやってデートを申し込もうかとそわそわしている十代の少年のようだ。この警察署長にとって、アーサー・ロッシは少しはカリスマ性を感じさせる存在なのだろう。

「わ、わたしはここで待ったほうが？」ホワイトが口ごもりながら尋ねる。ぼくは手をひらひらと振って答えた。

「そこで職務を忠実にこなしているふりをしていてください」

「本当に？」ホワイトは額に浮かぶ汗をぬぐった。喉元にはまだ青い静脈が浮きでたままだ。

「あなたはぼくの貴重な時間を無駄にし、ぼくの残り少ない忍耐力をすり減らしている。とっとと消えてくれ」

アーサーは背中を向け、ぼくを自分のオフィスへと案内した。前回このオフィスにやってきたのは、彼の娘に求婚しに来たときだ。階段をのぼるにつれて、あのときの記憶がどっとよみがえってきた。フランチェスカと初めて言い争いをしたのはこの階段だった。階段の一番上にたどり着くと、彼女のほっそりした手首の感触をありありと思い出した。フランチェスカがぼくを裏切ったと思い込んだあと、彼女を無理やり階段から引きずりおろしたときの感触を。

くそったれの愚か者め。間抜けさではホワイトとビショップといい勝負だ。何しろこんな短い結婚生活のあいだに、一度ならず二度までも大ばか者であることを自ら証明してしまったのだから。

ぼくにはわかっていた。フランチェスカはこの屋敷のどこかにいる。彼女の魅力的な笑顔が見たい。それにあの心根のやさしさには似合わない、かすれたセクシーな笑い声が聞きたくてたまらない。

「納得できるよう説明してくれ。なぜ妻の部屋ではなく、あんたのオフィスに向かっているのか」物思いを振り払って、ぼくはきいた。

「それぞれ考え方こそ違ってはいるが、わたしの娘は父親の承認を何より気にかけている。あの子と話したいなら、まずはわたしの承認を得ることだ。なあ、キートン上院議員、きみにもわかっているだろう。いかにせん、恨みを晴らすにはもう遅すぎると」アーサーはオフィスのドアの横で立ち止まると、身ぶりでなかへ入るよう促した。

ドアの両脇には、筋骨たくましい男がひとりずつ立っている。

「彼らを追い払ってくれ」ぼくはそう言って、アーサーをじっと見つめた。彼は視線をそらそうとしないまま、指をパチンと鳴らした。男たちは無言で階段をおりていった。

オフィスに入ると、アーサーはドアを半分だけ閉めた。ぼくを信用していないのは明らかだ。いつなんどき、素手で首を絞められるかわからないと警戒しているのだろう。その心配はもっともだ。自分でも、これからどんな行動を取ろうとしているのか予測できない。この訪問がどんな結末に終わるかは、ぼくの態度次第だ。

アーサーは自分の机の椅子に座り、ぼくは彼の前にある長椅子に腰をおろした。両腕を広げて長椅子のヘッドレストの後ろへまわし、体の力を抜こうとする。今はっきりとわかっているのはこのふたつだった。
1．今日は妻に対するぼくの愛情が試される日となるだろう。
2．ぼくはそのテストに、ものの見事に合格してみせる。

フランチェスカ

炎に引き寄せられる蛾《が》のように自分の寝室から廊下に出たとたん、夫の声が聞こえた。かすれ気味のテノール。ウルフの声は詩を彷彿とさせる。自分の人生がそれで決まるかのように、彼の言葉に全身全霊で耳を傾けずにはいられない。

ウルフの幅広い両肩と背中がちらりと見えた。最高級仕立てのスーツを着た彼は廊下を進み、父のあとから書斎へ入っていった。じっとしたまま一から十まで数えたあと、わたしは爪先立ちで書斎へ近づいた。何週間もわたしたちの様子を盗み聞きしていたミズ・スターリングからは、いろいろと貴重な戦術を教わった。裸足のまま壁に耳を押し当て、浅くて短い呼吸を心がける。

父が葉巻に火をつけた。葉が燃える匂いに鼻孔をくすぐられ、たちまち吐き気が襲ってきた。まったくもう。誰かがわたしの前で息を吐きだすたびに気分が悪くなる。それでも喉元までこみあげてくるむかつきと闘いながら、わたしは部屋のなかをのぞいた。父は机の前の椅子の背にもたれていて、ウルフは父の前にある赤いベルベット張りの長椅子に座っている。いつものようにリラックスして、平然としているように見えた。

わたしの夫は鋼の精神の持ち主なのだ。

誰の手にも負えない、誰の手も届かない存在。

岩を削ったかのような冷徹な心。その心をやわらげるためなら、なんだってしてあげたい。

「きみは娘の部屋に行けさえすれば、あの子を取り戻せると思っているようだな。またしてもホワイトとビショップを餌に、わたしを説得するつもりだろう?」父は葉巻の煙を吐きだすと、足首を交差させた。この屋敷へ戻ってきて以来、父とはまだ一度も顔を合わせていないが、父がわたしの夫を脅迫するのを許すわけにはいかない。今すぐ部屋のなかに駆け込んで、事実をきちんと説明したかった。でもあまりに大きな屈辱を味わわされ、傷ついたせいで、またしてもウルフに拒絶されるのが怖い。彼がここへやってきたのは、わたしを手放すためかもしれない。だとしたら、やめてと懇願するしかない。

「彼女の具合はどうなんだ？」ウルフは父の質問に答えなかった。

「娘はきみに会いたがっていない」父は手短に答え、ふたたび葉巻の煙を吐きだした。

負けじとウルフの質問を無視している。

「医者には連れていったのか？」

「フランチェスカはこの家から一歩も出ていない」

「いったい何をぐずぐずしているんだ？」ウルフが吐きだすように言う。

「わたしが覚えている限り、フランチェスカは妊娠するのに充分な年齢だ。つまり自分で産婦人科に予約を入れるのにも充分な年齢ということだ。言うまでもなく、誰かの助けが必要だとしたら、それはあの子をこんな悲惨な状況に陥れた男にほかならない」

悲惨な状況？　わたしは思わず鼻孔を膨らませ、炎のように熱い息を吐きだした。

その瞬間、つくづく思い知らされた。父は本当に救いようがない。父はわたしのことも、赤ちゃんのことも気にかけていない。父が気にかけているのは〈アウトフィット〉だけなのだ。娘が自分の操り人形だったときは、愛して大切にしてくれていた。けれど反抗するやいなや、わたしを見捨て、娘に対する責任もろとも放棄した。父はわたしを売ったも同然だ。イタリアを代表するもうひとつのマフィア一家にわたしを嫁がせられないとわかったとたん、娘に対する興味をあっさりと失った。一方でウルフは、いいときも悪いときもわたしのそばにいてくれた。互いに反目しあっているときでさえも。わたしがかたくなに彼に刃向かっていたときも、アンジェロとわたしが寝たと思い込んでいるときも、わたしがアンジェロにキスしている写真を見せられたときも、ウルフは決して離婚という言葉を口にしようとしなかった。彼の頭のなかに、離婚という選択肢は存在していなかったのだ。

ウルフは父よりも、わたしに対して誠意を見せてくれた。

「いい指摘だ」ウルフが立ちあがった。「ならば、ぼくがすぐに彼女を医者に連れていく」

「その必要はない。そもそも、きみが今夜フランチェスカに会うことはないぞ」父が言い返す。

ウルフは不機嫌そうな顔で大股で父に近づき、目の前で立ち止まると、父の頭を見おろした。「それは彼女の希望なのか？　それともあんたの？」

「あの子の要求だ。なぜフランチェスカから連絡が来ないのか、考えたことはないのか？」父は灰皿に葉巻を押しつけ、話しながらウルフの顔めがけて煙を吐きだした。

「彼女が求めているのは、わたしがきみを完全に屈服させることだ」

「思うに――さぞいろいろな方法を思い浮かべているんだろうな」

「ああ」父が机の向こうで立ちあがり、鼻先が触れるほどウルフに顔を寄せた。夫の表情が見えたらいいのに。父は嘘をついている。でも、ウルフは頭がいい。それが嘘だと見抜けないはずがない。とはいえ、愛は人の目を曇らせる。愛という感情のもとでは、理路整然と考えることができなくなってしまうのだ。

「もしきみがわたしに屈すれば、フランチェスカに会わせてやる」

「屈しなければ？」

「ホワイトは今日わたしを逮捕し、きみは娘の寝室へ一目散に向かうことになる。ただし、その部屋は警察によって見張られているはずだ。あの子はそのことに、さぞかし感謝するに違いない。身重の今は特に」

一瞬、ウルフが押し黙った。

「フランチェスカが父親という存在を失って寂しがっていることに気づいているか？」彼は父に尋ねた。

たちまち胸がきゅっと痛んだ。ああ、ウルフ。

「ならば、きみは気づいているのか？　わたしがビジネスマンだということに」父が言い返した。「あの子はかけがえのない宝物だ。人には皆、値札がついているんだよ、ファビオ・ヌッチ」ウルフの顔の前で笑い声を立てる。「わたしは路地裏で生まれ、ほとんど死にかけた状態で教会の扉の前に捨てられていた。母は売春婦だった。父は？　さあ、どこの誰かもわからない。この屋敷にあるどんな部屋も、家具も、ペン一本に至るまで、わたしが腕一本で築きあげたものだ。フランチェスカもそうだ。従順な娘になるよう育ててあげた、一種の作品と言っていい。しかし、あの子は失敗作だった」

「それは彼女が失敗するよう、ぼくが仕向けたからだ」ウルフは父の顔につばを飛ばしながら声を荒らげた。

「そうかもしれない。だが今のわたしは、きみにチェックメイトをかける駒としてしか、娘の価値を見いだせない。知ってのとおり、わたしはかつて一度だけ、ある人物を過小評価するという間違いを犯した。愚かにもきみを生かしておこうと決めた、あの日に」

ふたりのあいだに何かが落ちた。室内の沈黙のなか、どさりという音まで聞こえたような気がする。なんてこと。父が口に出して認めたのだ。わたしの夫を殺さなかったことを後悔していると。

「なぜそうしなかった？」ウルフの言葉の端々には激しい怒りが感じられた。「どうしてぼくを生かしておいた？」

「ヌッチ、あの日きみは怯えていた。だが、同時に強くもあった。きみは泣かなかったし、小便をもらしもしなかった。わたしの手下から武器を奪い取ろうとさえした。そんなきみを見て、若い頃の自分を思い出したんだ。路地裏を裸足で駆けまわり、食べ物を盗み、スリを働き、自分の力だけでのしあがってきた自分をな。ひたすらこの世界の中枢を目指し、〈アウトフィット〉との結びつきを深めていったんだ。きみなら、この界隈《かいわい》で生き延びていけるとわかっていた。何よりも——きみは残忍だ。そろそろ認めろ。ウルフ・キートンは法律を巧みに操れるが、きみのなかには復讐を求めているファビオ・ヌッチがいると」

「あんたの仲間になるつもりはない」

「いいだろう。ならば、きみは悩ましい敵というわけだ」

「ぼくに何をさせようとしているのか知らないが、さっさとすませろ」ウルフが叫ぶ。

父はのけぞって舌打ちをし、こぶしで自分の唇を軽く叩いた。

「キートン上院議員、もしきみがわたしの娘を本当に愛し、心から気にかけているのなら、今まで一度も手放したことがないものを捨てろ——きみのプライドを」

「どういうことだ?」激怒のあまり、ウルフが歯を食いしばっている姿が目に見えるようだった。

「フランチェスカのために懇願しろ。ひざまずくんだ」父が顎をぐっとあげた。ウルフのほうが背が高いにもかかわらず、どういうわけか彼を見おろしている。「きみがあの子を奪ったとき、わたしにそうさせたように、今ここでひざまずけ」

父がわたしのためにひざまずいたですって?

「ぼくはひざまずいたりしない」ウルフが言った。わたしにはわかった。彼は本気だ。父にも、ウルフにそんなことを要求しないくらいの分別はあると思ったのに。父はウルフを破滅の淵《ふち》に追いやり、わたしの結婚を終わらせようとしている。ウルフは今まで誰にもひざまずいたことがない。ましてや相手がわたしの父なら、なおさらひざまずくわけがない。いてもたってもいられず、わたしが部屋のなかに駆け込もうとしたとき、ふたたび父の声が聞こえた。

「ということは、きみはわたしの娘を愛していないんだな、キートン上院議員。きみはただ、自分の所有物を返してほしいだけなんだ。ちなみに、きみがフランチェスカをきみの囚人としてこの屋敷から連れ去ろうとしたとき、あの子はプライドなどかなぐり捨て、さんざんひれ伏してわたしに懇願していたがね」

皮肉に満ちた父の言葉を聞き、わたしは唇を嚙んで、戸枠に額をもたせかけた。ウルフが傷つけられるのを見ているのは、わがことのようにつらい。だがもっとつらいのは、彼がなぜひざまずけないのか、その理由が痛いほどよくわかるからだ。自分の人生をめちゃくちゃにした男の前でひざまずけるわけがない。これはウルフのプライドや尊厳だけの問題ではなかった。彼の道徳観や信念すべてをかけた問題なのだ。それに彼の家族にまつわる問題でもある。

父はかつて、兄を目の前で射殺することで、ウルフのプライドをずたずたにした。ウルフが父にもう一度、そんなふるまいを許すはずがない。

「あんたがこんなことを要求しているのはフランチェスカのためじゃない。あんた自身のためだ」ウルフが指摘した。父は机の端に体をもたせかけ、その言葉を思案するように天井を見つめた。

「わたしが今こうしている理由など、きみには関係ない。きみがあの子のことを本気で求めているならば、何もためらわないはずだ。床に膝をつくことくらい、たやすいだろう」

わたしはまたしても涙が目を刺すのを感じた。父はウルフに恥をかかせようとしている。できることなら部屋のなかに走り込んで、ふたりに不毛な言い争いはやめるよう言ってやりたかった。でも、できない。なぜなら父の言葉のなかでひとつだけ、間違っていないことがあるからだ。父の言うとおり、ウルフはいつだって、わたしたちの夫婦関係において一方的に力を振るっていた。一度でも妻のためにプライドを手放せなければ、今後も本物の結婚生活を送ることはできない。強い欲望によって結びついた囚人と王の関係のままになってしまう。

そのとき、ウルフがゆっくりと床にひざまずくのを見て、わたしは衝撃を受けた。息がうまくできなかった。今、眼前で起きている出来事からどうしても目を離せない。誇り高く、尊大で、傲慢な夫がひざまずいている。妻のために懇願している。しかもこの部屋に入ってきたときと比べても、今のウルフは少しも卑屈に見えない。顔をあげているので、わたしのいる場所からでも彼の表情がよく見えた。うぬぼれを絵に描いたような顔つきで、王者であるかのように堂々としている。目には決然とした光をたたえ、両方の眉をあざけるようにつりあげて、全身から威厳がにじみでていた。ふたりの顔だけを見比べたら、どちらがどちらに対して頭をさげているのかわからないだろう。

「アーサー」室内に夫の声が響いた。「お願いだ、どうかあんたの娘と話をさせてくれ。ぼくの人生にとって、妻は一番大切な存在なんだ。今までもこれからも」

その言葉を聞いて、わたしの心はたちまちはずんだ。内側から熱い思いがこみあげてきて、体をぶるりと震わせる。

「きみがフランチェスカの目の前でわたしの罪を掲げ続けている限り、きみは娘を幸せにはできない」父が警告する。ウルフはまだひざまずいたままだ。わたしは涙を止めることができなかった。嗚咽がもれ、あわてて口を片手で覆う。ふたりに聞かれたくなかった。

ウルフは冷笑を浮かべ、目を輝かせて、決然たる口調で言った。

「ぼくはもうそんなことをするつもりはない、アーサー」

「それは、わたしのビジネスをつぶすのをやめるという意味か？」

「いや、今後は彼女にやさしくするという意味だ」

「ホワイトとビショップはどうするつもりだ？」父がきいた。

「彼らには適切な処分を下す」

「わたしはフランチェスカをきみから奪うことも――」

「それはできない」ウルフは鋭くさえぎった。「ぼくからフランチェスカを奪えるのはただひとり、彼女自身だ。誰と一緒にいたいか選ぶのは彼女であって、ぼくではない。もちろんあんたでもない。あんたはぼくの兄を、そして両親を殺した。そんなぼくとの関係をどこで線引きするか決めるのは、ぼくの妻だ。あんたに彼女を奪うことはできない。もしそんなことをしたら、ぼくが地獄を見せてやる」

めまいを感じて、わたしは目を閉じた。今日は何も食べていない。葉巻の匂いのせいで吐きそうだ。

「だったら、あの子のところへ行け」父が苦しげに言った。

夫は床から立ちあがった。

気絶するのは人生で二度目だ。そう思った瞬間、わたしは完全に気を失った。

19

フランチェスカ

わたしは夫の腕のなかで目覚めた。

ウルフはキングサイズのベッドに座り、わたしにアルテミスを見せてくれたあの小屋にいたときと同じ格好で、胸にわたしの頭を休ませてくれていた。スパイシーなコロンの香りと彼自身の男らしい匂いに包まれていると、このうえなく心地いい。もう少し眠っているふりをしていたい。起きたあとに待ち受けている気まずい会話を、あと少しだけ先延ばしにしたかった。

ウルフは指先をわたしのシャツ越しに背中へ滑らせると、髪の生え際に唇を押し当てた。父の前でひざまずいていた彼の姿がありありとよみがえる。わたしが自分にとって一番大切な存在だと告げていた、あの姿が。熱い蜂蜜を垂らしたみたいに、心がほんのりとあたたかくなった。

「目が覚めているんだろう？」夫がわたしのこめかみに向かってささやく。わたしは低くうめいて、彼の腕のなかで身じろぎをした。一週間前、この腕にカロリーナ・イワノヴァが抱かれていた——そう考えたとたん、また胃のなかのものをすべて吐きだしたくなった。ベッドに両手を突いて身を起こし、弱々しいまなざしを彼に向けた。

「妊娠していたんだね」ウルフは膨らんでいるのを期待するかのように、わたしのお腹を見おろした。こうしてふたたび彼の顔を見られることが、今までの人生で最高の贈り物のように思える。あの仮面舞踏会の翌朝、彼と顔を合わせるのを恐ろしがっていたなんて、今では信じられない。なんと愚かだったのだろう。あのあとすぐに、ウルフはわたしにとって大好きな存在になった。そして彼にとって、わたしはこの世に復讐と正義よりもっと大切な何かがあると思い出させる存在となったのだ。わたしたちは互いに依存しあう関係だった。今後は互いに助けあって共存する関係にならなくては。相手がいてくれるからこそ触発され、前に進めるような間柄に。

生きているのに、本物の人生を生きていないのは、不幸なことにほかならない。

「あなたの赤ちゃんよ」わたしは強調するように、ウルフの手に手を重ねた。

「ああ」夫は鼻先をわたしの鼻に軽くつけ、両腕で引き寄せた。まるでわたしがとても貴重な宝物であるかのように、しっかりと抱きしめる。

「こうなって悲しい？」

「父親になることが？　きっとそうなるだろうといつも考えていたよ。子どもの親になったとたん、自分の人生が終わったように感じるだろうとね。だが、それはぼくが一緒に家庭生活を始めるにふさわしい誰かさんを見つける前の話だ。自分に立派な親になれる能力があるかどうかは、まだよくわからない。ただし運がいいことに、ぼくの妻はこの世で一番すばらしい母親になれるとわかっている」

わたしは無言のまま、室内を見まわした。言いたいことはたくさんあった。でも言葉を口にすることで、わたしたちのあいだの何かを壊したくない。その何かは、まだはっきりとした形にもなっていないのだ。

「きみは？　ネム、きみは妊娠して幸せなのか？」

わたしは背筋を伸ばし、恐れをのみ込むと、喉から絞りだすようにして答えた。素直な気持ちを口にする勇気を失いたくない。

「わたしは……よくわからないの。わたしたちはいつも争っているわ。今までお互いに誤解した回数は世界記録並みだと思う。それにあなたはわたしへの仕返しのために、一週間前にほかの女性と寝たばかりよ――それも初めてじゃない。わたしだって、先週アンジェロとキスをした。あなたとわたしの父が本当はどういう関係なのかを知って、どうしようもない怒りを感じたから。ただし、キス以上のことはしなかったけれどね。とにかく、わたしたちは互いに対して不誠実だし、浮気をしてしまった。あの屋敷でも同じ棟では暮らしていないし……」

「一緒に暮らそう」ウルフがさえぎった。「きみがそう望むなら」

「少し考える時間が必要だわ」

少しのあいだ、ウルフと離れる時間が必要だ。夫を愛していないからではなく、愛しすぎているせいで、赤ちゃんのためになるような決断ができないから。

「考えることなど何もない。ぼくはカロリーナとは寝ていないよ。寝ようとはしたんだ——ネメシス、きみをぼくの人生から永遠に追い払いたくて。だが、きみ以外の相手ではだめだった。ぼくが愛しているのはきみだ。心から求めているのはきみだけなんだ。毎日ただ漫然と生きているのではなく、ぼくが望むようなすばらしい時間を人生にもたらしてくれるのはきみなんだよ」

わたしは涙が頬を伝い落ちるのを感じた。大粒の涙はしょっぱい味がした。わたしたちは今までお互いにいやというほど傷つけあってきた。今ここで、それをやめなければならない。

「わたし、ほかの人とキスをしたわ」低い声でささやく。「あなたを裏切ったのよ」

「きみを許すよ」ウルフは大きな両手でわたしの頬を包み込んだ。「きみも自分自身を許して、一緒に前へ進もう。うちに戻っておいで、ネム」

「あのホテルの部屋では何もなかったのよ」

「そのとき、そこで何が起きたかなんて気にしない。ぼくはきみを信じているんだ。どのみち過去のことは関係ない。ぼくはここから始めたいんだよ。今すぐに」

「時間が欲しいの」無意識のうちにそう言っていた。きっとそれがわたしの正直な気持ちだからだろう。

今までに起きたことすべてをじっくり考え、自分の頭で理解するための時間が必要だった。ウルフの申し出がこれまでとは違うことを確信したい。もったいぶった言い方で言いだしたわりに、翌朝になると彼がすぐ忘れ去っていた今までの申し出とは根本的に違うのだと。思えば、わたしたちの関係は矛盾に満ちている。あっという間に恋に落ちたように思える一方、もどかしいほど時間がかかっているようにも思えた。それに互いに厳しすぎるときもあれば、やさしすぎるときもある。相手のすべてを知り尽くしているけれど、どちらもまだ何も相手に与えようとはしていない。これまでの出来事をよく考えてみる時間の余裕がなかったのだ。ふたりして防御の壁を打ち立てたまま、お互いの人生に強引に割り込もうとしてしまった。だから、わたしたちは一からやり直す必要がある。もっと戯れあう必要が。ふたりのあいだのパワーを分配する必要もあった。今度はちゃんと均等に。相手を傷つけることなくけんかをする方法を学ばなければならない。相手の腕のなかへやみくもに突進することなく、野生動物のようにお互いを引きずりまわしたり投げ飛ばしたりすることなく。

「あなたと一緒にいたいかどうかを決めるのは、わたしであるべきだわ。それはわかってくれるでしょう?」

ウルフはうなずいて立ちあがった。自分の気が変わる前に、部屋から出ていこうとしているのだろう。彼は今、わたしに何も要求しようとしていない。今まで要求するのが当然だと考えていたウルフにしてみれば、相当な努力が必要なはずだ。彼は無言のままドアまで歩いた。今の言葉を取り消そうか? わたしは一瞬迷った。このまま彼とずっと一緒に過ごしたい。でも、やっぱりそれはできない。わたしは自分のなかにいるフランチェスカという人間を、もっと大切にすべきだ。

母は自分を押し殺し、自らを救うことができなかった。だけど今なら、わたしは自分のなかにいるわたし自身を救うことができる。

ウルフはドアのところで立ち止まると、こちらに背を向けたまま小声で言った。

「電話してもいいか?」

「ええ」わたしは息を吐きだした。「メッセージを送ってもいい？」

「いいよ。産婦人科に予約を入れておこうか？」

「ええ」わたしは泣き笑いをして、すぐに涙を振り払った。彼はまだ振り返ってわたしを見ようとはしない。ウルフ・キートンは交渉はしない人間だ。でも、わたしだけは例外。彼は自分のルールを破ってくれた。

「ぼくも一緒に行っていいかな？」真剣な口調だった。

「そのほうがいいわ」

ウルフは肩を上下させてやわらかな笑い声をもらすと、ついに振り返ってわたしを見た。

「ミセス・キートン、ぼくとデートしないか。ガラコンサートでもなく、慈善イベントでもない。公式な外出ではなくてデートだ」

ああ。

もちろんイエスよ。

「楽しみにしてるわ」

「よかった」ウルフはそう言うと、うつむいてくすくす笑った。信じられない。これがあの仮面舞踏会の夜に出会った冷酷な男性と同じ人物だろうか？　一生忌み嫌ってやるとわたしに誓わせたのと同じ人？　彼は顔をあげ、少し首をかしげたまま恥ずかしそうな、それでいてすべての女性のハートをわしづかみにする笑みを浮かべた。

「そのデートの日にセックスできる《ゲット・ラッキー》かな？」

わたしは思わず枕の山に身を投げだし、片腕で顔を覆って、必死に笑いをこらえた。ドアが閉められるかちりという音を聞きながら。


二日後、わたしたちは初めて産婦人科を訪ねた。医師のバーバラは短くカットした金髪とやさしい瞳の持ち主で、分厚い眼鏡をかけた五十代の女性だった。彼女は超音波検査をし、わたしの子宮のなかにいるピーナッツほどの小さな命を見せてくれた。かすかな心音が、クリスマスの朝に階段をおりてくる子どもの裸足の足音みたいにパタパタと聞こえた。

ウルフはわたしの手を握り、まるで新たな惑星を発見したかのような目つきで画面をじっと見つめていた。

そのあと、ふたりでランチへ出かけた。カップルとして初めて出かける非公式の外出だ。その席でウルフから彼の屋敷へ招かれたが、大学で同じ研究グループのシェールとトリシアと会う予定があるからと丁重にお断りした。このニュースを打ち明けたときは、にやにやしたくなるのを抑えるのが大変だった。わたしにとって、彼女たちはスイスの寄宿学校から戻ってきて以来、初めてできた同世代の友達だったからだ。「ネメシス」車でわたしの実家まで送ってくれたウルフが片方の眉をつりあげた。

「もうひとつ知りたいことがある。きみもフラット（男子学生社交クラブ）パーティーには参加するんだろう？」

「気にしないで」パーティーはもともとあまり好きではない。おまけに、かつてはドレスコードに従って高級なドレスを身にまとうのに慣れていたのに、わたしのなかにいる〝妊娠中のわたし〟はそれをいやがっていた。まだ妊娠初期ではあっても、ゆったりとした着心地のいい服を選びたい。

「誰でも一度はフラットパーティーに参加して、あのどんちゃん騒ぎがどんなものか味わうものじゃないかな」

「そんなに気になる？」わたしは尋ねた。もはやウルフの意のままに支配されるつもりはない。そのことを彼にぜひとも伝えたかった。

「いや、全然。きみをエスコートするのがアンジェロでなければね」

それはもっともだ。わたしはバッグから携帯電話を取りだして、ウルフに手渡した。

「確認して」

「何を?」

「アンジェロの番号を削除したの」

ウルフはわたしの実家の正面に車を停め、エンジンを切ると、わたしに電話を返した。「きみの言葉を信じるよ。なぜ心変わりしたんだ?」

わたしは目をぐるりとまわしてみせた。「わたしは今ここにいる男性を愛してる。でもその彼は、わたしが幼なじみの初恋の男性と逃げだすのではないかと考えているからよ」

ウルフは怒ったような顔でわたしを一瞥した。「彼もまた、きみをどうしようもないほど愛している。きみを放すまいと躍起になるのを責めることはできない」

その日以降も、わたしはウルフと何度もデートを重ねた。

映画を観たり、レストランへ行ったり、ホテルのバーを訪れたりもした。バーではふたりともお酒は飲まなかった。わたしは年齢のせいもあるけれど、妊娠しているせいもある。ウルフはそんなわたしに合わせてくれた。

ふたりでボウルいっぱいのフライドポテトを食べ、ポケットビリヤードを楽しみ、本について語りあった。そのなかで、夫がスティーヴン・キングの熱狂的ファンだと知らされた。わたし自身はノーラ・ロバーツのほうがもっと好きだ。わたしたちは書店に立ち寄り、お互いにお勧めの作家の本を購入した。それにウルフから、以前わたしがピアノを演奏していたとき、エネルギー省長官のブライアン・ハッチが股間を膨らませているのを見て、もう少しで彼を屋敷から叩きだすところだったと聞かされてさんざん笑いあった。

そんななか、いとこのアンドレアから電話がかかってきた。彼女は〝ずっと考えていたんだけど、あなたのお父さんが自分で娘のために選んだ夫を認めようとしないことに関して、あなたにあれこれ意見するのはもうやめようって結論に達したの〟と言った。そしてわたしに許してほしいと。

「わたし、いいキリスト教徒にはなれそうにないわ」アンドレアはガムをパチッと鳴らした。「ついでに言えば、いいネイリストにもなれそうにない。きっとあなた、さんざん爪を噛んでるんでしょう？　爪を噛むのはやめなさいって注意するわたしがいなかったんだもの」

わたしはアンドレアに本当の気持ちを伝えた。自分にとって、許すことはなんの問題もない、むしろ自分の魂を豊かにしてくれる行動だと。翌日わたしはアンドレアと会って一緒にカプチーノを飲み、彼女にしか尋ねられないあけすけな質問を浴びせかけた。

数日後、ウルフからアルテミスを見に出かけようと誘われた。アルテミスに乗れる状態ではなかったものの、その週末、わたしは愛馬の世話を思いきり楽しみ、その元気そうな様子を確認できて大満足だった。

そんな調子で一カ月があっという間に過ぎた。そのあいだウルフは毎朝わたしにおはようの電話を、さらに毎晩おやすみの電話をかけ続けてくれた。けんかもせず、罵りあいもせず、どちらかがドアをぴしゃりと閉めたりすることも一度もなかった。その一カ月間、ウルフはわたしにどんなささいな情報も教えてくれた。それにわたしは彼に何か頼まれても断ったりしなかった。彼がわたしのことを思って提案してくれているのがわかったからだ。わたしはルールを破らず、ボディガードを連れて大学へ通っていたが、友達をたくさん作る努力はしていた。ウルフは激務をこなしていたものの、常にわたしのことを一番に考えてくれた。

わたしはまだ婚約指輪も結婚指輪もはめていなかった。ウルフがカロリーナ・イワノヴァとガラコンサートに出かけたあの夜、彼の屋敷に置いてきたのだ。とはいえ、今はウルフに対して、これ以上ないほど親密なつながりを感じていた。自分の居場所はここ――心からそう確信できた。指輪があってもなくても。

そんな日々が続き、わたしたちはすぐさまお互いに対して欲望を募らせるようになった。頭がどうかなるくらい強烈な欲望を。どうやらウルフは普通とは違う場所でのセックスが好きらしい。彼のオフィスや招待された結婚式場の化粧室、両親が不在のときの実家のわたしの寝室でも体を重ねた。それにウルフの寝室で窓に押しつけられ、美しい通りを見おろしながらセックスしたこともある。

フォーマルなディナーの席で、ウルフからテーブルの下で体に触れられたこともあった。それにシャワーを浴びたあと、かがみ込んでドライヤーを取りだそうと浴室の一番下の引き出しを開けた瞬間、いきなり後ろから挿入されたことも。

わたしはベッドで夫と過ごすひとときが大好きだった。それぞれの居場所へ、それぞれの棟へ、それぞれの家へ戻る時間を気にする必要はどこにもない。わたしたちは一緒に眠り、一緒に起きて、このふたりだけの新たな状態を楽しんだ。

ある朝、目覚めたわたしはお腹の膨らみが少し目立ってきたことに気がついた。なんだかわくわくする。自分が強くたくましくなったような気分だ。そのとき、母がわたしの寝室へ入ってきて、ベッドの端に腰をおろした。

「あなたのお父様と離婚することにしたわ」

母に言いたいことは山ほどあった。〝ああ、よかった！〟から〝決心するのにどうしてこんなに時間がかかったの？〟まで。けれども、ただうなずき、力づけるように母の手を握りしめるだけにした。今ほど母を誇らしく思えたことはない。母は今後、多くのものを失うことになるだろう。でも失ってもいいと決断したのは、ほかならぬ母自身なのだ。これから本当の自由と自分の意見を取り戻すために。

「わたしにはもっといい人生がふさわしいと思ったの。ずっとそう考えてきたけれど、本当にそんなことが可能かどうかわからなかった。でもあなたを見て、可能だと気づかされたのよ、ヴィタ・ミア。幸せな結末を迎えたあなたの姿に勇気をもらったの」

母は涙を拭き、どうにか笑みを浮かべた。

「あら、わたしの物語はまだ終わってないわ」わたしは笑いながら応えた。

「ええ、そうよね」母がウインクする。「だけど、今後どういう結末を迎えるかは誰の目にも明らかだわ」

「ママ」わたしは母のてのひらをつかんだ。目から涙があふれでてくる。「ママの物語の最高の部分はこれから始まるのよ。ママは本当に正しいことをしたと思う」

クララとわたしは母の荷造りを手伝った。クララは母のためにホテルを予約するべきだと言ったが、わたしは首を横に振った。そろそろ、わたしも自分の本来の居場所に戻るべきときだ。それにウルフがわたしたちの――彼とわたしの母親ふたりに親切にするべきときでもある。わたしは携帯電話を手に取ってウルフにかけた。彼は最初の呼び出し音ですぐに出た。

「家に戻ろうと思うの」

「やれやれ、ありがたい」彼は息を吐きだした。「なぜこんなに長くかかったんだ？」

「あなたが本気かどうか確かめる必要があったからよ。わたしの自由は本当にわたしのものかどうかをね」

「もちろんきみのものだ」ウルフが真剣な口調で言う。「これからも、いつだってきみのものだよ」

「母とクララもしばらく泊めてあげていい？」

「たとえきみが敵意むきだしの軍隊をうちへ連れてきても、ぼくは諸手《もろて》をあげて歓迎するさ」

その日の夕方、ウルフはスミシーの助けを借りて、わたしたち全員のスーツケースを彼の車の後部へ運び込んだ。父は戸口に突っ立ったまま、何か強いアルコールを片手にわたしたちの様子を見守っていたが、ひと言もしゃべろうとはしなかった。数週間前、ウルフは父の前でひざまずいたけれど、そんなことはもうどうでもいい。キートン上院議員はいまだに、長い目で見ればすべてにおいて勝利する男だ。

わたしの父は負けた。ゲームは終わったのだ。

ウルフの屋敷に到着すると、ミズ・スターリング（わたしは彼女にパトリシアと呼ばせてほしいとお願いしているところだ。彼女はわたしの義母なのだから）が母とクララを東の棟へ案内してくれた。わたしはウルフと一緒に彼女たちの背後から階段をのぼっていき、東の棟にあるわたしの寝室へ行ったあと、西の棟に向かった。

「これって現実？」わたしはウルフにきいた。

「ああ、そうだ」

初めてそれが実感できた。

わたしたちは手をつないだままウルフの寝室を通り過ぎ、その隣にある客室に足を踏み入れた。ハッチ夫妻をもてなしたあの夜、わたしが眠った寝室だ。ウルフがドアを開けた瞬間、室内の光景が変わっているのに気づいて、心臓が口から飛びだしそうになった。

目の前に広がっていたのは子ども部屋だった。白とクリーム色、淡い黄色にあふれている。明るくて広々とした空間には、家具がすべてしつらえられていた。とっさに片手で口を覆わなければ、大声で叫んでしまっただろう。ウルフがお腹の子を受け入れてくれた。その事実を目の当たりにして、体じゅうが震えるほどの衝撃を感じていた。ウルフは単に自分の子どもを受け入れただけではない。このわたしを受け入れてくれたのだ。

「完璧だわ」息も絶え絶えに言った。「本当にありがとう」

「当然だ。きみはぼくの妻なんだからね。これからはいつも一緒のベッドで眠ろう。ふたりでずっと一緒に生きていこう」ウルフは印象づけるように間を置いた。「ウォークインクローゼットだって一緒に使う。きみの服を収納して、余った空間をぼくが使わせてもらうよ」

わたしは泣き笑いを浮かべた。そう、これこそわたしが望むすべて。いいえ、想像をはるかに超えたものが今、目の前にある。この男性こそ、何も見返りを求めずにわたしを心から愛してくれる人だ。わたしが別の男性を愛していたときには人知れず苦悩しつつも、気持ちの距離を少しずつ縮めてくれた。なんて忍耐強く、強い意志の持ち主だろう。いくらでも冷淡で非情になれるのに、わたしが彼からもらった指輪をはめたままアンジェロとキスしても、ただ黙ってそれを見ていた。さらにわたしを取り戻すために、自分の家族を殺した男にひざまずいた。ウルフは自分がいい父親になれるとは考えていないようだけれど、わたしにはわかる。今だからこそ、わかるのだ。彼はこの世で一番すばらしい父親になると。

わたしは爪先立ちになって、夫の形のいい唇にキスをした。

ウルフはわたしの長い髪を軽く引っ張った。

「きみだけだ」彼がささやく。

「あなただけよ」わたしは応えた。

ウルフ・キートン上院議員は片膝をつくと、数週間前わたしが屋敷を出たときに枕元に置いてきた婚約指輪を取りだした。

「ぼくの妻になってくれ、ネメシス。だが、ひとつだけわかっていてほしい。もしきみがここを出たいと思うときが来ても、ぼくはきみの翼を切ったりしない」

返事は簡単だ。考える必要もない。わたしは夫の上着の襟を引っ張って立ちあがらせた。彼が地面にひれ伏すのを何より嫌っているのを、よく知っているから。

「わたしの翼は飛び立つためにあるんじゃないわ」わたしはささやいた。「わたしたち家族を守るためにあるのよ」

エピローグ

フランチェスカ

四年後

「父と、子と、聖霊の御名《みな》によって洗礼《バプテスマ》を授けます」

ウルフとわたしの二番目の子ども、ジョシュア・ロメオ・キートンは今、リトルイタリーにある聖ラファエル教会で、わたしたちの友人や家族の前で幼児洗礼を受けている。ちなみに数日前、わたしは大学の学士号を取得したばかりだ。スピーナ牧師は、わたしに抱っこされたジョシュアの額に聖水を垂らすと、左側に立つ夫をちらりと見た。ウルフが腕に抱いているのはいかにも眠そうな、三歳になるわたしたちの娘、エマリーヌだ。

わたしはずらりと並ぶ木製の信者席に目を走らせ、常にわたしを支えてくれている人たちの顔を探した。思えば、わたしはなんて恵まれているのだろう。自分でも信じられないほどだ。母と新しい恋人、チャールズ・スティーブンスの顔が見えた。母が六カ月前に知りあって以来、ずっとデートをしている相手だ。チャールズが母の手を握り、耳元で何かささやくと、母はわたしの腕のなかにいる眠たげなジョシュアを指さして、チャールズとひそかな笑みを交わした。彼らの隣に座っているクララとパトリシア（夫はいまだに彼女をスターリングと呼び続けているが）はふたりとも、うれし涙をティッシュペーパーでぬぐっているところだ。いとこのアンドレアは隣に座る新しい恋人——マテオという名前のメイド・マンからキスを盗まれている。その隣には、わたしの大学の友人数人と新たにイリノイ州知事になったオースティン・ベルガーが座っていた。ウルフとわたしの仲を邪魔しようとした人々の顔はしばらく見ていない。それは何も偶然ではなかった。

現在、わたしの父は刑務所にいる。殺人未遂で二十五年の刑に服しているのだ。母がわたしたちと一緒に暮らし始めてからすぐに、父は母の命を奪おうとした。母の離婚申し立てが一時的なものではないと気づき、激怒したせいだ。当然ながら父は、離婚してよりよい人生を送りたいという母の決断を支持したわたしとウルフを責め立てた。かつてわたしがスイスから帰国する前は、当然のように母に暴力を振るい、体に数えきれないほどの青痣をつけていた虐待夫だったというのに。ウルフとわたしの自宅の真正面で母の車が爆破されたときも、父から多額の賄賂を受け取っていたホワイトが、父に不利な証拠集めを意図的に遅らせようとした。そのホワイトとビショップに関する内部調査が秘密裏に行われた結果、あの悪名高いアーサー・ロッシから賄賂と違法な選挙献金を受け取った容疑が浮上し、現在ふたりとも裁判にかけられているところだ。

世間の注目を集めたこれらの事件が報道されるなか、道徳的な人物としてニュースにたびたび取りあげられたのがわたしの夫だった。〈アウトフィット〉を取り仕切っていた男の娘と結婚しながら、わたしの父やその事業とはいっさい関わろうとしなかったからだ。

わたしは頬に夫の親指がそっと当てられたのを感じ、彼が涙をぬぐってくれていることに気づいた。それから彼はわたしの顎の下を指先で軽く叩いて、にやりとした。彼がこれほど近くに来ていたことに気づきもしなかった。自分たちがいかに幸せ者かという思いに、しばし現実を忘れていたのだろう。腕のなかでジョシュアが泣き声をあげている。スピーナ牧師は一歩さがると、薄い髪を手で撫でつけた。

「彼は神の愛でできています」牧師はそう告げた。

かたわらで夫があざけるような笑みを浮かべていた。ウルフは神様があまり好きではない。それに人間も。彼が好きなのは、わたしとわたしたち家族。牧師が立ち去ると、ウルフはわたしの耳元でささやいた。「確かにこの子を授かった瞬間、きみはぼくに向かって〝ああ、神様〟と叫んでいたな。なぜあの場にいなかった牧師が知ってるんだろう？」

　わたしは含み笑いをした。胸にジョシュアを抱きしめ、息子の匂いを胸いっぱいに吸い込んでみる。新たな命の匂い。しびれるような幸福感に、わたしは身を震わせた。

「さあ、この子たちをわが家へ連れて帰ろうか？　ふたりとも寝かせてやったほうがよさそうだ」ウルフがわたしの肩にそっと手をかけた。夫のもう片方の腕のくぼみには、娘がすやすやと眠っている。夫婦で相談して、洗礼式のあとに派手なお祝いパーティーはしないことに決めていた。裁判のせいで、わたしたち家族は常にマスコミの報道にさらされているからだ。

「この子たちだけじゃないわ。わたしも睡眠時間が必要よ」息子のこめかみに向かって、わたしは低くささやいた。

「だったら、きみも眠ればいい。スターリングとクララが子どもたちの面倒を見てくれるだろう。目が覚めたら、ぼくがきみの純潔を奪い尽くしてやる」

「あら、出会ったばかりの頃、あなたから徹底的にそうされたはずだけど」わたしは茶目っ気たっぷりに眉を上下させた。ウルフが大きな笑い声をあげる。夫はよりを戻してから、〝何事もせかさない〟ということを学んでいた。「それにあなたは今夜、ワシントンDCに飛ばなければいけないんでしょう?」

「予定をキャンセルした」

「どうして?」

「家族と一緒に過ごしたい気分だから」

「この国があなたを必要としているのに」わたしはからかうように言った。

「だが、ぼくが必要としているのはきみだ」ウルフはわたしの体を抱き寄せて、子どもたちも一緒に抱擁した。

今後は立ち聞き禁止という厳しい指示を受けたものの、ミズ・スターリングはいまだにわたしたちと一緒に暮らしていた。しかも彼女は驚くほど忠実にそのルールを守っている。クララは街の反対側にあるわたしの母の新居で暮らしているが、ミズ・スターリングとともに子育てをよく手伝ってくれていた。父とは疎遠になってしまったけれど、大切な人たちから愛され、守られていると今ほど実感できたことはない。しかもウルフは仕事面でも、重要な局面に突入しようとしていた。上院議員としての任期満了まで、あと二年を切ったのだ。

「今夜はきみを連れていきたいところがあるんだ。搾乳器はもう荷物のなかに詰め込んで、車に置いてある」ウルフがわたしの顎の下を指先で軽く叩いた。これが今のわたしの人生だ。裏切ったり、闘ったり、お互いを傷つけあったりしたかつての日々から、今はこうして家庭的で平和なやりとりが当たり前の毎日へと変化した。あまりに幸せすぎて、怖くなるときすらある。

まるで市場で目にするピンクの綿あめみたいな気分だ。幸せで、軽やかで、とびきり甘い。それにものすごくふわふわしている。

「夫に搾乳器を用意しておいたよと言われるほど、ロマンティックなことはないわね」

「まあね。常に広い心を持っていれば、おのずと解決策が見えてくるものだ」ウルフが言いたいのは、前回ふたりでレストランを訪れたときのことだろう。乳房が張りすぎたせいで、わたしは化粧室に閉じこもり、手で搾乳しなければならなかったのだ。彼は親切にも、無駄になった母乳をぼくが飲もうかと申しでてくれた。あながち冗談とも思えないが。

「なんだか秘密めいて聞こえるけど」わたしは片方の眉をあげた。

「そうかもしれない。だが、楽しいひとときになるはずだ」ウルフはわたしからジョシュアを受け取ると車のチャイルドシートにしっかり固定し、わたしのためにドアを開けてくれた。ウルフの屋敷に戻ってからすぐに、わたしは運転免許を取得した。わたしが妊娠していて父とは対立関係にあるあいだ、ウルフはわたしが運転するのを諸手をあげて賛成していたわけではない。お腹の赤ちゃんとわたしのことをひどく心配していた。それでも、わたしには運転する自由が必要だということをちゃんと理解してくれたのだ。

長い時間昼寝をしたあと、わたしは優雅な赤いドレスを身につけた。子どもたちはクララとスターリングに任せて、ウルフが運転する車でリトルイタリーへ行った。ドライブの最中も、ドレスにぴったりの赤いマットなルージュを引いた唇から笑みが途絶えることはなかった。野心に燃える夫のことは全面的に応援しているけれど、今夜ウルフがわたしたち家族と過ごすためにワシントンＤＣへ行く予定をキャンセルしたと聞いて、うれしさを隠せない。

イタリア料理店〈パスタ・ベッラ〉の正面で車が停まると、わたしはシートベルトを外して車からおりようとした。〈パスタ・ベッラ〉はわたしたち夫婦が所有する店だ。父が殺人未遂で有罪判決を受けてからまもなく、ウルフは〈ママズ・ピッツァ〉を買い取り、店内を徹底的に改装して、あちこちの壁やひび割れに染みついていた暗い記憶を一掃した。だから今夜も、いつもと変わらないディナーデートを楽しめるだろう。こぢんまりとした清潔な店内でくつろぐひととき。グラス一杯のワインを飲んでもいいかもしれない。そのとき、ウルフが引き止めるようにわたしの腿にそっと手を置いた。

「今から懺悔《ざんげ》の時間だ」

「ウルフ、わたしたちはさっき教会から出てきたばかりなのよ」

「ぼくが懺悔する相手はひとり、きみだけだよ」

「それなら話して」わたしは微笑んだ。

「アンジェロが婚約を発表する予定なんだ。彼が働いている会計事務所で知りあった女性とね」ウルフはわたしの腕に指を滑らせ、レストランのほうへ頭を傾けた。「予算が少々厳しいらしく、この店を使えないかと尋ねてきたから、ぼくはイエスと答えた。なぜだと思う？　きみが彼に対して少しばかり罪悪感を覚えていたのを知っていたからだ。それに彼の元気な姿をきみに見せたかった」

驚きのあまり、わたしは口をあんぐりと開けた。

エマリーヌを身ごもったとわかって以来、何年ものあいだ、わたしはいっこうに先へ進もうとしないアンジェロに負い目を感じていた。彼はあれから恋人はおろか、女友達さえひとりも作ろうとしなかったからだ。しかもアンジェロが大学で修士号を取得してまもなく、彼の父親の会計事務所が閉鎖された。国税局により、〈アウトフィット〉のために巨額のマネーロンダリングを行っていた事実が発覚したのだ。マイク・バンディーニは懲役二十年の判決を受け、今は刑務所にいる。母から聞いた話によれば、アンジェロはいまだに両親と良好な関係を続けているらしい。彼のことだ、きっと自分の母親や弟たちの面倒をよく見ているのだろう。だがそれを機に、アンジェロは正式に〈アウトフィット〉との関係を断ち切ったのだという。それがもう何カ月も前に、わたしが母から聞かされた話だった。そのあと、アンジェロはとうとう運命の相手を見つけたわけだ。

ウルフはこちらをじっと見つめたままだった。わたしがどう反応するか確かめようとしているのだろう。わたしにはわかる。彼はわたしに怒ったりしてほしくないはずだ。でも一方で、涙を流して喜んだりもしてほしくないはず。わたしたちの結婚生活において、アンジェロは昔も今もずっと慎重に扱わなければならない問題であり続けている。何しろ、わたしはかつて衆人環視のなかでアンジェロとキスをし、ウルフに恥をかかせたのだから。彼は許してくれたけれど、それでも忘れてはいないだろう。忘れてくれるよう期待するなんて虫がよすぎる。

わたしは微笑み、夫の体を引き寄せてハグした。

「ありがとう。彼が幸せになってくれてうれしいわ。わたしも幸せよ」

「やれやれ、きみは完璧だな」ウルフはつぶやくように言い、わたしにキスをして、ふたたび口を開いた。「ぼくはかつて復讐のためにきみを利用しようとした。まさかそのきみから、復讐心よりもはるかに強力なものを受け取れるとは思ってもいなかった。そう、愛だ」

ウルフは外へ出ると車をまわり込み、わたしのためにドアを開けてくれた。ふたりで手をつなぎ、〈パスタ・ベッラ〉へ足を踏み入れる。そのとき突然、今日まで思い出しもしなかった人物のことを思い出して、懐かしさがどっとこみあげてきた。わたしの人生最悪の日々を生みだした女性、クリステン・ライズだ。彼女と偶然出会うことはないとわかっていた。あの日、わたしが大学でクリステンから精神的に追いつめられたあと、ウルフはとうとう彼女からの電話に応じ、アラスカでの仕事を斡旋《あっせん》した。それと引き替えに、禁止命令よりもさらに拘束力の強い契約に署名させたのだ。クリステンがイリノイ州に戻ることも、わたしたち夫婦を探すことも禁じるという内容だった。彼女はウルフに対し、もう二度とわたしたち家族を困らせるような真似はしないと約束したという。

「今、どんなことを考えている？」夫がレストランのドアを開けながら尋ねた。たちまち、バター色のあたたかみのある照明がわたしたちを照らしだした。木製のテーブルにはすべてキャンドルと赤いテーブルクロスがセットされ、店の至るところに木材のいい香りが漂っていた。店内は客でいっぱいだった。うなずいたり、笑い声をあげたりしている人々のなかにアンジェロがいた。長い黒髪で切れ長の目をした美しい女性の肩を抱き寄せている。

「あなたのおかげで本当に幸せになれたと考えていたところよ」わたしは率直に答えた。

わたしたちはアンジェロの背後で立ち止まった。

彼が振り向き、海のように青い瞳を幸せそうに輝かせながら、わたしに笑みを向けた。「ついに見つけたのね」わたしはアンジェロに言った。「運命の人を」

「相変わらずきれいだね、フランチェスカ・ロッシ」アンジェロはわたしの襟を引っ張ってゆっくりと引き寄せ、息が苦しくなるほど強くハグすると、耳元でささやいた。

「でも、ぼくの未来の奥さんの美しさにはかなわないよ」

ウルフ

六年後

ぼくはかつて妻の寝室だった部屋の窓から、彼女を見ていた。今ではエマリーヌのものになった寝室の窓辺に立ち、手にした木製の箱をそっと撫でてみる。今その箱に入っているのは、娘が大切にしている貝殻だ。フランチェスカとぼくは娘が生まれたあとすぐに話しあい、彼女の家族に代々伝わる木箱の伝統を受け継がないことに決めた。娘にとって重荷になるだろうし、混乱を招くだけだからだ。

ぼくが見守るなか、フランチェスカはこの十年間、手塩にかけて育ててきたお気に入りの菜園に別れを告げているところだった。妻の両脚にはジョシュアとエマリーヌがしがみつき、彼女の両腕には生まれたばかりの三番目の子ども、クリスチャンが抱かれている。かたわらにはスターリングもいて、笑みを浮かべながら、妻の肩をさすっていた。

今夜遅く、ぼくたちは飛行機でワシントンDCへ向けて飛び立つ。ぼくが孤児だった頃からの夢をかなえるために。そう、アメリカ合衆国大統領として、この国に奉仕する生活がこれから始まろうとしているのだ。

ぼくたちには追い求めるべき夢がある。奉仕すべき国がある。そして前の年よりもさらに強く、激しく、生涯かけて愛すべき家族が、伴侶がいる。こうしてフランチェスカを見おろしていると、一点の疑いもなくこう言いきれる。十年前、あの星がひとつも出ていないシカゴの夜空の下、ぼくは人生で最高の決断を下したのだと。

ぼくはこの国を猛烈に愛している。

そしてそれ以上に、妻を愛している。

謝辞

〝子育てをしながら本を執筆するには、村じゅうみんなの知恵と力が必要だ〟と言われています。でもときどき、現代のスピード社会においては街全体の、いいえ、この国全体のみんなの知恵と力が必要なのだと感じることもあります。だからこそ、大切なのは、あなたを応援してくれる仲間を見つけることと言えるでしょう。人生というこの旅をより楽しくするために……そして、旅の恐ろしさを少しでもやわらげられるように。

まずは、毎日電話をくれたベッカ・ヘンスリー・マイソールとアヴァ・ハリソンに感謝します。あなたたちがうんざりするほどたくさん話してしまいましたね。ウルフとフランチェスカの人物像を考えるに当たり、ありとあらゆる悩みに耳を傾けてくれて本当にありがとう。それにわたしの熱心な読者である（二百万回くらい読んでくれた）ティファナ・ターナー、サラ・グリム・センツ、ラナ・カート、エミー・ホルター、メリッサ・パニオ・ピーターセン、わたしの原稿には常にあなたたちの魂が宿っています。

親友のヘレナ・ハンティングと・チャーリー・ローズ。この本が世に出る頃には、きっとあなたたちふたりはわたしの原稿を千回は読んでいるはずです。興奮気味で何時間もしゃべり続けるわたしの意味不明な話に耳を傾けてくれて、本当にありがとう（そしてごめんなさい）。

これ以上ないほどすばらしい編集作業をしてくれたエレイン・ヨークとジェニー・シムズ。本当のＭＶＰはあなたたちにほかなりません。わたしが必要としているときに、常にそばにいてくれて本当にありがとう。そして信じられないほどすてきなデザインをしてくれた〈ＲＢＡデザイン〉のレティシア・ハーザー、あなたはまさに女神です。ぱっと目を引く、美しくて個性的な装幀《そうてい》に仕上げてくれて感謝しています。

〈シャンパーニュ・フォーマッティング〉のステイシー・ブレーク。見やすくて美しい電子書籍のフォーマットを生みだしてくれてありがとう。わたしのエージェントである〈ブラウアー・リテラリー〉のキンバリー・ブラウアーにも多大なる感謝の念を捧げます。

最後に、わたしの夫と息子、両親、弟（そしてじきに義理の妹になる女性）へ。わたしがあなたたちを愛するのと同じくらい、心からわたしを愛してくれてありがとう。それにもちろん、わたしの宣伝販促を担当してくれている第二の家族のような（ここで深呼吸。どうか書き忘れる人がいませんように）リン・タヘル・コーエン、アヴィヴィット・エゲヴ、ガリート・シャマリャフー、ヴァネッサ・ヴィレガス、（活字中毒の）ナディーン、シエール・メーソン、クリスティーナ・リンゼイ、ブリタニー・ダニエル・クリスティーナ、サマー・コーネル、ニーナ・デルフス、ベティ・ランコヴィッツ、ヴァネッサ・セラーノ、ヤミナ・カーキー、ラチュラ・ロイ、トリシア・ダニエルズ、ジャッキー・チェク・マーティン、リサ・モーガン、ソフィー・ブロートン、リーン・ヴァン・ロズバーグ、ルチアナ・グリソリア、シェール・ウォーカー、アリアドナ・バサルト、タナカ・カンガラ、ヴィッキー・リーフ、ヘイファフ・サムタリー、サマンサ・ブランデル、オーロラ・エール、エリカ・バド・パンファイル、シーナ・テイラー、ケリ・ロス、アマンダ・スダロンド、本当にありがとう（いつものように書き忘れた人がいるはずですが、絶対にわざとではありません）。

あと、熱烈な本好きが集まる読書グループで一緒のサシー・スパロウズ。ウィットに富み、いつも応援してくれる心やさしい味方であるあなたをどれだけ愛していることか！

そしてもちろん、読者の皆様にも感謝の念を捧げます。わたしの本を手に取ってくださってありがとうございます。もしよければ、あなたの貴重な時間の数秒でも提供していただいて、本作品に関する正直な感想をお聞かせ願えれば幸いです。わたしにとって、皆様のご意見ほど大切なものはありません。

たくさんの愛をこめて。

L・J・シェン

訳者あとがき

『USAトゥデイ』紙のベストセラー作家、L・J・シェンの待望の新作登場です。彼女の作品の邦訳はこれがまだ二作目ですが、本国アメリカでは〝All Saints High〟シリーズや〝Sinners of Saint〟シリーズなど十五作以上を発表し、コンテンポラリー・ロマンスのなかでもニューアダルトと呼ばれる分野で高い人気を確立している作家です。日本の読者の皆様には、これからまだまだ彼女の作品を読める楽しみが待っているということになりますね。

本作の舞台は現代のアメリカ、イリノイ州シカゴ。イタリア系アメリカ人社会を牛耳るマフィア〈シカゴ・アウトフィット〉のボス、アーサー・ロッシのひとり娘である十九歳のフランチェスカは、いよいよ社交界にデビューするというその夜、ある強い思いを胸に秘めて仮面舞踏会に向かいます。ロッシ家に古くから伝わる〝幸運の魔法〟をかなえて、初恋の相手アンジェロ・バンディーニと結ばれる幸せな未来を手に入れるために。

ところが、その魔法を横から盗み取った男がいました。三十歳の若さで上院議員となったウルフ・キートンです。彼はアメリカ合衆国大統領になるという野望を抱き、実はアーサー・ロッシとのあいだに浅からぬ因縁もありました。そして仮面舞踏会の翌日、強引にフランチェスカとの婚約を決め、彼女を自分の屋敷へとさらっていくのです。突然現れた無礼な男を夫として受け入れられるはずもなく、アンジェロへの思いを募らせるフランチェスカ。彼女は運命を乗り越えて真実の愛を手に入れることができるのでしょうか。そして本当の幸福とは……?

作品は、レオ・トルストイの著書からの引用で始まります。恋愛、結婚に対する批判の詰まった作品のなかで、名言と言われるこの言葉には、美女に夢中になり結婚するに至った後悔の念が滲みますが、作者がこれを載せた意図とは……?

本書の冒頭には〝サウンドトラック〟として作者自ら選んだ八曲が記されています。古くは一九八五年に英国のポップ・ロック・バンド、ティアーズ・フォー・フィアーズが全米一位の大ヒットを記録した曲から、新しいところではアメリカの女性シンガーソングライター、ホールジーの二〇一五年のデビューアルバムの曲まで、年代もジャンルもさまざまですが、YouTubeやその他の音楽配信サービスで検索していただければ聴くことができますので、読書のお供にぜひ。これらの音楽はいっそうドラマティックに物語を彩り、読後の興奮の余韻も心地よく楽しませてくれることでしょう。

二〇二〇年六月

ザ・ミステリ・コレクション

口《くち》づけは復讐《ふくしゅう》の香《かお》り

著者　L・J・シェン
訳者　藤堂《とうどう》知《ち》春《はる》

発行所　株式会社 二見書房
東京都千代田区神田三崎町2-18-11
電話 03(3515)2311 [営業]
03(3515)2313 [編集]
振替 00170-4-2639

印刷　株式会社 堀内印刷所
製本　株式会社 村上製本所

ISBN978-4-576-20107-8
https://www.futami.co.jp/

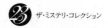